U0096266

人民共和國文化與文學叢書

八 編

李 怡 主編

第 **2** 冊

中國當代新潮小說論（上）

吳 義 勤 著

花木蘭文化事業有限公司

國家圖書館出版品預行編目資料

中國當代新潮小說論（上）／吳義勤 著 -- 初版 -- 新北市：
花木蘭文化事業有限公司，2020〔民109〕
序 4+ 目 2+226 面；19×26 公分
（人民共和國文化與文學叢書 八編；第 2 冊）
ISBN 978-986-518-210-6（精裝）
1. 當代文學　2. 中國小說　3. 文學評論
820.8　　　　　　　　　　　　　　　　109010889

特邀編委（以姓氏筆畫為序）：

ISBN-978-986-518-210-6

9 789865 182106

吳義勤　孟繁華　張　檸
張志忠　張清華　陳思和
陳曉明　程光煒　劉福春
（臺灣）宋如珊
（日本）岩佐昌暲
（新西蘭）王一燕
（澳大利亞）鄭　怡

人民共和國文化與文學叢書
八　編　第　二　冊　　　　　ISBN：978-986-518-210-6

中國當代新潮小說論（上）

作　　者	吳義勤
主　　編	李　怡
企　　劃	四川大學中國詩歌研究院
總 編 輯	杜潔祥
副總編輯	楊嘉樂
編　　輯	許郁翎、張雅淋　美術編輯　陳逸婷
印　　刷	普羅文化出版廣告事業
出　　版	花木蘭文化事業有限公司
發 行 人	高小娟
聯絡地址	235 新北市中和區中安街七二號十三樓
	電話：02-2923-1455／傳真：02-2923-1452
網　　址	http://www.huamulan.tw 信箱 hml 810518@gmail.com
初　　版	2020 年 9 月
全書字數	362722 字
定　　價	八編 18 冊（精裝）台幣 55,000 元

版權所有・請勿翻印

中國當代新潮小說論（上）

吳義勤　著

作者簡介

吳義勤，男，1966 年生於江蘇海安。二級教授。博士生導師。現為中國作家協會黨組成員、書記處書記，中國作家出版集團黨委書記、管委會主任，兼任中國小說學會會長。長期從事中國現當代文學特別是中國新時期文學的研究，著有《漂泊的都市之魂──徐訏論》《長篇小說與藝術問題》《自由與侷限》《文學現場》《目擊與守望》《告別虛偽的形式》等。

提　　要

本書共為三篇，分別從綜論（1～4 章）、作家論（5～10 章）、作品論（11～25 章）三個方面對中國當代的新潮小說進行了分析和論述。綜論部分梳理了各種新潮小說潮流，發現其中隱含的規律，勾勒出一幅當代新潮小說的發展圖；作家論則重點分析了新潮小說的代表作家，歸納他們的寫作特點和文學風格；作品論從作品的角度，對當代新潮小說的經典文本進行了評價。修訂本尊重原書原貌，基本結構、基本框架和基本觀點都不變，只在微觀和局部做一些調整和修訂，這主要集中在三個方面：一是，對文字上的「硬傷」進行訂正。二是，對一些觀點進行了完善和修正。比如，綜論部分，對新潮小說觀念、母題、敘事風格的論述進行了重新的調整，改正了一些明顯有失偏頗的觀點。同時，作家論部分也補充了葉兆言、畢飛宇兩個代表性的作家。三是，對一些不符合學術規範的地方進行了糾正。

全球化時代如何討論當下的文學問題
——《人民共和國文化與文學》第八編引言

李　怡

　　我們常常說，這是一個「全球化的時代」，也就是說，對當下文學的討論，「全球化」是一個不可回避的語境。但是「全球化語境下的中國當代文學」這個題目所包含的意蘊以及它所昭示的學術立場本身就是意味深長的。我覺得，在我們積極地研究當下文學自身成就的同時，適當的反顧一下我們已經採取或者可能會採取的立場，也不失為一種新的推進方式。「全球化」是新世紀中國學術的一個重大課題，「中國當下的文學」雖然已經闡述了多年，但在今天的「新世紀」或者說「新時代」的時間段落中，無疑也具有了特殊的意義。只是，如果我們竭力將這些關鍵詞置放在一起，其相互的意義鏈接就變得有點曲曲折折了。

　　從表面上看，「全球化」與「中國當下」，這是一個普遍性的時間和一個特殊空間的問題。我們常常在說「全球化時代」如何如何，這也就是說我們正在經歷一個正在怎麼「化」的過程，這是一個時間的過程。「全球化語境中的中國文學」，似乎應當考慮的是一個局部空間的文學現象如何適應更有普遍意義的時代發展的要求，當然，關於這方面的話題我們可以談出許多。例如全球化時代的經濟一體化進程與民族文化矛盾對於不同民族文化交流與融合的影響，而這種文化的衝突與融合對於文學藝術的創造又取著怎樣的關係，接踵而來的另一個直接問題就是：中國當下的文學，這一目前可能民族性呼聲很高的區域文學如何在呼應「全球化」時代的主體精神的同時保持自己真正的有價值的個性？近 40 年來的學術史上，關於這樣的「時代要求」與民族

國家關係的討論曾經也熱烈地進行過，那就是上一個世紀80年代中期的「走向世界」，當時，人們通過重述歌德與恩格斯關於「世界文學」時代到來的論斷，力圖將中國文學納入到「世界文學」時代的統一進程當中，因為這樣一來，我們就可以有力地走出地域空間的封閉而更多地呼應世界性的時代思潮了。

那麼，「全球化」的提出與當年的「走向世界」有什麼不同，它又可能賦予我們文學研究什麼樣的新意呢？在我看來，當年的「走向世界」思潮與其說是關於文學的理性的分析，毋寧說是一種文學呼喚的激情，一種向所有的文學工作者吹響的進軍的號角，除了面對啟蒙目標的偉大衝動外，關於文學特別是文學研究的新的理性評判系統並沒有建立起來，而啟蒙本身的意義也常常被闡述得籠統而模糊。所謂「全球化語境」，其實是為我們的文學特別是文學的研究提供了一個比較完整的新的思考的框架。例如作為人類精神發展基礎的「經濟」的框架：當前全球經濟一體化的過程對於文化與文學究竟會產生怎樣的影響？一個民族國家（諸如中國）的精神創造是如何回應或如何反抗這樣的「同一」過程的？而經濟制度本身又如何對精神生產形成制約或推動？這些思路從宏觀上看將與目前熱烈進行的「現代性」問題的討論相互聯繫，與所謂世俗現代性／審美現代性的分合問題相互聯繫，從而在文學的「內」、「外」結合部位完成細節的展開。顯然，這比過去籠統的「經濟基礎決定上層建築」或者「文學發展與經濟發展的不平衡原則」要具體而充實。從微觀上看，今天我們所討論的「民族國家文學」問題本身就聯繫著「一帶一路」這樣經濟的事實，我們似乎沒有必要將民族國家文學的發展局限在知識分子書齋活動之中，這裡所產生的可能是一個更具有深遠意義的「文化審視」問題——不僅當下中國的人們有了重新自我審視的機會，而且其他地方的人也有了深入審視中國的可能，其實文學的繁榮不就是同時貢獻了多重的視線與眼光嗎？或許正是在這個意義上，我以為，新世紀的「全球化」思維具有了比80年代「走向世界」思維更多的優勢。

但是，「全球化」思維又並非就可以敞開我們今天可以感知到一切問題，我甚至發現，在關於文學發展的一個基本的困惑點上，它卻與「走向世界」時代所面對的爭論大同小異了，這個困惑就是我們究竟當如何在「或世界或民族」之間作出選擇，或者說全球化時代的文學普遍意義與民族文學、地區文學之間的矛盾是否還存在，如果存在，我們又當如何解決？無論我們目前

的議論如何竭力「消解」所謂二元對立的思維，其實在學術界討論「全球化」與「民族性」的複雜關係時，我們都彷彿見到了當年世界性與民族性爭論時的熱烈，甚至，其基本的思維出發點也大約相似：全球化時代與世界化時代都代表了更廣大的普遍的時代形象，而中國則是一個局部的空間範圍。這兩個概念的連接，顯然包含著一系列的空間開放與地域融合的問題，也就是說「中國」這個有限空間的韻律應該如何更好地匯入時代性的「合奏」，我們既需要「合奏」，又還要在「合奏」中聽見不同的聲部與樂器！這裡有一個十分重要的理論假定：即最終決定文化發展的是時間，是時間的流動推動了空間內部的變化——應當說，這是我們到目前為止的社會史與文學史都十分習慣的一種思維方式，即我們都是在時代思潮的流變中來探求具體的空間（地域）範圍的變化，首先是出現了時間意義的變革，然後才貫注到了不同的空間意義上，空間似乎就是時間的承載之物，而時間才是運動變化的根本源泉，我們的歷史就是時間不斷在空間上劃出的道道痕跡。例如我們已經讀過的文學史總先得有一章「五四新文化運動的發生」，然後才是「五四在北京」、「五四在上海」或者「五四新文化運動在詩歌領域裡引發的革命」、「在小說領域裡產生的推動」、「在戲劇中的反映」等等。這固然是合理的，但從另一方面來說，它所體現的也就是牛頓式的時空觀念：將時間與空間分割開來，並將其各自絕對化。在這一問題上，愛因斯坦的「相對論」是從打破時空絕對性的立場深化了我們對於時間、空間及其相互關係的認識。在這方面，被譽為繼愛因斯坦之後最偉大的科學家的史蒂芬·霍金有過一個深刻的論述：

> 相對論迫使我們從根本上改變了對時間和空間的觀念。我們必須接受的觀念是：時間不能完全脫離和獨立於空間，而必須和空間結合在一起形成所謂的時空的客體。〔註1〕

這是不是可以啟發我們，在所有「時代思潮」所推動的空間變革之中，其實都包含了空間自我變化的意義。在這個時候，時間的變革不僅不是與空間的變化相分離的，而且常常就是空間變化的某種表現。中國現當代文學決不僅僅是西方「現代性」思潮衝擊與裹挾的結果，它同時更是中國現代知識分子立足於本民族與本地域特定空間範圍的新選擇。只有充分認識到了這一事實，我們才有可能走出今天「質疑現代性」的困境，為中國現當代文學尋找到合法性的證明。

〔註1〕 史蒂芬·霍金：《時間簡史》第21頁，湖南科學技術出版社2002年版。

　　在時間變遷的大潮中發現空間的本源性意義，這對我們重新讀解中國當下的文學，重新展開「全球化語境中的中國文學」這一命題也很有啟發性。比如，當我們真正重視了空間生存的本源性地位，那麼我們就會發現，從表面上看，這是一個普遍性的時間和一個特殊空間的問題，但在實質上來說，其實所包含的卻是中國自身的「空間」與全球化的「時間」的問題，所謂「全球化」，與其說是一個普遍的時代思潮，還不如說西方人的生存感受。是中國的經濟方式與生活方式在某種意義上匯入了「全球性」的漩流之中，於是，他們將這一感受作為「問題」對包括中國人在內的其他人提了出來，自然，中國人對此也並非全然是被動的對於外來「時間」的反應，他們同樣也在思考，同樣也在感受，但他們感受與思考的本質是什麼呢？僅僅是在「領會」外來的思潮麼？當經濟開發的洪流滾滾而來，當國際的經濟循環四處流淌，當外來的異鄉人紛至遝來，當接受和不能接受、理解和不能理解的文化方式與宗教方式，生活方式與語言方式都前所未有地洶湧撲來，中國的精神世界是怎樣的？中國的文學又是怎樣的？很明顯，在貫通東方與西方、全球與中國的「時代共同性」的底部，還是一個人類與民族「各自生存」的問題，是一個在各自具體的空間範圍內自我感知的問題。

　　理解中國當下的文學，歸根結底還是要理解中國人自己的感受。這裡的「全球化」與其說更具有普遍性還不如說更具有生存的具體性，與其說可能更具有跨地域認同性還不如說可能包含了更多的地域分歧與衝突的故事，當然，也有融合。既然今天的西方人都可以在連續不斷的抗議和攻擊中走向「全球化」，那麼，我們為什麼不是？所要指出的是，在文學創造的意義上，這裡的抗議與拒絕並非簡單的守舊與停滯，它本身就是一種「有意味」的姿態，或者，它本身也構成了「全球化」的一部分。

2019 年 12 月改於成都長灘

序

范伯群　曾華鵬

　　《中國當代新潮小說論》是吳義勤獨立撰寫的第二部專著，也是他花了三年心血的博士學位論文。他的第一部專著是他的碩士學位論文《飄泊的都市之魂──徐訏論》，出版後就參加了江蘇省出版界的第一次香港書展。徐訏是本世紀四、五十年代旅港作家群中成就最卓越者。在香港，紀念徐訏的文章很多；但為徐訏寫一本專著──全面論述徐訏的作家論，卻還是第一部。這部專著以它論述的廣度和深度得到香港學術界的注目，進而也受到國內外讀者的好評，還獲得了江蘇省哲學社會科學優秀成果獎。

　　吳義勤的碩士論文就有所成就決非偶然。從大學本科到碩士生階段，在這一漫長的學習生涯中，他愛讀書，勤動腦，嚴格地接受正規的學術訓練，因此他有較為深厚的理論修養和較強的理論思辯能力，除了熟悉社會分析等傳統的研究方法之外，他也極善於吸收和運用新穎的研究方法。而他在學習中的另一個特點是，平時非常關注中國當代文學發展的最新步伐。在攻博期間，他對當代新潮小說研究得「如火如荼」，他有興趣對於八十年代以來中國最前沿的文學現象作出迅捷、及時的反應，進行系統的研究和全面的評價。他的理論功底與他的研究興趣的「聯姻」，使他選擇了《中國當代新潮小說論》為博士學位論文的題目，作為他要攀登的一個新的高度，也是他要「擒拿」的新的獵取目標──第二部專著。

　　吳義勤博士學位論文的答辯委員會的成員不僅知名度大，而且權威性亦高。賈植芳教授是這一答辯委員會的主任，委員有錢谷融、潘旭瀾、張德林、陳思和、王曉明和曾華鵬等教授；范伯群作為指導教師也列席參加。經過認真的答辯，答辯委員會對其論文作出總體評價：

論文所選擇的「新潮小說研究」這一課題有相當學術難度和重大理論、實踐意義。作者對新潮小說所誕生的歷史文化語境、觀念革命、主題話語、敘述模式、藝術成就及歷史侷限等諸多理論層面所作的綜合、系統、全面的研究是清晰、獨到和有相當的學術深度與學術開拓性的。論文對新潮小說在觀念和思維領域的叛變姿態作出了深入的闡釋與判斷；對「災難」、「性愛」、「死亡」等主題話語進行的理論性與實證化分析，精確切入了新潮小說文本世界的本質與核心。論文採取理論尋繹與作品闡釋相結合、宏觀審視與微觀剖析相結合、作家論與作品論相結合的視角與原則，不作玄虛蹈空之論，文風樸實，有理有據，有史有論，較好地完成了對新潮小說文學史意義的科學把握和歷史定位，顯示了作者很強的科研能力、理論思維能力和藝術感悟力，也反映了其嚴謹紮實、實事求是的學術研究態度。這是一篇優秀的博士學位論文。作者能圓滿地回答答辯委員提出的問題。同意通過答辯，並建議授予文學博士學位。

我們覺得答辯委員會對他的博士學位論文的評語既充分體現了教授們對年輕的「跨世紀人才」的鼓勵與期望，也對他的學術成果作出了中肯的評估。這部專著的確可以稱得上是當前研究中國新潮小說的最新成果。吳義勤系統有序地對三代新潮作家作了緊密的追蹤研究，對新潮小說代表作品也加以細緻的具體分析，既對新潮小說的文學史地位和價值予以宏觀把握，又對新潮小說的文本進行微觀闡釋。尤其在對新潮長篇小說的研究方面，作者投入了大量的精力，對新潮長篇代表作的逐一解讀成了本書的一大特色，也體現出了國內分析長篇新潮小說的最高水平。

吳義勤不僅治學嚴謹，而且文風樸實。他雖說也被列名為新潮批評家之一，但他卻反對以故作艱深的「新」，讓讀者去忍受難於卒讀的煎熬；在他的論文與專著中，沒有那種賣弄新名詞和以玄說玄的不良文風。他力求以通俗易懂的文字闡明自己的學術觀點，整部書稿讀來清新流暢，毫無故弄玄虛之感。可以說，他的觀點新，視角新，方法新，但文風卻嚴肅得近於「舊」。他非常注意於用通達曉暢的方式去言說最新潮、最難懂的文學現象。文風的平易近人顯示了他的高度的學術自信心。他認為擺出一副「新得不能再新」的架子，用那令人如墮五里霧中的「高深莫測」去嚇唬讀者，是無法使讀者心悅誠服的。

記得吳義勤曾為提交答辯而打印的文本取過一個題目：《失意的凱旋》，

當時的副題才是現在的書名：《中國當代新潮小說論》。我們以為這個貌似自相矛盾的「失意的凱旋」是耐人尋味的。它非常傳神地勾劃出新潮小說在當今文壇上的地位和處境，同時也非常有分寸感地指出其成就與抱憾。從這一富於綜合效應的「濃縮形象」中，盡現作者的機智，這種富有靈性的學術素質也是這部專著能舉重若輕地評論這個非常棘手的文學現象的保證。當讀者開卷閱讀時，定會為作者的機智所吸引；讀者在書中文字覽勝時，定會感到不虛此「行」。

目

次

下　冊

下篇　作品論

導論　新潮小說的理論界定及其歷史演變

　　在新時期中國文學中「新潮小說」是一個曾經相當輝煌的文學話語，由於人們常常把它和「先鋒小說」「實驗小說」「探索小說」「形式主義小說」等混為一談，即使其自身也有所謂「前新潮」和「後新潮」之分，這就使其所指在很大程度上呈現出一種混亂而模糊的狀態。但是，作為一次卓有成效的文學革命的真實記錄，「新潮小說」在中國當代文學史上的歷史地位和話語價值依然是無法抹殺的，李劼甚至極端地視其為中國當代文學的真正開端，把其前的文學史統稱為現代文學史。雖說我並不完全贊同李劼的觀點，然而他對新潮小說話語價值的估計我覺得仍然是可以認可的。不過，作為本文的論述對象，我覺得我首先就無法迴避賦予「新潮小說」以清晰所指和準確命名的責任。然而，命名是困難的，我們常常會感受到一種事物的存在，卻無法真實地言說這種存在。對於「新潮小說」來說，這種失語的尷尬就尤為令我們痛苦。我們無數次地為「新潮小說」歡呼、辯論、爭吵，可當人們突然間問我們「新潮小說」到底是什麼時，我們卻發現自己和詢問者一樣莫名其妙，它就如夏日星空中閃爍的螢火蟲在我們面前很鮮亮地劃過，很快就沉入了無邊的黑暗，我們根本無從捕捉。於是，從前的爭吵、辯論……一切的一切都變得毫無意義。事實上，長期以來，「新潮小說」正是作為一個其具體所指和含義被懸置了的空洞能指被談論的。許許多多的文學作品、文學現象和不同風格的作家都被籠統地歸入「新潮小說」的名下而失去了必要的區分和釐定。所謂「新」自然是相對於「舊」而言的，在這個意義上，「新潮」的所指無疑

是寬泛的，固然 1985 年以後的中國文學相對於這之前的現實主義作品具有新潮意味，就是傷痕文學、反思文學、改革文學、尋根文學、意識流小說、現代派小說等等之間也都有「時間」上的顯而易見的新潮遞變意味，即使四十年代延安解放區的文學作品對於當時的文學氛圍來說也恰恰是一種「新潮」。但這顯然不能作為我們逃避對「新潮小說」進行理論界定的藉口，無論如何，在種種相對性和混亂中總會有某種恒定的價值和話語限定存在。可以說，「新潮文學」是一種流動的文學類型，這種流動或緩慢、或劇烈，在某一特定的時代具有某種相對的穩定性，流動意味著變化和豐富，但又絕不是毫無基本規則，毫無目的的無所不包的大口袋；而除去這種流動性，「新潮文學」對於意識形態話語和習見的藝術規則的反叛性同樣也是具有其自身的某種定則和目的的。首先，我覺得「新潮小說」主要是指一種不斷創新求變的思維方式、藝術精神而言的，從這個角度說「新潮小說」似乎命名為「先鋒小說」更為恰當。「先鋒」（Avant-garde）原為軍事術語，後來成為馬克思主義的政治術語，最後為畫家、作家、尤其是批評家所借用，指某種甘為破舊立新作先鋒的美學意圖。先鋒派力圖改變舊的、現存世界的趣味，並強迫它接受一種新的感覺，其行為極具預言性和戰鬥性，因此往往不被理解。先鋒派的歷史可以追溯到十九世紀初法國的小浪漫派的活動，此後的達達主義、超現實主義、新小說、「如是」集團等等，都曾是先鋒派的重要角色。先鋒派往往具有強烈的革命色彩、弒父意識和挑釁性，他們反對偶像崇拜，反對現存的占統治地位的意識形態和美學趣味。正如法國先鋒作家尤奈斯庫在《論先鋒派》中所說，所謂先鋒派，「它應當是一種前風格，是先知，是一種變化的方向。……這種變化終將被接受，並且真正地改變一切。」〔註 1〕也就是說，「先鋒派」應滿足兩個條件：一，它是文學創作中勇於創新的尖兵；二，這種創先對於後來的文學發展具有方向性的意義，能贏得一定聲勢的追隨者。而批評家趙毅衡則認為判別先鋒派有四個標準：一，形式上的高度實驗性；二，力求創新，著意創造的是困難的形式，好像有意讓大部分讀者看不懂；三，先鋒派往往受到同行的側目，甚至受到同行的反對；四，它有能力為藝術發展開闢新的可能性。〔註 2〕對比而言，雖然新時期中國文壇的新潮小說還很難與真正意義

〔註 1〕尤奈斯庫：《論先鋒派》，見王忠琪主編：《法國作家論文學》，北京三聯書店，1984 年版。
〔註 2〕趙毅衡：《先鋒派在中國的必要性》，《花城》1993 年第 5 期。

上的先鋒派相提並論，但其表現在對小說觀念、小說傳統、小說形式和內容諸方面的反叛傾向和創新追求仍然是無法超越的。其次，「新潮小說」在中國我覺得還是一種特殊的文學潮流、文學運動以及一批特定作家的作品的特指。可以說，「新潮小說」是中國特定歷史文化語境中產生的一種文學現象，它的創作者主要是五十年代末、六十年代初出生的一群有較高文學修養的年青作家，他們受到西方從現代主義到後現代主義等眾多不同作家作品的影響，不滿於中國文學長期以來的固定模式和陳舊技巧，試圖通過小說形式的探索和實驗來革新中國小說的面貌，從而實現他們走向世界的文學抱負。應該說他們的努力是很有成效的，在今天無論是誰談到新時期中國文學的成就都無法忽略它的巨大影響和它帶給中國文學的巨大聲譽。新時期文學之所以能引起世界文壇的廣泛關注也正與新潮小說的成就密不可分。再次，我覺得「新潮小說」更重要的還是針對中國讀者的閱讀經驗和審美心理而言的一種彈性文學話語。「新潮小說」提供了一種全新的閱讀體驗，我甚而以為中國「新潮小說」的「創新」本質上就是閱讀意義上而非創作意義上的「創新」。在閱讀方面，「新潮小說」呈現在讀者眼前的文本無疑是陌生而新穎的，它迥異於我們耳熟能詳的傳統文學經典，也與同時代的權威文學話語格格不入，從其誕生之日起就伴隨著種種冷落、誤解和「讀不懂」的抱怨，並事實上給我們的審美習慣和審美心理造成了巨大的衝擊。而在創作方面，「新潮小說」的創新意義則有令人懷疑之處，某種程度上來看，「新潮小說」更多時候只不過完成了對西方先進藝術經驗的模仿、移植和翻譯，更有諷刺意味的是他們所效法的文學「藍本」常常都是西方已經「落潮」的東西。也正是因為如此，我才更願意以「新潮小說」而不是「先鋒小說」來命名我本書的論述對象。鑒於上述原因，要給本身就充滿了各種歧義的「新潮小說」一個準確的理論界定幾乎注定了是不可能的，但我突然記起了兩個我所喜愛的北京青年批評家跟我討論「新潮小說」時給我的告誡：理論往往需要一些果斷甚至武斷，否則我們只能一事無成。如此，不避武斷和冒險，本文嘗試對「新潮小說」作如下命名：新潮小說是在中國文學自身的變革要求和世界先進文學思潮的影響這雙重因素催生下於八十年代中期以後滋生的一種文學現象，它有自己特定的作家群體和代表性的文學作品，是新時期中國文學的最重要、最有成就的小說流脈。新潮小說對中國文學的傳統、現實和未來都具有很大的革命意

義，其全新的小說範式對中國文學的經典理論和審美心理都具有強烈的顛覆性，當代文學的面貌也由此得到了改寫。因此，我們至少可以對作為一種文學話語的新潮小說作三種理解：它既是一種文學現象，又是一種精神狀態，還是一種審美思潮。為了對「新潮小說」有一個更為具體和明晰的闡釋，本章擬從下述幾個方面作進一步的探析：

一、新潮小說誕生的歷史──文化語境

任何一種文學現象的產生都離不開特定的生存空間和特殊的歷史─文化語境，在最單純的文學表象背後都無一例外地隱藏著政治、經濟、思想、文化等各方面的解釋。眾說紛紜的「新潮小說」就更是中國八、九十年代歷史─文化景觀的投影。

八十年代以來的思想解放運動和改革開放的政治經濟氛圍，無疑是我國思想文化史上第二個「五四」來臨的重要前提。隨著社會「奇理斯瑪」中心的解體和多元化意識形態的形成，當代中國社會被置身於一個巨大的「文化落差」之中，不同的時代，不同的信仰，不同的觀念、行為方式和價值體系被混亂不堪地彙集在一起。尤其是在改革開放過程中，其經濟和文化活動遠離政治一體化的「市民社會」的形成，為市民文化和娛樂文化、通俗文化的成長提供了一個自由的空間，從而形成了主流意識形態、知識分子精英文化和市民文化三元分離的狀況。雖然，「奇理斯瑪」的解體不過是「文化失範」的一種表述，但這種解體對於文學藝術來說卻又並不是一件壞事。馬克斯‧韋伯就曾借用它來指有創新精神的人物的某些作風品質。因為正如愛德華‧希爾斯所指出的，奇理斯瑪賦於社會以中心或中心價值體系：社會有一個中心，社會結構中有一個中心帶，而這個中心或中心帶是價值和信仰領域的一種現象：「奇理斯瑪是符號秩序的中心，是信仰和價值的中心，它統治著社會。它之所以是中心，因為它是終極的，不能化約的；很多人雖不能明確說出這點，但卻感覺到這樣一個不能化約的中心。中心是帶有神聖性質的……中心價值體系的存在，根本上取決於人類需要結合能超越平凡的具體個人存在（並使其改觀）的某種東西。人們需要與大於自己身體範圍的和在終極的實在的結構中比自己日常生活更為接近核心的一個秩序的一些符號相接觸。」〔註3〕顯而易見，這種中心價值系統的崩潰所導致的文化脫序、道德混亂與失意正

〔註3〕愛德華‧希爾斯：《中心與邊緣》，第7頁，芝加哥1975年。

為文學藝術的創新、蛻變和實驗創造了一種較為寬鬆自由的文化心理空間。各種名目的藝術觀念、小說樣式、文學潮流都獲得了名正言順的登臺亮相機會，中國當代新潮小說也正借助於這股「自由」的旋風掃蕩了中國文壇。

當然，談到中國當代新潮小說誕生的文化語境，我們更應重視的還是聳立在其背後的世界文學背景。八十年代之後隨改革開放之風湧入中國的西方從現代主義到後現代主義的各種文學觀念和文學作品都無一例外地對中國作家的心理造成了巨大的衝擊。西方幾百年間的文化藝術成果共時性地呈現在中國十餘年的文化空間中，一方面給中國作家強烈的新鮮感，另一方面又給他們以揮灑不去的自卑感和藝術滯後感。中國當代作家們比「五四」知識分子更有一種學習西方的焦灼意識。事實上，伴隨文化翻譯和交流事業的興盛，幾乎任何一部外國文學經典（包括八十年代因為諾貝爾獎而爆炸了的拉丁美洲文學）都短時間內有了中國版本，這就為中國作家模仿性的寫作提供了豐富的機遇。有人曾戲謔地稱十部外國文學名著就可以完整地演繹全部新潮文學史。這種觀點雖不無偏激，但新潮小說是在西方小說的溫床上催生並一直在其陰影下生長這一不爭的事實也可謂人所共知。它至少昭示了中國當代新潮小說與世界先進文學的密切關係以及中國文學前仆後繼地走向世界的不懈追求。而從理論層面上說，西方敘事學理論、形式主義理論、新小說理論、語言學理論以及海德格爾、薩特等的存在主義哲學思想在新時期中國文學理論界的大行其道也為新潮小說的文體實驗確立了卓有成效的理論背景。

如果說世界先進文學刺激了中國新潮小說的孕育、滋生和發展的話，那麼沒有中國文學自身革命力量的成長，新潮小說的誕生同樣是不可想像的。我個人認為，早在新潮小說正式登堂入室引起中國文壇關注之前，中國文學就已經作好了相當不錯的鋪墊。這些鋪墊至少有下面幾個層次：

朦朧詩和王蒙等的意識流小說

八十年代初期，中國文學第一次有了較為自覺的「現代主義」文學運動。這次運動的發端自然源於朦朧詩的崛起，但對新潮小說具有比較直接影響的還是王蒙、宗璞等的意識流小說。遙想當年王蒙的《春之聲》《蝴蝶》以及宗璞的《我是誰？》等小說給中國文壇造成的巨大轟動和反響，至今都有一種令人難以釋懷的溫馨和感動。更重要的是，由朦朧詩和意識流小說所引發的關於「現代派」的爭論，則尤其對中國當代文學構成了猛烈的衝擊。資料統

計表明，僅 1978 年至 1982 年五年之內，關於現代派問題的爭論論文不下五百篇，由袁可嘉等人選編的《外國現代派作品選》（上海文藝出版社），第一版於 1980 年出版，第一次印刷就發行五萬冊，迅速告罄，即使在 1983 年，第三卷出版，也印刷了二萬一千冊。陳焜的《西方現代派文學研究》於 1981 年出版，引起的轟動現在恐怕難有可與其相提並論的學術著作。該書第一次印刷一萬三千冊，爭相搶購者不只限於大學裏的專業教師，普通的文學愛好者也津津樂道，足可見外國現代派文學的魅力。高行健 1981 年出版《現代小說技巧初探》亦在作家中引起了濃烈的興趣。馮驥才在給一位作家的信中記錄過這種心情：

> 我急急渴渴地要告訴你，我像喝了一大杯味醇的通化葡萄酒那樣，剛剛讀過高行健的小冊子《現代小說技巧初探》。如果你還沒有見到，就請趕緊去找行健要一本看。我聽說這是一本暢銷書。在目前「現代小說」這塊園地還很少有人涉足的情況下，好像在空曠寂寞天空，忽然放上去一隻漂漂亮亮的風箏，多麼叫人高興！〔註 4〕

的確，西方小說的蜂擁而入大大開闊了中國作家的眼界和見識，宗璞在讀了卡夫卡的小說後就情不自禁地感歎：原來小說還可以這樣寫！作家們難以經受其巨大的誘惑，紛紛嘗試用西方式的變形感受來描繪文革中真實的生存體驗，這就有了《我是誰？》等一批荒誕小說的面世；同時，西方現代小說的藝術技巧也開始猶抱琵琶式地在當代小說中露面，這就有了《春之聲》等最初一批意識流小說的問世。不管這最初的嘗試是「真現代派」也好，「偽現代派」也好，我們如果避開這些無意義的理論爭吵就會發現這樣一個基本事實，即中國作家這些樸素的「現代味」的創作，已經給中國當代文學以有益的啟發，它們可以說是刺激當代新潮小說崛起的第一聲春雷和第一面旗幟。很大程度上，正是他們這類不很成功的作品給了新潮小說作家以藝術上的自信和借鑒的勇氣。

文化尋根小說

如果說王蒙等作家的新時期作品所呈現的新的美學因素還沒有在中國文學中造成革命性的影響的話，那麼，文化尋根小說在文壇的崛起則實實在在地給了中國文學一個根本性的觸動。幾十年的文化封閉和禁錮，使中國作家

〔註 4〕高行健：《現代小說技巧初探》，《上海文學》，1982 年第 8 期。

普遍地有一種藝術遲到感和文化失落感，面對以歐美大陸為中心的燦爛輝煌的二十世紀世界文學，他們在茫然失措和瞠目結舌的同時，也油然而生重建中國文化的緊迫感。這個時候，在經濟發展水平和中國同屬第三世界的拉丁美洲文學的爆炸適時地給了中國作家以啟發和某種代償性的自信。於是，一個在世界文化和世界文學的參照之下進行民族文化和歷史反思的文學尋根運動可以說是應運而生了。尋根文學的主體是一批具有較強使命感和責任感的知青作家。雖說他們的理論難免稚拙和混亂之處，但他們不滿文學現狀、立足文化批判和文學構建的自信和勇氣則無疑給中國文學注入了一劑強心針。事實上，尋根文學也確實構成了中國新時期文學的第一個熱點和高潮，在此之前似乎還沒有一次文學運動像它這樣得到過全社會如此自發而熱烈的關注。這一次，文學因為名正言順再也無需像王蒙等當初的探索那樣戰戰兢兢的了。正因此，文學尋根運動取得了非常引人注目的成就。韓少功的《爸爸爸》，阿城的《棋王》，王安憶的《小鮑莊》，鄭義的《老井》，扎西達娃的《繫在皮繩扣上的魂》和《西藏，隱秘的歲月》，賈平凹的「商州系列小說」，李杭育的「葛川江系列小說」，鄭萬隆的「異鄉異聞系列小說」等都構成了中國新時期文學特別的風景。在這裡，我無意於對尋根文學的成敗得失作全面探討，但我必須對尋根文學之於新潮小說的重要性作出恰當的估價。我認為，尋根文學雖然表面上對於西方現代文學採取的是一種保守的姿態，但我們一旦撕去籠罩在其上面的文化和思想反思的外衣，我們會發現尋根小說已經與我們經驗中的現實主義形態相去甚遠，其在小說藝術形式方面的探索和進展絲毫也不遜色於其在思想文化領域取得的巨大成就。尋根文學已經本質上結束了單一的寫實主義時代，揚棄了小說創作上所謂主題性、情節性、典型性之類的規範，在小說的敘事方式和語言形式上取得了可貴的突破。這種突破簡略地說不外兩個層面：其一，寫意化的語言和敘述方式。無論是王安憶的《小鮑莊》還是韓少功的《爸爸爸》還是阿城的《棋王》，這些小說或飄逸或反諷或凝重或幽默的語言風格都給中國讀者前所未有的閱讀體驗和審美效應。至少在最表層的小說形態上，尋根文學悄悄地完成了它的革命。其二，隱匿和虛化的文本結構方式。尋根小說已經摒棄了經典的整一結構方式，小說中無一例外地充滿了空缺和空白。藝術線索也呈現出多重和混亂的狀態，傳統小說的明晰和直白開始為模糊、多義甚至晦澀所替代。當然，我們也無

須掩飾，尋根小說確實有它令人生氣的觀念化傾向，這是中國文學的一個歷史久遠的頑疾。但對於新潮小說而言，它的成就和價值畢竟更為可貴。它也是日後新潮小說義無反顧地蹈入形式主義實驗之海洋的不可或缺的藝術準備和橋樑。它不僅為新潮小說掃清了部分藝術障礙，先期完成了一部分藝術實驗，同時它甚至也以文本的生澀培養了一部分讀者的閱讀心理，使他們不至於在以後面對新潮小說的晦澀時顯得驚慌失措。

觀念意義上的「現代派」小說

這是比尋根文學稍晚在中國文壇露面的在當時引起過廣泛關注的又一批新小說。其代表作家首推劉索拉，還有徐星、王朔、劉毅然等。與尋根作家不同，這些更年輕一輩的作家們，最具轟動性的是他們對現實生存和生活觀念的背叛。他們沒有尋根作家文化批判的神聖感莊嚴感，也沒有尋根作家文化建構的使命感和責任感。相反，他們有的正是對於神聖、信仰、崇高的褻瀆熱情。他們熱衷的是沖決既有生活的準則和規範，以遊戲的態度對待人生。他們是一幫生活的「頑主」，粉碎了我們曾經建立的完整的生活形象。在劉索拉的《你別無選擇》、徐星的《無主題變奏》、劉毅然的《搖滾青年》以及王朔的《頑主》系列等一批作品中，主人公們無一不是以一種誇張的方式弘揚「自我」與社會的對立，變態地宣洩著對社會的不滿。因此，在我看來，把這些觀念性小說視為「現代派」小說實在是新時期中國文學的一個最大的誤會。雖然他們小說中並不少見正統西方現代派作品所常有的那些空虛感、孤獨感、失落感之類的主題，但顯然這些體驗並不是真誠的，甚至還遠沒有宗璞等的荒誕小說更令人可信。從與西方現代文學的關係來看，如果說尋根文學主要是受了馬爾克斯為代表的拉美文學的滋潤的話，那麼觀念意義上的「現代派」小說則更多地承襲了歐美「黑色幽默」一路的「後現代」作家的衣缽。觀念意義上的「現代派」小說對中國文學的意義在此意義上也僅是一種觀念革命而遠非真正的小說革命，它在尋根小說的歷史文化批判之後又完成了對於生存觀念的批判，這才是其實際意義。不過，對於新潮小說來說這種觀念化的小說依然功不可沒，它拆除了束縛於小說之上的又一道籬笆，為日後新潮小說的全面出擊再次作了有力的奠基。新潮小說能在形式主義的大旗下徹底擺脫政治、社會學、歷史學以至文化學的制約，獲得審美意義上的本體性和自足性，劉索拉等人在「觀念」領域的革命實績是迫切而又必需的。

　　當然，上文所分析的中國當代文學在新潮小說崛起之前所作的三次鋪墊並不是彼此孤立和隔絕的，它們是各自不同而又具有邏輯聯繫的共時態的文學運動，它們共同為新潮小說在形式主義大旗下對中國文學進行最大規模的革命作好了從觀念到藝術等各個層面的準備。另一方面，這三者在其出現之初又都是作為「新潮」被談論和接受的，我們不妨把它們稱為真正的「前新潮」，其與新潮小說的親緣關係以及不可替代的話語意義和催生作用當無庸置疑。

二、中國當代新潮小說的三次浪潮

　　前文已經說過，中國當代新潮小說不是一夜之間突然光顧文壇的，它是特定歷史文化語境的產物，只不過其呈現的方式具有某種絕對性和極端性而已。事實上，新潮小說雖然歷史並不太長，也就十幾年的歷史，但它在中國文壇掀起的波浪卻遠非一個單純的理論術語所能概括。儘管新潮小說一直被文學權威話語排斥在文學話語的邊緣地帶，用一位評論家的形象說法就是它一直「在邊緣處求索」，但從作為一個文學自足體的新潮小說自身來說，其求索、實驗、顛覆的熱度就一直也沒有降溫過，相反它也並不是一個刻板劃一的文學思潮，而是以一浪高過一浪的氣勢不斷壯大和深化發展著。具體地說，我認為中國當代新潮小說在它不長的歷史裏至少經過了三次大的浪潮：

1985 年前後以馬原的出現為標誌的第一次浪潮

　　可以毫不誇張地說，馬原在 1985、1986 年度的異軍突起無疑是中國當代文學最具革命性的事件。直至今天，我們回憶那段歷史仍然會禁不住津津樂道喜形於色。馬原作為一座豐碑，它宣言新潮小說真正面世的話語價值無人能替代。實際上，馬原正是新潮小說的扛大旗者，一大批新潮作家都是在他揮動的旗幟指引下聚集起來投奔新潮文學事業的。

　　馬原的意義在於他是中國當代第一個真正意義上的形式主義者，他第一次在實踐意義上表現了對小說的審美精神和文本的語言形式的全面關注，並把文學的本體構建當作了自己小說創作的絕對目標。用李劼的話說「馬原的形式主義小說向傳統的文學觀念和傳統的審美習慣作了無聲而又強有力的挑戰。從這個意義上說，馬原的形式主義小說，乃是新潮文學最具實質性的成果。這種形式主義小說的確立，將意味著中國新潮文學的最後成形和中國當

代文學的一個歷史性轉折的最後完成。」〔註5〕不過，要對馬原的「形式主義」
小說予以準確的命名是相當困難的。我想說的是，在馬原的形式主義小說背
後也矗立著二十世紀世界文學的背景，他的審美選擇使他傾心於博爾赫斯、
略薩、羅伯格里耶等大師和魔幻現實主義、結構主義、新小說等的審美原則。
雖說馬原早在七十年代就已跨入文壇，但實際上馬原對於中國當代文學的真
正意義卻是從 1984 年他的《拉薩河女神》的發表才呈現出來的。《拉薩河女
神》是他創作生涯的轉折，1985 年初他隨即又發表了他的代表作《岡底斯的
誘惑》。從這兩部作品開始，馬原式的形式感、敘事方式、語言形式在中國當
代小說界光彩奪目了。馬原以他的文本要求人們重新審視「小說」這個概念，
他試圖泯滅小說「形式」和「內容」間的區別，並正告我們小說的關鍵之處
不在於它是「寫什麼」的而在於它是「怎麼寫」的。他第一次把如何「敘述」
提到了一個小說本體的高度，「敘述」的重要性和第一性得到了明確的確認。
在《拉薩河女神》中馬原表現出了對於敘事的絕對關注，語言也變成了純粹
操作性的敘事語言，在這種語言中作家有著強烈的故事意識，它時時提醒讀
者的介入，又反覆聲明故事的「虛構性」。不帶任何情感色彩的純線性敘事語
言在小說中比比皆是，比如：

　　　　讀者應該首先知道幾種簡單又很要緊的事實。

　　　　為了把故事講得活脫，我想玩一點兒小花樣。

　　小說結構上，這篇小說採用的是一種拼貼式結構。小說七個小節，從第
二個小節開始每一個小節講述一件事情。六個故事彼此沒有任何必然性因果
聯繫，只是在同一個故事空間裏發生，由同一群故事人物操演而已。這種結
構方式以一種嶄新的思維方式推翻了傳統的中國小說的敘事方式及其在這種
方式之後的生活觀念和思維方式。如果說在《拉薩河的女神》中，馬原的小
說觀念和敘事形式還具有一定的嘗試性和稚拙性的話，那麼在《岡底斯的誘
惑》中，他的努力已經變得成熟而卓有成效了。不僅純線性的語言得到了得
心應手的運用，拼板式的結構也更為渾然天成。而且，小說的人物和小說的
故事又被更高的具象性和更深邃的偶然性所推動，展示出變化無窮的敘述層
次和神奇莫測的故事內容。從此以後，馬原的創作進入了一個近乎瘋狂的狀
態。《疊紙鷂的三種方法》《塗滿古怪圖案的牆壁》《拉薩生活的三種時間》等，
幾乎每一部小說都給我們一份驚奇。到《虛構》，馬原達到了他小說創作的高

〔註5〕李劼：《論中國當代新潮小說》，《鍾山》1988 年第 5 期。

峰。「我就是那個叫馬原的漢人」這句敘述語式成了當代文學最為影響深遠的一個經典句式。《遊神》《錯誤》《大師》《大元和他的寓言》《舊死》等小說無疑標誌著中國當代新潮小說的第一批經典性傑作的問世。直到 1987 年馬原推出了他唯一一部也是整個新潮小說界第一部長篇小說《上下都很平坦》之後，新潮小說的第一個浪潮才算到了落幕之際。馬原在這之後基本上封筆，新潮小說的大旗將由另一批作家來繼承了。

也許有人會同時想起另外兩位在 1985、1986 年間引起過轟動的作家，這就是莫言和殘雪。不錯，莫言的《透明的紅蘿蔔》《紅高粱》系列和殘雪的《蒼老的浮雲》《黃泥街》等小說都以令人觸目驚心的文本形態和閱讀效果當之無愧地躋身於新潮作家的行列。他們的作品已經本質上與新潮小說在形成期的三種形態有了革命性的區別，他們開始自覺地把各種觀念成分溶入風格各異的敘事裏，由此各種各樣的文學個性上升成了小說的主導因素，中國小說一度千篇一律的面貌得到了改寫和瓦解。對於莫言來說，他貢獻於新潮小說的是他奇異的感覺。莫言極擅長於把童性感覺鑲嵌在他的小說中，尤其在敘事進入驚心動魄的時刻，這種感覺越為引人注目。很難對莫言的感覺化文本作純粹理性的分析，但其帶給莫言小說的特異審美特點還是可以大致把握的。拿《透明的紅蘿蔔》和《紅高粱》這兩部小說來說，其所敘述的故事並不奇特，一個是童年記憶，一個是抗日傳奇。然而，經過作家童年感覺的照耀，它們就一下子都變得神奇而充滿魅力。在感覺化的語言之流背後，我們讀到了生命和歷史的異樣沉重，從而感受到了蘊藏在敘述語言和敘述內容的反差之中的強大的審美張力。顯然，莫言對原始生命力量的關注也是他的小說成就的一個方面，向前他繼承了尋根文學，向後他啟發了其他新潮作家。這也是莫言作為一個新潮作家特有價值的體現。不同於莫言，新潮作家殘雪引人關注的是她的心理小說。同以感覺取勝，殘雪的感覺則充滿了女性的歇斯底里式的尖刻。她的小說具有一種夢幻式的結構，敘事混亂隨意而毫無邏輯性可言。無論是人物、故事，還是場景、對話，都變化無常、閃爍不定。殘雪小說文本構成的方式實際上就是一個個惡夢的自然主義式的呈現。因而，她的小說也就由此演化成了一種夢的精神分析。夢幻邏輯是她小說的本質，也是我們嘗試進入其文本的唯一可能的通道。不過，殘雪的小說同時又缺乏夢幻的詩意色彩，而是充斥了變形的形而下的醜惡。《蒼老的浮雲》無情地剖視出夫妻、鄰里、親友、朋輩互相之間的種種冷漠和虛偽，從而描繪出一個充

滿敵意、猜忌、防範、窺探以及動物般噬咬的混濁而骯髒的世界。《黃泥街》把聚焦從家庭轉向社會，但呈現在我們面前的同樣是一個混濁而瘋狂的世界，這裡充斥老鼠、污水、糞便、瘋貓、形形式式的瘋人。殘雪的小說就是這樣瘋狂而不可理喻，她的非理性的晦澀、難懂的文本也可算是新潮小說的一方奇觀。但殘雪的文本顯然太富女性的個人化特徵，這使她到如今哪怕在新潮小說家中也仍然是落落寡合，沒有能形成更大的氣候。因此，某種意義上說，殘雪永遠是中國文壇星宇中的一個孤星，她的耀眼光環中總是充滿了寒意。

通過上文對三位作家各自藝術個性的簡單分析，我想我已經能夠說明何以同為新潮小說第一代作家，殘雪、莫言儘管成就同樣卓著甚至成名比馬原更早，卻無法作為標示新潮小說時代到來的代表的原因了。莫言和殘雪其各自的地位當然無法替代，但他們卻缺少馬原那一呼百應的號召力量，其文本就更沒有馬原式文本那種表演性、示範性和集體操作性了。也就是說，莫言、殘雪雖然以其新潮創作對中國文學發動了衝擊和革命，但他們顯然還缺乏馬原式敘事革命的整體性、粉碎性和徹底性。這種情勢下，面對傾巢出動的新潮作家們對馬原的頂禮膜拜，莫言和殘雪事實上也只有心悅誠服了。

1987～1990 年，中國當代新潮小說的第二次浪潮

新潮小說第二次浪潮的主將是一群比馬原更為年青的後生，他們又被稱為「馬原後」作家和「後新潮」作家。當然，1987 年並不是一個絕對的界限，他們的代表作家洪峰、孫甘露、蘇童、潘軍、余華、格非、北村、呂新、葉曙明、楊爭光等都是在 1985、1986 年前後就已開始了新潮小說的創作。不過，當時馬原的光芒太亮以致掩去了他們的成績。當 1987 年馬原停筆之後，他們終於在全國各地一夜之間幾乎同時冒了出來。他們的同時獻技帶來了中國小說最令人興奮的一段時光，也是中國新時期文學成果最為豐碩的時期。新潮小說真正成為文學話語的中心，也正因為第二代作家們集束性作品的巨大成功。

雖然第二代作家仍然具有各自的藝術個性，但我更願意把他們作為一個戰鬥的整體看待。在小說觀念上，他們在馬原等「新潮」前輩的基礎上進一步強化了小說作為一種敘事文本的本體性，進一步否定了功利主義文學的傳統。他們憑藉人多力量大的優勢，幾乎對小說理論的一切層面都進行了全面、

徹底、堅決而極端的清算、消解和顛覆。與此同時，他們也以自己的創作彼此從不同的層面互補性地豐富、充實和建構了新潮小說的美學準則。在這篇導論性的文字裏，我當然無力也無須對他們的藝術個性和貢獻逐一作出陳述與評析。簡略地說，他們的成就固然表現在「非現實性」主題的全方位開拓上，新潮小說對於生存本質、深層人性以及災難、死亡、暴力等特殊人生境遇的刻畫應該說是相當深刻而觸目驚心的；但我仍然傾向於認為新潮小說的最大成就還是體現在小說形式層面上的小說語言、小說故事敘述和小說文本結構等幾個方面。洪峰作為最得馬原真傳的弟子，他和蘇童、葉兆言等代表了這代作家在故事敘述上的最高成就；孫甘露和呂新等則代表了他們在小說語言實驗上所能達到的最後可能性；格非、余華等無疑是新潮小說在文本結構方面最成功的探索者。由於在本書後面的章節裏我還要對這些作詳細的闡析，這裡我就不作展開了。需要指出的是，這代作家的創作有從「形式」向「歷史」轉化的趨勢。他們之間形式探索的程度各不相同，蛻變退化更是難以避免。特別是到了八十年代末，這種分化就更為明顯，除了孫甘露等少數作家還在堅守新潮陣地外，大部分都已收斂了他們的實驗鋒芒。1989 年前後與「新寫實小說」的聯合就是這種撤退的一個突出表現。蘇童、余華、北村等作家都已開始熱衷於故事性文本的創作，葉兆言甚至就已經變成了真正意義上的通俗作家。特別是當他們都開始長篇小說寫作之後，轟轟烈烈的第二代新潮作家也就紛紛謝幕了。也許純屬偶然，第二代新潮作家以長篇退場採取的竟是和馬原同樣的告別方式，這是不是他們對馬原的最好的懷念和謝恩？

九十年代新潮小說復興浪潮

隨著新潮小說第二代的蛻化，人們紛紛預言了新潮小說的滅亡。應該承認，新潮小說第二代達到了新潮小說的巔峰同時也走到了它的極限。各種各樣的小說枷鎖都被拆除了，各種各樣的小說可能性都被試驗過了。新潮小說還有什麼可做呢？當然不能否認商業時代的到來對於消解新潮作家的先鋒性所起的作用，但我認為新潮小說的蛻變其根本原因還在於新潮小說自身失去了繼續探索的動力和目標。這個時候，我發現新潮小說並沒有如人們預言的那樣消亡，相反，新潮的火炬在九十年代又出人意料地再次熊熊燃燒了起來。進入九十年代，文學無疑更寂寞更邊緣化了，此情此景中如能再次出現一批文學先鋒，則實在是再令人興奮不過了。而在我看來，九十年代新潮小說的

復興主要由兩股力量促成，一是八十年代的新潮作家在銷聲匿跡一段時間後於九十年代又挾帶著他們的長篇創作重新殺入了文壇。可以說九十年代長篇小說的風起雲湧也是中國當代文學本世紀最動人的文學景觀之一。蘇童、余華、格非、孫甘露、呂新、洪峰、潘軍幾乎每一位新潮作家都在短短的幾年內出版和發表了他們的長篇小說。這表明八十年代的這批新潮作家們又開始重新找回了藝術的自信，而這些長篇小說無論從思想蘊涵還是從藝術形態來看也確實代表了這批作家小說創作的最高水平。也可以說這批長篇小說表明了他們對於生活把握能力和藝術表現能力的極大提高，是八十年代新潮作家走向真正成熟的標誌。另一股力量來自九十年代一批晚生代新潮作家（亦稱九十年代先鋒派）的崛起。在這裡我要鄭重記下他們的名字，他們是：魯羊、韓東、陳染、朱文、林白、東西、鬼子、海男等等。雖然就目前的創作業績來說，他們還遠未達到前輩的水平，他們的創作在形式實驗和探索方面也沒能提供更為先進更為新鮮的東西，當然就更不能妄說他們超越了新潮小說的成就。然而，在許多昔日的「先鋒派」紛紛洗手不幹或改頭換面的商業時代，他們這種勇往直前的勇氣難道不值得我們尊敬？誰又能說他們的努力不代表了中國文學的希望呢？儘管在這個時代標新立異的困難比任何時代都要大，他們受到文學傳統和社會現實的雙重壓力，同時新潮小說已有的巨大成就也是他們很難跨越的高山，但我仍然看好他們的未來。就我個人的閱讀經驗而言，我覺得這批作家引人注目的地方主要有三點：

一是晚生代新潮作家在繼續進行形式實驗時他們文本中的生活體驗性有了大幅度的增強，像陳染、林白這樣的作家的小說甚至有著強烈的個體自傳色彩。這對於前期新潮小說片面地以想像的方式描繪非經驗題材的傾向可以說是一種較好的矯正。二是晚生代的新潮小說已經初步從「歷史」的迷霧中走了出來，他們的許多文本已經開始了對於「現實」的言說，這表明新潮作家已不再對「現實」失語了。三是新生代小說已經開始脫離「西方話語」模式而嘗試建構和尋找文學的個人話語。

不過，在對新潮小說的潮流作了如上梳理之後，我覺得我非常有必要對我這裡分類性敘述的相對性加以說明。事實上，在短短的十來年的時間內新潮小說「三代」人之間其實並沒有一種涇渭分明的「代溝」，不但在年齡層次上他們彼此不分伯仲，除了第三代作家整體上確乎比前兩代年輕一些外，第二代與第一代之間則實在不存在年歲上的差異，而且三代作家實際上很多時

候多是並肩作戰的戰友。因此，本質上說我的劃分其實是並不科學的，但為了敘述和闡釋的方便，我似乎又不得不取此權宜之策。

　　此外，在這篇「導論」的最後，我還得對新潮小說作出總體上的判斷和必要的闡釋。我覺得「新潮小說」的演變發展就整個中國當代文學的歷史來看無疑是一次「失意的凱旋」。表面上看這是一個充滿矛盾的詞組，既是「凱旋」本就談不上「失意」，如果「失意」也根本不會「凱旋」。但這種矛盾的組合卻又確確實實統一在新潮小說這裡，某種意義上，這對矛盾也正是對於新潮小說命運和成就的絕好概括和總結。繁衍在當代中國這個特殊的文化語境中，新潮小說注定了本質上就只能是一個巨大的矛盾。在中國當代文學史上，新潮小說的劃時代偉績是無法抹殺和不可替代的，某種意義上它是中國當代文學的一座里程碑，它為提高中國小說藝術品位所立下的不朽功勳將永遠鑴刻在文學史冊上。這當然是一次聲威赫赫的「凱旋」！但是，這次偉大的「凱旋」並沒有給新潮作家帶來真正的光榮。在得到接受和認同方面，新潮小說的境況就很令人悲哀。新潮小說至今也沒有為普通大眾讀者接受，它似乎永遠只能是少數讀者的案頭讀物。文學權威話語雖然不能抹殺新潮小說的成就，但其對新潮小說的言說卻總是羞羞答答和言不盡意。新潮作家高舉著他們的小說戰果「凱旋」而歸，可迎接他們的卻只有幾個躲躲藏藏的人影和幾聲稀稀落落的掌聲，你說他們能不感到「失意」和失落麼？

上篇　綜論

第一章　新潮小說的觀念革命

　　回顧新時期文學，新潮小說常常被視為一次文學暴動。這次文學暴動至今留在人們記憶中的印象還是如此強烈而生動，以至許多人直到現在談起它還心存餘悸。如果說新潮小說確實對中國當代文學具有某種顛覆性的話，那麼我個人覺得它的革命性則主要體現在兩個層面：一是花樣百出令人耳目一新的小說文體形態；一是新潮作家在觀念領域對一切既有文學觀念和理論體系的全面消解。而從本質上說，新潮小說最大的顛覆性還是表現在觀念層面上，正是有了觀念上的「反動」才有了新潮小說那驚世駭俗的極端化文本實驗。前者是前提和基礎，後者只不過是在它作用下的一種結果和可能性。因此，當我們試圖對新潮小說的本體面貌作出全面闡釋和探討時，對其在小說觀念層面的「革命」作出理論的總結和評價將是我們必然的立足點。然而，話說回來，新潮小說的文藝思想又是相當龐雜而混亂的，它缺乏明晰的體系性和系統性。也就是說，新潮小說往往「破」大於「立」，解構的勇氣總是高於建構的熱情。當然，指出這種混亂並非為了否定對其進行概括和反思的可能，相反這種概括和反思在今天已變得越來越迫切和必要。本章將試圖從小說「是什麼」、小說「怎麼寫」、小說「內容」與「形式」的關係、「真實」與「虛構」的關係以及小說的本體與功能等幾個方面來切入對新潮小說及其所表徵的文學思維方式革命的反思。

一、「人」是否應成為文學的「革命」對象？

　　在我們耳熟能詳的文學理論教科書和文學權威經典中我們曾經無數次地被告知一個似乎千古不變的真理性命題：文學是人學。人類世世代代的文學

成就也充分證明和演示了這條真理的絕對性。我們知道，離開了「人」這一主體，離開了表現「人」、塑造「人」、探索「人」這一藝術目標，文學將不成其為文學。從這個意義上說，文學演變的歷史其實也可以看作是人類探索、解剖、認識「人」自身的歷史。從《荷馬史詩》到文藝復興再到 19 世紀的歐美和俄蘇文學，離開了「人」的光輝簡直就無法想像。而 20 世紀的中國文學就更是「人學」理念的絕好實踐和證明，從魯迅開始建構的中國現當代文學的人物長廊事實上已經成了 20 世紀中國文學成就的一個象徵與縮影。與「人學」相比，藝術有時倒是變得無足輕重。就拿從「文革」夢魘中蘇醒過來的新時期中國文學來說，無論是「傷痕文學」「反思文學」還是「改革文學」，其巨大的成就和反響其實正是源自於對「文革」非人政治的批判和控訴中所實現的對「人」的重新發現與禮讚。那種強烈的主體意識、「自我」熱情和人道主義精神可以說至今還感動和激勵著一代又一代中國人。我們必須承認，新時期文學確實建立了一個關於「大寫的人」的神話，對於「人」的重新認識、重新塑造已成了新時期中國文學最重要的一條精神線索。但是，這條線索到了新潮小說這裡卻令人觸目驚心地被切斷了，我們不無辛酸地發現，新時期文學苦心經營的那個「人」的神話以及與「人」有關的一套相應的話語體系已經無可挽回地破滅了。當然，話說回來，新潮小說對「人」的消解與革命也不完全是一種無根據的即興式的「遊戲」行為，而是從某個層面上契合了小說從古典向現代轉換的內在要求，並代表了在文學與「人」的關係上的某種新的認知。因為，認同文學的「人學」特徵，並不是要把「人」抽象化、形而上學化，並不是說這個「人學」從古至今就是一成不變的，相反，我們看到，正是這個「人學」在內涵與形式上的巨變蘊釀和決定了傳統小說向現代小說的轉型。同樣是「人學」，其在古典小說和現代小說中的面貌卻是截然對立甚至水火不容的。無論是作品中人物形象的審美內涵，還是作家塑造人物的方式亦或對待人的態度與認知上，現代小說與古典小說都已是相去甚遠。從這個意義上說，新潮小說對於「人」的理解與處理也可以說正是現代小說範型的一次成功實踐。

現代小說人物與傳統小說人物的不同，首先就表現在作家對待「人」的態度的不同上。傳統小說基本上都建立在對於「人」的理性認知的基礎上，對於人的神聖性和崇高性的理解，使傳統小說自然而然地會把「人」構思成文本的中心。「人」的形象、思想、情感等等成了傳統小說價值座標與意義聚

焦的主體。這必然地也就形成了一種影響深遠的人本主義小說美學。但是隨著現代心理學和精神分析學的發展，隨著對人的精神與意識結構的探索，傳統的對於人的一整套理性認知開始遭到懷疑和解構，「人」不再是清晰、高大、神聖、智慧的主體，而是成了曖昧、混沌而可疑的對象。可以說，現代小說對於傳統小說的革命也正是在對「人」的反叛中拉開帷幕的。因為，正是人的物化、破碎化、「非人化」導致了我們經驗中的傳統小說大廈的徹底崩塌。新潮小說在中國新時期文學中可以說扮演的就是這種「人」的「謀殺者」的角色。在新潮小說中，新時期文學所塑造的那些大寫的主體頃刻間就被一批破碎、墮落的主體和小人物取代了。新潮作家不再信奉文學的社會學和人學價值，也不再理會所謂的典型說，而是把文學視為一種純粹的審美本體。他們認為人物和小說中的其他因素比如結構、語言等等一樣都只不過是審美符號，就如卡西爾所說的「符號」。余華就公開宣稱：「我並不認為人物在作品中享有的地位，比河流、陽光、樹葉、街道和房屋來得重要。我認為人物和河流、陽光等一樣，在作品中都只是道具而已。」〔註1〕正因為此，余華等作家不僅不屑於傳統意義上的「典型」說，甚至都懶得去塑造一個完整意義上的人物。許多作家都不願給他們的人物命名而是偷工減料地用A、B、C、D或甲、乙、丙、丁或他、大個子、紅……之類的代詞來指代。余華在他的中篇小說《世事如煙》中甚至直接以 1、2、3、4、5、6、7 來指代小說中的人物，「人」的地位在小說中已變得相當低微。而在呂新的《黑手高懸》等小說中人物更是蛻變成了「背景」，小說的主體已經完全被黑土、殘垣和風物景致所替代，「人」幾乎被「物」徹底淹沒了。我們看到，余華等中國的新一代作家們就這樣輕而易舉地完成了對於「人」的「謀殺」。他們否定了新時期之初中國當代文學所張揚的「大寫的人」的神聖性，以他們的小說對「人」進行著非常隨意的「非人化」亦即物化的處理，「反英雄」成了他們共同的文本風格。在他們的文本中不僅難見那些文藝復興時期的所謂「人的精靈」或史詩性「英雄」，甚至連正常態的「人」也難以看到，在他們文本中四處游蕩著的都是那些失去了「人」的光環的白癡、流氓、地痞、土匪、惡棍、神經症等等。在某種意義上，我們可以說，「人」的地位的下降或「人」的「非人化」蛻變確實構成了現代小說向傳統小說第一層面的挑戰。

　　其次，現代小說在具體的人物塑造方式和對人物的美學理解上也與傳統

〔註1〕余華：《虛偽的作品》，《上海文論》1989 年第 5 期。

小說有著根本性的差別。傳統小說講究對於人物的工筆細描，肖像描寫、行為描寫和表情描寫等都是傳統小說塑造人物的重要手段。比如中國古典名著《水滸傳》中的 108 名大將就可謂個個栩栩如生，他們的出場、造型、性格、語言等等都是濃墨重彩，給讀者留下了深刻印象。而與此迥然不同，現代小說對人物的塑造則更「寫意」和抽象，對人物外在性格和形象的精雕細刻式的描寫已變得次要和落伍，相反，對人物內在心理、意識和精神結構的探索開始佔據重要地位。傳統小說中的那種「外相」的「形象人」在現代小說中可以說已完全被那種抽象的「內在」的「心理人」取代了。在這個過程中，人的潛意識、夢境、人性的惡等就被彰顯和挖掘出來了。拿新時期中國文學來說，表現人性惡就是一個非常重要的主題線索。余華的《現實一種》、蘇童的《米》、殘雪的《黃泥街》等小說都無一例外地把「人」的那種惡之本性當作了小說表現的目標，那些「非人化」的行為方式和各種扭曲變態的生命形態借助於陰暗的心理呈示，帶給讀者的正是對「人」本身的無窮恐懼。與此相應，現代小說自然也就無法再遵循傳統小說特別是傳統現實主義小說所熱衷的「典型化」原則了。在過去的文學理論中，無論是福斯特的「圓型人物」「扁平人物」，還是恩格斯所謂「典型環境中的典型人物」，都強調的是人物塑造的「整合」美學與「集中」美學。這種小說美學以人物形象的豐滿、個性與共性的融合等等作為小說的至高境界，在對人的現實性和真實性的營構中實現其藝術理想。但這種理想在現代小說中已經開始被視為一種過時的、落伍的應該被遺棄的東西。現代小說中的人物大都不再具有「典型性」，他們成了一些抽象的符號、怪誕的意念和支離破碎的象徵。人物的完整性已被肢解，人物不再有清晰的形象，不再有日常的音容笑貌和生活經歷，而是被變形、異化、誇張成了模糊的陰影。就如卡夫卡的《變形記》《城堡》等小說中的人物一樣，他們已沒有活生生的「人」的氣息，而只剩下了象徵的外殼。中國當代新潮作家中余華、孫甘露、格非、呂新可以說都對這種「寫意化」、抽象化的人物處理方式情有獨鍾，在孫甘露的《信使之函》和呂新的《南方遺事》等小說中，「人」都成了飄忽的影像和意念的化身，感性的生命質地、情感質地已是了然無痕。

另一方面，傳統小說的典型化原則是建立在作家對人的自信以及對人的必然性的理解基礎之上的，因此，傳統小說往往講究所謂性格的邏輯，講究所謂性格發展轉變的必然性與真實性，而現代小說則表達的是人的不可知

性、神秘性與人性的無窮可能性。在現代小說中作家對其筆下的人物不再具有全知全能的理性，因而在敘事態度上也與傳統小說拉開了距離。中國文學傳統意義上的理性化敘事也相應地被新潮小說的非人格化的冷漠敘事取代了，敘述者的正義感、責任感以及理想激情等等我們從前的文學中引為自豪的東西幾乎全部面目全非、煙消雲散了。余華的《現實一種》《難逃劫數》等小說都可謂是這種「冷漠」的「零度情感」敘事的代表。此時，新潮作家在小說中關注的已不是「性格」問題而是「欲望」問題：「事實上我不僅對職業缺乏興趣，就是對那種竭力塑造人物性格的做法也感到不可思議和難以理解。我實在看不出那些所謂性格鮮明的人物身上有多少藝術價值。那些具有所謂性格的人物幾乎都可以用一些抽象的常用語詞來概括，即開朗、狡猾、厚道、憂鬱等等。顯而易見，性格關心的是人的外表而並非內心，而且經常粗暴地干涉作家試圖進一步深入人的複雜層面的努力。因此我更關心的是人物的欲望，欲望比性格更能代表一個人的存在價值。」〔註 2〕我們應該承認，現代小說在「人學」領域對傳統小說的革命不僅拓展了人性表現的深度，豐富了人性表現的可能性，同時也提供了小說藝術的可能性與自由度，余華等作家在小說敘事上的自信應該說與此有很大關係。這是因為，「人」的神聖性被解除之後，作家面對的就是一個完全物化的世界，在這個世界裏作家沒有了對於「人」的情感的、心理的、文化的、歷史的禁忌，相反，他們獲得了一種難得的優越感和輕鬆感，擁有了文本操作的絕對自由，敘述、寫作上的無所顧忌、隨心所欲也就理所當然了。這也是中國新潮小說長期樂此不疲地沉醉在形式領域從事「敘事革命」的一個「人學」背景。

　　然而，當「革命」漸漸成為一種回憶或背景時，「革命」的代價也就變得越來越令人不安了。新潮小說的「人學」革命確實豐富了中國新時期文學的可能性，並提供了中國文學擺脫社會歷史學附庸身份、掙脫意識形態期待和閱讀慣性的有效路徑，從而獲得了某種寫作的「自由」，但是與此同時，它也在不知不覺中改變了「文學」的形象，使「文學」變成了一種抽象、冷漠、晦澀的「符碼」。那麼，一個遠離了情感、真、善、美和基本道德內涵的文學還是那個有著永恆魅力的文學嗎？如果文學「自由」的獲得要以對「文學」本身的扭曲、犧牲為代價，那麼這種「自由」的代價是不是太大，它還有意義嗎？對新潮小說來說，這樣的追問似乎永遠是一種心頭之痛，他們在品嘗

〔註 2〕余華：《虛偽的作品》，《上海文論》1989 年第 5 期。

「革命」的快樂的同時，也不得不吞下藝術的苦果。從這個意義上，我覺得，余華、蘇童等作家 90 年代的「轉型」以及對「人學」的回歸可以說正是一種幡然悔悟，是對「極端」的觀念革命的切實反思。

二、「生活」是文學的「敵人」嗎？

「文學是生活的反映」「生活是文學的源泉」同樣是我們的文學理念、文學經驗所建構的一條「文學真理」。對於中國作家和中國讀者來說，它的真理性幾乎是不言自明的。許多時候中國文學都是憑藉其與社會和生活的密切聯繫而成為意識形態關注中心的。在我們的文學話語中，一部作品所以具有成就其根本原因就在於它成功而真實地再現和重溫了生活的實在面貌。對於一個作家來說，衡量他水平的實際標準就是他的人生閱歷、生活體驗和洞察、把握現實的能力。也正因為從這樣的觀念出發，我們才會有所謂「深入生活」的說法，才會有一整套與「生活」有關的文學評價話語。可以說，「生活」某種程度上已成了衡量文學價值的一個重要尺度。應該說，在我們這個崇尚「現實主義」的國度裏，對「生活」的強調，是符合現實主義的美學準則的，也有利於現實主義文學的繁榮。

但是，對於視現實主義為一種過時、落伍文學樣態的新潮作家來說，有關「生活」的這一切又恰恰是他們所鄙視和不以為然的。他們並不否認文學與「生活」的關係，但是對「生活」的理解卻已發生了天翻地覆的變化。在他們的觀念中，出現在通常文學話語中的「生活」是一個急需清理的、被嚴重污染了的概念。他們首先要打破的就是關於「生活」的等級制度和神聖化預設。他們認為「生活」本身並沒有差別、沒有等級，人只要活著就在「生活」，「到處都有生活」。過去那種所謂「深入工農兵生活」的說法、所謂重大題材或「XXX 題材」的說法，其實是在人為地製造「生活」的等級，是把「生活」政治化和意識形態化的極端體現。對於文學來說，「生活」價值體現在作家對「生活」的藝術表現的好壞上，體現在「生活」進入文學的方式上，而不是「生活」本身先天賦予的。

其次，新潮小說打碎了所謂「生活積累」的神話。在通常的文學理解中，「生活積累」其實強調的主要是親歷生活和體驗生活的積累。所謂「深入工農兵」生活，也就是要豐富這方面的生活經驗。文學話語中所謂工人作家、農民作家、軍隊作家等等，其實也都是與這些作家的生活領域有關的。這些

概念和話語背後的潛臺詞就是一個作家只能寫他所經歷、所體驗的生活，沒有去過工廠就不能寫工人生活，沒有去過軍隊就不能寫戰爭生活，沒有去過農村就不能寫農民生活……。從最一般的意義上說，這樣的認知是符合人類認識世界的規律的，也是無可厚非的。但從另一個角度來說，這樣的認知又是機械、形而上學的，並某種程度上有違文學的特殊性。在新潮作家看來，文學中的「生活」有直接生活與間接生活、知識性生活與體驗性生活、現實的生活與想像的生活、日常的生活與可能的生活之區分，文學的魅力就存在於這些「生活」間的張力上。如果說年長一些的新潮作家還具有一定的生活體驗，因為它們大都經歷過知青苦難的話，那麼更多的一批六十年代、七十年代出生的新潮作家則幾乎多是從學校裏出道，對於現實和歷史，他們的經驗主要是間接的而非直接的、知識性而非體驗性的。他們視文學為一種純粹的精神性創造活動，認為一個人能否成為一個作家關鍵取決於他有沒有作為一個作家的天賦，即有沒有豐富的想像力和語言表現力。至於有沒有生活經驗，他們認為是次要的。女作家斯好就說一個作家 30 歲之後即使與世隔絕，他的「生活」經驗也足夠他寫一輩子。普魯斯特有嚴重的「怕光症」，他每天幾乎都生活在黑窗簾拉得嚴嚴實實的房間裏，但是這並沒有影響他對於人類情感與思想的體察，沒有影響他對世界的想像，反而成全他寫出了《追憶逝水年華》這樣的驚世傑作。因此，對新潮作家來說，「生活積累」固然是文學積累的一個內容和方式，但最好的文學積累還是沉浸在西方和東方文學經典中的閱讀，一方面，這種閱讀本身就是一種「生活」，另一方面，這種閱讀又提供了許多「生活經驗」和關於「生活」的想像，恰如孫甘露所表白的：「我出沒於內心的叢林和純粹個人的經驗世界，以藝術家的作品作為我的精神食糧，滋養我的懷疑和偏見。」〔註 3〕新潮作家都樂於承認他們生活體驗的貧乏和浮淺，余華說過，日常經驗的真實尺度對他已經失效，他所迷戀的只是「虛偽的形式」。〔註 4〕馬原也說：「我知道我缺少某些當一個好作家所必需的基本的東西。對社會生活，我缺乏觀察的熱情和把握，缺乏透視能力和歸納的邏輯能力。」〔註 5〕我並不認為這樣的說法就是他們的自謙，相反，我倒更樂於把這種自白當作新潮作家的一種真實的侷限，只不過，這種侷限反過來可能

〔註 3〕孫甘露：《一堵牆向另一堵牆說什麼？》，《文學角》1989 年第 3 期。

〔註 4〕余華：《虛偽的作品》，《上海文論》1989 年第 5 期。

〔註 5〕馬原：《小說》，《文學自由談》1990 年第 1 期。

更成全了他們。因為，說到底，「生活體驗」的浮泛表徵的只是「親歷生活」的缺失，對新潮作家來說，「親歷生活」並不是文學表現的「唯一生活」，文學中的「生活」應該有更廣泛的疆域、更豐富的內涵、更複雜的形態。因此，「親歷生活」的缺失，既不會成為文學表達的「盲區」或「空白」，更不會成為文學表達的「禁區」，他們完全可以憑「想像」去填補「生活」體驗的不足。與「生活」相比，「想像」顯然更為重要。在談到周梅森時，蘇童就特別強調了「想像」和「白日夢」的重要性：「也許一個好作家天生具有超常的魅力，他可以在筆端注入一個世界，這個世界空氣新鮮，或者風景獨特，這一切不是來自哲學和經驗，不是來自普遍的生活經歷和疲憊的思考，它取決於作家自身的心態特質，取決於一種獨特的癡迷，一種獨特的白日夢的方式。」〔註6〕而關於自己，他更是不止一次說過，他是邊玩遊戲機邊寫作的，遊戲能最大限度地激發作家的想像力。在《小說月報》的一次座談會上，他曾說：「無數次遇到青年朋友問我：《妻妾成群》是怎麼寫出來的，是採訪的還是有真實的史料放在那兒呢？就像所有的人問我其他作品是怎麼寫出來的一樣，我都覺得特別尷尬、特別難堪。好像我有一個秘密，一下子被人家揭穿了。因為我確實什麼東西都沒有。全是自己想出來的。這可能牽涉到我寫小說是不是過於不認真了，或者說過於褻瀆文學了，我有這種恍惚。然後我跟人家說，我是瞎編的，說完了自己就覺得很不過意，就是說不能這樣對待文學。靜下來想一想，事情可能不是這麼簡單。作家呈現在小說中的究竟是一種什麼東西，可能比較難辦，所有的藝術分歧，可能也在這兒。就是說，我所想像的『妻妾成群』這麼一種生活，這麼一個園子，這麼一群女人，這麼一種氛圍，年代已經很久遠的這麼一個故事，我想可能是我創造了這麼一種生活，可能這種生活並不存在。這牽涉到作為一個作家，一個創作者，我是怎麼寫東西，我的興趣在什麼地方，我的想像，我的白日夢，或者我的比較隱秘的感情意識怎麼流露、怎麼訴諸文字。又出現一個故事、小說，而不是聽說了什麼，調查了什麼。這也是我對好多朋友問我這個問題的解釋。我的小說好多事情沒有影子。客氣一點說，可能只有十分之一，還不是紮紮實實的生活，可能還是影子，或者只是道聽途說。但有時很奇怪，譬如我寫過一個短篇，坐長途汽車路過蘇北，看到一個大草垛，寫著『揮手向西』，後來就根據這個寫了

〔註6〕蘇童：《周梅森的現在進行時》，《中國作家》，1988 年第 1 期。

一篇小說。生活當中一閃而過的東西，不是很具體的，是模模糊糊的東西——我的所有的小說可能都是這樣的，就來自這些東西。」〔註7〕顯然，把寫作和遊戲等同起來的新潮作家熱衷的不是現實生活本來是什麼形態，而是生活在他們的想像中的可能形態。換句話說，他們不在乎生活的必然性，而是生活的無限可能性。他們的小說不是再現生活的本來面貌，而是盡可能地憑想像去「創造」生活。因此，對於新潮小說來說他們文本中的「生活」形態我們不能從真實的邏輯而要從想像的邏輯去把握和闡釋。從這個意義上說，新潮作家就不存在什麼不能表現的生活領域，想像無所不能，他們能對他們所不熟悉的生活和人物的心理有透徹的甚至出人意料的把握，也就能夠理解了。比如，蘇童對婦女生活的表現、余華對犯罪心理的挖掘就常令人拍案叫絕。顯然，新潮作家這種嶄新的文學觀念對於新潮小說的獨特文本魅力的獲得是有著決定意義的。其最大限度地拓展了新潮小說的表現自由度，也極大程度地改變了中國文學慣常的那種與現實的單一的對應關係，而是以豐富的想像和出神入化的語言改寫了現實生活的本真形態，並很好地製造和保持了文學與現實的必要距離。新潮小說文本也由此保證了那種絕對意義上的審美本體性和「現實生活」的美學符號化。

再次，新潮小說解構了生活的真實性，表達了對日常生活和「生活常識」的懷疑。新潮作家並非如我們通常理解的那樣對「真實性」這個概念毫無好感，相反，他們倒是時常表現出對「真實性」的捍衛，余華就說：「我的所有努力都是為了更加接近真實」〔註8〕。但是，他們的「真實」卻無疑與我們日常的理解大相徑庭。對於余華來說，日常生活經驗的「真實」正是「想像」的頭號敵人，「也不知從何時起，這種經驗只對實際的事物負責，它越來越疏遠精神的本質。於是真實的含義被曲解也就在所難免。由於長久以來過於科學地理解真實，真實似乎只對早餐這類事物有意義，而對深夜月光下某個人敘述的死人復活故事，真實在翌日清晨對它的迴避總是毫不猶豫。因此我們的文學只能在缺乏想像的茅屋裏度日如年。」〔註9〕因此，余華特別強調了區分「生活真實」和「精神真實」的重要性，「我開始意識到生活是不真實的，生活事實上是真假雜亂和魚目混珠。這樣的認識是基於生活對於任何一個人

〔註7〕蘇童：《小說的現狀》，《文學自由談》1991 年第 3 期。
〔註8〕余華：《虛偽的作品》，《上海文論》1989 年第 5 期。
〔註9〕余華：《虛偽的作品》，《上海文論》1989 年第 5 期。

都無法客觀。生活只有脫離我們的意志獨立存在時，它的真實才切實可信。
而人的意志一旦投入生活，誠然生活中某些事實可以讓人明白一些什麼，但
上當受騙的可能也同時呈現了。幾乎所有的人都曾發出過這樣的感歎：生活
欺騙了我。因此，對於任何個體來說，真實存在的只能是他的精神。當我認
為生活是不真實的，只有人的精神才是真實時，難免會遇到這樣的理解：我
在逃離現實生活。漢語裏的「逃離」暗示了某種驚慌失措。另一種理解是上
述理解的深入，即我是屬於強調自我對世界的感知，我承認這個說法的合理
之處，但我此刻想強調的是：自我對世界的感知其終極目的便是消失自我。
人只有進入廣闊的精神領域才能真正體會世界的無邊無際。我並不否認人可
以在日常生活裏消解自我，那時候人的自我將融化在大眾裏，融化在常識裏。
這種自我消解所得到的很可能是個性的喪失。」〔註 10〕與此同時，對「生活
常識」和「生活真實」的懷疑也必然帶來小說觀察世界的態度和方法的變化：
「當我發現以住那種就事論事的寫作態度只能導致表面的真實以後，我就必
須去尋找新的表達方式。尋找的結果使我不再忠誠所描繪事物的形態，我開
始使用一種虛偽的形式。這種形式背離了現狀世界提供給我的秩序和邏輯，
然而卻使我自由地接近了真實。」〔註 11〕在新潮小說這裏，「虛偽」的形式恰
恰表徵了一種新的「世界觀」，他們否定了對「生活」的那種邏輯的、理性的、
本質的、必然性的認知模式，而代之以對「生活」的偶然、神秘、不可知性
的熱情。可以說，在新潮小說這裏，從可知論到不可知論、從邏輯到反邏輯、
從必然性到可能性、從理性到非理性，正是其消解「生活」和「真實」這兩
個概念的基本精神路線。

　　而也正出於對「真實」懷疑，新潮小說才對「虛構」表現出了非凡的熱
情。由於新潮作家否定生活對於文學的邏輯聯繫，他們棄絕了傳統的深入生
活的體驗方式，而代之以以閱讀為主的想像性的生活體驗。這就使他們自覺
不自覺地消解了傳統上我們對於文學真實性的追求，他們不承認小說與生活
有任何形式的對應聯繫，更不要說所謂反映生活的「真實性」了。他們認為
小說的本質在於虛構，小說中呈現出來的「生活」是一種藝術想像和虛構的
結晶，不是現實生活的反映或折射，而是一種完全自足的、獨立的與現實生
活平行的「生活」，因此它有自己的邏輯、自己的原則。在這裏，既不存在我

〔註10〕余華：《虛偽的作品》，《上海文論》1989 年第 5 期。
〔註11〕余華：《虛偽的作品》，《上海文論》1989 年第 5 期。

們所企盼的所謂高度藝術化的生活的「本質」和「更高的真實」，也不會遵照我們一己的願望賦於現實以一種藝術的參照。我們知道，作為傳統文學理論核心概念之一的「真實性」的哲學基礎是形而上學的認識論，即認為在人（認識者）的存在之外，在語言的存在之外，有一個獨立的實體性的對象（客體）。人的認識如果正確反映了它，就具有真實性，否則就沒有真實性。認識論上的這種形而上學機械真實觀反映在文學理論上，就是用本文之外的所謂現實來驗證文本的真實性（如描寫的可信性等）。而實際上，文學話語是一種虛構話語，根本不可能通過外在的參照來證實或證偽，更何況在人之外一無所有，有也沒有意義，意義是人建構的。人通過語言和符號不但建構了自身的意義，也建構了世界的意義。因而自從有了人，世界就變成了符號和語言，變成了文本。我們從前一直從技巧的角度來談虛構，認為虛構只是反映實體的方式，言下之意是：被反映的實體是獨立於虛構（語言）而存在的，因此可以反過來檢驗虛構（語言）的真實性。但既然語言之外一無所有，那麼我們用以檢驗虛構的所謂「實體」就仍只能是虛構。這樣關於真實性的問題根本上就成了一個假問題。誠如托多羅夫所言：「文學恰恰是一種不能夠接受真實性檢驗的言語，它既不真實也不虛假，因而提出這樣的問題是毫無意義的。文學作為『故事』其性質就是如此」，「文學作品中的任何句子都既不真實也不虛假。」〔註12〕應該說，中國廣大新潮作家對於文學「真實性」的懷疑和否定是既有著相當的理論革命性，又符合他們的文學創作實際的。

在新潮小說這裡，「虛構」無疑是其小說創作的圭臬。王蒙就說過：「小說最大的特點在於它是假的……小說是根據生活的真實來的，但它本身是假的，這是它最大的一個特點。英文管小說叫 fiction，fiction 本身的意思就是虛假。這個假是非常嚴肅的假，是從生活當中來的，是根據真的東西寫出來的。但是它變了，它變的方式是通過虛擬。」〔註13〕顯然，王蒙在強調小說的「虛假」性時其真實的思維指向卻無疑是通向「真」的，他仍然不忘照顧「假」與「真」的關係和文學與生活的關係，這大概也正是王蒙這類作家「過渡性」的體現。而到了新潮作家這裡「虛構」問題就被強調到了一種絕對的意義上。從馬原開始，新潮作家對「虛構」的追求就成了一種潮流，而「元虛構」則

〔註12〕托多羅夫：《文學作品分析》，見張寅德編《敘述學研究》，中國社會科學出版社，1989年版。
〔註13〕王蒙：《漫話小說創作》，第78頁，上海文藝出版社1983年版。

是這種潮流的極端形式。敘述者在小說裏談論自己的小說創作和小說構思，戳穿自己的敘述技巧，告訴讀者所有一切不過是自己的「虛構」，這樣的方式無疑是對中國讀者「真實性幻覺」的一種致命打擊。馬原在《虛構》中說「我就是那個叫馬原的漢人，我寫小說，⋯⋯我用漢語講故事，⋯⋯我再去編排一個聾人聽聞的故事。」葉兆言更是在《棗樹的故事》中直言不諱地打破了「故事」的「原生性」和「真實性」：「我深感自己這篇小說寫不完的恐懼。事實上添油加醋，已經使我大為不安。我懷疑自己這樣編故事，於己於人都將無益，自己絞盡腦汁吃力不討好，別人還可能無情地戳穿西洋景。現成的故事已讓我糟塌得面目全非。」現在看來，「虛構」在新潮文本中隆重出場，一方面固然使新潮小說具有了嶄新的美學品位，但其主要意義卻在於對傳統「真實觀」的瓦解。這種對於小說真實性的有意破壞，對小說虛構性、欺騙性的有意戳穿，有點類似小說自身的「自殺」，其實是有著深遠的人文背景的。對於西方來說，它是對根深蒂固的現實主義價值體系的反叛。而中國新時期文學中「真實」之所以一下子變得「一言九鼎」，成為衡量文學的價值標準，這實在也不是一種單純的文學現象，而是與當時盛極一時的人道主義思潮有著密切的聯繫，本質上它是屬於思想史而非文學史的。可以說，就當代文學來說，「真」與「假」的對立絕不單純是一種美學概念意義上的對立，而是有著特定的倫理意義。其後，新潮小說對新時期文學的反動因而也不單純是對一種文學現象的反動，而是一次否定之否定的革命。從美學上講，新潮小說不願再受「真實」框框的束縛，也不願認同這種以真實為旨歸的文學形態；從思想史的角度來說，新潮小說既不願追隨追尋人的本質和本真狀態的人道主義潮流，更不願對文學異化為「倫理」的奴隸取放任自流的態度。事實上，他們是既不承認新時期的關於文學的神話，又不認可新時期的所謂「人」的神話。他們再一次懸置了「真實」，必然會在「虛構」上傾注熱情。在新潮小說近乎語言遊戲的沒有所指的文本自我指涉和狂歡中，真實性變得無限動盪，真實之物幾乎難以現身，人們也普遍地喪失了信仰，真與假、現實與想像的分界線已被拆除了。在他們的觀念中，文學藝術已經無力反映這個混亂的世界，文學藝術只能反映它自身，它取消了現實性之後，只有一種東西是真實的，那就是文學藝術所創造（虛構）的世界。他們用小說文本嘗試著去開拓「另一種真實性」，也即無限的可能性，小說的世界既成了現實世界的無限可能性的象徵表達，也成了現實世界無限之可能性難以實現的寓言。新潮

作家甚至把世界觀、真實觀變成了一種形式的問題，余華說：「當我發現以往那種就事論事的寫作態度只能導致表面的真實以後，我就必須尋找新的表達方式。尋找的結果使我不再忠誠所描繪的事物的形態，我開始使用一種虛偽的形式。這種形式背離了現狀世界提供給我的邏輯和秩序，然而卻使我自由地接近了真實。」〔註 14〕不過，余華這裡的所謂真實已不是日常生活的經驗真實，而是精神的真實。在作家的眼裏，前者已是麻木、重複、缺乏想像力的代稱，作家需要的是後一種真實，那是一種純粹的個體的新鮮經驗。或者可以說新潮小說正是以對現實真實的「虛幻化」來作為自己精神真實獲得之手段的。他們把現實打成碎片之後，正可以在小說裏任意地以近乎遊戲的方式重新再造現實。「現實」變成了純粹主觀的產物，並終於在轟毀了的「人」的神話的廢墟上逐步開始了對敘述者「自我」神話的重建。而作家們也顯然在文本的虛構中得到了欲望的釋放和自我的解放，並在根本上觸動和瓦解了我們的文學和生活思維。

三、「語言」與「形式」是文學的「終極」嗎？

在現代小說中，「語言」開始變得越來越重要。雖然，在傳統的小說中，也非常強調語言的作用，所謂「文學是語言的藝術」或者「小說是語言的藝術」這些命題所指涉的其實正是「語言」對於文學不可替代的價值。但是，同樣重視「語言」，在現代小說和傳統小說那裡，「語言」的意義和內涵又是完全不同的。傳統小說話語中的「語言」，在把文學當作獨立於語言的意識形態這一文學思維的制約下，其實並沒有自身的獨立性，作為受「內容」決定的「形式」，「語言」只不過是文學藉以反映生活的方式、媒介而已。而在現代小說話語中，「語言」已開始實現由工具論向本體論的轉化。在西方，自從索緒爾語言學革命以來，語言學開始在文學活動中居於本體的地位，語言學對於文學的意義也得到了前所未有的強化。對於現代小說來說，「語言」開始變成一種第一性的存在，開始成為文本的絕對中心。這種「第一性」和「中心」地位的確立，也可以說是現代小說向傳統小說告別的最顯著的標誌。而中國當代新潮小說對於「語言」革命的熱情可以說正是與現代小說的潮流相呼應的。

新潮作家以出眾的才華和智慧，把「語言」創造成了新潮小說所發動的

〔註14〕余華：《虛偽的作品》，《上海文論》1989 年第 5 期。

文學革命的總前提。某種意義上,新潮作家所要呈現並希望引起注目的其實正是語言,他們的作品可以沒有主題、沒有人物、沒有故事、沒有結構、沒有意義,但就是不能沒有語言。孫甘露在其《訪問夢境》中曾這樣描述新潮本文:「這是一個詞藻的世界,而詞藻不是用來描寫想像的。想像有它自身的語言,我們只能暗示它和周圍事物的關係,我們甚至無法逼進它,想像中的事物抵禦我們的詞藻」。一方面,新潮作家把語言視作了他們與世俗現實對抗的有效手段,語言的本體性和作為海德格爾意義上的「存在家園」的神性都是他們所致力於表現的目標。另一方面,語言的超越性又使他們在顛覆了一個現實世界的同時,又重造了一個同樣強大的語言世界,從而在對語言的揮灑中獲得了創造世界的巨大愉悅。顯然,從敘事策略的角度來看,語言無疑是新潮作家的一個最為基本的策略,它最終決定了新潮小說的文本形態和藝術風貌,並成了新潮文本當之無愧的第一存在。蔣原倫在談到新潮小說的語言時曾戲稱:老派小說讀故事,新派小說讀句式。其實新潮小說在語言上的獨特匠心,不僅要我們去讀句式,而且還要讀詞彙,甚至讀標點。很大程度上,我們對新潮小說感到新奇、感到非同凡響,也正是從他們那出奇不意的語感、句式、詞彙組合上體驗出的。所謂新潮小說的讀不懂最先就是從語言的陌生感衍化而來的,新潮文本即使不用深奧冷僻的語彙(實際情況是新潮作家恰恰有這方面的愛好),它的每一個句式、句群、段落也常會令人產生不知所云之感。許多人抱怨新潮小說每一句話都能懂,但能懂的話組合成一個段落或文章時卻不懂了,講的就是這種情況。

首先,新潮作家強烈的話語欲望賦於了新潮文本語言膨脹的表徵。讀新潮小說,我們立刻就會淹沒在語言的海洋中,各種各樣的話語方式、各種各樣的語言意象鋪天蓋地地呈現在我們面前。在最初的閱讀經驗中我們無法去感受和體驗語言之外任何東西的存在,故事、人物、主題等都離我們而去,只剩下一個個的語符與我們摩肩接踵。作為這種話語欲望的具體表現,新潮文本總是充斥了一連串的排比長句,而「像……」類的比喻句式更是他們的共同嗜好。新潮作家對於語言從不吝嗇,只要有可能他們會把一切附加性、形容性的修飾語堆放到其文本中。事實上,語言的大規模的渲泄既給新潮文本帶來了嶄新的面貌,同時也給人一種語言過剩和膨脹的印象。語言淹沒了故事、淹沒了人物……也淹沒了小說本身。孫甘露的《信使之函》這樣的文本就是新潮作家語言欲望無限膨脹的最典型的代表,一方面,小說中那些優

美的句式、一泄如注的語言氣勢確實給我們前所未有的閱讀體驗和快感，但另一方面，他的這些語言表演又以其極端的無意義化、自我化和絕對化，使整個文本蒙上了故弄玄虛、賣弄語言的不真實感和烏托邦意味。更有意味的是新潮作家還試圖用他們的語言對「存在」重新命名，孫甘露和魯羊、呂新可以說是三個代表人物。

其次，新潮小說的語言遊戲在具體形態上又呈現出自律化的傾向。在新潮小說的文本中，語言往往呈現出自然流動的多種形態，語言的自我增殖能力的過於強大，常使文本的話語處於一種無規則的「失控」狀態中。新潮作家似乎致力於語言的精細化和優美化，對於語感、節奏、造型以及音韻、色質等方面的追求都十分引人注目，但同時，語言的粗俗化和日常化的一面也在新潮文本中得到了最大限度的表現。這就從根本上導致了新潮小說在語言風格上的「雜糅」色調，並具體表現為三種平行的語言流向：

一是語言的詩化傾向。一般來說，新潮作家大概是中國作家中文學天分最高的一代人，他們對語言的感覺、體悟和把握能力都是歷代中國作家中最為出色的。而且他們中的許多人比如孫甘露、蘇童、魯羊、韓東、陳染等還都是詩人出身，由寫詩而走向寫小說，這就更決定了他們文本的特殊詩質。他們總是盡一切可能地挖掘語言的豐富潛能和表現力，使筆下的任何一種景觀都呈現出迷人的詩意色調。蘇童的一大批反映童年生活的作品，固然洋溢著濃鬱的詩意，就是他的那些表現人性醜惡與現實災難、罪惡的小說如《米》《妻妾成群》《我的帝王生涯》等小說從語言層面上來觀照也仍然是極富詩意的。余華作為新潮作家中最冷酷的人性殺手，他的文本世界密布著令人恐怖的生存景觀，但在這背後語言的詩性也同樣閃閃發光。在長篇《呼喊與細雨》中這種詩性更是在對一個少年情懷的言說中得到了淋漓盡致的表現。而最能代表新潮作家在小說語言方面的詩性力量的還是孫甘露。孫甘露在他的一切小說中都對語言的詩性進行了不懈的表現，無論是早期的《信使之函》，還是後來的《大師的學生》《憶秦娥》，或新近的長篇小說《呼吸》，孫甘露可以說最為充分地向我們展示了語言的巨大可能性和詩性。孫甘露的小說沒有別的主體，語言就是其文本的主體和一切，在語言之外我們對孫甘露注定了無法言說。沒有了語言，沒有了那個活躍在文本中的言語者，就沒有了孫甘露，也就沒有了孫甘露的小說。

話說回來，在對新潮小說的詩化傾向進行描述的同時，我們還應看到，

所謂詩性雖然以語言為外在符碼，然其本質上卻仍是一種精神性的體現。我們所談論的新潮文本的詩性固然體現在話語本身的呈現上，但又更由語言內涵的詩性所決定。而實際上新潮作家對於「存在」的詩性探討，也正是詩性的一個重要的精神根源。我們剛剛分析過的孫甘露文本的詩性就天然地有著這種哲學化的內涵，而呂新、北村等作家在作品中對神性的探索也更有著對「存在」的哲學化理解。北村的長篇《施洗的河》在中國當代文學中可謂是一部具有劃時代意義的作品，對於它的評價當然可以見仁見智，但其對於「存在」神性的言說以及由此而來的語言的詩性則無疑是其價值的一個最重要方面。

二是語言的世俗化潮流。新潮作家似乎總是具有天生的極端性，把小說語言提煉到超脫世俗的詩性境界的是他們，而反過來把小說語言同粗俗的日常語言等同起來的也是他們。我想這也應是他們語言欲望膨脹的又一種表徵。對於新潮作家來說，語言的可能性是一種最大的可能性，語言可以是詩的昇華，也可以是世俗喧嘩的還原。正因為如此，在新潮文本中我們才看到了另一種語言風景，即對於傳統的文學禁忌話語和大量的生活中粗鄙話語的極放肆的使用。很多時候，我們走進新潮文本就不得不與那些粗話、髒話以及流氓、痞子式的語言迎面相遇。我們也許一下子會很懷疑這些語言會出自那些新潮的語言崇拜者之手，然而實際情況是新潮作家就是把粗俗與詩性這似乎水火不相容的兩類語符統一在他們的同一文本中。其最極端的兩個例子我認為就是劉震雲的長篇小說《故鄉相處流傳》和葉兆言的長篇《花煞》，在這兩部小說中語言的詩性色彩幾乎全被生活的粗鄙面貌淹沒了，新潮作家所致力的語言美感很大程度上已經被血腥、恐怖、荒誕的氛圍取代了。

三是語言自我指涉及其能指化傾向。「能指」和「所指」本是索緒爾創用的一對語言學術語，用來指涉任何符號所必然具有的兩個方面。但在新潮小說這裡，「能指」和「所指」的有機聯繫卻被有意割斷、阻隔了。余華的小說喜歡將其語言的所指延宕，從而造成特殊的文體效果。《往事與刑罰》中那個折磨人的「刑罰」究竟是什麼？直到文本結束也未完全揭示出來，也許根本就是子虛烏有；《鮮血梅花》中的主人公所追尋的仇人的具體所指也一直被懸擱著，到結尾才初露端倪。對比而言，孫甘露則更富絕對性，他的文本甚至根本就不出示「所指」，而讓純粹的「能指」化語流在小說中任意地播散。他的小說可以說是最典型的能指化文本，語言無所顧忌地自由戲嬉常使讀者如

墜雲裏霧裏，不知其所云為何。《信使之函》中連續使用 26 個「信是……」的句式，可究竟「信是」什麼卻令人通讀全篇依然不得要領。《訪問夢境》《請女人猜謎》兩部小說也因為「所指」的缺席而呈現出晦澀難懂的文本形態。可以說，他的小說是完全能指化了，「所指」則被虛化和隱匿了。各種各樣的能指在他的文本中自由流動，構成了語言自我指涉的怪圈景象。孫甘露之外，呂新的《南方遺事》《中國屏風》以及魯羊的《某一年的後半夜》等小說也具有同樣的語言特色。

　　需要指出的是，新潮作家對於語言遊戲化策略的運用是有著特殊的文學意義的。我們不能簡單地把它視為玩語言、玩文學。事實上，語言問題確實是文學創作的一個最根本的問題。因為文學說到底它只能是語言的藝術，離開了語言的傳達，文學注定了只是一個空洞的神話。新潮作家把語言放到一個絕對化和本體化的地位正是新潮作家文學思維發生革命性轉變的具體表現和主體性高度張揚的必然結果。在新潮作家的努力下，不僅中國小說語言的表現力、可能性、豐富性得到了最大程度的發揮，而且以語言為契機中國文學的面貌和中國文學的觀念都有了根本性的改觀，其最突出的徵象就是文學向其主體性和本體性的復歸。

　　而與對「語言」的崇拜一樣，新潮小說也對文學的「形式」意義特別重視。在中國語境裏，「形式主義」幾乎天身帶有貶義色彩，無論在日常生活領域，還是文學藝術領域，其否定性內涵都是不言自明的。但新潮小說卻致力為文學的「形式主義」平反，馬原更是從一開始就高舉起了「形式主義」的大旗，並不斷賦予「形式主義」正面的、積極的、肯定性的內涵。新潮作家認為小說的關鍵在於其形式而不在於內容和意義，更不在於所謂主題。因此，他們關注的不是小說「寫什麼」而是小說「怎麼寫」，他們反對「題材差別論」和「重大題材論」，認為「寫什麼」並不能決定一部作品的藝術價值，只有「怎麼寫」才能體現藝術的優劣、高下之分，才能把不同的作家區別開來。某種意義上，「反主題」、晦澀難懂的風格其實正是新潮作家「主動」追求的藝術結果。在這個問題上，新潮作家特別地在語言、結構、意象和文本生成過程等方面充分施展了他們的才能。他們反對傳統的關於內容和形式的「二元論」，強調內容與形式的「一元論」，認為小說的形式和內容本質上是二而一、一而二的關係，形式就是內容，內容也就是形式。索爾·貝婁的「有意味的形式」之說是他們所崇奉的藝術原則。可以說，「內容」形式化和「形式」內

容化正是新潮小說基本的形式策略。誠如李劫所說的那樣,「小說形式和小說內容是密不可分的關聯物,就像像一張紙的兩個面一樣,翻過去是內容,翻過來是形式。形式即內容。就小說而言,所謂形式不外乎是表達方式,即說話的方式(語言方式)和講故事的方式(敘事結構)。小說中的任何一句話、任何一個故事,並不因為是被說出來而成立的,而是由於被怎樣說出來而成立的。怎樣說是方式即形式。」〔註15〕不同作家小說的區別不在於他們故事本身的不同上,而在故事敘述方式的不同上。不同的敘述方式決定了不同的故事形態及魅力,不同的表達形式決定了不同小說的風貌。因此新潮小說的個性和風格都充分顯現在他們如何敘述和講述故事上了,新潮小說的全部意義也就在他們的形式表演和近乎遊戲色彩的語言、結構等方面的操作中得到了淋漓盡致的發揮。其一,語言的充分遊戲化。在新潮小說這裡,語言被上升為一種絕對的主體地位。不但每一個新潮文本都以語言上的各具特色引人注目,而且許多文本甚至就以語言作為了小說的主體,比如孫甘露的文本就是如此。在他們的小說中,語言既高度自律化同時又高度能指化了,讀他們的小說當然會有很美的語感,但更多的時候由於語言的狂歡和能指與所指的高度遊戲化的分離所引起的晦澀、歧義甚至不知所云才是真正的閱讀感受。也就是這個原因,新潮小說才比以往的任何一種中國文學文本更需要「解讀」。其二,結構的迷宮化和敘述的感覺化。在新潮作家的詞典裏,文學之為文學其根本標誌就是它的審美形式的獨特性。因此他們從來就不會放棄一切可能的機會去玩弄小說的組裝和拆解遊戲。所有這一切的形式實驗和操作表演都在使人眼花繚亂的同時獲得一種全新的閱讀感受和審美體驗。某種意義上說,新潮小說無疑是一種智力魔方,它的出現對於中國文學來說怎麼說都是一次考驗。其實更準確地說,新潮小說是重新賦於了我們關於小說「內容」和小說「形式」的內涵,內容被化解了又是被再生了。也正由於新潮小說放逐了「意義」,它才無須為了追求意義的透明而注重內容的傳達,才可能專心於形式的試驗場,逍遙於意義法庭之外。北村就把小說稱為一種「既透明又黑暗」的博爾赫斯式的「體」,這種「體」就是奇異的形式感,它有時近乎於一種在「語」中表達「不語」、在「不語」中表達「語」的禪境。在這一境界中形式就是內容,它沒有意象和作為手段的象徵,作品成為人與世界的象徵

〔註15〕 李劫:《論中國當代新潮小說》,《鍾山》,1988 年 5 期。

的聯導,「一個黑暗的實體」。〔註16〕

　　然而,對於小說來說,語言與形式的強調固然是小說藝術發展的內在需要,離開了在語言和形式上的本體性表演,小說藝術的「可能性」無疑就會受到極大的損害。我覺得,中國小說新時期以來在敘述和藝術上的進步顯然離不開新潮小說在語言層面和形式層面的極端化表演與推動。新潮小說不僅賦予了中國當代小說在「形式」和「技術」領域的「現代感」,而且徹底改變了中國作家的文學惰性與文學思維。但問題隨之而來,新潮小說在打破文學的「內容」、主題和意義神話的同時又建構起了關於語言和形式的神話,他們把語言和形式視為文學的「終極」,從而從一個極端走向另一個極端,同樣構成了對於小說的傷害。因為,語言和形式的探索說穿了仍然只應是文學「可能性」之一種,它不能涵蓋文學的無窮「可能性」,更不應成為否定文學的人文內涵和思想內涵的藉口。長期以來,人們對於新潮小說「缺乏人文精神」「玩弄形式」「遊戲文學」等等的指責雖然有誇大其詞的成份,但新潮小說在語言和形式上的極端性姿態也確實值得認真反思。另一方面,新潮小說語言和形式上的探索、實驗還不得不尷尬地接受關於藝術「原創性」的拷問,新潮小說在語言和形式上的成就在中國語境和閱讀意義上的「創新性」是無庸置疑的,但是在「創造」的意義上,他們的「創新」就大打折扣,對西方現代派文學、對馬爾克斯、對法國新小說等等的「模仿」,已經使新潮小說的「原創性」廣遭懷疑。我們當然要充分肯定這種藝術上的「拿來主義」對於中國新時期文學的特殊意義,事實上這也是一個無法超越的、必經的階段,我們要追問的是在這樣的過程中新潮作家的「創造性」「主體性」究竟體現在什麼地方?而這也許才是新潮作家最需要作出回答的地方。

四、「功利主義」的幽靈真的被驅散了嗎?

　　從理論上說,新潮小說所發動的這場文學革命的顛覆性除了表現在上文所述的具體的藝術實踐領域外,最根本的還表現在它對於文學功利主義的真正鄙視以及對「文以載道」的權威教條的全面背叛!在中國這個以實用理性為構架、以食色文化為形態的文化—心理空間裏,文學從來就是與精神本體的構建相隔絕的。文學不是作為一種獨立的精神活動和獨立的形式體系存在,而是作為一種手段、一種工具、一種有目的的操作行為從而不斷地實現

〔註16〕北村:《誰家的樂園》,《文學角》1989 年第 1 期。

著它的功用。所謂文以載道,「道」的內容總是十分具體十分明確,不是某個政治意圖,就是某種倫理原則。這樣的文學觀即使到了「五四」也沒有得到徹底改觀。雖然西方啟蒙理性對「五四」文學形成過巨大的衝擊,但這種衝擊遠未能根本瓦解傳統的文學觀念。文學依然是「為什麼」的文學,只是文學的人文主義得到了一定程度的加強。新文學在其後幾十年的發展長河中雖然形式上的探索一直在一些有為作家那裡被始終不渝地堅持著。但這種形式探索很久以來都只能處在某種邊緣狀態,更重要的是它本身就是極為不徹底的,它往往被侷限在局部的、技巧的層次上,根本無力對深層文學觀念形成衝擊。這種文學「為什麼」的目的論傳統發展到後來乾脆就變成了以語符的方式圖解政治、圖解「語錄」口號或某項具體的方針政策,「文以載道」終於成了服務性文學誕生的溫床。就是新時期早期的那些引起過巨大轟動的文學作品,如今回想起來,我們也會辛酸地發現它們其實不值得我們如此地為它們驕傲。那種強烈得不能再強烈的倫理主義和人道主義背後依然活動著的是功利主義和實用主義的鬼影。因此,無論從中國文學的遠古傳統還是近現代傳統來看,其實質都是一脈相承的,梁啟超那句把小說革命和興國大業視為一體的吶喊一直就溶化在中國知識分子的血液裏。

正因為有這樣的理論背景,新潮小說那種反人道主義、反倫理主義的小說態度才尤其具有革命意義。新潮小說不但沒有了那傳統意義上的文學使命感和責任感、否定了文學的實用功利,而且,他們根本就認為文學是沒有目的性可言的。他們認為文學的本體意義只在於文本的生成過程和閱讀過程,而不在所謂的認識意義。他們認為文學根本上是一種審美活動和智力活動,而絕不是一種對現實的認識活動。一方面,他們特別強調作家的主體性和他們創造文本、支配文本的絕對自由,另一方面,他們又覺得小說文本是一個開放的「過程」,小說永遠也沒有真正意義上的完成時,它需要讀者極富主體意識的共同參與創造。在這個意義上,他們認為作家在文本製作上的故弄玄虛是完全必要的。難怪新潮作家不時地會宣稱他們對自己筆下的文本一無所知,因為他們只不過在用語詞堆積各種不同的魔方,堆積的「過程」和堆積的成果就是他們創作的全部,而再拆裝的工作他們交給讀者去做了。欣賞那為其不知所云、艱澀模糊之文本折磨得焦頭爛額的讀者們於無意義處尋找意義的無望努力,亦不失為新潮作家一項有意義的「審美活動」。說穿了,新潮作家所希望的無非就是改變中國人長期以來形成的思維傳統和對於文學的態

度。打破了功利主義的枷鎖，無論是作家還是讀者的審美能動性都有了充分的發揮餘地。新潮小說之所以引發那麼多綿綿不斷的話題，形成那麼多絕然不同的聲音，本質上也正是因為人們從功利主義的單一話語模式中解放出來之後獲得了各自獨立的話語權力和話語方式的結果。從這個意義上說我寧願把新潮小說對功利主義的放逐看作一種對於文學審美本性的還原，文學借助這次機會擺脫了所謂認識功能和教育功能的捆綁，真正輕裝上陣地從事於語詞的遊戲和文本的狂歡，文學的愉悅性、審美性、個體性、主體性、創造性都得以在一種灑脫的境界中自由地呈現。正如新潮批評家吳亮在談到新潮小說時所說的：「先鋒文學的美學出發點是藝術的個體人本論，它不追求民族性和地域性的表達，這些中間價值既不具有人類特徵也不具有個人特徵。民族性和地域性對人類來說意味著封閉和狹隘，對個人來說則意味著禁錮與壓抑。……先鋒文學反對權力本位論。它純粹是個人自由的形式化，純粹是個人想像力的原創性表達，純粹是含有幻想潛能和革命批判潛能的語言陳述。先鋒文學還反對大眾本位論，因為正是大眾本位構成了權力本位的基礎，它始終是一切保守的審美價值的土壤。大眾習俗、趣味、道德和日常規範無疑是對想像的窒息，對創造的扼殺。無論是權力本位還是大眾本位都會導致文學的工具論和服務論，而將文學的最內在的本質——個人自由——掩蓋起來，使它成為一種十分被動的東西，進而使所有讀它和寫它的人都成為一群被動的東西。先鋒文學不代人立言，在它看來代人立言是一種權力的僭越——它既然反對任何權力凌駕於自身之上，當然不會將自己凌駕於他人之上。先鋒文學是人類持久不衰為爭取個人自由的靈魂而戰的一種當代方式，是對整體主義價值觀及其他各式各樣強制性價值觀的反抗。在爭取個人自由的過程中，先鋒文學通過的不是行動，而是幻想；不是現實的運作，而是想像的運作……。真正的先鋒只看著自己想像的畫面，只傾聽自己靈魂的自由呼喊，只書寫自己的文字。現實與他何干？物質與他何干？」〔註17〕但不幸的是，新潮小說在極端化地否定了文學的實用主義和社會功利之後，卻又自投羅網陷入了「文學的功利主義」。顯然，「功利主義」作為一個文學病毒和文學幽靈並不是輕易就能被消滅的，當新潮作家在極端地「革」功利主義之「命」時，功利主義卻已經改頭換面在新潮作家身上「發作」了。所謂「無意義」就是「意義」，「無目的」就是「目的」，「無功利」即是「功利」，這大概就是

〔註17〕吳亮：《真正的先鋒一如既往》，《文學角》1989 年第 1 期。

糾纏在新潮作家這裡的永恆悖論。在我看來，新潮作家那種過於高漲的「革命」熱情、誇張的姿態以及在文本中不斷「自我現身」的行為都隱含著明顯的「功利主義」色彩。他們把文學視為一種自我證明的競技運動，一方面，新潮作家把文學創作看成自己生命過程和生存方式；另一方面，又潛伏著把生活中的競技狀態擴展到創作活動中從而喪失高遠的審美境界的危險。我覺得，這也顯示了新潮作家在革命傳統的思維方式同時，自身的思維又陷入了新的誤區，那就是那種非此即彼的二元化思維方式的變形表演。新潮作家追求藝術上的極致這本是好事，但他們似乎沒有意識到文學的境界並無絕對的新舊之分，因而在批判傳統時往往連同那些藝術上的進步因素和蘊含於創作中的真誠都一起否定了。而事實上，藝術上的批判只有在兼容批判對象的時候才能超越批判對象並進而揚棄批判對象。

綜上所述，我覺得新潮小說對於文學觀念和文學思維的革命主要有兩條基本線索，一是從「為人生而藝術」向「為藝術而藝術」的過渡。在這種過渡中新潮小說實現了它的輝煌，也蘊育了它的侷限；一是把文學的革命從「思想革命」的陰影下解放了出來，從而真正在中國文學史上完成了一次完全和本質意義上的「文學革命」。但是，這場「文學革命」同樣也是功過各半，它在「加速度」地推進中國小說「現代化」進程的同時也留下了許多藝術上的後遺症。

第二章　新潮小說的主題話語

　　我知道，我在這裡鄭重其事地提出所謂主題問題其實是一件吃力不討好的事情。對於新潮作家來說，對他們進行主題分析實在無異於一種侮辱。因為在他們的文學語彙中，「主題」一直是一個充滿貶義色彩的詞彙。幾乎在一切可能的場合，新潮作家都充分表達了對這個語彙的鄙視。人們讀新潮小說往往很難直接從字面上獲得具體確切的文本意蘊，不僅小說的故事之間沒有必然的因果關係，而且文本話語的本事、詞句、語調三個層面也處於離散狀態，阻塞了正常的通往文本意蘊的途徑。最終，新潮小說展示給讀者的是一副迷津般的景象：你隨敘述者一直走，繞來繞去，最後走到一個地步，你發現這是一條死胡同。而敘述者卻說，意義就在於你走過的路。這直接的後果就是：意義的言說等於無意義。許多讀者也因此把新潮小說視若畏途：我不知道它在說什麼。但我卻覺得，無論是哪一種宣稱什麼都拒絕表現的文學，他們最終都難以逃脫對「什麼」的表現，新潮文學同樣如此。新潮作家儘管反覆聲明了對於文學主題的不屑一顧，對現實、真實和功利主義的無暇理睬以及對於形式主義和語言虛構的癡迷和鍾情，然而在他們的文本中，在他們那誇張化和極端化的「形式」背後，其現實的破碎化和真實的虛幻化本身又顯然正是一種昭然若揭的「主題」。正因為如此，我覺得如果想對新潮小說的總體特徵和審美面貌進行全面而綜合的分析與研究，離開了對「主題」的剖析將是難以想像的。事實上，對新潮小說來說，「主題」的闡釋也無疑是進入新潮小說文本世界的重要階梯和鑰匙，這種闡釋既是必須的又是充滿了無限的可能性的。當然，新潮小說的主題話語在其內涵上和傳統意義上的「主題」之區分還是非常明顯的。一方面，新潮小說主要描繪的是「非功利」的現實

和生存景觀；另一方面，新潮小說世界內的生存和生命形態又呈現出鮮明的「邊緣化」色彩。在從前的小說文本中處於文化、道德、政治等禁忌中的世界圖景開始堂皇地出現，並進而佔據了新潮文本主題話語的中心，替代和篡改了傳統的主題風景。因此，對於在語符方式和深沉蘊涵都迥然不同的新潮主題的把握也勢必要求我們採取全新的釋碼方式，這樣我們才能做到對新潮文本的順利進入。鑒於此，本章對新潮小說主題話語的詮釋也不得不採取特定的視角。本人嘗試的是通過對於新潮小說基本話語的分別闡述，而達到對新潮小說主題的總體把握的方式。還想說明的是，雖然新潮作家都把對小說意義和深度模式的革命當作自己最崇高的藝術使命，但事實上新潮小說並不能真正逃出意義的陷阱，他們在反意義的同時總會不自覺地表現出一種意義，甚至反意義本身也就是一種意義。而他們所致力拆除的小說深度模式也總是在他們所摧毀的意義廢墟上以另一種形態頑強地呈現出來。這大概就是新潮小說無數無法克服的悖論之一吧。不過，正由於這個悖論，本章對新潮小說主題話語的闡釋又很大程度上變成了對新潮小說意義模式的概括，這也是本人一個無法逃避的宿命。更為不幸的是，我無法重建一套獨立的專門適用於新潮文本並與傳統的主題話語徹底劃清界限的全新詞彙系統。這就使本章即將進行的對新潮小說主題話語的評述有陷入「陳詞濫調」的危險，也許我唯一切實可行的工作就是盡可能地把傳統語境和新潮小說中的相同「話語」的不同呈現方式進行卓有成效的區分。我認為對於新潮作家來說，他們的最基本的主題話語就是褻瀆和救贖。這是兩個主導的主題詞彙，對於「人性」的沉淪和醜惡形態的展示以及對墮落了的「人」及其人性的拯救憧憬可以說是貫穿新潮小說全部歷史的兩個基本主題線索。圍繞這兩個主題話語新潮小說相應地形成了它的一套完整的支話語系統。自然，本文對新潮小說主題話語的闡釋也必然將開始於對這些支話語的描述。

災難

在新潮小說文本中，災難景象和災難意識可以說相當引人注目。某種意義上說，新潮文本呈現出的一種最基本的生存景觀也就是生命的災難景觀。蘇童的《米》《我的帝王生涯》《妻妾成群》，余華的《現實一種》《一九八六年》《世事如煙》《活著》《呼喊與細雨》，洪峰的《極地之側》《瀚海》《和平年代》《東八時區》，格非的《敵人》《邊緣》《迷舟》，呂新的《撫摸》《中國

屏風》《黑手高懸》，北村的《施洗的河》，潘軍的《風》等等新潮小說文本都無一例外地以對災難密集而刺目的鋪陳、暴露與渲染而引人注目。事實上，「災難」某種意義上也成了昭示中國文學世紀末特色的最具代表性的風景，中國文學還從來沒有如新潮小說這樣對血雨腥風的悲劇災難傾注如此巨大的熱情。正因為「災難」在新潮文本中具有如此舉足輕重的地位，本文才把「災難」作為新潮小說的首要主題話語加以論述，以期從中尋繹某種能體現新潮小說本質存在的指涉。就個人的閱讀體會而言，新潮小說對災難的描寫呈現出下面幾個顯著的特點：

其一，災難作為一種整體的生存遭遇。

對於災難的深切感受本是西方現代派文學的一個基本主題，無論是加繆的《局外人》《鼠疫》、薩特的《噁心》，還是莫里亞克的《愛的荒漠》、艾略特的《荒原》和卡夫卡的《城堡》都無一不是因其對災難的獨特書寫而彪炳史冊的。災難感在現代文學中的出現是與第二次世界大戰對西方人價值觀念和生存信仰的轟毀密切相關的。作為一次碩大無比的人類災難，第二次世界大戰以其無與倫比的毀滅性使人類的樂觀情懷被徹底瓦解了，人們普遍對現代文明失去了信心，戰爭的巨大殺傷性連同它所製造的世界性文明廢墟成為一道永遠的陰影銘刻在人們的心裏。世紀末的絕望和恐懼的情結成了整整一代人的精神死結。這個時候，西方現代派文學致力於表現災難和對災難的憂患可以說是順理成章。而作為一種傳統，災難也由此成了現代派文學的一個基本主題。應該說中國文學向來是比較缺乏這種災難意識的，「商女不知亡國恨，隔江猶唱後庭花」是中國文學的一種特殊的病態景觀。「文革」對中國文學是一個大的觸動，「文革」的巨大災難在心理上對中國人的傷害程度絲毫不下於二次世界大戰對西方人的精神打擊。這就使中國新時期文學形成了一個控訴和表現「文革」災難的高潮，「傷痕」文學、「知青」文學、「反思」文學等就是傑出的代表。但是這個時期出現於中國文學中的災難還更多地具有一種「歷史」的還原色彩，作家熱衷的是對那段駭人聽聞的歷史災難的再現和還原，帶有極強烈的政治傾向性和功利目的。因此，當我們今天回首這段文學史時，我們更多地獲得的是一種理智上的憤怒，而極少審美上的感動。可以說，災難對於「文革」後中國作家來說它只不過是一盞酒，是作家用來澆心中塊壘的工具，它的實用功利性要遠遠大於它的審美意義。從這個意義上說，「災難」在中國文學中的形態就與西方現代派文學中的形態有了根本的區

別，現代派作家是把「災難」當作一種本體意義上的生存境界來加以感受和表現的，它凝結了作家的形而上的思索和生存追問。本質上，它是作為一種抽象的形而上的審美載體呈現於小說文本中的。而中國文學中的「災難」相比之下則具有一種形而下的具體性。這種狀況到了尋根文學中得到了一定程度的改觀，韓少功的《爸爸爸》《女女女》以及王安憶的《小鮑莊》等小說中的「災難」已經開始出現某種形而上的本體論色彩，《爸爸爸》中丙崽的遭遇和《小鮑莊》中所表現的災難都已不是可以還原的現實性災難而是具有某種抽象的寓言性了。不過，真正使「災難」作為一種美學因素在中國文學中出頭露面的功臣還是崛起於八十年代中期的新潮作家。在新潮小說文本中，「災難」可以說是一種獨立自足的生存景觀，它以一種無目的性的純自然形態鑲嵌在故事的紋理中，構成了小說的真正中心和籠罩性的精神氛圍，與其說它是具象的不如說它是抽象的、精神化的。新潮作家掃蕩了中國文學所沿襲已久的那種「革命樂觀主義」情懷，而代之以一種殘酷、冷漠甚至幸災樂禍的悲冷態度，以「天災人禍」作為審視人類生存的基本背景。正因為如此，新潮小說才充滿了鋪天蓋地的災難圖景，許多小說文本及故事的展開過程也就是「災難」的實現過程，「災難」的具象、「災難」對主人公心理的威脅以及主人公在災難境界中的掙扎實際上就是一部新潮文本的全部內容。蘇童的《1934 年的逃亡》講述的就是蔣氏一生所遭遇的災難，那種慘不忍睹的悲劇圖景成了每一個閱讀者揮之不去的沉痛感受。他的另外的一些小說比如《飛越我的楓楊樹故鄉》《罌粟之家》《藍白染坊》《妻妾成群》等以及長篇小說《米》《我的帝王生涯》也都反覆渲染和描寫了「災難」性的生命景象。如果說蘇童筆下的「災難」還具有某種具體的生命遭際性，它更多地消融在故事的進程和人生的命運之中的話，那麼余華的《現實一種》《四月三日事件》《河邊的錯誤》等小說內的「災難」則更多地呈現為一種心理感受。《河邊的錯誤》中的山崗、山峰兄弟以及他們的老母親和山崗的兒子皮皮都處於一種災難的陰影中，並最終導致了親人互相殘殺的大「災難」。《難逃劫數》中的東山、露珠、沙子、老中醫也在對災難的預感和恐懼中走向了最後的毀滅。所謂「劫數」也就是災難，是一種籠罩在小說主人公生存宇宙上空的宿命。而到了格非的小說中，「災難」則純粹變成了一種決定小說的結構和組織的形式因素。無論是早期的《迷舟》中蕭的「死亡之途」，還是長篇《敵人》中的無以言明的「火災」，都是小說的結構核心和故事推動因素。某種意義上說，格非的小

說幾乎全部都是以對「災難」的探究和展示作為其主題和形式中心的。與上述作家不同，呂新小說中的「災難」則更為主體化了，他的小說幾乎不再以人物作為主人公，而是把「災難」推向前臺直接成為敘述和文本的中心，《黑手高懸》和《撫摸》都以隨風飄散的「災難」風景和對這種風景的言說構成了兩部小說的真正主體。

其二，災難作為一種「歷史」景觀。

仔細考察新潮小說文本我們會發現新潮小說對災難的書寫有著鮮明的「歷史」化傾向。「災難」很大程度上都是以「歷史」的而非「現實」的形態呈現的。這與新潮小說對「災難」的審美化和本體化的表現可以說是密切相關的，沒有了「現實」的文化、倫理、道德和心理的「禁忌」，新潮作家處理他們的對象就具有了得心應手的自由發揮的餘地。蘇童、格非、潘軍等作家之所以能對災難有淋漓盡致的渲染和敘述，事實上正是「歷史」賦予了他們想像力自由馳騁的機遇。可以說，「災難」主要是一種想像化的產物，而不是一種真實的對照物。另一方面，新潮文本中的所謂「歷史」也絕非真正意義上的歷史，而是一種高度的虛構化的產物。對於蘇童的《飛越我的楓楊樹故鄉》等小說來說，歷史及其「災難」只不過是滿足了作家創造、顛覆「歷史」的欲望和特殊的心理體驗快感。新潮作家通過這種精神化的「飛越」和漫遊不僅彌補了自己與前代作家的生活體驗相比沒有「歷史」發言權的遺憾，而且以對歷史的「災難」化改寫化解了「歷史」的神聖性。從而，使邊緣化、虛構化的「歷史」終於成了他們自由出入的領地。在這個意義上說，新潮小說對「災難」的執迷亦不妨被視為一次卓有成效的寫作策略。北村、格非、馬原、洪峰、余華等作家的「災難」小說都可以從這種闡釋視角得到理解。

其三，災難的生命化。

在新潮作家的小說文本中，災難在許多時候又更是一種生命淪落的淒涼的風景。「災難」是主人公生存境遇的寓言化的表述，是一種精神毀滅歷程的象徵。對於新潮作家來說，災難是他們對人類生存命運的一種基本假設，也是他們消解「人」及其神聖性的一個基本前提。把人置於極端性的生存境界中進行冷酷的審視是新潮作家們的一個共同的敘事愛好。蘇童讓蔣氏在接踵而至的「災難」中為自己的七個兒女送葬（《1934年的逃亡》），格非讓趙老忠一輩子生活在「大火」的陰影和恐怖中（《敵人》），余華讓一家三代人都在隔絕的「空氣」中心有餘悸地面對死亡的入侵（《現實一種》）……。正因為如

此，新潮作家的小說中的「災難」與其說是「天災」（這種天災在新潮文本中確實隨處可見，比如蘇童、魯羊筆下的水災，格非、潘軍筆下的火災等等），還不如說是「人禍」更為準確。因為無論是對於蘇童、余華，還是格非、洪峰來說，對災難的表現都遠非他們的真正目的。事實上，「災難」只是一種藝術手段，它的被強化和誇張化地突顯出來其目的只是為了檢測人性的畸變和生命的沉淪。儘管新潮作家無意於把「人」作為自己小說的中心，但這並不表示新潮小說就可以徹底放逐「人」，即使「人」被物化、異化，甚至破碎化了，然而根本上說其仍然是「人」而非「非人」。因此，我更願意這樣看待新潮小說對「人」的災難化處理，即新潮小說在摒棄了對於生活和人的本質化、典型化的理解後，他們可以獲得探究「人」的各種各樣的生存可能性的自由，而處於「災難」境地中的「人」的「非人化」的行為方式和各種扭曲變態的生命形態亦正是「人」的本質可能之一。在這裡，新潮小說其實是切合了西方存在主義哲學的主題：人的存在本身就是一種最大的災難，而自我的存在又無疑是他人的大災難。這種情況余華的小說可謂是最好的證明。《現實一種》中皮皮、山崗、山峰、祖母等各自的生命都呈現出惡夢般的災難性，而皮皮對於山峰家的小孩、山峰之於皮皮、山崗之於山峰以及子孫們之於祖母又都顯然是一種「災難」。《難逃劫數》同樣如此，東山、露珠、沙子、森林、廣佛、彩蝶、小孩等雖然各自於災難的「劫數」中拚命掙扎，但災難卻總是不期而至，最終幾乎無一能幸免於難。余華的人物總是被注定了走向陰謀，走向劫難，走向死亡。他總是把生活推到某種極端的狀態，直面描寫生活的最粗鄙而遠離理性的區域，既給人以審美上的震驚，又顯出了敘事上的武斷甚至蠻橫的色彩。這也可以說是新潮小說的一個集體愛好。

性愛

對於新潮小說來說，他們旨在對人類的生存本質作全新的探求，具有特殊文化敏感性的「性愛」主題當然是他們不願放棄的獨特話語。而且由於性愛的表現長期以來一直是中國文學界許多文學革命的「導火索」，這對於以張揚反叛、革命為使命的新潮小說更是一種巨大的誘惑。實際情形也確是如此。從馬原開始，新潮小說三代作家的文本都無一不以對性愛的探索引人注目。甚至更早一些的那些被我們作為新潮小說的背景而論述的「引言」性作家王蒙、宗璞、張潔等作家也都以他們的「性愛」力作為文壇側目。不過，就新

時期中國文學來說，「性愛」的具體內涵和表現形態是有著鮮明的階段性的。在新時期最初的「傷痕」「反思」文學中，「性愛」是作為一種被剝奪了的精神權利被書寫的。它和當時風靡一時的人道主義思潮是緊緊維繫在一起的，在對「文革」暴政的控訴中，「性愛」可以說是一種非常具有感召力的文學語碼，其扭曲的形態和不幸的命運無疑是全中國歷經磨難的整整一代「人」的逼真寫照。魯彥周的《天雲山傳奇》男女主人公曲折離奇的愛情遭遇就曾成為新時期很長時間內的文化熱點和話語中心。周克芹的《許茂和他的女兒們》、張弦的《被愛情遺忘的角落》、張潔的《愛，是不能忘記的》也都以對病態愛情的渲染和控訴引發了文化心態、意識形態和大眾情感的長久震顫。不過，顯而易見的是，「性愛」在這些文本中還主要是一種意識形態性質的文化代碼，它主要呈現出精神性的光輝並作為詩意的美好的精神存在與現實生存的醜惡、扭曲、變態形成了鮮明的對照。從文學角度來說，這種愛情雖然美好，但遠遠沒有深入「性愛」的深層本質，也可以說「性愛」在這時候的文學中還主要是工具性的而非本體論意義上的。我們甚至也很難說，這種愛情就是真正意義上的「性愛」，它更多地屬於「愛」而忽略了對「性」的表現。事實上，其所攜帶的濃烈的倫理色彩和意識形態話語性也某種程度上妨礙了小說對「性愛」本身各個層次的深入探討。

　　到了尋根小說中，「性愛」可以說才真正得到了多層面的表現。王安憶的「三戀」一出幾乎引起了全社會的普遍震動，雖然她的小說中的「性愛」也難免意識形態的控訴性質，但王安憶不同凡響之處在於她對「性愛」的探索既突進到了文化層面，但又更把「性愛」作為一種人性和生命狀態來表現。王安憶肯定了愛情中的「性」的合理性和美好性，並結合特定的文化和政治背景對畸形扭曲狀態下的「性」進行了形象、心理和人性層面的認真探索。許多人都承認王安憶是新時期中國文學界最為大膽的女作家之一，她的「大膽」很大程度上也是與她在「性愛」探索上的嘗試分不開的。除了剛才提到的「三戀」，她的《小鮑莊》《崗上的世紀》對於特定時代特定形態的「性愛」的表現也是相當觸目驚心的。王安憶之外，劉恒是另一位對於「性愛」有特殊理解的作家。他的《白渦》《伏羲伏羲》都曾不折不扣地引發了新時期的「文化大地震」，尤其是後者經由張藝謀之手改編成電影《菊豆》更是成了一件重大的世界性文化事件。劉恒對「性愛」的探索很難說就超越了王安憶，實際上就二人對「性愛」的文化性處理的角度看，他們的小說主題其實並沒有本

質的區別。和王安憶一樣，劉恒也突出了「性」在愛情中的地位，並把「性」作為處理「性愛」題材的關注中心，只不過，兩人的表現角度稍有不同而已。同樣揭示「性」欲望的合理性和重要性，同樣注重對壓抑「性」的政治、文化和歷史因素的挖掘，王安憶的描寫更多還有一種詩意的贊許，因此即使是不幸的性愛中也會呈現出美好的一面。而劉恒的著眼點則主要是人物自身的人性慾望的自我壓抑的慘烈和沉重，菊豆和楊天青的那種畸形「性愛」，其心理自戕的窒息氛圍就遠沒有王安憶的「崗上的世紀」那種苦中作樂的歡快。不過，需要指出的是，王安憶也好，劉恒也好，他們對「性愛」的肯定最終所確立的其實正是「性」作為一種必然的生命狀態的合理性。他們是把「性」作為一種特定的生命狀態來書寫的，這就使「性」的地位不僅從愛情的精神化傳統中凸現出來，而且更重要的是開始了脫離「性愛」的倫理化和意識形態所指而取得自身獨立話語性的歷程。也許正因為有了他們的這種努力，許多尋根作家的筆下「性愛」才作為一種原始生命強力得到了大張旗鼓的弘揚。莫言的《紅高粱》中我爺爺和我奶奶那朝氣蓬勃的性愛方式無疑是一種最為典型的意象，它通過電影畫面的定格一度成了我們民族精神生命力的美好象徵。事實上，對於尋根作家來說，特定的「性愛」狀態也正是他們所苦苦追尋的民族生命之根的一部分。新時期小說中之所以一個階段以來充滿了「野合」的場面很大程度上正是與作家們對「性愛」的這種新發現、新認識不無關係。通過對自然性和人性意義上的「性」的美化和表現，中國文學完成了對於「性愛」描寫禁忌傳統的打破。當然，如果要中國這些作家完全拋開倫理性和意識形態認識去對「性愛」作純粹生物學、哲學和美學上的觀照似乎也是不現實的，因為就上述這些作家來說，他們畢竟承載了太多的中國文化傳統，他們的社會文化良心和文學抱負都不允許他們遠離社會責任感和使命感而像西方作家那樣寫純粹的「性」。這個任務似乎只有期待新潮作家去實現了。

考察新潮小說對「性愛」話語的表述，我們當然不能抹殺上述作家對新潮作家的啟示意義和篳路藍縷之功。應該說，「性愛」作為一種精神權力或作為一種生命狀態被強調，正是新潮小說展開他們對「性愛」的探索之前不得不認同的一個藝術前提和「前話語」。如果說新潮的前輩作家們所做的是對性愛中「性」的成分的肯定的話，那麼新潮作家顯然又要進行一次造反。新潮作家剝離了性愛上所附屬的倫理性和意識形態性，但他們的藝術目的卻南轅

北轍。前述作家在強調性愛的獨立話語性時，所致力的是對「性」的正面的、合人性的以及美好的因素的表現，而新潮作家卻恰恰要發掘「性」自身的破敗性、醜惡性和非人性。因此，新潮文本中才引人驚訝地充斥了亂倫、強姦、淫亂、嫖妓、宿娼、陽萎、性病等變態或病態的「性愛」景象。要是說，尋根及其之前的作家們還在努力使「性愛」中的「性」和「愛」的分離統一起來的話，那麼新潮作家所樂此不疲的卻正是這種「分離」，並最終徹底放逐了「愛」。我們可以發現，新時期中國文學在「性愛」問題上實際正有趣地完成了一個自我否定的「圓圈」:「傷痕」「反思」文學奏響了對「愛」的最初祈禱，其後的「尋根」類的文學開始了對「性」在愛情中的合理性和神聖性以及「愛」與「性」的統一性的證明，而到了新潮小說這裡，「愛」又被瓦解了，「性」與「愛」的同盟不存在了，「性愛」又回到了它的起點。顯然，性愛不是作為一個美麗的詞彙而是作為一個充滿了罪惡的詞彙被新潮作家書寫著的。這與新潮作家對「災難」主題的熱衷也可以說是一致的。在他們的詞典裏，「性愛」當然亦是一種生命狀態，但它是一種醜惡的生命狀態，不僅不是生命強力的表徵，相反還是生命災難的說明和催化劑。其對新潮文本所建構的地獄般的生存景觀有著當然的無可替代的建構作用，也是新潮小說主人公們生命沉淪的絕好寫照。同時，在新潮文本中「性愛」也是一種「人性」因素，但它不證明人性的自然性、美好性和生命性，而是代表了人性自身無法克服的醜惡性和破壞性。具體地說，新潮小說對性愛的表現呈現出下列明顯特徵:

其一，「性愛」的本能化、欲望化和生理化。

新潮作家不滿於中國文學對於「人」的一整套理想主義的話語系統，而是全心全意地進行著對「人」的神話的解構。這就使新潮作家不得不把傳統文學作品中那塗抹在「人」身上的種種人文性的、社會性的和意識形態性的油彩清洗乾淨。而經由新潮作家特定話語的清洗，「人」就逐步還原為「人」——生物學意義上的人。這必然影響到新潮作家對「性愛」的表現和認識。正因為如此，我們才發現在新潮文本中，「性愛」變得如此的不可理喻、如此的醜陋不堪和如此慘不忍睹。新潮小說的主人公們在對待性愛的態度上大都與動物無異，男人對女人的佔有欲望實際上就是一種生命原始本能的衝動，這裡既沒有愛和情，也就更談不上所謂責任和義務了。蘇童筆下的五龍對米店老闆女兒的佔有和虐待無疑是他動物本能性的放大，他的殘忍、兇狠、陰毒正是附著於本應充滿人性的「性愛」上才更令人不寒而慄（《米》）。北村筆

下的劉浪對於「性愛」的渴望更是出於生理的本能衝動，從他在醫學院對著
女生偷偷手淫，到他止不住自己的欲望勾引馬大的女人，他與女人在床笫之
間的種種表演都令人既噁心又恐懼。女人對他來說，只不過是一種工具，借
助它劉浪一方面可以滿足宣洩自己的本能欲望；另一方面它更是自己智謀和
才能的一種證明。女人說穿了只是一件衣服，高興時可以穿穿，不高興時可
以隨便扔掉、送人或者撕成碎片。這裡不存在「愛」也不存在「情」，有的只
是赤裸裸的肉體關係和工具性質（《施洗的河》）。不過，需要指出的是，無論
五龍也好，還是劉浪也好，他們的生理本能的宣洩固然也在某種意義上對於
其生命具有快感和意義，但更多的時候「性愛」對於他們卻是自找的一種災
難，性愛的瘋狂只是他們曇花一現的生命的一種毀滅力量，很大程度上他們
生命的沉淪都是由性愛引發和催化的。五龍和劉浪雙雙都以陽萎收場就是一
個證明。其他作家如葉兆言《棗樹的故事》中岫雲和土匪頭子白臉的性愛關
係也顯然地呈現出本能化和生理化的特點，照理說，岫雲對於自己的殺夫仇
人白臉應該充滿仇恨和恐懼，但事實上岫雲卻與白臉有著長達幾十年的「下
流」關係。這種「性愛」狀態顯然是無法從文化和意識形態角度進行詮釋的，
它只能在「性」的生物性和本能性上才能被理解。可以說，新潮作家對「性
愛」的本能化和生物化的還原對於把「性愛」從社會學的樊籬下解放出來回
歸其本體和自我具有相當重要的意義，新潮作家對「性愛」之所以有如此得
心應手的表述本質上正是得力於由這種還原而得來的自由以及表達禁忌的被
拆除。

其二，「性愛」的病態化、畸形化和非人性化。

相對於我們對「性愛」的傳統理解和文學經驗，新潮小說對「性愛」的
造型可以說大大忤逆了我們的閱讀期待。不僅如上文所分析的，「性愛」本質
上體現為一種放逐精神和情感的生理化和本能化的特徵，而且其形態上也遠
離審美的意境而呈現出審醜的意味。這就是說，新潮小說對於「性愛」的審
視是以對其醜惡一面的冷酷揭示為基本特徵的。「性愛」由此失去了它殘留的
最後一絲溫馨和詩意，而以徹頭徹尾的病態、畸型圖景出現在新潮文本中。
如果說在余華的《難逃劫數》中東山和露珠的「性愛」在一連串的陰謀中呈
現出的是一種令人可怖的悲劇景觀的話，那麼蘇童的《十九間房》中土匪頭
子當著春麥的面強暴他老婆並要他倒尿壺的場面，以及《妻妾成群》中陳佐
仟和姨太太們之間荒謬絕倫的「性愛」生活則無疑是主人公們江河日下的生

命狀態的寓言性寫照。此外，五龍向女人的子宮裏放置大米的惡習（《米》），馬大把女人綁在柱子上、劉浪把女人折磨得倒在床上的特殊嗜好（《施洗的河》），都同樣呈現出強烈的醜陋性。在新潮小說這裡，「性愛」不僅不能體現和實現人性，相反更多的時候，它只是一種作惡的手段，它以其自身的攻擊性和破壞性對應出人性的墮落與沉淪。性愛一方面顯示出惡人們對於他人的佔有和無惡不作的支配性，另一方面也同時暴露了人性的軟弱、卑瑣和萎縮狀態。換句話說，新潮小說中的「性愛」之所以如此令人無法面對，也正是由於「性愛」被新潮作家當作人性惡的集大成和典型代表來加以言說的緣故。從這個角度看，新潮文本中充斥了性病、梅毒、色情狂、性變態者、陽萎病者等等令人不忍卒看的描寫就一點也不奇怪了。

其三，「性愛」表述的非文化化和非意識形態化，亦即「性愛的本體化表達」。我在這裡專門列出「性愛的本體化表達」問題來加以陳述，並不是說明上文所描繪的兩種性愛圖景就不具備「本體化表達」的特徵。事實上，這樣的陳述顯然是沒有根據也難以令人信服的。我要說，新潮作家之所以會以上述兩種方式來書寫「性愛」本身，就是因為他們突破了傳統「性愛」表現模式的結果，它們也正是以兩個不同的層面共同完成著對「性愛」的「本體化表達」。這裡要講的也只能是一個相對性的不同層面，它與前兩者是一種平等而平行的關係，而不是一種統屬關係或高低關係。所謂「性愛的本體化表達」，我的意思是指把「性愛」作為一種純粹的審美（或審丑）對象而加以審美觀照的藝術態度，這種態度正超越了對「性愛」的文化或意識形態的審視，因而在表達上具有充分的藝術自由度和審美獨立性，其呈現出的形態也相應地具有文化陌生性和個人想像性與體驗性。我覺得這種「本體化表達」的最有代表性的文本就是新潮小說對「性愛」的遊戲形態的描述。如果說上文的兩種「性愛」的模式在「本體化表達」上還具有某種侷限的話，那就是這兩種「性愛」還都具有特殊的「歷史悲劇性」，這使小說的沉重之中不知不覺間仍然透露出某種文化意味和意識形態性。而新潮小說的另一類文本，在注重對「現實化」的「性愛」的書寫時已經徹底放棄了那種文化的或歷史的悲劇情結，呈現出一種滿不在乎的「遊戲性」。這種「遊戲性」在我看來正是對「性愛」進行「本體化表達」的前提條件。洪峰在這方面可謂傑出的代表，他是新潮作家中對「性愛」的探索最為癡迷的一個。他的幾乎每一篇小說都以「性愛」故事作為文本的主體，性愛某種意義上正是洪峰小說的全部主題所在。

但洪峰的「性愛」很多情況下只是一個自足的存在,在性愛的故事之外並不存在微言大義,性愛就是故事,故事就是性愛,除此作家再不賦予任何闡釋性。在《極地之側》中男主人公甚至連女主人公朱晶究竟存在不存在都不清楚,「我這回進山找她是想跟她結婚。我現在有妻子,很漂亮;還有孩子,很聰明。我的日子可以說過得很平穩。我突然就想找那女孩子並且想和她結婚,具體原因以後再講或者不講。純屬私事,講與不講取決於我是否高興。我只是想讓你知道,這故事裏有愛情內容,它本身還包含了婚外戀三角戀凡此種種等等等等。」「性愛」的遊戲傾向可謂十分明顯。蘇童的許多現實婚戀題材的小說如《已婚男人楊泊》《離婚指南》《井中男孩》《平靜如水》以及長篇小說《城北地帶》等對「性愛」的表現和探索也呈現出遊戲性質。而孫甘露對性愛的表達在新潮作家中也同樣具有代表性,他的長篇小說《呼吸》主人公羅克與四個女主人公的變化不居、隨心所欲的「性愛」生活,也顯然對應於他無所事事遊戲人生的態度。無需再舉例,我們將會發現,「遊戲」對於新潮作家來說顯然具有兩種含義:一方面,它是指主人公們對性愛的態度以及相應地呈現於文本中的性愛形態;另一方面,它又更是指新潮作家言說「性愛」的話語方式。而後一方面在我看來才更切合於我所要闡述的「性愛的本體化表達」的命題。因此,我覺得「性愛」的「本體化」問題最終其實落實在「性愛」的語詞化上了。由於新潮作家把「性愛」當作了一個純粹的語言符碼,「性愛」就從意義的禁忌中完全解放出來了,所謂「遊戲」也只有在這種語言化的語境中才有存在的真正可能。在這裡我還想特別提到《作家》1989 年第 6 期,在這個頗具先鋒意味的新時期有影響的文學期刊上,由洪峰發動以「戀愛故事」為題專門發表了二十餘篇新潮作家的短篇小說,這可以說是新潮作家一次有關「性愛」主題的集體表演和集體言說。他們風格不同的話語系統呈現的卻是共同的遊戲風格。甚至這次文學事件本身就是一個很典型的遊戲行為。通過這次共同登臺,新潮作家對於性愛的「本體化表達」也無疑達到了極致。

死亡

在新潮作家的主題話語中「死亡」無疑是另一個出現頻率相當高的詞彙。中國文學中還從來沒有像新潮文本這樣充滿了「死亡」的氣息。某種意義上說,死亡不過是災難的一種特殊或典型形態,專門把其從災難中分列出來似

乎難免重複之處。但是，死亡的特殊地位和話語價值都迫使我們不得不對其在新潮小說中的意義加以特別的審視，「災難」固然包含了「死亡」，然而「死亡」相對於「災難」卻又具有不可替代的言說性。不對「死亡」進行專門的闡釋和梳理，我們對新潮小說的把握和言說就很難切中肯綮和要害。

應該說，新潮作家對「死亡」的全神貫注正是他們那種強烈的革命性和反叛意識的一個具體表徵。某種意義上，「死亡」亦是中國社會的一個具有光榮傳統的文化禁忌。重生輕死無疑是中國人的一種典型的生命態度和生存哲學。這種禁忌以及與此相應的對死亡的規避心態一直恪守在中國人的心理結構的深層，不但影響了中國人的行為和生命方式，而且甚至影響了中國人的語言和話語習慣。也正因為如此，中國語言中才有了那麼多的「死」的同義詞和替代表達方式，而「死亡」這個原初語彙卻彷彿被人遺忘了，很少被人運用。就文學作品而言，中國文學當然不乏對死亡的描寫，但死亡絕大多數情況下只是一種情節手段，它或者是為了渲染悲劇氣氛，或者為了強化作品主題的感染性。也就是說，它呈現在作品中的主要是認識論的意義，而不是一種本體論意義上的生命意識。死亡只是一個結果，而不是一個生命化的動態過程。新時期以後的中國文學對於死亡的描寫總的來說應該承認是相當有成就的。尤其是新時期文學對於「文革」的反思和控訴所內含的強烈的悲劇意識，都使作家們在對「傷痕」的展示中不自覺地把藝術視角投向了死亡。我們現在都樂於承認，新時期中國文學是最富於悲劇精神的，其實在很大程度上新時期文學的悲劇力量來自充斥於當時小說中的那些慘不忍睹的死亡場面。不過，話說回來，今天我們回頭審視那些曾令全中國人涕淚漣漣的「死亡」小說，雖然與傳統小說相比更具有那種直面死亡、大膽描寫死亡的藝術勇氣，但要說它從根本上對傳統文化和文學觀念有多麼大的超越也似乎難以令人置信。本質上，出現於新時期文學作品中的「死亡」其實仍是那種傳統意義上的情節化的死亡，它的功能主要是主題性和精神性的。它離西方現代文學那種以死亡本身作為審美對象的小說方式還很遙遠，更談不上達到西方作家那種對死亡的本體化、哲學化和語言化的觀照了。這種情況的根本改觀，應該說仍然是從新潮小說開始的。由於新潮作家是無「根」的一代人，沒有文化禁忌的束縛，他們可以無所顧忌地放手在他們的文本世界中重構他們對於「死亡」的想像和假定。

首先，死亡的感觀化、過程性與直接體驗性。傳統文學作品對死亡的描

寫更多注重的是死亡對於他人的感受及其造成的社會、家庭等各種後果，但對於死亡本身以及死亡主體的死亡過程和死亡感受幾乎無力涉及。新潮作家卻在這前人止步的地方開闢了巨大的寫作空間。新潮作家以想像的方式對死亡過程、死亡主體的直接經驗進行了感觀化、直觀性的呈現。我們可以不論這種體驗的真實性（好在新潮作家本就不屑於所謂真實性），但我們無法不承認新潮作家提供了迥然不同於我們既有文化和文學規範的書寫「死亡」的嶄新模式。在新潮作家這裡，我們看不到死亡的恐懼，也沒有對死亡的悲劇陳述和主題化言說，而是第一次呈現出一種感性、直觀的具象形態。這一方面得力於新潮作家觀照死亡的純審美心態和想像力，另一方面也很大程度上歸功於新潮作家出色的語言能力。我們不妨看看余華是怎樣描寫「死亡」的：

> 那天早晨她醒來時感到一種異樣的興奮。她甚至能夠感到那種興奮如何在她體內流動。她明顯地覺得腳指頭是最先死去的，然後是整雙腳，接著又延伸到腿上。她感到腳的死去像冰雪一樣無聲無息。死亡在她腹部逗留片刻，然後像潮水一樣漫了腰際，漫過腰際後死亡就肆無忌憚地蔓延開來。這時她感到雙手離她遠去了，腦袋彷彿正被一條小狗一口一口咬去。最後只剩下心臟了，可死亡已包圍了心臟，像是無數螞蟻似地從四周爬向心臟。她覺得心臟有些癢滋滋的。這時她睜開眼睛看到有無數光芒透過窗簾向她奔湧過來，她不禁微微一笑，於是這笑容像是相片一樣固定下來。

——余華《現實一種》

在這段直接的死亡描寫中，死亡主體不僅不再缺席，而且還充滿了感官的動感和視覺的快感，不僅沒有對死亡的恐懼，反而還流動著興奮和享受之情，死亡不僅不再抽象，反而呈現為血肉豐滿的一個完整過程。

對於中國當代文學來說，新潮作家這種對於死亡的體驗式描寫，無疑是有它的特殊意義，它打破了中國人的思維和認識禁區，消解了死亡的神秘性和不可言說性，既拓展了文學表現的領域，擴充了文學表現的經驗，又為當代文學提供了新的死亡言說模式。而由於新潮作家在體驗死亡時又各各盡其所能地進行著對傳統話語模式的解構，以及對自我瞬間感受和體驗獨特性的強化，這就使出現於新潮文本中的死亡不僅被陌生化於我們的經驗，而且形態也多彩多姿地呈現出無限的可能性，這不能不說是新潮作家對於小說生產力的一種解放。

再次，死亡的審美化、超越性、反倫理性。在我們經典的文學話語中，任何一種描寫對象都是有它的原因和目的的。一位著名的世界文學大師就曾教導我們，如果在小說或電影的開始，牆上掛著一把槍，那麼在其後的情節中這把槍一定會響，否則這把槍的出現就是失敗的、沒必要的。同樣，具有極大悲劇性和崇高性的死亡在小說中就更不是可有可無的了。《紅旗譜》《紅日》《林海雪原》這些中國當代文學的經典之作中，英雄之「死」和敵人之「死」從來也都是壁壘分明的，或是為了伸張正義，或是為了批判醜惡，小說的主題意義和教育價值很大程度上都是緊緊附著於不同的「死亡」之上的。但顯然，這些教條對於頑童一樣的新潮作家是不具備約束力的，「死亡」正如他們文本中的其他許多話語一樣，只是一種話語而毫不具備話語之外的意義和價值。由於新潮作家對於死亡的態度完全是一種審美的態度，他們是把死亡當作一種純客觀的小說對象來加以審視和敘說的，這就使出現於新潮小說中的「死亡」具有了很強的文本化色彩。

一方面，死亡被徹底客觀化、他者化，失去了其蘊含的倫理的悲壯性或悲劇意味。人們面對死亡的倫理情感和情緒在新潮小說中被全面消解了。如果說，在莫言的《紅高粱》中活剝人皮的血淋淋的死亡場面還能喚起讀者的憤怒、仇恨等倫理情感的話，余華的《現實一種》《一九八六》等等小說中人面對死亡時則完全呈現一種冷漠的非情感狀態。另一方面，與此相應，表現在小說文本中的把玩、欣賞死亡的傾向也自然在所難免。試看下面幾段文字：

> 冬天下第一場大雪的時候，紅菱姑娘的屍體從河裏浮起來，河水緩慢地浮起她浮腫沉重的身體，從上游向下游流去。
>
> 紅菱姑娘從這條河裏來，又回到這條河裏去。
>
> 香椿樹街的居民都擁到和尚橋頭，居高臨下，指點著河水中那具灰暗的女屍，它像一堆工業垃圾，在人們的視線中緩緩移動。當紅菱姑娘安祥地穿越和尚橋橋洞時，女人們注意到死者的腹部鼓脹異常，遠非一般的溺水者所能比擬，於是她們一致認為，有兩條命，她的肚子裏還有一條命隨之而去了。
>
> ——蘇童《南方的墮落》
>
> 到處都是屍體……天邊泛出紫灰色，月亮隱沒在光禿禿的樹梢背後，趙謠小心翼翼地跨過那些殘缺的肢體——在那些血污和屍體

中間……在稠厚的血腥中，在被鮮血澆得濕漉漉的草叢中，趙謠看見了一副熟悉的面容：這個本分的小木匠什麼時候加入了王標的隊伍？

——格非的《風琴》

無須再舉例，我們會發現在新潮小說的文本中死亡都呈現為一種絕對的文本化狀態，新潮作家對於死亡的描寫更多的時候都是一種想像化的產物，也就是說，它主要是一種「形式」，我們的文學經驗積澱在其上的那些文化的、情感的、心理的意義和內涵都被剝除了。他們以冷觀的方式試驗著自己的文學想像力和描寫技巧，死亡由此也變成了他們的一種賞玩對象。正如余華的一篇小說《往事與刑罰》中的刑罰專家形容「死亡」境界時所說：「那時候你會感到從未有過的平靜，一切聲音都將消失，留下的只是色彩，而且色彩的呈現十分緩慢。你可以感覺到血液在體內流得越來越慢，又怎樣在玻璃上洋溢開來，然後像你的頭髮一樣千條流向塵土。你在最後的時刻，將會看到一九五八年一月九日清晨的第一顆露珠，露珠在一片不顯眼的綠葉上向你眺望。將會看到一九六七年十二月一日中午的一大片雲彩，因為陽光的照射，那雲彩顯得五彩繽紛。將會看到一九六○年八月七日傍晚來臨時的一條山中小路，那時候晚霞就躺在山路上，溫暖地期待著你。將會看到一九七一年九月二十日深夜月光裏的兩顆螢火蟲，那是兩顆遙遠的眼淚在翩翩起舞。」這樣的死亡境界確實只有在新潮小說的文本中我們才有機會面對和接觸。死亡在此不僅不具有那種呼天搶地的殘酷和痛苦性質，而且完全呈現出一種美感和詩意魅力。某種意義上說，新潮作家對死亡的欣賞性的描寫和表現也是他們藝術氣度的一種表徵，其與新潮作家整體上以新的敘述風度和手法描述對整個世界的全新思索的藝術追求是協調統一的。而且，這種對於死亡描寫的文本化和美學化傾向與前文我們所分析的新潮小說對死亡的想像化體驗也絲毫不矛盾，相反兩者在新潮小說文本中正處於一種相輔相成的聯繫之中。有了對死亡的想像化體驗才會有對於死亡的冷觀性的「遠視」和純審美化的敘述；反之，正由於對死亡有這種超越性的美學視角，新潮作家對死亡的各種「體驗」和言說才有了充分展開的可能。這實在是一而二，二而一的事情。〔註1〕

〔註1〕關於「死亡」的分析請參閱洪治綱：《生命末日的體驗》，《文藝評論》1993 年第 4 期。

罪惡

　　在新潮小說的主題詞典裏，罪惡也一直是令新潮作家夢繞魂牽的一個特殊話語。新潮作家對「人」的沉淪狀態的表現很大程度上是與他們對罪惡的特殊把握緊緊聯繫在一起的。在打破文學禁忌的「潘多拉」魔盒之後，「罪惡」也是新潮作家最早放飛的毒鳥之一。雖說前文我們所談到的災難和死亡也都帶有「罪惡」的性質，但我更願意在這裡專門列出一節來闡說新潮小說的罪惡主題。這其實也是必然的，新潮作家既然要褻瀆和消解「人」，那麼罪惡自然是他們所無法迴避的話題，只是我們的閱讀心理和思維慣性一時還沒有能夠想到新潮作家一下子會走得那麼遠那麼堅決而已。我在這裡幾乎不能舉出哪怕一部沒有書寫罪惡的新潮小說文本，各種各樣的「罪惡」陳列在新潮小說文本中，以致我們從前由閱讀而來的關於人類的溫情脈脈的文學經驗頃刻間就被沖得面目全非了。某種意義上說，新潮小說所描繪的就是一種純粹的地獄之境。在從前的文學作品中只有在特殊情形下才會出現的那些罪惡，如今被新潮作家處理成一種普通的生存景觀呈現在小說文本中，它滲透在人們日常生活的各個方面，成為人類生命中一種觸手可及無法躲避的災難。而作惡者也不純粹是傳統意味上的惡人，新潮作家告訴我們現實生活中的每一個普通的個體都有可能在自覺或不自覺中加入某種罪惡之中去。從另一個方面看，新潮作家在褻瀆了人的神聖性，在打破了對於人的善惡兩分的絕對化思維之後，惡的泛濫也似乎是他們必然的選擇。罪惡既強化了新潮作家對於人之褻瀆的徹底性和絕對性，同時又滿足了新潮作家對於邊緣性的生存際遇的想像、誇張和體驗，在這個意義上新潮文本對於罪惡的特殊偏執就不是不可理喻的了。當我們今天重新審視他們的這種文學選擇時，我們迫切需要理清的也許只是罪惡在新潮小說整個歷史上的主題價值和話語意義，從而對其在新潮文本中的地位作出合理的評估。然而當我們開始對罪惡展開言說時我們又不得不面臨一種特殊的困難，這就是在新潮文本中罪惡的形態實在是太豐富了，歷史的、現實的、心理的、個體的、群體的……各種各樣的或大或小的罪惡，要對它們逐一進行闡說幾乎是不可能的。因此，本文於此也不得不採取一種比較偷懶的評論方法，即以抽樣的方式對暴力、犯罪這兩種主要的罪惡形態進行重點分析。

　　先說「暴力」。「暴力」很大程度上是新潮作家重新闡釋「人」時所發現的一個重要的主題話語。新潮作家以他們的獨特文本對隱藏在人性深處的暴

力嗜好進行了淋漓盡致的挖掘，從而以文學的方式驗證了現代動物學家洛淪茲對「人」的評判：「人類的暴力行為和攻擊性與動物出自同一淵源，人類與動物一樣，存在著原始的本能。」〔註2〕如果說在早期新潮作家如莫言、殘雪和馬原等的小說中，「暴力」更多還只是對惡人的一種表述，其主要對應的是土匪、流氓、惡棍這類邊緣狀態中的「人」的話，那麼到了後期新潮和晚生代作家那裡，暴力已經成了一種普遍意義上的生存景觀，它不再只是那些特定的社會規範之外的惡人們的行為表徵，而是幾乎所有的「人」都或明或顯地存在著的一種普遍人性。確實，走進新潮小說世界，我們首先必須面對的就是「惡人」們所興起的暴力恐怖。蘇童的《飛越我的楓楊樹故鄉》《罌粟之家》《1934年的逃亡》固然給我們展示了一幕幕暴力圖景，而長篇小說《米》則更是通過五龍闖蕩都市惡貫滿盈的一生充分刻畫了在一種罪惡的歷史情境中以暴力對抗暴力、以罪惡對付罪惡的那種滅絕人性、毀滅世界的可怕畫面。他的另一部長篇小說《我的帝王生涯》所著力描寫的主人公端白亦同樣是一個暴力崇拜者，他出遊途中射殺大臣的殘忍、暴戾已經到了令人髮指的地步，而他殘殺宮女的毒辣、陰險也遠非常人所能想像。與蘇童一樣，北村亦是新潮作家中對暴力主題進行過著力探索的作家。他的長篇小說《施洗的河流》可以說是一部典型的以「暴力」為主題的小說，小說以劉浪和馬大兩個黑幫的爭鬥為基本線索，通過他們此消彼長的互相殘殺盡情展示了各種罪惡之間的較量，而在這種較量之中「暴力」被突現了出來，它幾乎同時毀滅了爭鬥的雙方並進而毀滅了整個生命世界。雖然小說最後以兩個惡棍的「受洗」完成了某種人生的救贖，但本質上說他們所掀起的「暴力」巨浪對存在、對世界、對生命的罪惡卻是永遠也無法「洗」盡的。此外，葉兆言的長篇小說《花煞》和劉震雲的長篇小說《故鄉相處流傳》也是兩部對於暴力進行了多層面的掃描與刻畫的典型文本。某種意義上說，這兩部小說對暴力的展示和言說，已經到了登峰造極的地步。

　　相比較而言，余華可能是新潮作家中最傑出的一個暴力傾向者。他的許多小說不僅以暴力作為主題，而且甚至還常常以冷觀和審美的態度為「暴力」造型。在《現實一種》中，余華向我們展示了親人骨肉相殘的血腥場面，「山峰飛起一腳踢進了皮皮的胯裏。皮皮的身體騰空而起，隨即腦袋朝下撞在了水泥地上，發出一聲沉重的聲響。他看到兒子掙扎了幾下後就舒展四肢癱瘓

〔註2〕洛倫茲：《攻擊與人性》扉頁，作家出版社，1987年版。

似的不再動了。」余華不僅對此顯得無動於衷，而且當他繼續揮筆描寫山崗被槍斃和被解剖的「過程」時他的筆觸甚至還帶有一種欣賞和抒情的意味，試看下面《現實一種》中的文字：

> 然後她拿起解剖刀，從山崗頸下的胸骨上凹一刀切進去，然後往下切一直切到腹下。這一刀切得筆直，使得站在一旁的男醫生讚歎不已。……那長長的切口像是瓜一樣裂了開來，裏面的脂肪便炫耀出了金黃的色彩，脂肪裏均勻地分布著小紅點。接著她拿起像寶劍一樣的屍體解剖刀從切口插入皮下，用力地上下游離起來。不一會山崗胸腹的皮膚已經脫離了身體像是一塊布一樣蓋在上面。她又拿起解剖刀去取山崗兩條胳膊的皮了。她從肩峰下刀一直切到手背。隨後去切腿，從腹下髖前上棘向下切到腳背。切完後再用屍體解剖刀插入切口上下游離。……

> 失去了皮膚的包圍，那些金黃的脂肪便鬆散開來。首先是像棉花一樣微微鼓起，接著開始流動了，像是泥漿一樣四散開去。於是醫生彷彿看到了剛才在門口所見的陽光下的菜花地。

> 女醫生抱著山崗的皮膚走到乒乓桌的一角，將皮一張一張攤開刮了起來，她用屍體解剖刀像是剮衣服似的刮著皮膚上的脂肪組織。發出的聲音如同車輪陷在沙子裏無可奈何的叫喚。

> …………

無須再引用下去，僅就這裡所錄的文字我們就幾乎是第一遭領略了人被剝皮、肢解的殘酷情形。有趣的是在看莫言的小說《紅高粱》所展示的土匪剝人皮的暴行時，我們更多地可以感到作家那壓抑不住的憤懣，而在余華這裡卻只能感受到一種超凡脫俗的冷漠。某種意義上說，余華對於「暴力」的「寬容」也是中國當代新潮文學的一大奇觀。而到了《古典愛情》中余華更是對於所謂「食肉寢皮」暴力景象通過柳生的行蹤和雙眼進行了有聲有色的描繪：

> 幼女被拖入棚內後，夥計捉住她的身子，將其手臂放在樹樁上。幼女兩眼瞟出棚外，看那婦人，所以沒見店主已舉起利斧。婦人並不看幼女。

> 柳生看著店主的利斧猛劈下去，聽得「哢嚓」一聲，骨頭被砍斷了，一股血四濺開來，濺得店主一臉都是。

幼女在「哼嚓」聲裏身子晃動了一下。然後她才扭回頭來看個究竟，看到自己的手臂躺在樹椿上，一時間目瞪口呆。半晌，才長嚎幾聲，身子便倒在了地上。倒在地上後哭喊不止，聲音十分刺耳。

…………

這當兒婦人奔入棚內，拿起一把放在地上的利刃，朝幼女胸口猛刺。幼女窒息了一聲，哭喊便戛然終止。待店主發現為時已晚。店主一拳將婦人打到棚角，又將幼女從地上拾起，與夥計二人令人眼花繚亂地肢解了幼女，一件一件遞與棚外的人。

…………

重新睜開眼來。腿斷處躍入眼簾。斧子亂剁一陣的痕跡留在這裡，如同亂砍之後的樹椿。腿斷處的皮肉七零八落地互相牽掛在一起，一片稀爛。手指觸摸其間，零亂的皮肉柔軟無比，而斷骨的鋒利則使手指一陣驚慌失措。柳生凝視良久，那一片斷井頹垣彷彿依稀出現了。

不久胸口的一攤血跡來到。柳生仔細洗去血跡，被利刀捅過的創口皮肉四翻，裏面依然通紅，恰似一朵盛開的桃花。想到創口是自己所刺，柳生不覺一陣顫抖。三年積累的思念，到頭來化為一刀刺下。柳生真不敢相信如此的事實。

顯然，從余華這樣的文字中我們是無法企望我們從前所認同的那種對於「暴力」的批判和控訴的。我的意思當然不是說，余華就是在小說中鼓吹暴力、頌揚暴力。其實，余華的文化中立狀態的純審美描寫既是一種誇張，同時又更是一種反諷，他是要以極端化的方式來顛覆從前那高高在上自以為是的「人」，是要還原「人」的醜惡和暴戾的深層本性。這同時也是新潮作家們的共同追求，「暴力」賦予了他們一個打碎人類既有生存神話的機會，在「暴力」這面魔鏡的映照下人性和生命的泥濘與沉淪狀態終於彰顯出來了。現在看來，新潮作家之所以熱衷於戰爭題材小說的寫作，很大程度上也正和他們對「暴力」主題的特殊愛好有關。因為某種意義上說，戰爭正是人類所不得不面對的最殘酷最具毀滅性的「暴力」，在戰爭的名義下任何「暴力」都有被放大的可能。無須具體分析，我這裡只要開列一些具有代表性的作品的目錄就能看到「戰爭」在新潮家族裏的特殊地位了。這裡有蘇童的《我的帝王生涯》《十九間房》；格非的《邊緣》《迷舟》《雨季的感覺》；呂新的《撫摸》；

葉兆言的《棗樹的故事》《花煞》；楊爭光的《棺材鋪》；北村的《施洗的河》；余華的《一個地主的死》；劉震雲的《故鄉相處流傳》；劉恒的《蒼河白日謠》等等。這些作品以戰爭為題材，但作家們的構思中心卻不再如我們從前所習慣的那樣通過一場戰爭的描寫來弘揚正義貶斥罪惡，相反戰爭在新潮作家這裡更多的只是一種背景，一個特定的文學空間，在這裡新潮作家可以盡情地對於罪惡加以展示，對人性中的「暴力」嗜好以及對「人」本身的毀滅性進行充分披露。就對暴力的描繪來說，戰爭某種意義上正是暴力的同義語，而從對人性以及生存罪惡的揭示來看，戰爭又是比暴力更具兼容性的試劑，在它身上暴力及其之外的幾乎所有的罪惡都難免原形畢露。

　　不過，上文我們所涉及的更多是一種特殊或者說是極端化狀態下的「暴力」，實際上在新潮小說中「暴力」還呈現為另一種比較日常化的形態。這就是在我們每一個普通人的生存中所潛隱著的暴力傾向。在我看來，對這種暴力的表現應該更能代表新潮作家探索「暴力」主題所達到的深度。我還是要首先談到蘇童，他的一大批表現童年記憶的小說在新潮文學中可以說別具一格。而這些小說的一個重要主題也就是對少年暴力嗜好的挖掘和表現。《稻草人》以白描般的手法寫光天化日之下兩個少年打死另一個少年的暴行；《南方的墮落》《刺青時代》以及新近的長篇小說《城北地帶》都以香椿樹街「一群處於青春發育期的南方少年，不安定的情感因素，突然降臨於黑暗街頭的血腥氣味，一些在潮濕的空氣中發芽潰爛的年輕生命，一些徘徊在青石板路上的扭曲的靈魂」〔註3〕為描寫對象。蘇童通過對這些少年拉幫結派、互相鬥毆、彼此追殺等暴力行為的書寫，令人信服地向我們展示了流淌在「少年血」中的暴力汁液。雖然，蘇童的文筆即使寫的是暴力和罪惡也都充滿美麗的詩意和抒情意味，但當我們目睹一個個年輕的生命在「暴力」的毒液中被毀滅的慘烈畫面時，我們仍然會止不住的悚然心驚，而不得不對我們自身，對「人」這個概念進行重新的審視和思索。與蘇童相似，在余華的長篇小說《呼喊與細雨》中，孫家林、孫廣林兄弟的彼此仇視，特別是哥哥毒打弟弟的情節也令我們對人性中的「暴力」潛能不寒而慄。而在《現實一種》中，余華更是對於一個幼童身上的暴力品性進行了特殊的放大。皮皮雖說只有四歲，但他對於堂弟的施暴卻充滿了激情：

　　　　這哭聲使他感到莫名的喜悅，他朝堂弟驚喜地看了一會，隨後

〔註3〕蘇童：《少年血·自序》，江蘇文藝出版社，1993年版。

對準堂弟的臉打去一個耳光。他看到父親經常這樣捧母親。挨了一記耳光後的堂弟突然窒息了起來，嘴巴無聲地張了好一會兒，接著一種像是暴風將破璃窗打開似的聲音衝擊而出。這聲音嘹亮悅耳，使孩子異常激動。然而不久之後這哭聲便跌落下去，因此他又給了他一個耳光。堂弟為了自衛而亂抓的手在他手背上留下了兩道血痕，他一點也沒覺察。他只是感到這一次耳光下去那哭聲並沒窒息，不過是響亮一點的繼續，遠沒有剛才那麼動人。所以他使足勁又打去一個，可是情況依然如此，那哭聲無非是拖得長一點而已。於是他放棄了這種辦法，他伸手去卡堂弟的喉管，堂弟的雙手便在他手背上亂抓起來。當他鬆開時，那如願以償的哭聲又響了起來。他就這樣不斷去卡堂弟的喉管又不斷鬆開，他一次次地享受著那爆破似的哭聲。後來當他再鬆開手時，堂弟已經沒有那種充滿激情的哭聲了，只不過是張著嘴一顫一顫地吐氣，於是他感到索然無味，便走開了。

在這段文字中，余華再次以他冷峻的聲音宣告了美好人性的滅亡。他告訴我們人性本惡，暴力就是那天生的罪惡之一種，即使在一個小孩身上它也是鋒芒畢露，就更不要說那些在社會的黑色染缸裏浸泡過的成年人了。

新潮作家這種對暴力的人性還原除了表現在少年和兒童身上外還更多地涉及普通人的日常生活。如果說殘雪的小說更多地是把暴力心理化通過對人們陰暗內心的探視來揭示人性深處的殘忍、暴戾的惡性的話，那麼葉兆言、北村、格非、蘇童、余華等作家則更傾向於在日常的生存場景中顯現暴力的陰影。葉兆言的《最後》以阿黃對老闆的殘殺渲染了暴力對於一個普通青年的日常生活的顛覆；北村的《孫權的故事》則通過孫權及其朋友醉酒時由爭吵而打鬥直至最後一方被殺死的事件，使隱藏在各自內心深處的敵視和攻擊得到了充分的展露；而余華的文本就更具代表性，上文我們提到的《現實一種》其實就是以對日常普通家庭內的暴力罪惡的揭示為基本主題的。與這篇小說相近，他的其他許多小說如《夏季颱風》《難逃劫數》等也都給我們看到了「陽光下的罪惡」。前者通過地震事件盡情表現了人與人之間的隔膜和彼此的侵犯、攻擊本能，後者則直接在一連串的暴力事件中逼視了人性的醜惡。小說中活動的芸芸眾生也很難說就是上文所說的那種「惡人」，但他們從事暴力的能力和嗜好卻絲毫也不遜於「惡人」們，或者說他們具有同「惡人」們

一樣的毀滅人生和人性的力量。甚至在小說中我們還會發現他們對暴力的那種由衷的欣賞和激情，且看：

> ……廣佛走到他跟前，站了片刻，他在思忖著從孩子身上哪個部位下手。最後他看中了孩子的下巴，孩子尖尖的下巴此刻顯得白森森的。廣佛朝後退了半步，然後提起右腳猛地踢向孩子的下巴，他看到孩子的身體輕盈地翻了過去，接著斜躺在地上了。廣佛在旁邊走了幾步，這次他看中了孩子的腰，他看到月光從孩子的肩頭順流而下，到了腰部後又魚躍而上來到了臀部。他看中了孩子的腰，他提起右腳朝那裡狠狠踢去。孩子的身體沉重地翻了過去，趴在了地上。現在廣佛覺得有必要讓孩子翻過身來，因為廣佛喜歡仰躺的姿態。於是他將腳從孩子的腹部伸進去輕輕一挑，孩子一翻身形成了仰躺。廣佛看到孩子的眼睛睜得很大，但不再像螢火蟲了。那雙眼睛像是兩顆大衣鈕扣。血從孩子的嘴角歡暢流出，血在月光下的顏色如同泥漿。廣佛朝孩子的胸部打量了片刻，他覺得能夠聽聽肋骨斷裂的聲音倒也不錯。這樣想著的時候，他的腳踩向了孩子的胸肋。接下去他又朝孩子的腹部踩去一腳。

可悲的是造成廣佛濫施暴力並將一個活生生的生命頃刻間毒打致死的原因卻只不過是因為小男孩偷看了他和彩蝶的偷情。人性的瘋狂和殘暴確實給人觸目驚心之感。更重要的是在廣佛施暴的同時一直有個女性彩蝶在欣賞觀看著，這就使這段罪惡更具有了某種擴散性和殘酷色彩，彩蝶雖然沒有動手，可誰又能說她身上潛藏的暴力傾向會不及廣佛呢？許多論者都說余華是中國作家中一個最冷酷的人性殺手，我想從余華對暴力與人性的洞悉來看，這種斷語還是符合實際的。

再看犯罪。其實把暴力和犯罪區分開來完全是一種敘述策略，因為從本質上說暴力只不過是犯罪之一種。如果說在新潮小說中前文所講到的「戰爭」題材佔有特殊地位的話，那麼「犯罪」題材在新潮作家心目中就更是舉足輕重了。「戰爭」題材雖說為新潮作家表達極端性的生存想像和體驗贏得了足夠的榮譽，但比較起來它畢竟只是一種太古老的文學話語，而「犯罪」則似乎更契於新潮作家的文學革命理想，它不僅同樣能使新潮作家在對人性罪惡的表現上大有作為，而且還為新潮作家進行「智力」上的遊戲提供了廣闊的舞臺，從而驗證了新潮作家所謂「小說乃想像和智力的產物」的理論設想。確

實，從早期的馬原到後來的格非、蘇童、葉兆言、余華、潘軍，再到晚生代的魯羊等，「犯罪」都是他們樂於反覆言說和重組的一個語碼。我這裡不想分析「犯罪」對於新潮文本結構上的特殊意義，對這點我其後在論述新潮小說敘事風格時將會展開討論。我主要的任務是從主題學的意義上對新潮作家的「犯罪」熱情作出闡釋。在我的印象中，蘇童的《園藝》《南方的墮落》；格非的《敵人》《傻瓜的詩篇》；余華的《河邊的錯誤》《偶然事件》；潘軍的《南方的情緒》《風》；北村的《聒噪者說》《孫權的故事》；葉兆言的《綠河》《最後》等等一系列的小說都是以對「犯罪」的探索為其文本中心的。某種意義上說，對「犯罪」行為及心理根源的追問正是新潮作家逼視人類深層本性和生存真相的藝術捷徑之一。應該說，最早在小說中表現人類犯罪心理的新潮作家是殘雪，她的許多女性文本雖然生澀艱深，有時難免給人不知所云之感，但通過殘雪對主人公彼此猜忌、窺視、詛咒、陷害等陰暗心理和行徑的隱語化言說，我們會發現殘雪對於「人」動物化的處理和闡釋是相當深刻而準確的。然而，殘雪對「犯罪」的潛意識分析和講述畢竟是隱語化的不自覺的。在她之後的這批作家才真正無所顧忌地開始了對於「犯罪」的自覺而直接的探索。本來，「犯罪」小說一直是通俗文學的一個代表性主題，殘雪對其的介入是以她那晦澀的文本形態為保障的，事實上無論殘雪講述怎樣題材的一個故事，人們都不會把她和通俗文學聯繫起來，畢竟兩者之間的差異是太明顯了。而蘇童這批作家就不同了，他們的文本形態缺少殘雪那種極端性和絕對性，這使人們很容易就從通俗文學的視點來對它們加以理解，從而對他們作為新潮作家的先鋒性發生懷疑。目前的蘇童、葉兆言等幾位作家也事實上正面臨這種窘境。但我要說，本質上，小說的先鋒性並不存在於其「寫什麼」上，而是決定於作家「怎麼寫」。也正是在此，我們對蘇童等作家的「犯罪」系列小說有了新的闡釋可能性。就已有作品來看，新潮作家對「犯罪」的探索和表現有下面幾個鮮明的特徵：

第一，新潮小說著力於表現主人公對於「犯罪」的剖析。在大部分新潮文本中，「犯罪」更多是作為一種既成的事件存在著的。因而它具有某種先驗性和背景意味。而作家著力展開的其實是一兩個主人公對於一個「犯罪」案件的查證、訪問、分析和猜測。這就使新潮小說本質上與展示「犯罪」畫面的通俗文學劃清了界限。更重要的是，新潮文本中的「犯罪」往往是無頭無緒的，它幾乎不具備任何可破解性，因而在小說中主人公的分析也幾乎是純

主觀性和純智力性的。也就是說新潮作家注重的其實只是「犯罪」作為一種主題的話語性（可言說性）。某種意義上，我們應該認識到新潮作家不是在「描寫」犯罪而是在「研究」犯罪。正如葉兆言在他那本以「犯罪研究」作為副標題的小說集《綠色陷阱》的《自序》所直言不諱地承認的那樣：「犯罪實在是一個太古老的話題，在這本書裏，我有意無意地寫了許多地道的犯罪。我寫了殺人，強姦，綁架，包括一系列下流小說中屢見不鮮的暴力事件。」「當小說一旦接近這個話題的邊緣，便情不自禁地沾上了偵探小說的光。我的確有心嘗試寫寫偵探小說，而且明白無誤知道會寫不好。」〔註4〕然而，實在地說，新潮作家的真正目的本就不是要寫得像，非驢非馬的「四不像」小說才是他們的最大收穫。因為對他們來說，寫作一種形態的小說，本質上並不是為了重振或還原這種小說，而是為了對它進行徹底的篡改和顛覆。原來的小說形態是否已經面目全非，這不是他們關心的問題，他們只需要其作為一種可以讓他們任意發揮、自由言說的話題出現就足夠了。還是葉兆言在《綠色陷阱》中講得誠實：「為什麼我們會對犯罪感興趣呢。為什麼我們要津津樂道地談論犯罪。這本書的目的，也許就是為了研究這些為什麼。」〔註5〕進入葉兆言的小說文本，我們會發現「犯罪」確實不是被展現或推理的，而純粹是被「講述」的。《古老話題》講述一個女人張英與別人私通並與姦夫謀殺了自己丈夫的案件。但直到張英姦夫被處死，整個案件都仍然處於眾說紛紜的撲朔迷離之中。在每一個人的話語中，案件都會向著相反的方向被闡釋。不僅「我」一直如墮五里霧中，而且甚至檢察機關也不得不在張英丈夫的自殺和他殺的問題上慎重其事。「雖然張英供認不諱，但是那個男人一次次的招供反供，一次次的認罪叫屈」，卻也使這個謀殺案難免疑寶叢生。就算那個男人「男女關係上的確聲名狼藉，而且向來出爾反爾」，但張英丈夫有過自殺的歷史，這「歷史」也不容人不心生疑慮。實際上，從「我」目睹張英打電話報警那一刻起各種各樣的話語可能性也就隨之誕生了。張英是一種話語，張英母親是一種話語，小姑是一種話語，女記者是一種話語，警察老李是一種話語……此外還有許多不同的話語不絕於耳，可以說小說正是在一種眾語喧嘩的狀態下結束對這個案件的講述的，就如小說所敘述的，在姦夫姦婦雙雙問斬半年之後，「我」在火車上仍聽到了男主角的一個熟人「充滿一種莫名其妙的信心」

〔註4〕葉兆言：《綠色陷阱‧自序》，北方文藝出版社，1993年版。
〔註5〕葉兆言：《綠色陷阱‧自序》，北方文藝出版社，1993年版。

以「略知內情的神態」所發的議論:「這又不是什麼秘密,不就是玩了個女人嗎?那小子生來好這行,女人一上他的手,嗨,你聽他整天吹吧。這女人,既不是頭一個,也不是最後一個,說他為了她,真的,為了那張姓的什麼女人,謀殺,何苦,你們說何苦?玩女人?」餘音嫋嫋,確實在這樣的小說中「犯罪」實在只是一種話語,它本身的內涵已經不是很重要了。此外,《最後》對於阿黃殺死老闆事件進行猜測性的分析,《綠河》探索一起流氓強姦案,《紅房子酒店》對金老師謀殺妻子案的特殊敘述,《綠色陷阱》講述一宗綁架女子案……葉兆言的小說對於「犯罪」話語性的挖掘在新潮作家中可稱是用力最勤的。與葉兆言相似,余華的《河邊的錯誤》、北村的《聒噪者說》、格非的《敵人》、潘軍的《風》等也都是以對犯罪話語性的多方探索為典型特徵的。《河邊的錯誤》中那接二連三的河邊兇殺所激起的矛盾重重的流言和猜測都在一個瘋子的捉弄下被一次又一次地瓦解,而可笑的是瘋子的話語又是不可證明的,這就使小說自始自終總是籠罩在話語的衝突之中;《聒噪者說》中敘述者對一件死亡案件的調查,雖然陷進了沉默之海中,每一個人物似乎都傾向於啞語,甚至連那唯一的線索也就是一本《啞語手冊》。然而實實在在的在小說「啞語」般的語言迷津中,在作家所展示的語言命名和事實真相的錯位之中,我們聽到了遙遠的話語「聒噪」;《敵人》在一場大火的陰影中敘說主人公對於隱藏的「敵人」的疑忌和恐懼,各種各樣的偶然性,各種各樣彼此排斥的可能性在小說中輪番上演,而那殺人、縱火的「犯罪」本身倒變得若有若無了。因此本質上說,對「敵人」的言說才是這部長篇小說的真正重心;《風》的故事也是以主人公對一起歷史疑案的尋訪為線索的,但當我們走進作家那交織著歷史和現實的糾葛的藝術世界時我們就如同陷入了一個巨大的謎語之網中。不同的謎語和不同的對於謎的解釋共同匯成了多聲部的話語變奏,而事實本身則被淹沒在這話語的海洋中,像一陣風一樣飄忽而過了。無須再舉例,我們將會發現,新潮作家對「犯罪」的表現與描寫主要是出於一種話語權力的需要而不是其他。對「犯罪」的研究使他們一方面對一種古老的主題有了重新闡釋的可能,另一方面,也無疑使他們以語言征服世界的藝術野心又在一個新的話題中得到了強化。

第二,在新潮作家的「犯罪」題材小說中對於人性可能性的探索是和對於小說寫作可能性的探索統一的。前面我們已經說過,新潮作家是把「犯罪」小說作為展示他們才華和智力的一種特殊題材看待的。因此,在他們的小說

中，對此類小說傳統寫作模式的打破也是他們一個義不容辭的使命。如果說傳統小說如《福爾摩斯探案集》中的主人公對案件的推理和分析也確實是一種高級智力和才華的顯露的話，那麼在新潮文本中的主人公所顯現的則是另一種完全不同類型的才華和智力。在新潮小說中，主人公往往都是一些寫作者或閱讀者，葉兆言的《最後》、潘軍的《風》等小說的主人公則直接是作家。作為作家，他們對於「犯罪」案件的興趣和闡釋方式就與福爾摩斯迥然不同。他們不是致力於對事實的查證、分析和嚴密的推理，而是熱衷於主觀的想像、猜測以及憑藉此對於「犯罪」的書寫。也就是說，在從前的罪案小說中我們看到的是主人公對各種可能性的排除和對一種可能性的歸趨，而在新潮小說中情況剛好相反，主人公所津津樂道的正是從一種事實和可能中節外生枝地想像出無限多的可能性。從而悄悄地化解了罪案本身，而把主人公的各種設想、猜測放到了小說前臺，而他們的智力和才華也就在使簡單的事情複雜化、清晰的線索紊亂化的過程中得到了充分的展露。余華的《偶然事件》可以說是一篇代表作。小說以咖啡館的一起殺人案為起因，主體部分是兩個主人公陳河與江飄的生活片斷，以及兩人以書信的方式展開的對咖啡館兇殺案的探討。在小說藏頭露尾撲朔迷離的敘述中我們發現陳河已經陷入了一種不能自拔的婚姻悲劇中，而其悲劇的製造者正是他的書信對象江飄，但兩個主人公似乎對此還處於未知狀態。最後小說在陳河模仿了咖啡館的兇殺殺死江飄後戛然而止。整部小說幾乎沒有一絲連貫的線索，各個小節看來毫無頭緒和聯繫，但作家卻能從從容容地在文本的最後使全部鬆散的枝節頃刻間就渾然一體，確實顯示了小說結構方面非凡的才華。還必須指出，對余華他們這些新潮作家來說，「犯罪」小說實在是他們探索小說寫作無限可能性的一種重要實踐。「犯罪」的話語化處理使他們的文本以多種話語之間的對話和交流為基本結構特色並呈現出鮮明的複調小說風格，同時主人公對於「犯罪」的想像化的「故弄玄虛」色彩的處理和解析又為以後章節我會專門談到的格非式的謎宮化小說結構的成功嘗試創造了條件。另一方面，新潮小說對於「犯罪」主題的漫無邊際的話語講述方式，也很大程度上賦予了其更為拓展的主題內涵和意義。某種意義上，在話語中「犯罪」的消隱和被替代也就同時意味著另一種相關主題的被彰顯和強化，這也正是一種藝術的辯證法。我們發現，在新潮文本中最醒目地矗立在「犯罪」話語背後的主題語彙就是「人性」。要是說新潮作家在他們的犯罪類文本中曾經不遺餘力地展現過什麼的話，那麼他

們展現的不是犯罪本身而是「犯罪」所暴露的人性的惡。蘇童的《園藝》敘述的是一個大家族的男主人公意外被殺引發的故事，然而透過主人公的女兒、兒子、姨太太們關於主人公「失蹤」的言說和表演，蘇童以他的輕靈之筆所著意刻畫的也正是從人物內心流溢出的人性的惡臭。余華的《現實一種》對兄弟相殘的描寫、《河邊的錯誤》對瘋子殺人事件的渲染就更是突出了對人性惡的否定。我們時常會感到新潮作家對於人的態度是悲觀的，這不僅從他們的言談中可以看到，而在他們對於某些文學話語的講述中我們更會得到明確的證實，有關「犯罪」的話題只不過是其中之一。

絕望

如果說我們上文所涉及的新潮小說的主題話語主要是對於人的生命狀態的探索的話，那麼顯然對於人的精神狀態的追尋與表現也理應是新潮小說主題話語所必須關注的題中之義。而這裡要闡說的有關「絕望的救贖」的話題也實在是新潮文本的一個具有特殊地位的精神主題。關於絕望的話語在從前的中國文學中一直是聲音比較微弱的，直到 1985 年前後新潮小說興起之後，對絕望的關懷和表達才越來越在中國文學中佔有突出的地位。儘管本質上說，新潮作家對於絕望的講述仍然不可避免地帶著西方文學的話語特徵，但毫無疑問新潮小說畢竟讓我們看到了中國作家是如何體驗絕望，又是如何傳達他們對絕望的感受的。然而，劉索拉等人的不足在於他們雖然開始言說絕望，但出現在其文本中的絕望卻不是體驗性的，而是間接性和摹仿性的，無論是《你別無選擇》，還是《無主題變奏》，其語言的誇張色彩都總是擠壓著作家體驗的真誠。某種意義上，這種絕望是「拿來主義」的觀念性的絕望，而不是真正的存在意義上的絕望，它通向個體，通向局部，通向表象，但無關世界的整體與本質，它是形而下的而非形而上的。殘雪的絕望是形而上和形而下的混合，她有著對於人性和世界的絕望的表達，這種表達使其通向形而上和哲學的領地，但她的表述高度抽象、高度荒誕，缺乏閱讀層面的共鳴性，因而某種程度上被中國文學界冷落了。馬原、余華、蘇童、格非等的小說，也有著對絕望的書寫，但是絕望很大程度上也是先驗性的、理性化的，缺乏與生命和存在本身的直接菁聯。從北村開始，新潮小說對絕望的言說開始出現新的品質。《水土不服》中，主人公的絕望體驗有著形而下與形而上的奇妙結合，現實與心靈、精神與靈魂、此岸與彼岸在絕望的觀照下呈現出哲

學和詩性的亮光。詩人康生雖然在當今時代似乎是一個不合時宜的怪胎，他的詩性夢想和詩意的人生方式都成了我們時代嘲弄的對象，而四處碰壁的現實更是把詩人引向了絕望。「水土不服」既是對詩人不幸命運和生存狀態的描述，又更是對他的絕望精神狀態的一種把握；詩人接二連三的自殺行為既可以說是他絕望心態的絕好流露，又可以說是他反抗絕望的精神火花的迸發。《施洗的河》中主人公劉浪的沉淪、絕望與獲救的精神歷程可以說也透露了一種嶄新的藝術信息。在這個意義上說，北村是一個具有過渡性的新潮作家，他對新潮小說從絕望的言說轉向對精神救贖的祈禱起了某種特殊的啟示和先導作用。也正是在這點上，我們可以理解，《施洗的河》和蘇童的《米》同樣描繪充滿罪惡和絕望的生存黑暗，但兩者的話語意味和主題向度卻迥然有別的根本原因所在，蘇童筆下的五龍和北村筆下的劉浪雖同是採取的以惡抗惡、以罪抗罪的生命方式，可五龍只能在絕望中毀滅，而劉浪卻「新生」了。不管劉浪的「新生」多麼牽強而不可思議，畢竟作家作出了新的藝術努力，北村的特殊貢獻也就正在這裡。

在對新潮小說關於絕望的話語歷史進行了上述回顧和梳理之後，我們現在可以對他們呈現在文本中的絕望話語作某種總結和概括了。雖說這樣的歸納常常不如人意，然而實在地說如果我們希望對新潮作家的絕望話語有總體而全面的認識與把握，那麼這樣的工作注定是別無選擇的。我覺得，在新潮小說文本中「絕望」主要呈現為如下幾種形態：

第一，現實的絕望。在前文我們談到的「災難」和「死亡」的話語其實就是對現實性絕望的絕好描述，不過這裡的「現實」並不是在時間意義上與「歷史」對比著的那種「現實」，而是指一種當下的生存境遇，因此它是涵包了「歷史」在內的。如果要從時間的意義上來說，新潮文本倒似乎更應用「歷史」來限定，因為新潮作家提供給我們的絕大部分是「歷史」形態的故事。在我的印象中，新潮作家都是極善於描繪存在的絕望處境的。他們總是把主人公置於一種欲生不得、欲死不能的地獄之境中來體驗和審視其絕望的掙扎，「天災人禍」是他們新潮文本的最基本的生存景觀。蘇童的小說某種程度上正是新潮作家這種傾向的傑出代表。他的《飛越我的楓楊樹故鄉》最初向我們展示了「我」的家族的災難和祖先們的絕望生命歷程；其後的《1934年的逃亡》更通過祖母蔣氏的慘痛遭遇，通過她的被丈夫遺棄、被地主陳文治迫害和一個個替子女收屍的非人經歷，淋漓盡致地刻畫了她所面臨的生存絕

境和心理絕望；而他的《青石與河流》《藍白染坊》《罌粟之家》《妻妾成群》以及長篇《米》《我的帝王生涯》等也都無不以對黑暗生存、生命景象和對人物絕望心態的展示而令文壇注目。我們發現，蘇童小說的基色總是灰暗而凝重的，某種程度上這也恰恰是與他小說對絕望的言說相統一的。蘇童的筆下總是充滿了太多的死亡、毀滅與災難，這一切都匯成了一種絕望的血液流淌在小說的文本中，使我們在閱讀的時候時時會感到一種無法排解的沉重和窒息。而顯而易見的是，這股絕望的黑色汁液遠不只是流淌在蘇童的文本中，而是匯成了一道聯結所有新潮文本的精神長河。在葉兆言的《棗樹的故事》、楊爭光的《棺材鋪》、格非的《敵人》、北村的《施洗的河》、余華的《世事如煙》《活著》、魯羊的《某一年的後半夜》等一長串小說中那種對現實生存狀態和生命境遇的絕望描寫都可謂遙相呼應。這裡還特別想提一下魯羊的《某一年的後半夜》這篇小說。在這篇近乎夢囈的小說中作家通過「我」——一個白癡對世界的感受、恐懼與思索，寓言化地把人類被現實遺棄的命運再現了出來。「我」在這個世界上不僅失去了安身立命之處（僅能棲居於大柴垛），而且還幾乎失去了與他人的交流與語言能力。只能以一己無援的思想去對生存的絕望作最後的反抗。魯羊作為新潮晚生代的代表作家，其對現實絕望的言說與闡釋，某種意義上應該說正代表了新潮小說對於絕望話語的探索所能達到的最新水平。

第二，命運的絕望。如果說在新潮作家對現實絕望的表現中所謂天災人禍構成了一種絕對性的破壞力量的話，那麼我們還應看到「命運」也是主人公絕望生存境遇的一個隱性的殺手。在中國文學中，命運的話語可以說從來也沒有像它在新潮小說中這樣被強調過。在我們從前的文化意識形態中，命運是一個被批判的詞彙，我們信奉人的無限創造性，根本就不相信所謂命運的存在。因此，在許多時候，「命運」一直是被封存在封建迷信的詞典裏的。在新時期的中國當代文學中雖然許多作家也在作品中控訴了命運的不公，然而這種命運更多地是在一種大的歷史背景中被表現的，它強調的是個體的生存遭際在整體的歷史格局中的錯位。也就是說，這種命運只不過是特定的歷史錯誤造成的，它是人為的主觀的，因而也並非是不可改變的。從某種意義上說，我們還很難把這種命運視為那本真性的命運。實際上，真正意義上的命運應是那神秘的非人所能理喻的超人類的力量。它是客觀的，永遠也不以人的意志為轉移的超現實的神秘存在。而對此的真正表現確實也只有在以打

破文化禁忌為己任的新潮作家那裡才有可能。掃視新潮文本，我們會發現「命運」在主人公們的生存境遇甚至小說本身的藝術結構上的特殊意義。由於新潮作家不再以傳統的意識形態模式來處理小說的題材和人物，因此新潮作家就可以獲得許多新的關注人類生存境遇的審美視點。而毫無疑問的是，當新潮作家無須對生命和人類再作所謂本質化和必然性的把握和表現時，命運就自然而然地成了他們著力挖掘和言說的一個特殊話語。作為一種超現實力量，「命運」在新潮作家文本中主要是作為制約人生死禍福的宿命被言說的。在新潮小說中，主人公們對於自己的生命途程可以說毫無選擇的可能，他們往往會不知不覺地在各種偶然性之中陷入某個生命的陷阱，從而跌入死亡或災難的深淵。余華的《往事與刑罰》直接借刑罰專家和陌生人之口對命運以及必然與偶然的關係進行了探討。陌生人隱隱感到與刑罰專家的相識是一種「命運的安排」，刑罰專家則更是直言不諱地說：「我想我們都明白必然是屬於那類枯燥乏味的事物，必然不會改變自己的面貌，它只會傻乎乎地一直往前走。而偶然是偉大的事物，隨便把它往什麼地方扔去，那地方便會出現一段嶄新的歷史。」事實上，小說最後刑罰專家自縊而亡也正是對偶然和命運的神秘力量的印證。而余華的另一篇小說《世事如煙》更可以說是這方面的代表作。在這篇小說中余華對人生的偶然性和宿命感進行了登峰造極的書寫。活動在小說中的人物 1、2、3、4、5、6、7 都彷彿命運的玩偶，無法看清自我的生命途程，而一個個的災難則緊緊追蹤著他們，逼迫他們與死亡的宿命一一簽約。即使那個詭秘的算命先生天真地想通過剝奪兒子的壽數和蹂躪少女的貞操來期待返老還童，終也無法逃脫蒼老和死亡的劫運。如果說余華的小說偏重的是對個體偶然性宿命的表現的話，那麼在蘇童、格非、潘軍等人的小說中命運又帶有了某種整體性。蘇童的長篇小說《我的帝王生涯》以端白的命運淋漓盡致地表現了一個王朝無可挽回的崩潰宿命；格非的《敵人》和潘軍的《風》則以一場無頭無緒的大火書寫了兩個家族的破敗宿命。

另一方面，新潮作家在表現命運的不可抗拒性的同時，又非常熱衷於對人主觀的命運感、預感的描繪。這種預感的被反覆渲染和表現也某種程度上正是新潮小說那神秘的命運色彩的重要根源之一。不僅在新潮小說中活躍著一大批女巫和算命先生，而且幾乎每一個主人公都對災難有某種程度的預感。而也正由於有了對死亡和災難的預感卻又無法逃避，人物內心的那種絕望感才越發強烈和震撼人心。格非《敵人》中的趙龍和趙虎死於那種死亡的

預感中，蘇童《我的帝王生涯》中的端白最後奔向首都又何嘗不是去趕赴預感中的王朝滅亡的「大典」？而在余華、北村、葉兆言等新潮作家的小說中命運的神秘預感更是比比皆是，這裡也無庸再多舉例了。只不過要說明的是，預感除了對於作為主題話語的命運具有特殊的言說價值之外，它還是新潮小說文本的重要結構要素。格非的許多小說比如長篇《邊緣》等就都是以「預感」作為小說結構的推動力量的。這點我在以後談到新潮小說的敘事革命時還將專門論說，此處就點到為止了。

第三，人性的絕望。新潮作家對於絕望的言說當然不會僅限於對生存景象上的表現，隱藏在現實和命運之後的是另一種更沉重的絕望即對於人性本身的絕望。我前文已經說過，新潮作家基本上都是人性的悲觀主義者，他們對災難、暴力、罪惡、死亡等主題話語的言說很大程度上都是植根在對於人性本惡的認識和判斷基礎上的。新潮作家對於生命和存在的絕望、對於世界的絕望說到底正是對於人性的絕望。可以說正是人性的沉淪導致了生命的沉淪和黑暗的「世界之夜」的降臨。關於人性惡的話語我前文已多處涉及，此處也只能一帶而過。然而其在整個新潮小說的主題話語系統中的特殊意義卻是我們不能忽視的，必須反覆申說的。人性的絕望應該是新潮小說主題話語的精神基調，它決定了新潮文本生命世界的沉淪景觀。更重要的，正由於有著對人性的強烈絕望，才有了新潮作家對於拯救話語的講述，才有了新潮小說主題風格的轉型。因此，人性的絕望既是一種本質性的話語，同時又是一種過渡性的話語，它直接滋生和聯結了新潮小說的兩種精神風景。

救贖

在絕望的邊緣處，救贖的話語可以說是應運而生了。新潮作家集體性地關注救贖的話題，似乎還只是進入九十年代以後的事情。當他們把生存的絕望和黑暗誇張性地表現到極點之後，當他們把世界徹底消解為虛無之後，新潮作家突然發現人沒有了，自我不存在了，於是重建人類心靈的任務又擺到了他們面前。當然，對於新潮作家來說，對於救贖的期待與對於世界的否定仍然是聯繫在一起的，他們試圖建構的是文學的超越性和自我的超越性，以自我和文學來實現對世界之夜的拯救。因此，從本質上說，新潮小說的救贖話語同樣具有在形而下和形而上雙向軌道上並行的特徵，在新潮文本中，關於救贖的話語主要呈現為三個重要階段：

其一，對於「自我」和原始生命強力的呼喚。這可以說是新潮作家對於拯救主題進行言說的第一個階段，它是一種現世的救贖，是對於絕望生存處境的一種自發的反抗。應該說「自我」是新時期中國文學之初就被充分表現和講述了的一個特殊話語。從傷痕文學到尋根文學再到新潮文學，「自我」的話語可以說是一個貫穿的主題。不同的是傷痕文學致力的是對自我被摧殘的控訴以及在新時期的重新覺醒，而新潮文學則熱衷於對舊自我的打破和對一種新自我的確立。在劉索拉、徐星的《你別無選擇》和《無主題變奏》等文本中那種不滿於現實也不容於傳統的充溢著青春激情的「自我」，毫無疑問地對現實和人的精神都有著一定的振奮作用。某種意義上，我們可以把這樣的「自我」絕叫稱為人對於自己的平庸現狀的一種「拯救」。其後新潮小說開始大規模地對人的沉淪狀態進行描繪，「自我」以及人性的迷失成了新潮文本的一個普遍風景。在這樣的文本中，新潮作家最終所塑造的只有一個「自我」——敘述者或說就是作家本人的自我。這個「自我」以其對罪惡的津津樂道和對生存黑暗的冷酷、無動於衷甚至遊戲性的態度超越於生存世界之外，因而從一種對比性之中獲得了審美性的「救贖」。而在殘雪和新潮晚生代作家陳染、林白等人那裡「自我」又開始呈現為一種絕對性，對於「自我」隱私和極端個人化體驗的講述使敘述者暫時獲得了某種宣泄痛苦的快感和解脫感。但這種「自我」畢竟呈現為一種病態性，本質上也只是「非自我」，因而其對於人生的「救贖」自然也更多侷限在文本和審美意義上，在人生層次上它仍然是虛妄的。統觀新潮文本，無論其是呼喚「自我」還是消解「自我」，他們在「自我」講述中的否定性都極大程度上弱化了它的「拯救」功能，本質上，「自我」的話語在新潮文本中從「沉淪」的角度進行理解才更符合實際。另一方面，在「自我」話語的身邊，新潮作家對於原始生命強力的禮遇和膜拜也十分引人注目。最初對人的原始生命強力進行重點講述的作家是莫言，他的《紅高粱》系列小說對爺爺、奶奶激越生命方式的歌頌在新時期中國文壇上無異於刮起了一道生命旋風。而在這股旋風之中，海明威的《老人與海》的走紅中國文壇更是對新潮作家尋找原始生命強力的文學熱情起到了推波助瀾的作用。文學尋根運動某種意義上說正是對原始生命強力的一次有組織的集體尋找。就新潮作家來說，雖然總體上他們對人、對生命、對存在持否定的態度，但在泥濘般的生存景觀中，作家對於人的生命潛力的表現和挖掘還是相當充分的。蘇童的《祖母的季節》對於堅韌頑強的祖母的刻畫，《1934年

的逃亡》對蔣氏在一連串打擊下頑強生存意志的表現,《青石與河流》中對歡女忍辱負重、旺盛而長久生命力的挖掘都無疑在小說黑暗的現實中透發出了一線生存的光芒。而洪峰的《生命之流》、格非的《邊緣》、呂新的《黑手高懸》、余華的《活著》、劉恒的《蒼河白日謠》等小說也都對人的原始生命強力進行了充分的描寫。尤其是被稱為「人性的冷酷殺手」的余華的《活著》,對於老人福貴在他那一生中無數次非人遭遇和不幸命運面前所表現出來的頑強活著、決不屈服的樂觀品格、生命質感和意志強力的描繪更是給人以強烈的心靈震撼。可以說,在余華的全部小說中,《活著》既是最令人沉重的一部小說,同時又是最令人振奮的一部小說。貫穿余華所有小說的那種濃得化不開的黑暗天幕終於在此被撕開了一個豁口,生命的亮光由此照了進來。很顯然,在新潮作家這裡,原始生命強力是一個相當重要的救贖語碼,它是新潮小說全部絕望景象裏的幾乎唯一的現實性的正面救贖力量。正是有了原始生命強力的「救贖」作用,生命才本質上免於了徹底毀滅的遭遇,並由此獲得了神性和終極期待的可能。

其二,對烏托邦的鍾愛與熱情。

對新潮作家來說,「生活在別處」的超越衝動,賦予其文本以烏托邦的熱情與衝動。北村的《水土不服》康生試圖以「詩和音樂」、以「愛情的神話」來對抗世俗化物質化的時代大潮,格非的《傻瓜的詩篇》主人公杜預在對一個神經病人的精神幻想中淪入絕望的精神錯亂之中,余華的《往事與刑罰》主人公刑罰專家在對古代刑罰的精神幻想中以原始的自殺方式走進了死亡的大門,蘇童的《我的帝王生涯》的主人公白則試圖以走索藝術和自由的平民生活來拯救自我。這是新潮小說所營構的一種精神烏托邦圖景。新潮小說的另一種烏托邦情結則體現為對語言本身的烏托邦狂熱。新潮小說將語言本體化、絕對化,將世界視為語言敘述的結果,這不可避免地帶來了語言的烏托邦化。孫甘露是這方面的代表,他的幾乎每一部小說都具有北村《聒噪者說》的語言烏托邦特徵。無論是早期的《信使之函》還是近期的長篇新作《呼吸》,孫甘露都把他的主人公置身在語言的烏托邦海洋裏游泳,從而以幻想化的純語言的方式反抗著實在。說孫甘露是當代中國作家中最大的一個語言烏托邦製造者,實在並不是誇張。此外,呂新的《南方遺事》、魯羊的《銀色老虎》等小說文本也都有著典型的語言烏托邦特徵。

從北村、蘇童、余華等新潮作家的小說風景裏我們看到了一群烏托邦者

的精神歷程：從現實到心靈、從外在到內在、從苦難到幻象。這是小說的一種進步，因為小說由此又回到了人的精神本身，而不再盲目於語詞的歡悅。只是烏托邦終究是一堆掩蓋終極實在的美麗泡沫，它並非人類精神的真正歸宿。在烏托邦籠罩下，人物絕望依舊，而存在本身也黑暗依舊。看來要根本解救現代人，還要重新尋找新的「方舟」。

其三，對於神性和形而上話語的講述。絕望的衍生以及對絕望的表達都表明新潮作家開始了對存在問題的超越性思考。只是由於新潮作家把反抗絕望的期望替代性地訴諸於烏托邦這個虛構的國度，因而本質上就未能站到絕望的反面，超越真正的存在悲劇，而是又一次陷入精神的迷茫之中了。我們並不否認，新潮作家描述存在的深淵處境和人的沉淪際遇的深刻性，但我們又必須指出，新潮作家只專注於存在的絕望這一維，而把與絕望對立的希望和拯救這一維遺忘，他們對於世界的把握就必然是偏頗的。作家在描繪絕望、墮落的生存景象時應該讓人們看到終極的光芒對生存黑暗的穿透，而不應該把絕望本身當作終極來加以摹寫。正如德國著名的人類學家古茨塔夫·勒內·豪克在他的《絕望與信心》一書中所說的：「在今天的文學藝術中，如果我們只表現焦慮和絕望的歇斯底里，而不去表現希望和信心、乃至確信的情緒，那麼毫無疑問，這只是表現了『自然』生命的一半」〔註6〕。事實上，上面我們所分析的新潮作家以烏托邦對信仰的虛假承諾也仍然是對絕望的一種強調，它只能算是一種偽救贖話語，而與真正的神性救贖相去甚遠。而海德格爾就曾說過，絕望的誕生來源於生存根基的朽化和世界意義中心的淪落。為此，他將我們的生存世界描述成天、地、人、神共在的四重結構，而所謂的「貧乏時代」「深淵時代」的典型境遇就是「神的隱匿」和缺席。當我們能夠在文本中發現、尋找和言說「神」的話語時，我們對於絕望的反抗就獲得了一線曙光。具體地說，新潮作家對神性救贖話語的講述和表達有下述兩個重要層面：

1. 對於精神還鄉的歌吟。進入九十年代之後甚至以冷漠敘事為特徵的新潮作家也開始在他們的文本中注入某種抒情色質了。而其中一個重要的抒情對象就是還鄉。呂新某種意義上可以說是新潮小說的後起之秀，他對還鄉的詩性祈禱在長篇小說《撫摸》中得到了充分的發揮。小說並沒有一個貫穿的

〔註6〕古茨塔夫·勒內·豪克：《絕望與信心——論20世紀末的文學與藝術》，中國社會科學出版社1992年版，第2頁。

故事，但分散在小說各個部分的各種人生片斷和故事風景卻無疑都奔向了一個共同的還鄉主題。無論是戰爭的殘酷還是環境的險惡都無法撲滅那燃燒在人物內心的家園期待和夢想。因此，哪怕迎接他們的是一個陷阱、一種毀滅，他們也全然不管，依然一個接一個地投奔故鄉的懷抱。我們說《撫摸》之所以在描寫夢魘般的生存景觀的同時，仍然能給我們一種詩性的超越夢想，很大程度上也正得之於作家對人物精神「還鄉」的心理歷程的表現和挖掘。此外，格非的《邊緣》、蘇童的《米》、余華的《呼喊與細雨》等小說也都在對人物的「還鄉」和家園心態的描寫中獲得了一種精神的澄明和敞亮。而洪峰的小說《重返家園》雖然以不斷的調侃和消解的方式敘說故事，但在對年青時的各個朋友不同生命遭際的敘述中，作家的那縷鄉情和那種刻骨銘心的懷念還是令人感動地呈現在小說中。小說題詞所引用的但丁的《神曲·地獄篇》中的那句：「你們走進來的，把一切希望都拋在後面吧」的名言，並不能真正代表小說的精神向度，因為我們在小說所展示的絕望景象背後恰恰讀到了「希望」。

2. 對於神性光輝的直接祈求。在中國文學中，神和上帝一直就是不存在的，這與中國人的宗教意識孱弱有著直接的關係。中國人向來缺乏宗教感，更難以想像西方人那種對上帝的虔誠和趨奉。這就使中國文學對於人的精神世界的探索往往最終都會落實到世俗的層面上，而缺乏神性的精神超越話語。在新潮小說這裡，對於宗教和神性話語的關注某種程度上開始得到了強化。超越世俗而投注人的精神世界開始成為新潮小說的一個共同傾向，尤其是晚生代的新潮作家魯羊等更是在對現實的堅決拒絕中維護了其文本精神品格的絕對性和超越性。正因為如此，新潮作家主題話語越來越具有了某種形而上的色彩和哲學化傾向。人的整體的生存境遇而不是人的個體遭遇成了新潮作家思索的中心，正如北村所說的：「藝術家作為一個人，他在實存的空間上感到一種徹底的無力性，這是他『逃亡』的終點，在這個關鍵環節中，作家應該回答『存在』這個問題，他的存在、存在的價值、意義和方式，也就是他的逃亡方式，從一個實有空間向藝術空間的逃亡，精神對原有價值觀念的逃亡，由此確立他與世界的精神關係。」〔註7〕可以說，新潮作家最專注講述的正是「存在」這個世界性的大話題，他們熱衷的是對「存在」的本真性和終極性的關懷，而本質上對世俗的生命缺乏熱情。孫甘露的文本固然是一

〔註7〕《格非與北村的通信》，《文學角》1989年第2期。

種極端，但在他的極端中我們會看到語言的神性和永恆性；陳染、林白等的文本對個體心理體驗絕對性的強調也同樣呈現為一種極端，但在她們的極端之中我們也同樣會體會到對於人的神性的言說；而在魯羊對於存在的破碎狀態的描述背後，我們也將遭遇他對於本真存在的那種渴求，在其《某一年的後半夜》這樣的文本中，我們更是不得不經受作家對於存在的神性逼問。但從整體上來說，這些作家對於神性的形而上言說和哲學化關懷畢竟為他們的文本的艱澀所遮蓋，因此其所呈現的神性光芒也具有某種間接性和暗淡性。真正給我們敞開了神性光輝的作家應是北村。從長篇小說《施洗的河》開始，他的《孫權的故事》等一系列中篇小說都對神性的救贖進行了充分的言說。《施洗的河》在新潮小說的歷史上無疑將是一個里程碑式的作品，它以對兩大惡人劉浪和馬大相繼棄惡從善被拯救的故事，第一次在中國文學中講述了宗教救贖的主題。北村把神和上帝帶入了新潮小說的生存世界，從而使深淵性的生存景觀頃刻間就被照亮了。我們現在還很難評說這次引入的真正意義，但可以肯定的是，對於神性話語的直接講述和虔誠信奉無疑將會加強新潮小說的主題深度，並為新潮小說開啟一種新的可能性。儘管就目前來說，北村所展示的神性拯救仍難免某種虛妄性，北村的文本在表現神性救贖時也有陷入一種模式化之中的危險，然而這畢竟是中國作家第一次卓有成效地對西方的神性話語進行言說，其對於溝通東西方文學話語的隔閡也是具有特殊意義的。〔註8〕

在對新潮小說的主題話語進行了上述列舉和梳理之後，在此我還想對這些話語之間的內在聯繫作一簡單的總結，以期對其有一個總體的把握。在我看來，災難、性愛、死亡、暴力、絕望、罪惡、救贖這七個主題話語在新潮小說中其實是緊緊聯繫在一起的，對它們的列舉式分析和描述完全是一種行文的策略。而且在許多情況下這七個話語還是互相兼容和內含的。它們都統屬在「人性」和「生存」兩個總話語下，並從各自的角度對這兩個總話語進行著闡釋。「災難」和「死亡」是對於生存的「沉淪」狀態的描繪，「暴力」「罪惡」是對於「人性」沉淪的敘說，而從「性愛」之中我們既可以看到生存的無奈又可以感受人性的掙扎。而正由於有了他們對於「生存」和「人性」沉淪景觀的展現，「絕望」的精神痛苦和體驗才會被新潮作家醒目地凸現在作品

〔註8〕關於「絕望」和「救贖」兩節，請參閱謝有順：《絕望：存在的深淵處境》，《文藝評論》1994年第5期。

中，而也就是因為有了「絕望」的體驗，「救贖」的話題才會應運而生。可以看出，新潮小說的七個話語是相輔相成地呈現在新潮文本中的，只不過在不同的文本和不同的時期中它們出現的方式和頻率不一樣而已。新潮小說之所以能在中國當代文學中掀起一場跨世紀的革命，本質上也是與他們對這七個主題話語的反覆講述和特殊處理密不可分的。

第三章　新潮小說的敘事實驗

　　對於 20 世紀 80 年代的新潮小說，文學界和評論界的態度可謂相當曖昧和複雜，有懷念，也有告別，有讚賞，也有否定，它既是天使，又是魔鬼，可謂「萬千寵辱集於一身」，許多人都以一種「愛恨交加」的莫名情緒來談論它。這一方面說明，新潮小說與飛速發展的時代以及這個時代的文學風尚和審美趣味之間已經產生了不可逾越的隔膜與距離，另一方面也說明，即使在文學的改朝換代日益頻繁的新世紀，「新潮小說」也仍然難以被真正遺忘。事實上，新潮小說已經成了一種潛在的文學「遺產」，對它的懷疑、詛咒與否定恰恰是其價值的反證。現在的問題是，新潮小說究竟給我們留下了一種什麼樣的「遺產」？在中國當代文學尤其是新時期文學現代性轉型的歷史進程中，它究竟扮演了什麼樣的角色？一種普遍的觀點認為，新潮小說的貢獻在於它完成了對於中國意識形態性的文學規範與文學形態的解構，並在敘事領域完成了與西方現代小說藝術的接軌，可以說，它是文學領域一次高速度、高效率的「現代化」運動，它不僅真正接續上了因為戰爭、各種政治運動以及「文革」等等而被耽擱的中國文學的現代化歷程，而且以最短的時間與當代世界的藝術潮流完全合流，既造就了一批「世界性」的作家，也造就了一批「世界性」的文本。應該說，這樣一種「跨越式」的「反積累」性的文學生產方式本身必然會伴隨著對文學本體的傷害與犧牲，但是正所謂「惡也是歷史發展的動力」，這種傷害與犧牲也許正是新潮小說這份「遺產」不可分割的部分，正是以它為代價新潮小說才建構起了它的審美現代性與藝術現代性。從這個意義上說，新潮小說的「遺產」無疑是一種「變味」的遺產，它與我們對「純正」的文學傳統的想像無關，它的魅力恰恰在於某種怪異的、不合規範的「偏

離」。本章不想簡單地評判新潮小說「文學遺產」的價值及其功過是非，而是試圖回到新潮小說的文本現場去探討它的敘事實驗的展開方式，並以此從一個側面透視這份遺產的複雜性。曾有人全面否定新潮小說的敘事成就，認為新潮小說的敘事只是對」西方」現代藝術的拙劣摸仿，不僅毫無原創性可言，而且割斷了中國小說藝術自身的傳承發展之路。而這正是本章的出發點，我想回答的是：新潮小說模仿的究竟是怎樣的」西方」，這種」西方」又是如何在中國生根發芽並最終蔚為大觀的？

　　事實上，新潮小說之所以被稱為「新潮」，很大程度上並不是因為前章我們分析的主題話語的獨特性，而是得力於新潮作家在小說敘事領域所進行的聲勢浩大而又卓有成效的革命。對於新潮作家的闡釋和理解必須在對這種革命有充分認識的前提下，才有確實性和可能性。事實上，在新時期中國當代文學中，新潮小說之所以會形成如此巨大的聲勢，之所以會被當作一件最有成就的文學事件來談論，也正與其敘事方面大膽而放肆的革新密不可分。有關新潮小說的話題主要也就是從敘事形式層面鋪展開來的。另一方面，上一章我們所分析的新潮小說的主題話語能順利地被表達和講述，離開了其在形式上的革命作基礎也是難以想像的。可以說，敘事領域的革命既是新潮小說觀念和主題內涵革命的具體體現和實踐載體，同時也為它們的最終實現提供了保證。三者的關係是一種彼此包含又互相促進的關係。對於新潮小說的總結和論述離開了對其敘事成就的闡釋和把握將注定了是不全面的、偏頗的、難以令人信服的。米歇爾・布托爾說過：「小說是絕妙的現象學的領地，是研究現實以什麼方式呈現在我們面前或者可能以什麼方式呈現在我們面前的絕妙場所，所以小說是敘述的試驗室。」〔註 1〕正因為如此，面對新潮作家花樣百出的敘事實驗，將是我本章所無以逃避的使命。而新潮小說的敘事革命和它的其他一切層面一樣，本質上又是龐雜混亂而不可言說的，我將不得不對其「形式」加以適當的歸類和取捨，以便我的敘述能以較有條理和層次的方式展開。這也就決定了不科學乃至牽強附會之處的不可避免，但我別無他途。我個人認為新潮小說在敘事形式方面的革命主要體現在敘事方式、敘事結構、敘事風格、敘事策略、敘事語言等幾個層面，本章將逐一對其展開分析和描述。

〔註 1〕米歇爾・布托爾：《作為探索的小說》，柳鳴九編《新小說派研究》，中國社會
　　　科學出版社 1986 年版。

一、敘事策略：元小說・歷史化・語言遊戲

　　新潮小說登上中國文壇之後，對它的一個最基本的共識就是其文本的形式主義色質。確實，新潮小說將西方近百年來的敘事成果納於自己的視野內之後，他們對於小說應該「怎麼寫」的實驗一下子就豐富得讓人眼花繚亂了，而新潮小說之所以在形式的探索上很快就能取得令人矚目的成就則與他們對於敘事策略的卓越選擇和運用關係密切。許多人都認可新潮小說醉心於「形式」的事實，而且對其形式的表演性、操作性和非原生性很不以為然，但是我們很少去進一步追問新潮作家何以會如此熱衷於形式、熱衷於表演？如果說「形式」某種程度上是審美現代性或藝術現代性的象徵性符號的話，那麼我們在認同新潮小說在形式探索上的成就及其必要性的同時，也更應該看到這種「形式」背後的精神因素與文化因素。我覺得，在新潮小說這裡「形式」與其說是一種藝術能力的證明，不如說是一種無奈的策略的選擇。只有對其敘事形式背後的「策略」意味有清醒的認識，我們可能才能正確評價新潮作家熱衷「形式表演」的深層動因，才能體味這種「形式」崇拜背後的複雜性。因此，對我們來說，要重新評價新潮小說的敘事實驗，從敘事策略入手無疑是一條必然的路徑。當然，不同的作家在策略選擇上的差異是非常巨大的，本章不可能對其作系統、全面的總結與歸納，而只是試圖從共性與原則層面來切入新潮小說「形式」策略背後的精神因素與文化因素。

　　第一，暴露敘事與「元小說」策略。

　　看新潮小說，我們就彷彿在觀看新潮作家的敘事表演，感覺化、幻覺化、意象化、解構化……各種各樣的敘事絕活可謂層出不窮。而其中最引人注目之處則莫過於新潮作家對他們敘述行為本身的暴露。這與我們第一章所探討的新潮作家觀念上對於「真實」觀的革命有著顯然的因果關聯。儘管人們對小說是虛構的這一事實都有不同程度的認識，但對於這種虛構性卻有著兩種截然不同的看法。傳統的現實主義小說家力圖掩蓋這種虛構性，以求得似真性的審美閱讀效果；而某些現代西方的小說家如博爾赫斯、巴思等則反其道而行之，他們在講故事的同時總是故意揭穿其虛構性的本質，從而達到對真實性或似真性效果的解構。在後一種作家那裡，真實性這個小說理論概念已經超越了傳統的哲學認識論層次，而在本質上被視為是一個文體學問題和一種敘述策略。而中國當代的新潮作家們恰恰就是認同和信奉的這後一種真實觀。他們總是在其文本中不斷暴露敘述行為與寫作活動的虛構本質，不斷地

由敘述人自己來揭自己的老底，自己來解構自己的故事，明白告訴你：我講的故事是假的。這就像一個玩魔術的人，在不斷地引誘你上當的同時，又不斷地告訴你誘你上當的訣竅。這些作品中的敘述人或作者常常公開自己的身份，甚至談論小說的敘述技巧，將小說家自己看世界、表現世界、矇騙讀者的家數（敘事成規）全給抖了出來，敘事行為、敘事方式本身被主題化了，成了被談論的對象。小說在此情況下就成了關於故事的故事，關於敘述的敘述，關於小說的小說。這正好與傳統的現實主義小說形成了悖反，因為傳統現實主義小說給人的幻覺是：它似乎不是敘述而是生活本身。

而在西方理論界這種暴露敘述行為的小說又稱「元小說」（metafiction）或自覺小說、自我意識小說、滑稽模仿。meta—原是希臘語「之後」的意思。亞里士多德把他的哲學放在自然科學之後，因此名之為 metaphysics。但哲學在邏輯上處於自然科學之前，所以中文譯為「形而上學」。現代科學哲學用 meta 這一前綴既非「之後」，又非「之上」，實際上指的是比原層次更深一層的深層次。因此，任何對一門學科理論背後的深層原則進行探討的學科，就被稱為「元理論」。而「元小說」在西方文學中的演變也無疑是從這種元理論發展而來的。照約翰‧巴思的意見，這種「元小說」的目的就在於把作者和讀者的注意力都引向創作過程本身，把虛構看成一個自覺、自足和自嘲的過程，不再重複反映現實的神話，而是模仿虛構的過程。〔註2〕儘管對這樣的小說目前在西方理論界仍是存在爭議，但就我們來說，這種爭論毫無意義。我們所要做的是對已經成為一種文學事實的中國當代新潮小說中的大量「元小說」仿作進行認真的梳理和分析，以尋繹某種具有實踐意義的文學經驗。

新潮小說中比較早地運用元小說技巧的作家是馬原，他發表於 1986 年的第五期《收穫》上的《虛構》給文壇帶來的轟動效應已遠非新時期之初《班主任》等小說的影響所可比擬，更主要的是後者的成功主要得力於題材和主題的時代效應而前者則靠的是「奇特的文體」。小說的題目「虛構」似乎就在告訴我們：小說敘述的本質——虛構正是此篇小說的中心話題。小說的第一部分可以說是對小說敘述的虛構本質所作的調侃式理論闡述，它也作為該小說的讀解指南而劈頭塞給讀者：

　　　　我就是那個叫馬原的漢人，我寫小說。我喜歡天馬行空，我的

〔註2〕約翰‧巴思：《充實的文學：論後現代主義虛構小說》，《大西洋月刊》1980 年第 1 期。

故事多多少少都有那麼點聳人聽聞。

　　明確地將敘述人（「我」）與作者（「馬原」）劃等號，旨在表明下面講述的故事是作為小說家的馬原「天馬行空」杜撰出來的。對此，作家直言不諱：「我其實與別的作家沒有什麼不同，我也需要像別的作家一樣觀察一點什麼，然後借助這些觀察結果去杜撰。」敘述人兼作者的這種「坦誠」的態度使得小說的似真性效果失去了基礎並從而土崩瓦解了。有了這樣一針「防疫針」的作用，小說中「鑽瑪曲村」「住安定醫院」等表面看來極其寫實、甚至近乎通訊報導式的文字都帶有了虛假性。而在此後的故事講述中，作為兼作者、敘述人與主人公於一身的「我」雖不再這麼肆無忌憚地談論自己的寫作秘訣，但仍不忘在故事講得娓娓動聽時突然現身給讀者當頭棒喝。比如當「我」有一天傍晚與女主人公談到啞巴以及爬山等經歷時，突然插入「我是一個寫小說的作家，我格外注意人物的說話的情形，我知道她的情況極為罕見」云云。再次強調「我」自己作為作家（虛構者）的身份，使得正在進展的故事又成為被談論的對象，暴露了敘述的虛構本質。而最能體現「元小說」或「自覺小說」意味的是小說的第十九部分，即在臨近故事結束的時候，作者兼敘述人直接跳出來與讀者及受敘者對話：

　　　　讀者朋友，在講完這個悲慘的故事之前，我得說下面的結尾是杜撰的。我像許多講故事的人一樣，生怕你們中的一些人認起真：因為我住在安定醫院是暫時的，我總要出來，回到你們中間。我個子高大，滿臉鬍鬚，我是個有名有姓的男性公民，說不定你們中的好多人會在人群中認出我。我不希望那些認真的人看了故事，說我與麻風病患者有染。……所以有了下面的結尾。

　　馬原在這裡乾脆把自己為什麼要這麼虛構的苦衷全抖了出來，從而使以上話語成了關於虛構的虛構，成為典型的元小說文體策略。

　　馬原的其他許多小說也程度不同地使用了元小說技巧，如長篇小說《上下都很平坦》（《收穫》1987 年第 5 期）的開頭就開宗明義地宣稱：「這本書裏講的故事早就開始講了，那時我比現在年輕，可能比現在更相信我能一絲不苟地還原現實。現在我不那麼相信了，我像一個局外人一樣更相信我虛構的那些所謂遠離真實的幻想故事。」此類反諷式的自省表明了對真實性的公開嘲弄與背棄。在故事的敘述中，敘述人、作者和主人公三位一體的「我」不時插入對虛構、對小說理論與技巧的議論，如「我在虛構小說的時間裏神氣

十足，就像上帝本人。」「我不知道那個叫馬原的寫這部小說時對我那裡的實際情況知道多少，偶然失誤？」「不是我要把全部故事從頭開始，我不是那種著意討讀者厭的傻瓜作家，我當然不會事無鉅細地向讀者描述姚亮走進知青點走進知青農場那一天的全部過程。」把為何如此寫的底細這麼告訴讀者，即是一種典型的關於敘述的敘述，關於虛構的虛構。

馬原之後另一個得「元小說」神髓的作家是洪峰。在他的《極地之側》中，「我」頻繁地變換身份，一會兒是敘述人「我」，一會兒是洪峰（作者），一會兒又是主人公（章暉或其他）。而開頭兩段中幾句著意點明小說創作技巧上的考慮的話則是典型的元小說語式：「在我所有糟糕的和不糟糕的故事裏邊，時間地點人物等等因素充其量是出於講述的需要。換句話說，你別太追究細節。這樣大家都輕鬆。」「有個叫馬原和一個叫程永新的人寫信來說你這篇小說寫得短寫得好而且寫得比別人好。我可以寫短——我說話吃力自然做不來長文章，但我不敢保證這篇東西好更不敢保證它比別人的好。」此外在小說中間，作者還時常插入「這是洪峰的想像」，「你馬上會想到：這女孩和洪峰之間要有故事開始。」「後來的事證明洪峰對了」之類旨在闡釋小說何以這樣講述的話。顯然，這種對於講述過程的講述即是對敘述本質的暴露，也是對小說似真效果的顛覆。而在洪峰的另一篇小說《瀚海》中以講述本身為話題的元小說技巧也同樣被運用得極其圓熟。比如：

> 我的故事如果從妹妹講起，恐怕沒有多大意思。我剛才說到的
> 那些，只不過是故事被打斷之後的一點聯想。它與我們後面的故事
> 沒有關係。至少沒有太大關係。所以今後我就盡可能不講或少講。
> 這有助於故事少出屜頭，聽起來方便。

「聽起來方便」這一敘述策略似乎成了故事何以這般講述的唯一原因，而不是因為生活本來就是如此。作者甚至大膽到直言不諱地宣稱：「如果大家已經熟悉我這種故弄玄虛的講述方式，我想大家現在就一定預感到這個故事的後半截又要發生某種意料之外的變故，的確如此。」在洪峰這裡「故弄玄虛」的講述方式倒成了故事之所以發生以及之所以這般發生的原因，根本就難以發現什麼現實的依據。

洪峰而外其他新潮作家蘇童、葉兆言、格非、潘軍、呂新等在運用元小說技巧上也都有成功的經驗。蘇童的《1934 年的逃亡》中敘述者會突然兀立出來與讀者對話：「我是我父親的兒子，我不叫蘇童」；《算一算屋頂下有幾個

人》中敘述者有「兩年前我就想寫一篇關於屋頂和人的小說」的告白;《乘滑輪車遠去》中「下面我還要談別人的事,請聽下去」的插入語,如此等等都是元小說技術的絕好運用。葉兆言的《最後》和《關於廁所》也是新潮小說中比較傑出的兩部元小說。《最後》一開篇就寫一個叫阿黃的職員殺死了他的老闆,作家把血淋淋的殺人細節描寫得細緻入微,表現了敘述人對於暴力行為的遠距離的玩賞態度;第二部分突然殺出一個正在寫這一殺人故事的「作家」(當然不一定就是葉兆言),以上的殺人場景正是這個作家寫的,而且他正在為阿黃的殺人動機問題而苦惱。這樣,小說就成了一部關於小說的小說,葉兆言的寫作行為與小說中那個「作家」的寫作行為交錯並置,對小說寫作秘訣的探討成了其中心所在。它由三個部分組成:阿黃殺人;「作家」如何寫阿黃殺人;葉兆言記錄「作家」如何寫阿黃殺人。由於我們一開始就知道:關於阿黃殺人不過是「作家」正在杜撰的故事,而且他還在為如何寫作他的殺人動機而苦思冥想,因而我們很清楚後面那個在阿黃、酒瓶子、魚販子和貞丫頭之間發生的故事當然不過是為了解釋阿黃的殺人動機而杜撰的,這即是暴露敘述行為而導致的似真效果的消解。《關於廁所》也同樣是運用元小說手法的典範之作。小說由一個女青工小梅逛上海找不到廁所尿濕褲子的故事寫起,其後不斷地穿插「作家」我對這件事的思考與回憶,廣徵博引,並使整部小說發展成了一篇關於廁所的調查報告或研究論文。元小說所具有的那種敘述上的表演性特徵可以說得到了淋漓盡致的發揮。在新潮作家中,潘軍對於元小說技巧也可謂是情有獨衷,他的《南方的情緒》對於元小說表演功能的發掘簡直到了令人歎為觀止的地步。小說由作家「我」收到一個女人的匿名電話邀他去一個叫藍堡的地方寫起,其後「我」的歷程和正在創作的小說《南方的情緒》就重迭起來,各種各樣的人物都從不同的角度走進了《南方的情緒》之中。正如小說中所說:「她落落大方地走進我的小說,憑藉超人的機智和勇敢幫我杜撰情節以完成這部作品。可是她又中途不辭而別,那麼關於她的故事在以後的章節裏只能用省略的方式來表達了。這當然十分遺憾。」而整部小說就是在一種莫名其妙的神秘中走入一個又一個的歧途,《南方的情緒》最終也成了一個支離破碎的構思和寫作過程的呈現。「我」遊走於主人公、敘述人、作家、潘軍之間,彷彿一個夢遊症或精神病患者,在小說最後甚至宣稱:「不久前我作為作家的經歷似乎很遙遠,似乎發生在另一個人身上。我不過是作為旁觀者,存在於那個荒誕不經的故事之中。我現在起居

十分方便，健康狀態也十分良好，我簡直弄不清是在別的地方還是在我自己的家裏，一切都那麼順利。」這樣，整部小說就處於一種建構與解構的循環之中，敘述行為也因此徹底暴露在讀者的視野內。潘軍的其他許多小說如《流動的沙灘》和長篇小說《風》等也都在暴露敘事方面有著成功的經驗，此處不再贅述。晚生代的新潮作家也同樣表現出了對於元小說技巧的特殊熱情。無論是魯羊的《絃歌》，還是陳染的《嘴唇裏的陽光》，故弄玄虛的「作家」形象總是相當引人注目。

在新潮作家的文本中，對於元小說策略的運用方面可舉的例子還很多，其因為突現了作家在敘述方面的自主性和能動性而深受新潮作家的喜愛。某種意義上，它主要涉及的是小說的技巧層面，具有很強的可操作性，這就為以標新立異為藝術追求的新潮作家表演敘述的技巧提供了條件。加上，新潮作家普遍生活和人生體驗不足，這更促使他們把藝術的熱情投注在形式的花樣翻新上，元小說可以說是他們找到的第一枚靈丹妙藥。新潮文本在整體上呈現出元小說的風格實在也不是不可理解的了。

從敘事學意義上說，「暴露敘事」與「元小說」策略在對第一人稱敘事功能的挖掘上確實功不可沒。中國新潮作家在反叛傳統的小說觀念和小說寫作模式時他們最初所致力進行的一場「技術」革命也可以說就是小說人稱的革命。而由「我」替代「他」而帶來的新潮文本濃烈的敘事表演色彩也正構成了新潮小說共同的敘事風格。這顯然是與新時期以來廣大作家追求個性和自我表現的強烈願望相合拍的。現在回過頭來重新審視這股第一人稱創作潮流，我們當然承認這裡面有著許多顯而易見的不如人意之處，但在新潮小說誕生之初「第一人稱」的革命意義仍是不能抹殺的。某種意義上，一大批新潮作家正是以他們小說中的那個「第一人稱」「我」來佔領文壇和讀者的。對於馬原的認識離不開《虛構》中的「我就是那個叫馬原的漢人」這一經典句式，對於蘇童的接近也離不開《1934 年的逃亡》等小說中的「我叫蘇童」等敘事話語的反覆提示，而余華、葉兆言、洪峰、孫甘露、呂新、潘軍也都無不與他們文本中的第一人稱「我」具有某種同構性。在我看來，「第一人稱」敘事策略的發現和運用對於新潮小說的意義至少有兩個方面：

一方面，第一人稱敘事為新潮作家表現自己的反叛姿態、闡揚自己的藝術觀念和藝術個性提供了機會。通過第一人稱「我」的全面表演，新潮作家的主體性和被壓抑的自我都得到了極大程度的釋放。新潮小說文本之所以一

下子就與傳統小說文本拉開了距離，新潮小說文本之間之所以有那麼多彼此不同相互衝撞的「話語」，其根本原因也就導源於這種第一人稱敘事對於小說生產力的解放。第三人稱的敘述方式可以說是理性主義時代最權威的敘述方式，它對於開拓潛在小說深層結構中的普遍性的理性道德主題可以說功不可沒，但同時這樣的敘事視角又把小說文本限定在一種千篇一律的道德話語結構中了，離開了特定的主題深度模式，它的意義將無從呈示。而對於新潮作家來說，他們要打破的也就是這種陳舊的觀念和模式，要剷除的就是這種「深度」神話，他們力求使現代小說敘述從「道德化」的理性束縛中解放出來，自由而隨心所欲地去面對道德之外的那個「物的世界」。對此，羅布—格里耶在他的《未來的小說道路》一文中曾作過生動的說明：「我們必須製造一個更為實體，更為直觀的世界，以代替現有的這種充滿心理的、社會的和功能意義的世界。讓對象和姿態首先以它們的存在去發生作用，讓它們的存在駕臨於企圖把它們歸入任何體系的理論闡述之上，不管是感傷的、社會學的、弗洛伊德主義，還是形而上學的體系。」〔註3〕而顯然，此種對於「物的世界」的還原，第三人稱敘事自然是無力承擔的，只有作家採用具有限制特徵的第一人稱敘述，以確認和接受某種時空限制的方式敘述故事，以「我」的眼光去確認這個感性的世界，存在的本真性和「物性」才能真正呈現。

　　另一方面，第一人稱敘事大大拓展了小說形式實驗的可能性。實在很難想像，如果沒有第一人稱對於新潮小說文本的全面入侵，新潮小說全新的文本形態和敘述實驗如何成為可能。我覺得，第一人稱敘事功能的全面挖掘正是新潮小說文本形式花樣翻新的一個藝術前提。無論是新潮小說故弄玄虛的話語方式還是新潮小說飄忽不定的結構形態都是在第一人稱敘述的導演之下完成的。在第一人稱的制導下，小說的主要人物已經不再是敘述對象，而是敘述者本身了。正如娜塔麗·薩洛特所說：「小說的主要人物是一個無名無姓的『我』，他既沒有鮮明的輪廓，又難以形容，無從捉摸，形跡隱蔽。這個『我』篡奪了主人公的位置，佔據了重要的席位。」〔註4〕而隨著人物關係的變化，小說的話語、結構等等也都必須作出相應的調整，新的小說形式據此可說是應運而生了。敘述者以參與的態度捲入到事件中去，他的一言一行，一舉一

〔註3〕羅布·格里耶：《未來的小說道路》，柳鳴九編《新小說派研究》，中國社會科學出版社1986年版。

〔註4〕娜塔麗·薩洛特：《懷疑的時代》，柳鳴九編《新小說派研究》，中國社會科學出版社1986年版。

動，甚至情緒的微小變化都可能影響到敘述的節奏和速度，帶來敘述時空的變化，並進而改變小說的結構形態。而尤其當新潮作家在他們的小說文本中賦予精神病人、白癡、罪犯、兒童等主人公以第一人稱敘事權力時，小說敘述的隨機性、任意性和變幻性也就更為引人注目了。由於小說主人公「我」的心理活動變幻無常，完全帶有個體活動的色彩，因而有鮮明的不確定感和變幻感，這既有效地打破了理性的邏輯規範，又為新潮小說創造了前所未有的非理性化傾向。

在新潮作家的文本中，對於元小說策略的運用可以說已經成了一種普遍的策略，從馬原開始幾代新潮作家創作了大量的元小說文本，我們當然沒有必要在此對這些文本一一進行舉例分析，但我們要弄清的是，新潮作家何以要如此熱衷於在小說中「出頭露面」「自我暴露」？從藝術層面上，我們當然可以認定這種敘述行為的暴露是一種藝術主體性和能動性呈現的結果，它主要涉及的是小說的技巧層面，具有很強的可操作性，這就為以標新立異為藝術追求的新潮作家表演敘述的技巧提供了條件。更重要的是，這種技巧具有「西方性」和「現代性」特徵，這為新潮作家克服滋生於 20 世紀 80 年代的因為純文學神話和現代性滯後而來的藝術焦慮症提供了通道；但從精神文化層面上來說，這種敘述技巧的選擇恰恰源於其主觀性，它使得作家真正成了小說世界內的第一主人公，一個最大的主體，它使作家有了自我實現的真正的滿足，從而完成了對歷史、現實與意識形態遮蔽的有效反抗。我覺得，從作家自我意識的滿足和主體意識的成長的角度來看，這種暴露敘述策略更有意義，它使在個體與歷史、時代的對峙中日感渺小、屢遭壓抑的作家擁有了一個獨一無二、自說自話、主宰一切的虛擬舞臺，這應該說不失為中國當代知識分子從「文革」災難中蘇醒過來後培養自信心的一種有效方式。此外，還不得不說的是，這種「暴露」性的寫作又恰恰是一種最容易、最簡單的寫作，它如果能夠代表某種藝術現代性的話，那無疑也僅僅只是一種表層的現代性，它是以對藝術本身的複雜性和豐富性的犧牲為代價的。某種意義上，這種表演性的寫作反證的正是新潮作家藝術能力的不足，在那樣的時代，新潮作家還無力對生活、歷史、人生進行更深刻的詮釋，他們只能在一種虛假的「形式」想像中完成對一個時代文學的虛擬的救贖與超越。換句話說，也許正由於這種「技藝」是「他者」，是「西方性」的、非中國的，新潮作家才更誇張地在小說中「自我現身」，以強調自己的存在，以防「自我」被「西方」的技藝再次遮蔽。

第二，小說時空設置的「歷史化」策略。

新潮小說雖然從 1985 年前後登上文壇至今已經有了三代人、三個潮頭，但從其文本上來看，遠離現實醉心歷史的趨勢則似乎一直被保持下來了。莫言的「紅高粱」系列、馬原和洪峰的「知青」系列、格非的「迷舟」系列、蘇童的「楓楊樹故鄉」系列、葉兆言的「夜泊秦淮」系列以及為新潮作家共同愛好的「舊家族」和「兵匪」題材系列、九十年代新崛起的新潮長篇小說系列都無不以對於歷史的刻意書寫引人注目。對於「歷史」對中國文壇的大肆入侵所帶來的中國當代文學的奇特景觀，文學批評界曾宣稱是一種新的小說流派「新歷史小說」誕生了。但出現於新潮小說文本中的歷史顯然與我們傳統所理解的「歷史」大相徑庭。在這裡的「歷史」已經被剔除了「歷史」本身所內含的那些特殊的人文涵蘊，而呈現為一種較純粹的「歷史」時空或氛圍。這種「歷史」氛圍不以真實的歷史事件、歷史人物為根據，只是把小說人物活動的時空前推到「歷史形態」中，時間的歷史性和人物故事的現代性並行不悖，有點近似於「現代派著古裝」。某種意義上說，新潮作家在其文本中所努力建構的「歷史」本質上說已不是一個主題話語而是被改寫成了一個形式話語，它的被讀解也要求我們必須脫離其物象性和意象性的層次而從敘事策略的角度加以觀照。在新潮文本中，由於小說時空被先驗性地設定為「歷史」，這就使小說的敘述中「記憶」成了一種特殊的操作方式。某種意義上，新潮作家正是以「記憶」的方式重溫人類的經驗，同時又把現實的經驗「記憶」化。毫無疑問，在新潮作家這裡，「歷史」本身也不過是一種主觀性的「記憶」和虛構。對於「記憶」的大規模挖掘和表現某種程度上已構成了新潮小說的一種特殊風景。幾乎所有的新潮小說的故事都是以「記憶」的方式展開，回述和回溯的語氣可以說是新潮小說敘述者最典型最樂於使用的敘述語式。就拿童年視角來說，從莫言的小說開始，以童年的視角觀照成人世界就成了新潮作家們的一個共同的敘事愛好。蘇童的「童年」系列和「楓楊樹故鄉」系列、余華的《呼喊與細雨》等少年生活系列、陳染的「黛二」系列、韓東的「下放地」系列等等都是以童性思維與成人世界的衝突來觀照和表現生存主題的。在這種童性敘事面前不僅現實的邏輯秩序被大範圍的顛覆與瓦解了，而且我們既有的話語方式、感覺與思維方式也都全部面臨著斷裂、崩塌的危險，甚至時間和空間的內涵在這裡也都被改寫了。在這裡，現實與歷史之間的界限似乎已經泯滅，而第一人稱「我」的敘述的經驗性限制和必

然的「過去」化指向事實上也正為新潮作家「歷史化」敘事策略的實施提供了條件。

當然，在從「形式」的層面對「歷史」進行分析和闡釋之前，我們仍然首先必須確立一個理論前提，那就是對於「歷史」的主題和精神意義的充分確認和尊重。因為，對於作家來說，每一種文學選擇必然都伴隨著特定的情感體驗和價值判斷，其複雜的心態結構和精神活動具有著關聯社會學、心理學、文學思維學等眾多精神領域的泛文化的內涵。而「歷史」在新潮作家這裡也恰恰首先是一種具有特殊實踐價值和理論價值的精神現象。它與新潮作家顛覆文學意識形態和權威話語的總的主題意識是一脈相承的。「歷史」固然是新潮作家逃離現實的一種表現，但也更是他們的創作自由得以充分發揮的溫床。在「歷史」的庇護下，新潮作家可以不顧一切既成的文化和文學規範的制約，對於整個世界（包括歷史和現實）進行純審美化的自由建構與創造。正因為此，在新潮小說中「歷史」的本來面目已經被新潮作家徹底消解了，經由新潮作家的誤讀與改寫，歷史最終只成了一種特殊的精神活動的思維載體和媒介，其功能正好驗證了羅曼·羅蘭對歷史的描述：「歷史所能做的只是表現某種精神氣質，即關於當代事件及其與過去將來關係的某種思想方法與感覺方式。」〔註5〕另一方面，雖然對於「歷史」的執迷體現了新潮作家對「現實」言說能力的缺乏，然而我們也應該看到「歷史」其實乃是新潮作家的雙重策略的體現，除了下文我們將要重點分析的形式策略之外，它還是一種特殊的生存策略。新潮作家如果要在中國這個有著特殊文化禁忌的國度裡進行切實可行的文化顛覆和褻瀆活動，離開了某種特定的「障眼法」是難以想像的，而「歷史」氛圍正是這樣一種有著生存保護功能的「障眼法」，它既滿足了新潮作家自我實現的心理需要，同時又在將「現實話語」轉化為「歷史話語」的過程中賦予了「現實」新的「意義」，這也就如羅蘭·巴特所說的：「歷史話語並不是順依現實，它只是賦予現實以意義。」「它大概是針對著實際上永遠不可能達到的自我之外的所指物的唯一的一種話語。」〔註6〕不過，對於新潮小說中「歷史」主題意義的認同和尊重，並不能使我們完成對「歷史」的全面理解和闡釋，要標示「歷史」之於新潮小說的實際意義，僅僅從主題

〔註5〕羅曼·羅蘭：《法國作家論文學》，三聯書店1984年版。
〔註6〕羅蘭·巴特：《歷史話語》，張文杰等編譯《現代西方歷史哲學譯文集》，三聯
　　　書店1984年版。

意義著手是遠遠不夠的。或者我們甚至可以說，純粹的主題分析注定了只能是一種「誤讀」。只有換一個視角從新潮作家的敘事形式的革命入手，我們才真正獲得了深入「歷史」堂奧的機會。「歷史」的全部話語價值和革命性也將在此得到彰顯。實際上，「歷史」對新潮小說來說，完全是一種虛擬性的「空間」，它對新潮作家來說心理學的意義甚至要大於藝術的意義，因為正是有了「歷史」這個不可「驗證」的「能指化」的巨大空間，新潮作家才有了隨心所欲地想像「歷史」與「現實」的巨大自由，才有了克服源自於現實的心理障礙與恐懼的信心。

　　新潮小說在把「歷史」（包括現實）能指化、虛擬化之後，不僅為小說形式的建構創造了條件，更重要的是為小說贏得了隨意處置歷史與現實的自由及合法性。如果說，在本質主義的歷史觀面前，作家面對歷史這個強大的主體時只能處於一種弱勢的自卑地位的話，那麼在新潮小說這裡「歷史」的主體性已經消失，它變成了一個被創造、被敘述出來的「對象」，「歷史」與作家的地位發生了根本的改變。作家成了歷史的主宰，這對作家自我想像的滿足無疑是非常有益的。蘇童的《我的帝王生涯》可以以一個完全虛構的、子虛烏有的王朝和皇帝來寓言化地書寫中國歷史與宮廷文化，劉震雲的《故鄉相處流傳》也可以把從曹操以來的幾千年的歷史進行戲謔和反諷性的描寫，他們對「歷史」的想像無疑是誇張的、極端的、甚至是武斷的，但這種想像因為越過了「史學」的疆界而順利逃脫了意識形態的監控。從一定意義上，新潮作家的「越界」想像正是因為「歷史化」的氛圍而被寬容，被默許，被合法化了。與對待正統的歷史小說不同，新潮作家的小說幾乎從來就沒有被計較過他們的「歷史觀」。他們對「歷史」偶然性、神秘性、宿命性的展示，對災難的渲染，對戰爭正義性的消解、對人物正邪界限的消除都被以「形式」或藝術的名義得到了某種肯定與縱容。可以說，在「探索」的名義下，新潮小說突破了所有的文化與現實的禁忌，而且甚至還挑戰著人類道德、倫理與正義的底限，但因為這一切都在「歷史」的掩護下，所以其並沒有與現實（包括政治與意識形態）發生實質性的衝突。

　　在新潮小說這裡，「歷史」是罪惡的、血腥的、欲望的、非理性的，新潮作家無意去呈現一個完整的「歷史圖像」，而是熱衷於對「歷史」的闡釋，這種闡釋以強調自我欲望的合法性為前提，以對於道德或理性視野中「歷史」的顛覆為旨歸，有著強烈的寓言化色彩。「現實」與「歷史」完全同構，現實

與歷史之間的界限似乎已經泯滅，它們遵循共同的邏輯原則，即使余華的《現實一種》這樣以「現實」命名的小說，我們也完全可以讀到一種「歷史」的腐朽氣息。實際上，對新潮作家來說，「歷史」實際上已經成了涵蓋了「歷史」與「現實」本身的「大在」，它是新潮作家對於世界進行終極想像與解釋的基礎，因而具有不可避免的形而上學特徵。但是，我們看到，新潮小說中的「歷史」又並沒有因為寓言性和形而上學特徵而陷入空洞、抽象、概念化的泥潭，反而具有感性的豐富的形態，這主要得力於新潮作家「大寓言小細節」的歷史書寫策略。一方面，新潮作家總是自我「現身」渲染對待歷史的情緒與感覺；另一方面，新潮作家總是對歷史的局部情境和具體細節情有獨鍾，而這正是「歷史」得以具象化的根本原因。

當然，以個體化視角對於「歷史」進行隨心所欲的消解其追求的最終結果是小說「時空」的高度能指化和「時空」結構的非理性化、非邏輯化，「歷史」沒有了所指，只成了情緒化和想像化的「可能性」片斷，這固然有利於新潮作家藝術創造性的發揮，但似乎也隱含著虛無主義的致命缺陷。更重要的是，新潮小說的「歷史化」策略較成功地彰顯了作家的自我，較成功地告訴我們「歷史不是什麼」，但卻沒有能力告訴我們「歷史是什麼」，這實際上還是沒有解決「歷史」的被遮蔽與被誤讀的問題，說穿了，對「歷史」的「迂迴」戰術固然可以顯示新潮作家的聰明，但不敢對「歷史」正面強攻、正面建構終究還是顯示了他們藝術能力的欠缺。

第三，遊戲化策略。

新潮小說以反叛的姿態登上文壇，這種反叛既表現在觀念、思維、精神層面上，也更落實在藝術實踐層面上。對敘事解放、藝術自由的追求，對各種藝術桎梏（傳統的理念、現實的規約）的打破是新潮小說藝術反叛的內涵。在這方面，「遊戲化」策略的成功運用可以說是推動新潮小說「革命」歷程的關鍵所在。

遊戲，在中國實用主義和功利主義至上的語境裏似乎並不是一個褒義詞，他對應的可能是不嚴肅、褻瀆神聖、玩弄文學等含義。但實際上，從文學藝術的起源來說，遊戲恰恰是一個根本性的源頭。從亞理士多德到維特根斯坦和尼采，西方先哲們都充分肯定了「遊戲」之於文學藝術的重要性。對中國新潮作家來說，對遊戲化策略的選擇，一方面可以視作是對於文學藝術本性的一次重新認識，另一方面也更是一種無奈之舉。因為在 80 年代的中國

文學語境裏，對「大詞」、對「宏大敘事」的推崇，仍然是一種普遍的文學趣味，要使文學生存從這種過於沉重的想像與期待裏解放和擺脫出來，「漸進」的「改良」的方式顯然是行不通的。這正是「遊戲化」這種極端的，似乎有損自我文學形象的文學策略成為新潮作家首選的一個重要原因。

新潮小說的遊戲化策略，首先表現在對於啟蒙敘事和道德敘事倫理的顛覆。許多人都抱怨中國文學的政治化和意識形態化，但是大家常常忽略了支撐這種政治化和意識形態化的文學背景。我覺得，中國的文學傳統、大眾審美基礎正是滋生這種現象的土壤。而從 20 世紀中國文學來說，五四以來的啟蒙敘事倫理以及現實的代代相承的道德倫理某種程度上也強化了文學的政治性與意識形態性。新潮小說對啟蒙倫理和道德倫理的解構，可以說找到了解放被重重束縛的中國文學的根本線索。他們對歷史的神秘化、非理性的解讀，對人物的符號化與物化的處理，對欲望與潛意識的挖掘，對人性的本能與罪惡的放大……，不僅使得五四以來啟蒙敘事倫理面臨真正的崩潰，而且強大的道德倫理也終於變得搖搖欲墜。更重要的，借助於這種倫理顛覆，新潮作家不僅建立起了面對世界和人時的絕對「自由」與絕對「主體」地位，而且這種遊戲化的姿態也使得現實的倫理、道德規約對他們失去了約束力，可以說，他們以「自降一格」的方式贏得了「現實」對他們的寬恕。

其次，新潮小說的遊戲化策略，還主要表現在語言的遊戲化方面。對於新潮小說來說，其文本的絕對中心毫無疑問就是語言。在語言上新潮作家投注了他們最大的熱情，也表現了他們最出眾的才華和智慧。語言是新潮小說所發動的一切意義上的文學革命的總前提，離開了語言，新潮文本的革命意義不僅會大打折扣，而且甚至根本就不復存在了。某種意義上，新潮作家所要呈現並希望引起注目的也正是語言，他們的作品可以沒有主題、沒有人物、沒有故事、沒有結構、沒有意義，但就是不能沒有語言。本質上新潮作家是把語言作為一種至高無上的文學存在崇拜著的，語言的光輝是新潮作家所企盼的最高文學境界。一方面，新潮作家把語言視作了他們與世俗現實對抗的有效手段，語言的本體性和作為海德格爾意義上的「存在家園」的神性都是他們所致力於表現的目標。另一方面，語言的超越性又使他們在顛覆了一個現實世界的同時，重造了一個同樣強大的語言世界，從而在對語言的揮灑中獲得了創造世界的巨大愉悅。顯然，從敘事策略的角度來看，語言無疑是新潮作家的一個最為基本的策略，它最終決定了新潮小說的文本形態和藝術風

貌,並成了新潮文本當之無愧的第一存在。而具體地描述新潮小說的語言策略,我們又不得不與「遊戲化」這個曾被本文反覆言及的語碼遭遇。蔣原倫在談到新潮小說的語言時曾戲稱:老派小說讀故事,新派小說讀句式。其實新潮小說在語言上的獨特匠心,不僅要我們去讀句式,而且還要讀詞彙,甚至讀標點。很大程度上,我們對新潮小說感到新奇,感到非同凡響,也正是從他們的那出奇不意的語感、句式、詞彙組合上體驗出的。所謂新潮小說的讀不懂最先就是從語言的陌生感衍化而來的,新潮文本即使不用深奧冷僻的語彙(實際情況是新潮作家恰恰有這方面的愛好),每一個句式、句群、段落也常會令人產生不知所云之感。許多人抱怨讀新潮小說每一句話都能懂,但能懂的話組合成一個段落或文章時卻不懂了,講的就是這種情況。可以說,新潮小說語言的遊戲化策略也正是導致其在文本結構、故事形態、主題蘊涵等層面上的革命性的主要藝術因素。

在新潮小說的文本中,語言往往呈現出自然流動的多種形態,語言的自我增殖能力的過於強大,常使文本的話語處於一種無規則的「失控」狀態中。在新潮文本中,語言脫離所指的自我指涉與無限能指化是遊戲性的最典型表徵。「能指」和「所指」本是索緒爾創用的一對語言學術語,用來指涉任何符號所必然具有的兩個方面。但在新潮小說這裡,「能指」和「所指」的有機聯繫卻被有意割斷、阻隔了。蘇童、葉兆言等如今的小說雖然有著較強的故事性甚至通俗性,但他們初期的新潮創作都不同程度地存在著語言所指與能指脫節的現象。蘇童的《你好,養蜂人》、葉兆言的《棗樹的故事》中就都有著這種語詞遊戲的典型例證。余華的小說中也是屢見不鮮,他喜歡將其語言的所指延宕,從而造成特殊的文體效果。《往事與刑罰》中那個折磨人的「刑罰」究竟是什麼?直到文本結束也未完全揭示出來,也許根本就是子虛烏有;《鮮血梅花》中的主人公所追尋的仇人的具體所指也一直被懸擱著,到結尾才初露端倪;而《四月三日事件》更是有著法國新小說的語言色質。

如果說余華對於語言的遊戲策略主要表現在對於語言「所指」的故意延宕的話,那麼孫甘露則更富絕對性、他的文本甚至根本就不出示「所指」,而讓純粹的「能指」化語流在小說中任意地播散。他的小說可以說是最典型的能指化文本,語言無所顧忌的自由戲嬉常使讀者如墜五里霧中,不知其所云為何。《信使之函》中連續使用 26 個「信是……」的句式,可究竟「信是」什麼卻令人通讀全篇依然不得要領。《訪問夢境》《請女人猜謎》兩部小說也

因為「所指」的缺席而呈現出晦澀難懂的文本形態。可以說，他的小說是完全能指化了，「所指」則被虛化和隱匿了。各種各樣的能指在他的文本中自由流動，構成了語言自我指涉的怪圈景象。孫甘露之外，呂新的《南方遺事》和《中國屏風》以及魯羊的《某一年的後半夜》等小說也具有同樣的語言特色。

　　需要指出的是，新潮作家對於語言遊戲化策略的運用是有著特殊的文學意義的。我們不能簡單地把它視為玩語言、玩文學。事實上，語言問題確實是文學創作的一個最根本的問題。因為文學說到底它只能是語言的藝術，離開了語言的傳達，文學將注定了只是一個空洞的神話。新潮作家把語言放到一個絕對化和本體化的地位正是新潮作家文學思維發生革命性轉變的具體表現和主體性高度張揚的必然結果。在新潮作家的努力下，不僅中國小說語言的表現力、可能性、豐富性得到了最大程度的發揮，而且以語言為契機，中國文學的面貌和中國文學的觀念都有了根本性的改觀，其最突出的徵象就是文學向其主體性和本體性的復歸。

二、敘事結構：謎宮情境下的空缺、重複與多重本文

　　對於新潮小說的敘事策略有了大致的瞭解之後，我們闡釋新潮文本的內部組織的條件就基本成熟了。在這裡，我們將首先對新潮小說的文本結構進行分析和描述。某種意義上，對結構的強調也是新潮小說形式革命的一個最突出的表徵之一。結構作為新潮小說最重要的形式話語，它對新潮文本的表現形態可以說有著舉足輕重的決定作用。對於結構的苦心經營，一方面使新潮小說具有了與西方形式主義小說相近似的結構品格和文本魅力，另一方面又使崇尚智力遊戲的新潮作家們獲得了充分展示自己才華和智力優越性的機會。而對新潮小說形式主義的評價，也很大程度上基於對其文本結構革命性和陌生化的認識與評判。因此，我們認為對新潮小說的文本結構作出正確而符合實際的闡釋是我們進入新潮小說形式世界首先必須跨越的一道門檻。在新潮作家對於小說結構所作的種種具有強烈革命性的藝術探索中，我們會對新潮小說整體的形式特徵有初步的觀照。

　　考慮到新潮小說誕生的特殊文化語境，我們對新潮小說文本結構的探討也不能離開了矗立在新潮小說背後的世界現代文學的宏觀背景而孤立地進行。我們將不得不看到正是西方現代文學所促成的新潮作家的觀念變革催生

了新潮小說的結構實驗。今天評論界普遍認同的對於新潮小說所謂「迷宮」結構的命名，也其實是由許多觀念層面的革命支撐著的。這些觀念包括因果必然律的拋棄、線性生活鏈的打破以及敘述與描寫的分離等諸多方面，由於在本書第二章我專門對此有過分析此處就不再申述了。而具體說來，新潮小說的所謂結構「迷宮」又更多的是受了阿根廷人博爾赫斯的影響，新潮小說的不少文本都有典型的博氏烙印。格非某種程度上被公認為是博氏最得意的「中國弟子」，而孫甘露也不止一次表白過對他的喜愛：「博爾赫斯的身世是我無限緬懷的對象之一。他對古籍的愛好，對異域的嚮往，對迷宮的神秘注釋，對故鄉加烏喬的隱秘感情，對誕生地布宜諾斯艾利斯的不厭其煩的評論，對形而上學的終身愛好，對死亡和夢的無窮無盡的闡發是我迷戀的中心。」〔註7〕當然，在新潮作家這裡，其結構「迷宮」是仍有著其鮮明的藝術創造性的。不僅不同的作家對迷宮的建構方式各自不同，就是同樣的迷宮內部其層次也是富有變化的。在我看來，新潮作家對於「迷宮」的營構大致有三種方式：

其一，文本空缺的大量運用。

作為一種追求難度的敘事，新潮小說對線性敘事和因果邏輯敘事持排斥的態度，敘事的空缺、突轉、反常甚至無釐頭成為常態。小說因此變得難解，不僅主題、意義、人物的完整性難以呈現，即使故事和情節本身也失去了連貫性，文本需填補的「空缺」比比皆是。

「空缺」在新潮文本中的呈現形態是多種多樣的，它既可以是人物的「空缺」（死亡或失蹤），也可以是情節、故事的「空缺」（中斷或分岔），還可能是語言或意義的「空缺」（所指的延宕或缺席）。在此我特別要提到的是新潮小說的「迷津」結構。在新潮小說的幾乎每一部文本中都橫亙著一個難以索解的「迷津」。整部小說的行進方式似乎是在破譯這個「迷津」，但其實越是走進「迷津」，「迷津」就越是不可理喻。《風》和《敵人》都敘述了對一次發生在歷史上的家族火災原因的查找，主人公力圖通過現實的調查追蹤去填補那個歷史原因的「空缺」，但歷史的「空缺」非但未能補上，而且填補的過程卻又成了新的「空缺」和「迷津」誕生的溫床——主人公莫名其妙的死亡和失蹤。這樣，大的空缺滋生小的空缺，整部小說都陷入了神秘莫測的迷宮情境。而葉兆言的《五月的黃昏》、北村的《聒噪者說》和格非的《迷舟》《黃昏》也是這方面的代表作。《五月的黃昏》對叔叔死亡原因的這一「空缺」的

〔註7〕孫甘露：《寫作與沉默》，《文學角》1989 年第 4 期。

查找與猜測、《聒噪者說》警探對於一次死亡事件的調查最終都以主人公面對「迷津」時的茫然與無奈而告終。

此外，在蘇童、余華、呂新、潘軍等新潮作家的文本中這種利用敘事空缺來建構小說結構迷宮的成功之作也極多，這裡由於篇幅關係就不再列舉了。但我們要強調的是，「空缺」又絕不僅僅是一種單純的形式話語，它同時也是一種哲學意識的體現，它是和新潮作家看待現實與歷史的世界觀密切聯繫著的，它體現了新潮作家對於世界可知論的徹底背叛和對於「不可知論」的虔誠認同，是新潮作家消解小說主題及意義的一種方式。它在構成新潮小說的特殊敘事結構的同時，也在主題意義上顛覆了「歷史」和「存在」本身。它既使新潮文本呈現出難以索解的迷宮結構圖景，又賦予了新潮小說主題意指的多重性，本質上它也是構成新潮小說難懂性、晦澀性和不可闡釋性的一個重要根源。

其二，重複的反覆出現。

在新潮小說的迷宮結構中，我們一方面與大量的「空缺」不時遭遇，另一方面又不得不在新潮作家所設置的一連串的「重複」中兜圈子。我相信，「重複」也是我們正確描述新潮小說的迷宮結構不得不破譯的一個重要的形式語碼。對於「重複」的理解，我們當然也不能拋開新潮作家對於「存在」問題的探索而作孤立的考察。我覺得，「空缺」與「重複」並不是對立而是統一的，它們都是解構策略下的兩個最重要的範疇。

格非的《褐色鳥群》是對於「重複」進行極端性運用的典型。「我」與少女「棋」的三次相遇，情境是重複的，但彼此又是相互排斥和否定的，這種「重複」的哲學意義多少掩蓋了其在形式結構上的特殊價值。而實際上，在新潮小說這裡「重複」其實是一種非常突出的小說結構手段。所謂迷宮結構，離開了「重複」這一有效的建構手段是無法想像的。而具體地看，「重複」在新潮文本中的呈現方式也是極其富於變化的。這裡當然有剛剛分析的《褐色鳥群》為代表的結構性和主題性高度重合的「重複」，也更有情節、意象、人物、細節甚至話語等純粹形式領域的「重複」。這方面，余華的《此文獻給少女楊柳》就不失為一部對「重複」進行了純結構化探索的小說。整部小說以三次重複組成：敘述人客觀敘述一個外鄉人為尋找獻眼睛的姑娘去小城煙路遇沈良向他講述譚良和炸彈的故事；敘述者「我」聽橋洞裏的人講十年前和「我」一樣的對一個少女的內心經歷以及這個少女楊柳的眼球治好他眼睛後

他去小城煙遇一個老人講譚良和炸彈的故事；最後是「我」自己眼睛失明，一個白血病患者楊柳的眼球移植給「我」的故事。外鄉人、橋洞裏的人和「我」相同而重迭的經歷以不同形式不同話語狀態呈現的撲朔迷離的「重複」正是這部小說結構的全部。只是由於「重複」在小說中被強調得過於外露，因而成了鑲嵌在文本中的結構硬件。這就使小說結構在獲得那種夢寐以求的「迷宮」效果時也不得不以美學魅力的喪失為代價。而格非的小說《傻瓜的詩篇》也同樣是運用話語「重複」來結構作品的成功之作。在小說中作家有意「重複」了這樣一段話：「⋯⋯他好像是走在一條鄉間的麥壟中，父親帶他去村外釣魚；又像是走在去大興安嶺的路上，北方的雨來得又快又急，將道路砸得坑坑窪窪。」這段話先是在描述杜預的夢境時被講述，後又在他的對父親的回憶中出現，再後來當他在雨中想到莉莉時這段話又被「重複」了。通過「重複」我們對杜預的精神創傷以及他夢境般的生活現實就獲得了一種理解，而小說也就可以在現實與歷史以及夢境、幻覺與真實之間自由結構。

在這裡，我顯然無法對新潮小說的眾多「重複」形態進行分析，但儘管如此，我覺得對新潮文本意象化「重複」的審察仍然不能省略。我要特別指出的是，我們通常所談論的新潮小說的意象化的結構，其實也正是「重複」的藝術手段得以成功實現的典型成果。在蘇童的長篇《我的帝王生涯》中，如果離開了在其文本中反覆出現的「紙鳥」「棕繩」等結構性的意象，我們對整部小說的把握就會遇到許多困難。同樣，對於潘軍的長篇小說《風》來說，那穿行於文本中的一次次出現於人們面前的「風」「火」以及「墳墓」意象也都起著相當突出的結構作用。說《風》是一部迷宮小說，很大程度上也正與這些無法索解、充滿歧義的意象之謎有特殊的關係。在余華的《古典愛情》、呂新的《撫摸》、葉兆言的《棗樹的故事》等小說中意象的「重複」也是屢見不鮮。某種意義上說，新潮作家在打破情節的線性因果之後，意象性的「重複」可以說是他們發現的一個具有充分藝術功能的結構手段，借助於它不僅小說的鬆散的情節獲得了整體聯繫的可能性，而且在「設謎」的同時也有效地為「解謎」指明了路徑，從而增強了新潮文本的可解讀性。我覺得，在新潮作家這裡，重複的意象、故事和話語本身就是一些特定的能指和「謎碼」，它們反覆出現正構成了迷宮結構的基礎，因為重複的出現不是使故事、情節更清晰，相反卻是對於故事「透明性」和「敞開性」的一種有意遮掩。

其三，多重本文的成功運作。

　　我個人認為，對於新潮小說來說，如果「空缺」與「重複」作為一種藝術手段為新潮文本的迷宮結構提供了可能性的話，那麼多重本文的敘事策略則進一步賦予了這種迷宮結構更大的現實性，而且顯而易見，多重本文的可操作性也大大超出了前二者。也可以說，「空缺」與「重複」之能在新潮文本中成功呈現本就是多重本文的敘事策略成功運作的結果。正因此，我們應把多重本文的藝術方式作為迷宮結構的核心和基礎，並對它展開切實而有效的分析與闡釋。

　　我相信，新潮作家之所以要在他們的文本中設置迷宮其根本目的並不是為了拒絕讀者，而是為了更有效地召喚和引誘讀者。這就決定了新潮文本本質上的開放性。而多重本文正是這種開放性的實踐手段和具體體現。在進入這個話題之後，我們會發現幾乎每一部新潮小說本文都不同程度地烙上了多重本文的烙印，我們甚至可以說「多重本文」是新潮小說最具共性的一種形式話語。

　　馬原的《風底斯的誘惑》《拉薩河的女神》《虛構》等小說已經開始通過「拼貼式」的結構，把各自不同、相對獨立的故事「拼貼」在文本中，從而形成「多重本文」的形態。不過，馬原對於「多重本文」的運用還很不徹底，其文本的開放意義也極其有限。真正在小說中全面探索「多重本文」的無限可能性而又成績卓著的是馬原後的洪峰、孫甘露、蘇童、潘軍、余華、葉兆言、格非、呂新、魯羊等這批作家。要指出的是，如果從策略意義上說，「多重本文」與本書前面曾經探討過的「元小說」策略有著明顯的姻緣關係，同時也有著巴赫金「複調小說」理論的烙印。「元小說」強調對於小說敘述的敘述，對於小說虛構的虛構；「複調」理論強調文本內不同聲音的「對話」和「多音齊鳴」。這些理論原則無疑都為新潮作家進行「雙重本文」的結構實踐提供了切實的理論依據和參照。而從具體運作方式上看，新潮作家普遍運用的「暴露」小說構思和操作「過程」的本文策略也更可以說是由這兩種理論直接催生的。如果說，在馬原和洪峰的小說中這種對構思和寫作過程的「暴露」還僅侷限於敘述人進進出出於故事不斷打斷故事進程的「自我敘說」所強化的小說「虛構性」的話，那麼這種淺層次的多重本文結構在孫甘露等小說家這裡已經被發展得相當圓熟了。孫甘露的《請女人猜謎》中我們目睹了《眺望時間消逝》這另一重本文，而在他的《境遇》中我們則直接參與了作家對《境遇》這部小說的構思和創作的全過程，在這部小說的開頭作家就直截了當地

向我們陳述了本文的雙重性：

　　　　這個故事和我們的日常生活是並行不悖的，它只是一些較次要的方面遠離我們的習慣。

　　　　這個故事開始的年代很早，幾乎可以說遙遠。因此，對某些細節我只能小心地推測。故事延續的時間很長，直到今天還沒有結束，我只好放棄在一部小說裏對人物和事件作出評價和判斷的權利。更讓我為難的是，故事的主人公似乎是我的慈愛的母親，這就給冷靜而客觀的敘述帶來了不小的障礙。

　　　　還有一些多餘的話不得不說。我剛開始寫小說那會兒，通常不交待時間地點，倒不是想讓小說蒙上虛幻的色彩，只是貪圖方便，好在什麼人無端生事時避免麻煩。可這一來沒想反讓小說沾上了烏托邦味，這類幼稚的想入非非叫今人著實取笑了一通。這個叫《境遇》的故事的真實程度依然十分可疑，我試著在若干章節內給出準確的時間和詳細的地址，以期像時鐘的秒針給人一種確切而稍縱即逝的感覺，即便如此，我還是擔心它的效果，我不知道還有什麼比時間更令人捉摸不透的了。

　　　　…………

　　正是在這樣的話語基調的支配下，《境遇》完全演變成了一部關於《境遇》的小說，一部「元小說」。對於《境遇》的虛構、消解、重組等等成了《境遇》這部小說的全部內容。這樣的文本在其他新潮作家的小說中也是屢見不爽。葉兆言的《最後》把對一個兇殺案的描寫與作家對這起兇殺案的分析、推理絞合在一起，而這一切也就是這部叫《最後》的小說的全部。蘇童的《井中男孩》在文本中同時平行地鋪開了對另一部小說《井中男孩》的敘述，可以說是一部典型的雙重本文結構的小說。潘軍的小說在這種結構的運用上，也是很見工夫。他的《南方的情緒》和《流動的沙灘》所製造的撲朔迷離的結構氛圍就是雙重本文策略的集中體現。這裡我想特別談談《南方的情緒》。在這部小說中作家「我」接到一個莫名其妙的電話後去一個叫藍堡的地方寫作小說《南方的情緒》，小說主體部分就是「我」的奇特的夢遊一般的冒險歷程。這是一重本文，也是實寫的本文。但同時小說也存在著另一重本文，這就是「我」要寫作的《南方的情緒》這篇小說，它是一個虛擬的被懸擱的本文。雖說兩重本文在名稱上是同一的，主題內涵和情緒上也在小說的進程中融為

一體，但在結構上的對峙卻是顯在而無法抹殺的。呂新《撫摸》裏的「戰地筆記」和洪峰《東八時區》《和平年代》等裏面的不同敘述聲音也都有著顯而易見的「多重本文」性質。在晚生代的新潮作家中特別擅長運用雙重本文結構的是魯羊。他的幾乎每一部小說都以這種雙重本文的風格引人注目。他的小說大都由「現實」和「歷史」這雙重文本組成，但他不是直接進入回憶或追述，而是從現在的生活場景起步或者乾脆設置兩條線索採取「寫作中的寫作」這樣的結構方式。這種方式可以說正是融入了「元小說」和「複調小說」理論原則的典型的雙重本文結構。《絃歌》中「我」與玲和娜的故事與「我」所尋找和敘述的祉卿的故事構成了雙重本文和「複調」結構；《佳人相見一千年》中平行展開的姑姑和已娘的故事也正是具有「複調」性的雙重本文結構；而《岩中花樹》則更為複雜。在作家對敘事行為的有意暴露中，「我」「你」「他」三種人稱同時登場，紀實、冥想、夢幻互相糾纏，形成了祉卿的故事、「我」的故事、鹿與龍薇的故事這三重本文和三重複調。在魯羊這裡，我們可以說是充分領略了新潮小說雙重本文結構的文體可能性和魅力。

總之，雙重本文結構作為新潮作家的一種重要的形式策略，它對於充分發揮新潮作家文體探索的主體性和可能性，以及對新潮小說迷宮形態的最終形成都無疑起到了決定性的用。

三、敘事風格：反諷、荒誕、神秘的三維統一

對於 20 世紀 80 年代的中國新潮小說來說，張揚而怪異的美學風格是其贏得文壇廣泛關注的重要原因。但是對於其風格的界定、理解和認識文學界卻有顯著的分歧：新潮作家視其風格為個性與才情的體現，而評論界與讀者雖然都認可新潮作家的才華，但對其風格的認識則更多的是視其為一種姿態與策略，並因其模式化、複製性、非原生性而視之為非個性化的產物。這裡其實就存在一個深刻的悖論：新潮作家所謂個性化的追求何以會呈現為一種反個性化的結果？或者說，新潮作家「反集體」的寫作，何以會呈現出一種「集體」的風格與形象？現在回過頭來重新審視新潮小說的歷程，我們不能不承認，新潮小說確實建構了中國文學史中一個重要的反叛者的形象，但這個反叛者顯然是一個群體的形象而不是一個個體的形象，「個體」已經消失，它被完全融解在「新潮小說」的整體形象中，失去了獨立的話語價值。因此，對於新潮作家來說，風格也許是最難描述的一種存在。這不僅因為新潮作家

以追新逐異為自己的藝術目標，每個人都處於一種變動不居的狀態之中，而且更因為他們個人的風格無論如何花樣百出都無法從人們對新潮小說風格的整體認識中突圍而出。這也使得新潮作家們只能無奈地放棄對風格的個人化營構，而是老老實實地臣服於那個整體的風格歸屬，並在主觀上不再把風格當回事。蘇童就不止一次地說過：風格只不過是一種迷人的陷阱。〔註 8〕那麼，新潮小說的整體美學風格又是怎樣的呢？對這個問題，雖然從文學界的角度來說仍然很難有統一的認知，但我覺得至少有兩個層面的內涵是可以成為共識的：一是形式主義風格。新潮作家試圖實現的是中國小說從「寫什麼」到「怎麼寫」的轉變，在這個過程中，把「形式」美學強化到極致既是他們的侷限，又是他們的貢獻。二是「反悲劇」「非悲劇」的風格。新潮作家既然以「反叛」為旗幟、以消解和褻瀆為口號，他們的小說文本對「悲劇」文學風格的反動就是情理之中的事。眾所周知，新潮小說的題材域是苦難、罪惡、暴力、死亡、仇恨等非現實、邊緣性的題材，這類題材涉及到的是人的生、死、情、仇等大生大死、大悲大痛的情感，應該說天然就具有「悲劇性」的質素，新潮作家何以能夠把「悲劇性」極強的題材處理成「非悲劇」甚至「反悲劇」的風格呢？我覺得，這與新潮小說對反諷、荒誕、神秘三種敘事風格的狂熱追求密不可分，這三者既是構成新潮小說「非悲劇」美學風格的重要原因和手段，又是新潮小說「非悲劇」風格的主要內涵與元素。

反諷：反叛還是和解？

作為極端的反傳統主義者，新潮作家對於經典文學敘事的不以為然和不屑一顧本質上是必然而正常的。因為如果沒有了敘事態度上的革新和顛覆，新潮作家所發動的這場文學革命至少在形態上就會遜色不小。同時也正是在這種反傳統的背景上，「反諷」作為一種敘事風格或者說一種敘事策略被新潮作家發現並反覆進行講述也可算是水到渠成之事。可以說，「反諷」是新潮小說最先凸現出來的一個共同風格，在新潮小說中對於人、對於歷史、對於現實、對於文化、對於傳統、對於文學和小說本身等等的「反諷」可謂舉目皆是。正是扛著這面風格的大旗，新潮小說才完成了對傳統小說寫作和體驗方式的最初顛覆，也由此初步標示了自己的文學品格。反諷（irony）一詞來自希臘文 eironia，原為希臘戲劇中一種定型角色，即佯作無知者，在自以為高

〔註 8〕蘇童：《婦女生活‧序》，浙江文藝出版社 1992 年版。

明的對手面前說傻話，但最後這些傻話證明是真理，從而使對手出醜露乖。柏拉圖《對話錄》中的蘇格拉底就是扮演的這種角色。在古典和中世紀的邏輯學裏，這個詞已變成指這種角色所使用的技巧，即口是心非，說的話表面意義像是假的，深層的意思卻是真的。在現代文論中，新批評派發展了反諷的理論，把它作為一種根本的文學特異性，作為所有文學文本結構中都具有的品質。而在中國當代新潮小說這裡「反諷」本身則更多地具有某種形式的意味。本質上，它是指一個詞、一個事件、一個人與其獲取意義與生存的上下文（contex，也稱情境）發生了不符、背離或衝突。而表現在文學中，「反諷」的典型形態就是意義的互相衝突與無限增殖，以及作家對種種不相諧調的矛盾的「重組」。在新潮小說中我們可以隨處看到相互矛盾的物象之間、人物之間、事件之間的不協調組合，新潮作家所熱衷於去做的就如莫言在其《紅蝗》中所說的那樣：「總有一天，我要編導一部真正的戲劇，在這部戲劇裏，夢幻與現實、科學與童話、上帝與魔鬼、愛情與賣淫、高貴與卑賤、美女與大便、過去與現在、金獎牌與避孕套……互相摻和、緊密團結、環環相連，構成一個完整的世界。」某種意義上，「反諷」也正體現了一種新的文學思維與藝術邏輯，它集中代表了作家們融合夢幻與現實、想像與虛構、平庸與崇高等對峙性存在的嘗試與努力。正如艾略特所說：「詩人的頭腦……經常使迥然不同的經驗融合在一起，而普通人的經驗是混亂的、無規則的、支離破碎的。普通人會墜入情網或閱讀斯賓諾沙的著作，但兩者卻毫無關係，他的愛情同樣和打字機的噪聲或做飯的氣味毫不相關，然而在詩人的腦子裏這一切卻被綜合成新的整體。」〔註9〕不過，具體地考察新潮小說文本，我們將會發現新潮作家對「反諷」的營構又有兩種具體方式：

首先，自然是言語層面所構成的直接反諷。在中國新時期的文學中運用言語反諷最成功的例子也許還得首推王朔的作品。某種意義上王朔是新時期中國文學中的一個神話，他的巨大聲譽可以說當代任何一個作家都無法和他相比。他也可以說是一個了不起的文體家，他把各式各樣的「文革」語彙、政治術語、領袖語錄、民間俚語、廣告用語等等糅為一爐，相互指涉，在語言的烏托邦中想像性地對社會等級制度進行摧毀，從而獲得一種巨大的「反諷」效果。而單就新潮作家而言，新潮小說中的言語反諷固然有上文所說到的王朔式的運用「元小說」的「戲擬」「戲仿」（parody）的手法而得來的反諷。比如劉震雲的

〔註9〕艾略特：《艾略特詩學文集》，國際文化出版公司1989年版。

《故鄉相處流傳》、劉恒的《逍遙頌》、葉兆言的《花煞》等文本就頗有王朔式的語言風格。拿《故鄉相處流傳》來說，莎士比亞那個著名的「生存還是死亡」的沉思，變成了曹操在一次戰前會議上罵罵咧咧的話：

> 在一次曹府的內閣會議上，丞相一邊「吭哧」地放屁，一邊在高臺上走，一邊手裏拿著健身球說：「活著還是死去，交戰還是不交戰，媽拉個 X，成問題了哩。

這樣的文本中，劉震雲對於人物語言和敘述語言誇張而荒誕的運用無疑使我們在具體的閱讀中就會立即陷入反諷的語境中。

然而，在我看來，新潮小說言語反諷的主要方式卻不在此，而是存在於作品中敘述人的敘述態度與讀者的閱讀心理的相悖和對比而構成。新潮作家尋求以新的小說觀念和新的敘述方法來對歷史進行重構，與此同時，他們也要求讀者從一個新的角度來認識歷史，以與作品取得認同。可以說反諷正是他們顛覆傳統閱讀經驗的一種重要方式。洪峰的小說是一個突出的例子。他的《瀚海》的故事是沉重、充滿了悲劇感的，但敘事人的敘述語調卻是漫不經心甚至帶有調侃意味的。這部小說給人的印象是其所講的故事與這故事的講述方式極不諧調。作家熱衷的只是把人生的艱辛和悲壯當作有趣的故事來講，每每賣弄自己的敘述技巧，卻拒絕對故事做出闡釋和價值判斷。他只對故事的曲折富於戲劇性感到得意，他希望讀者注意的只是他的敘述技巧而不是他的敘述內容。由此，他的超然物外的審美態度就與讀者的閱讀期待構成了反諷。他的《講幾個生命創造者的故事》中主人公「我」由於失眠竟然對於親生兒子都想用安眠藥來「滅口」，為此他跟妻子、兒子進行了一次又一次的較量，最後才終於敗下陣來。對於作家充滿激情的敘述我們顯然只有從反諷的意義上來理解才會不致誤入歧途。同樣的情況在洪峰的另一篇小說《奔喪》中也得到了充分的表現。主人公「我」聽到姐姐告訴的父親死亡的消息時，卻只是專注地欣賞姐姐的乳房；在《奔喪》中「我」更是不但毫無悲哀之感，而且心裏想著的也只是如何偷偷與初戀情人約會。「我」敘述的彷彿不是自己的事，而是別人的事，話語中充滿了事不關己的風度和後現代式的反文化與調侃的態度。而在這種態度中，反諷就自然而然地呈現了。余華的《一個地主的死》也同樣令我們目瞪口呆。這其實是一個壯烈的故事：一個年輕的地主王香火被日本兵抓去當嚮導，日本兵讓他帶他們去一個叫松篁的地方，王香火卻將他們帶上了另一條路，使日本兵陷入絕境，他自己也被殺死

了。讓一個地主做出如此壯舉，而把長工寫得愚昧麻木，這本已讓持社會學標準的讀者驚訝的了，更令讀者吃驚的是作者也沒有對王香火的英雄行為進行渲染，甚至也不講他的動機，只是以冷漠的語調敘述了這件事的過程。王香火在被日本兵捅穿肚子時還顯出了一副窩囊相，大叫：「爹啊，疼死我了！」而借助於這種冷漠化的敘述，余華較好地以反諷顛覆了歷史和我們傳統的階級論功利主義的閱讀習慣。

其次是情境反諷。這是一種更為常見也更為意味深長的反諷，它廣泛存在於由人物、觀察者所構成的藝術情境之中。在新潮小說中這種反諷最具有藝術代表性，也最能突現新潮小說的風格特徵。具體地來說，情境反諷在新潮小說中又主要於敘述與描寫的矛盾和反差中呈現出來。我們通常知道，新潮作家一向是重敘述而輕描寫的，他們是致力於把小說的敘述功能發掘到極處的。因此，新潮小說最引人注目的可以說就是對於罪惡、災難和人類的黑暗生存景觀的冷酷敘述，這種敘述顯然是對於人類整體存在的一種具有象徵意味的反諷。正如克爾凱郭爾所說：「反諷在其明顯的意義上不是針對這一個或那一個個別的存在，而是針對某一時代和某一情勢下的整個的特定的現實……它不是這一種或那一種現象，而是它視之為在反諷外觀下的整個存在。」〔註10〕但是在特定的文本中我們又會發現在那些冷漠敘事的邊緣和空隙處又常充滿了某種詩意的抒情性的描寫段落。這樣，冷漠敘事與抒情描寫這對矛盾就自然而然地構成了新潮文本的文體反諷。余華的《鮮血梅花》中，阮海闊出發去替父報仇，母親自焚為他送行，阮海闊目睹火光，非但沒有悲痛欲絕反而卻有游離恍惚之感：

> 他走上大道時，不由回頭一望。於是看到剛才離開的茅屋出現了與紅日一般的顏色。紅色的火焰貼著茅屋在晨風中翩翩起舞。在茅屋背後的天空中，一堆朝霞也在熊熊燃燒。阮海闊看著，恍恍惚惚覺得茅屋的燃燒是天空裏掉落的一片朝霞。阮海闊聽到了茅屋破碎時分裂的響聲，於是看到了如水珠般四濺的火星。然後那堆火轟然倒塌，像水一樣在地上洋溢開去。
>
> 阮海闊轉身沿著大道往前走去，他感到自己跨出去的腳被晨風吹得飄飄悠悠。大道在前面虛無地延伸。母親自焚而死的用意，他深刻地領悟到了。在此後漫長的歲月裏，已無他的棲身之處。

〔註10〕克爾凱郭爾：《克爾凱郭爾日記選》，上海社會科學出版社 1995 年版。

在這裡，母親自焚而死的悲痛完全被超然而審美性的描寫所沖淡，也被對自焚「意義」的領悟所化解，人物與其所處情境相分離的反諷意味極其明顯。

當然，反諷在新潮小說中被廣泛運用與新潮作家對現實採取的一種觀賞者的超然態度有關。審美主體在文本中是超然於局外不動聲色的反諷觀察者，他在反諷面前所產生的典型感覺可以用三個詞語來概括：居高臨下感、超脫感、愉悅感。他明徹地看到了受嘲弄者無所覺察的事實，在受嘲弄者受到難以擺脫的束縛或陷入窘境時，他顯得自由而超脫；在受嘲弄者做徒勞的努力時，他擺出局外人的姿態；在受嘲弄者深信世界的真實和有意義時，他卻洞悉了世界的虛幻與荒誕。正如托馬斯・曼所說：反諷是「無所不包、清澈見底而又怡然自得的一，它就是藝術本身的一，它是最超脫的、最冷靜的、由未受任何說教干擾的客觀現實所投出的一。」〔註11〕而從藝術效果上說，反諷某種程度上正是對悲劇性的消解，新潮小說大量言說死亡、罪惡、災難、暴力等悲劇性的主題，但我們卻從中很難體會悲劇意義，相反卻時時感受到玩賞、遊戲的喜劇性，這其中的重要轉折因素就是反諷。也正因為此，我們不得不指出，新潮小說的反諷風格既是新潮作家反叛文學傳統與現實的一種手段與方式，但同時又是一種逃避和迴避現實的反式，它以「柔性反抗」的姿態某種意義上緩解、轉移了與現實正面對抗的力度，把悲壯、沉重的主題變「輕」了，其最終後果實際上就是消解了新潮小說的批判性與反叛性。

荒誕：哲學還是觀念？

「荒誕」（absurd）最先是作為一個音樂術語而出現的，其意思是指音調上的不協和。在音樂上，音調的不協和會給人非常緊張的感覺。而作為一個當代文學和批評術語，「荒誕」則意指人類脫離他們的原始信仰和形上思維基礎，孤獨地、毫無意義地生活於一個陌生的世界。荒誕文學雖然大量運用表現主義和現實主義方法，但其哲學基礎卻是一種存在主義形式，認為人類從虛無開始、走向虛無，整個人生過程是一種既痛苦又荒誕的存在。在人類生活的世界上，他們無法與周圍環境建立一種有意義的聯繫，無法確定自我的價值。對此，尤奈斯庫曾描述說：「我們生活在一個彼此不能理解的世界上，在這裡，所有的只是一片混沌。在這種混沌中，應當去尋求一種真理或者什

〔註11〕托馬斯・曼：《我的時代》，《冰山理論：對話與潛對話》，工人出版社 1987 年版。

麼意義嗎？那是沒有必要的。」〔註12〕而加繆在其著名的《西緒弗斯神話》中更是集中闡明了這種哲學：「在一個突然被剝奪了幻想與光明的世界裏，人類覺得自己是陌生者。他的存在是一種不可挽救的流放……這種人與自己生活的分離，演員與自己背景的分離，真的構成荒誕的感覺。」〔註13〕而在文學中，對於荒誕的表現可以說是西方現代文學的一個源遠流長的傳統。荒誕出現於文學中的標誌是些非邏輯的、不連貫的、夢魘般奇幻的極端形式。在加繆的話語中它是對「意義」的一種否定，「加繆以『荒誕』一詞去稱呼人與世界之間的深淵，人類的精神渴望和在世界上實現這些渴望的可能性之間的深淵，因此對它來說，『荒誕』既不存在於人也不存在於物，而在於兩者之間除了『陌生性』之外不可能建立任何其他的關係。」〔註14〕荒誕的觀念在戲劇和小說方面表現得最為突出，因而出現了「荒誕派戲劇」「反英雄」和「反小說」，例如薩繆爾·貝克特的《等待戈多》，約瑟夫·海勒的《第二十二條軍規》，以及托馬斯·品欽的《Ｖ》等等。

　　在新時期中國文學中，荒誕可以說是最先被中國作家發現並加以表現的一種具有文學革命意味的話語之一。但是在大多數作家那裡，荒誕主要還是一種觀念性的東西而遠非一種終極性的存在體驗。宗璞的《我是誰？》《蝸居》等新時期著名的「荒誕小說」所表達的那種「荒誕感」都帶有鮮明的歷史批判色彩，因而成了反思「文革」異化和扭曲人性的一種特定方式。其後，一批新起的作家從對現實生活的反抗著手來表現生存的「荒誕」。他們的荒誕意識也主要來自於對西方現代主義的觀念性模擬。從劉索拉的《藍天綠海》《尋找歌王》到徐星的《無主題變奏》，從王朔的《頑主》到劉毅然的《搖滾青年》……那種先驗的「荒誕」不僅不能代表真實的生存體驗與人生情感，不僅不具有作家們苦苦追求的「先鋒性」，反而帶有天然的「主題先行」或觀念先行的桎梏。可以說，只是在新潮小說崛起之後，「荒誕」作為一個現代主義的文學話語才在中國文學中得到了真正意義上的言說和表現。

　　當然，在新潮文本裏，荒誕首先也仍然只能是體現為一種主題風格。對

〔註12〕加繆：尤奈斯庫：《論先鋒派》，王忠琪等編《法國作家論文學》，三聯書店 1984
　　　　年版。
〔註13〕加繆：《西緒佛斯神話》，樂黛云、葉朗、倪培耕主編《世界詩學大辭典》，春
　　　　風文藝出版社 1993 年版。
〔註14〕羅布·格里耶：《自然、人道主義、悲劇》，柳鳴九編《新小說派研究》，中國
　　　　社會科學出版社 1983 年版。

新潮作家而言,「荒誕」代表的正是他們對於世界的一種反抗的姿態,「荒誕」是對「秩序」的反動,是對於既定現實的不認可。因此,從某種意義上說,「荒誕」的圖景正是新潮作家對於世界和人性的一種反抗性的想像,借助於它新潮作家輕而易舉地完成了對理性的、秩序的、可知的世界的顛覆與消解,並從而為「新世界」的建構打下了基礎。馬原的《虛構》以對「瑪曲村」和麻瘋病人的荒誕性處置,虛虛實實地表達了生活的荒誕與人性的荒誕之間的關係;余華的《現實一種》則通過家族內親人間親情關係的荒誕性建構,表達了對於人的非理性的認同。而他的《刑罰一種》《難逃劫數》《一九八六年》等小說也都以對人的命運的誇張彰顯了人生的荒誕性;蘇童的小說重在揭示女性的荒誕體驗以及命運的無助感,他的小說充滿抒情味,但抒情指向的並不是人性的美好建構,而是各種無法預期的破碎與幻滅,《紅粉》《妻妾成群》《罌粟之家》都把荒誕感嵌入到了人性的最深處,從而把人與世界不可知的命運放大了。在這種意義上,荒誕無疑是具有某種深度意味的,它代表了新潮作家在精神指向上的雙重否定,一是對於世界的否定,一是對於人的否定。但是,這種否定對於新潮小說來說,又顯然缺乏悲壯的效果,這主要由於新潮作家不自覺地把荒誕普泛化、極端化了,當荒誕無所不在,它就遮蔽了生活與世界的本真,新潮作家也自然就無須去對這種「本真」加以發掘了,這使得荒誕與世界本身的「對比」消失了,它成了一個巨大的符號,對它的認同甚至已掩蓋了對世界和生活本身的熱情。這當然就會削弱荒誕本身的悲劇效果與深度力量。與北村的小說相似,葉兆言的《花煞》和劉震雲的《故鄉相處流傳》這兩部充滿了荒誕存在的長篇小說也同樣不能激發我們的悲劇感,相反卻有某種喜劇意味。這也許正與新潮小說反悲劇的藝術追求相一致,因為新潮小說儘管如前所說其主題話語全是「災難」「死亡」「罪惡」等傳統的悲劇性話語,但其實這些語彙的悲劇內涵早已被新潮作家拋棄了。新潮作家無疑信奉了新小說派拒絕悲劇和崇高的態度,悲劇是「本末倒至,是一個陷阱,是一個彌天大謊」「我們必須拒絕比喻的語言和傳統的人道主義,還要拒絕悲劇的觀念和任何一切使人相信物與人具有一種內在的至高無上的本性的觀念,總之,就是要拒絕一切關於先驗秩序的觀念。」〔註15〕也正由於脫離了悲劇的邏輯結構,新潮小說和新小說派一樣強調了存在的荒誕性和作為

〔註15〕羅布・格里耶:《自然、人道主義、悲劇》,柳鳴九編《新小說派研究》,中國社會科學出版社 1983 年版。

一種敘述關係的荒誕性。

其次，荒誕在新潮小說這裡有時也只是一種表層的形式風格。當荒誕由對於世界的反抗變成了對世界的遮蔽時，理性的思考就演變成了非理性的狂歡。對世界普泛化的荒誕著色，實際上已經變成了一種簡單化的本能反應，世界的豐富性和複雜性不但未能得到呈現，反而被嚴重遮蔽了。在這裡，莫言和殘雪可能是兩個極端的例子。莫言的小說對於荒誕的感覺有奇異的靈感，他的《透明的紅蘿蔔》《球狀閃電》等小說都把歷史縫隙中的荒誕感表現得極為生動炫目，某種意義上，莫言是以感覺代替思想，但他的荒誕感確實有著豐富的人性內涵與歷史內涵。而對殘雪來說，荒誕就是世界和自我的全部，荒誕成了一種幻覺和夢境，它與世界本身的對應關係完全消失，那種先驗的設定使荒誕反而變得空洞而簡單。這裡，當然有人性的異化、有現實的壓抑，但是所有的這一切似乎都是荒誕世界裏與生俱來、不證自明的東西，因為與現實過於遙遠，它的非理性、它的極端不但不能給人恐怖與震撼，相反，卻能讓人迅速脫離情境，因為那只是一道風景而已，絲毫不能激起我們的悲劇感。她的《山上的小屋》《蒼老的浮雲》都可以說把人類的荒誕感表達到了登峰造極的地步，但是她的由極度的理性而來得極度的非理性，卻使小說的藝術力量大打折扣。

再次，某些時候，荒誕對於新潮小說來說還表現為一種具體的修辭手段與藝術技巧。在我看來，新潮小說的荒誕風格與其對誇張手法的極端化運用密不可分。某種意義上，誇張可以說是新潮小說一個最易為人所感知的藝術風格。內容層面上新潮小說對於災難、罪惡、血腥、絕望等的誇張化的講述，使我們彷彿置身在一個地獄般的「世界之夜」中，看不到一絲存在之光。而正因為生存世界被新潮作家誇張到了一種絕對黑暗的地步，那種生存的荒誕感自然就隨黑暗一同湧溢了出來。而另一方面，新潮作家在言說災難、罪惡等的那種極度的冷酷、無動於衷甚至欣賞、詩意的態度本質上也正是一種誇張的藝術態度而非實際的人生態度。殘雪的《突圍表演》對於一個莫須有的通姦事件的誇張化的描述把人性的荒誕和現實生活本身的荒誕可以說都放大到了聳人聽聞的境界。北村的《施洗的河》對主人公劉浪、馬大求生不得、求死不能的絕望、荒誕、無意義的精神狀態的刻畫也顯然得之於作家那種誇張的敘述態度和敘述方式。此外，余華的《古典愛情》對於肢解肉體的血腥

場面冷漠而誇張的敘述、蘇童的《我的帝王生涯》對於端白出遊途中射殺大臣楊松和在宮中殘暴虐待宮女的罪惡行徑的白描、葉兆言《花煞》對瘋狂的群眾圍殺教民的愚昧暴行的津津有味的講述……所有這些都無一例外地因藝術上的「誇張」把我們投入到了一種荒誕的生存圖景中。

而在形式層面上，新潮作家對於小說形式的癡迷與偏執更是一種藝術誇張的直接體現。在語言、結構、敘述、時空處置等眾多技術領域新潮作家的操作實驗都給人留下了極度誇張的印象和感受。而新潮小說的荒誕風格與他們的形式誇張可以說是因果相連的。就拿時空的處理來看，新潮作家所熱衷的時空自由切割的藝術方式，不僅對於新潮小說的「迷宮」結構的實現有重要的意義，同時我們也更應看到它對小說那種荒誕感的催化作用。比如在劉震雲的長篇小說《故鄉相處流傳》中作家把曹丞相時代至今的幾千年的時段自由並置在小說中，古代、近代、現代、當代同窠操戈，人物長生不老，語言五花八門。而小說也正在這種時空形式的極端化的處理中徹底消解了時間、消解了歷史，從而使形式的荒誕與小說內容的荒誕較好地統一在一起，呈現出了特殊的文本魅力。除了時空處置而來的荒誕外，在形式領域我覺得還應提到的是作為一種語言修辭策略的荒誕。這當然也並非新潮作家首創，在王蒙、王朔的小說中這種荒誕的策略化運作已經可以說是相當成功了。在新潮小說中，孫甘露、呂新、魯羊等是這方面的高手，他們把語言改寫成了小說第一性的存在，讓語言自我生成自我增殖，但又不賦予其意義，這就是使得《信使之涵》《南方遺事》等作品成了純粹的語言表演，華章麗句與空洞的意義、鋪張的語句與虛無的詩性構成了巨大的荒誕，讓我們對新潮小說的語言由崇敬而變得茫然。某種意義上，這種語言的狂歡同樣是一種消解悲劇性的手段，世界對人的壓抑造成的是失語，而語言的無節制的宣泄其實是一種更大的失語。如果說世界對於「失語」還有某種警惕的話，那麼對胡言亂語則完全可以忽略不計。而從新潮作家自身來說，語言宣泄的快感也許就會麻痺他們憤怒的神經、意志和鬥志，使他們的思想再次變得混亂。

需要指出的是，新潮小說對於荒誕風格的營造，既代表了他們的世界觀，以及對人生、現實和歷史的認知，同時又更代表了他們的藝術觀。更重要的是，在新潮小說這裡，荒誕似乎從來就沒有上升為一種哲學，更多的時候，它不過是新潮作家借用而來的先驗的觀念，或者是一種表層的修辭手段或藝術方式，它「符號化」地停留在形式的淺表層面，因而也必然難以企及對現

實、歷史以及人的精神、靈魂進行深入拷問的深度層面。

神秘：藝術還是迷信？

讀新潮小說，我們總會不知不覺地陷入某種神秘的氣氛中去，這固然與新潮作家作為中國新時斯文學的一支新軍他們本身的崛起就具有某種神秘性有關，但更重要的還是他們的文本所營構的特殊的藝術效果使然。神秘，某種意義上說，它也是與新潮作家文學觀念的革命緊緊連結在一起的，它是對文學認識功能的一個有效的解構手段。它徹底打破了文學反映生活、把握生活的傳統理論神話，打破了人們對於必然性和本質性的認同，並把偶然性作為一面旗幟插在了他們的文學高地上。也就是說，神秘使人們失去了對於本質、對於深度的期待，而把世界和生命的不可知的一面呈現了出來。在這裡正體現了新潮文本潛隱的一個深刻悖論：新潮作家正是以他們的無所不知和無所不能言說著對於世界和生命的無能為力。

自然，在新時期中國文學中，對神秘的探索和表現也並不是從新潮小說才開始的。早在尋根文學中，「神秘」就已得到了呈現。扎西達娃、韓少功、張煒、王安憶等的大量具有反響的小說作品，比如《西藏，隱秘的歲月》《爸爸爸》《古船》《小鮑莊》等等，都不同程度上切進了神秘的深度。但從總體上看，他們雖然對各種神秘的生命、歷史和文化現象進行了探索，但他們對時間永恆伸越的思索、對人類生存終極價值的追問都並非植根於存在論意義上的那種真正的神秘，而只是對歷史和文化探究所遺留下的一些不可知的觀念或意識。可以說，儘管這些作家對於「深度」孜孜以求，而實際上他們在開闢了一個新的題材領域和主題話語之後，「神秘」卻更多的只是一種風格上的表徵和藝術上的氛圍，它遠未融化到作家所追求的意義深度中去。而到了新潮作家這裡，由於他們對文本的「深度」本就持懷疑和否定的態度並視其為一個「虛假的幻覺」，因此，「神秘」就更是變成了一個形式話語呈現在新潮文本中。具體而言，我覺得新潮小說的神秘風格主要來自於兩個方面：

一是對於非經驗世界的敘述。新潮小說呈現在讀者面前的生存景觀基本上都是與傳統的文學話語格格不入的邊緣性景觀，兵匪、仇殺、天災、奇俗、黑幕、宮闈、宗族、妓院、罪惡等等帶有文化禁忌色彩的話語成了新潮作家們樂此不疲的正宗話題，比如蘇童的「紅粉」系列小說、馬原的「西藏」系列小說，殘雪、林白、陳染等的「女性隱私」系列小說⋯⋯就都因其題材的

「邊緣性」而天然地帶上了神秘的色彩。另一方面，對於非經驗世界的敘述在新潮小說中還表現為對大量超自然、超理性的未知「神秘」的直接言說和描繪。不但在幾乎每一篇新潮小說中我們都能看到算命先生一類的超驗者的存在，而且靈驗、鬼神、預感、報應、宿命等神秘因素也於新潮文本中隨處可見：在蘇童的《我的帝王生涯》中不時晃動著一個無所不知的「瘋子」；在余華的《呼喊與細雨》中開頭就出現了一個神秘的黑衣人；在呂新的《黑手高懸》裏是「鬼」火閃爍；而在北村的《施洗的河》中則更是「鬼」「神」結伴同行……。此外，還必須指出的是新潮小說所言說的最本質的非經驗世界還是在於對「生」和「死」本身的探究。因為就人生來說，他最大的兩個缺憾無非就是對於出生的沒有意識與自覺以及對死亡的無法體驗。因此，某種意義上，「生」與「死」正構成了人類的最大的兩個神秘。新潮作家對於死亡和生命現象的反覆言說和描繪顯然也正源於一種對「神秘」的表現和探究熱情。洪峰的《極地之側》《東八時區》等小說都對於「生」與「死」的神秘性傾注了巨大的熱情；而余華則更是在《古典愛情》《刑罰一種》等小說中試圖賦予「生」和「死」這不可體驗的存在以「體驗性」和形象性。此外，蘇童、格非、葉兆言、潘軍等也都在他們的小說中不遺餘力地探索或製造著「生與死」的神秘。

二是新潮作家「玩弄」敘述和結構的必然結果。新潮小說濃鬱的神秘傾向在我看來最主要的根源還在於新潮作家在文體效果上對「神秘」的主觀追求。如前所述，新潮小說總是浸透在一種感覺化和幻覺化的敘事氛圍裏，這種氛圍裏時間和空間以及現實與歷史的關係被顛倒了、夢境與真實被混同了、敘述者與主人公和作者的同盟被整合或拆解了。這就導致了撲朔迷離的神秘風格的不可避免。在結構方面，新潮小說對於「迷宮」結構的熱衷，也是產生其文本神秘風格的一個重要催化劑。在他們的「迷宮」中不僅情節失去邏輯關聯不斷短路、人物生死無常，而且鬼神、預感、報應等非理性以及魔幻的因素都直接變成了文本結構的推動力量。正因為此，由「迷宮」而大規模滋生的「神秘」也正成了新潮小說本身一個特別的結構元素。新潮小說區別於傳統小說的一個重要特徵就是對於小說整一性的本質化和必然化結構的拋棄，以及對偶然性乃至神秘性結構因素的發掘。在新潮文本中，紛繁的頭緒、破碎的景象和飄忽的時空常常構成一種以偶然性為核心的散漫的輻射狀的情緒世界。新潮小說對於死亡的表現可以說是對這種以偶然性為核心的

小說結構的最有意思的象喻。在馬原、洪峰等作家筆下，死亡都是那麼毫無理由、莫名其妙。洪峰的《重返家園》在描寫了勳勳送過去的女友時被火車軋死的情節後，敘述者有一段議論頗耐尋味：「大家還想如果不是追火車而是追汽車也不會出現這個結果，大家還想如果女孩子不在火車開動之前喊勳勳的名字，同樣不會出現那樣的結果，但大家只能面對一個事實：勳勳被火車軋死了。」這段話完全可以指代情境小說所要表現的無處不在的偶然性、人在這種偶然性面前的無能為力以及文本自身對應於這種偶然性的結構特徵。

需要指出的是，對於小說來說，神秘既具有美學效果，同時又具有某種超越意義。對神秘的營構，對於長期為現實所累、蟄伏於現實桎梏中的中國作家來說不失為一種解放與超越的手段，因為神秘保證了生活與文學之間的「距離」，也帶來了文學界對於「生活」的超越性。另一方面，我們還應看到，神秘風格既是根植於「不可知論」，但另一方面又似乎正代表了對於「未知」的嚮往與探索熱情，並不能簡單地加以肯定或否定。然而，對於新潮小說來說，我們卻不能不遺憾地指出，新潮小說所營造的「神秘感」實際上只不過是他們敘述方式開展活動的藉口，或者是敘述方式的某種階段性的副產品。「神秘」不是生存內在深度的體現，而不過是敘述人的一副面具或臉譜。它使嚴肅的事物玄虛化，使清晰的事物模糊化，把小說改造成了曖昧不清的形象，並根本上使得神秘的哲學價值和美學價值大打折扣。不僅如此，對新潮小說來說，「神秘」風格某種意義上還成了新潮作家「反智」的藉口，成了他們逃避對社會、歷史和人生進行嚴肅思考的掩體。當「神秘」成了新潮作家對於世界的唯一解釋時，不僅科學、智慧、思想、公理、常識變得可笑，而且人與世界變得一樣「不可知」，我們只能任由迷信、宿命的氣息對人與世界的篡改。這實際上不是彰顯的新潮作家主體性的強大，而恰恰是其主體性脆弱不堪的證明。

四、時間與幻覺：敘事革命的起點與終點

在對新潮小說的形式世界和敘事風貌進行了上文走馬觀花般的瀏覽之後，我們仍難以對新潮小說的敘事革命進行一次總結性的命名和概括。在對新潮小說文體的把握和描述之中我們似乎還遺忘了某種本質性的話語，這就需要我們再次回眸那潮起潮落的新潮小說演變史。而在此回顧中，「時間」和「幻覺」兩個形式話語終於從新潮文本的迷宮深處向我們款款而來了。顯而

易見，這兩個話語是決定新潮小說文體面貌的兩個最為本質的因素，新潮作家在敘事領域所進行的風雲變幻的一切表演都可以在此得到闡釋。換句話說，這兩者正是新潮小說文體革命和敘事革命的根源和基礎，它們是起點也是終點。本章對於新潮小說敘事成就的考察最終落實在這兩者身上也實在是勢所必然的事。

如果把新潮小說文體的一切變革都統統歸結為「時間」意識的覺醒，這顯然太簡單化也太狹隘了。但如果我們說新潮作家所進行的文體革命是以對「時間」這個形式話語的講述為起點而大規模展開的，這還是符合實際的。正如北村所說：「到底是歷史由現在構成還是現在存在於歷史之中，這裡一定有一種選擇。我選擇前者，所以我只相信瞬間是唯一真實的，我全部使用現在進行時態，因為作者、敘述者、敘述對象和讀者在文本中具有一種時間，也就是說他們都只能經歷這種時間，而不會大於這種時間。這種時間既沒有明確的中心，因此也無所謂起始以及結束。有中心，這結構可能就廢了。不少文本中的物象包括人，對於我都是來歷不明的，我感興趣的只是秩序問題，是一些片斷如何構成表象。」〔註16〕

「時間」對於新潮文本的意義，首先體現在敘述方式上，新潮作家對「時間」的敘述有兩個經典句式：

許多年以前；許多年以後

這兩個句式脫胎於哥倫比亞人加西亞·馬爾克斯《百年孤獨》開頭第一句話：

許多年之後，面對著行刑隊，奧雷連諾上校將會想起那久遠的一天下午，他父親帶他去見識冰塊。

這個句式最大的意義就是「時間」完全主觀化了，敘述者成了「時間」的真正佔有者和支配者，「時間」對於敘事的壓力完全消除了。蘇童的《1934年的逃亡》、格非的《褐色鳥群》、葉兆言的《棗樹的故事》、余華的《難逃劫數》、劉恒的《虛證》、洪峰的《和平年代》、魯羊的《絃歌》等幾乎所有的新潮小說文本都有著這兩個經典句式的影子。而余華的小說《往事與刑罰》中更是讓我們直接目睹了「時間」的死亡情景。小說是這樣敘述刑罰專家對於時間的謀殺的：

……他將一九五八年一月九日撕得像冬天的雪片一樣紛紛揚

〔註16〕《格非與北村的通信》，《文學角》1989 年第 2 期。

揚。對一九六七年十二月一日，他施予宮刑，他割下了一九六七年十二月一日的兩隻沉甸甸的睾丸，因此一九六七年十二月一日沒有點滴陽光，但是那天夜晚的月光卻像雜草叢生一般。而一九六○年八月七日同樣在劫難逃，他用一把鏽跡斑斑的鋼鋸，鋸斷了一九六○年八月七日的腰。最為難忘的是一九七一年九月二十日，他在地上挖出一個大坑，將一九七一年九月二十日埋入土中，只露出腦袋，由於泥土的壓迫，血液在體內蜂擁而上。然後刑罰專家敲破腦袋，一根血柱頃刻出現。一九七一年九月二十日的噴泉輝煌無比。

在這裡我們似乎又可以與新潮小說的一個潛隱的悖論不期而遇，這個悖論就是新潮作家以對時間的充分自覺和尊重所完成的恰恰是對時間的謀殺。博爾赫斯曾說過：「只有不屬於時間的事物，才在時間裏永不消失。」某種意義上，新潮作家對於「時間」的藝術處理過程也正是一個時間的「非時間」化的過程，在「時間」作為一個技術化的敘述因素凸現在文本中的時候，它才具有了超越「時間」的意義。

新潮小說對「時間」的另一種得心應手的呈現方式是對於時間的空間化處理。蘇童的《1934 年的逃亡》把整個故事拋給「1934 年」，余華的《四月三日事件》則把時間定格在「四月三日」這一天。在另一個作家洪峰那裡，「時間」的空間化又有另外的形態。他的作品總是把具體的時間作為符碼突現在小說的空間中，一方面這使故事的發展有著客觀的效果，另一方面，它也使文本可以脫離必要的過渡而直接在「時間」符碼的導演下發生空間性的轉折。在他新近的長篇小說《東八時區》和《和平年代》中，這種時間處理方式可以說得到了充分的運用。作家對時間的變換不作任何主觀的交待，然而在「1992 年」「1989 年」「1963 年」這些直接凸現在文本中的時間語碼的作用下，故事乃至人物的意識都會在「過去」與「現實」中自由穿插。這就使「時間」轉折最終被轉化成了空間畫面的「蒙太奇」，從而帶來了新潮小說文體撲朔迷離的變化。

「時間」而外，「幻覺」也是我們需要重點闡釋的一個形式語彙。如果說「時間」問題主要作用於新潮小說的文本結構層面的話，那麼「幻覺」則主要體現了一種敘述態度，它直接制約了新潮小說的表面形態。某種意義上說，對於「幻覺」的追求也是與新潮作家對傳統「真實」觀念的顛覆有關的。在此，殘雪無疑必須首先被提及。她的《山上的小屋》《阿梅在一個春天裏的沉

思》等小說可以說是中國當代文學中第一批大規模的表現「幻覺」並以「幻覺」作為最基本的文本構成方式的小說。她的女性奇特而怪異的幻覺某種意義上構成了中國新潮文學最具衝擊力和革命性的風景。「幻覺」在新潮文學乃至整個當代文學中的瀰漫是與殘雪的首倡之功分不開的。在她之後，新潮作家才開始了對於「幻覺」的大規模書寫。

殘雪之後，余華、蘇童、格非、呂新、魯羊都是對「幻覺」非常執著的新潮作家。格非的小說曾被人稱為「仿夢小說」，其原因還不僅在於他的文本中充滿了「幻覺」，而且還因為「幻覺」已經深入到了他小說的結構。他的《褐色鳥群》與晚生代新潮作家魯羊的《某一年的後半夜》就是這方面的典型文本。而在孫甘露這裡，對「幻覺」的迷戀則構成了他所有敘述的出發點。他把他的第一本小說集以《訪問夢境》作為標題，就可見他對於幻覺的酷愛。他的小說《夜晚的語言》更是一種典型的幻覺結構，丞相惠的遭遇無疑是一種夢境的釋放與播弄的結果。正如小說中所說：「丞相惠是這樣一個人，他不斷地睡去又不斷地醒來，不斷地做夢又不斷地回憶剛做過的夢。」在夢境的制約和導演下，惠找神醫泉、沼、風眠醫治盲眼的二十年途程可謂恍如隔世，作家在小說中也不得不聲明：「對於一個夢見自己做夢的人，我無力再寫下什麼了。」納博科夫說過：「藝術達到了最了不起的境界是要具有異常的複雜性和迷惑性的。」〔註17〕如果說中國當代的新潮小說具有某種「複雜性」和「迷惑性」的話，那麼「幻覺」無疑對這種境界的實現起到了舉足輕重的作用。

概括地說，我覺得：「幻覺」對於新潮小說的意義至少體現在這樣幾個層面：其一，「幻覺」以其特殊的方式證明了世界和存在的神秘性與不可知性；其二，「幻覺」帶來了新潮小說故事走向的多維性與不可解釋性，並進而瓦解了對於小說的意義期待；其三，「幻覺」作為一種敘述方式構成了新潮小說變幻無定的文本結構形態的基礎。〔註18〕

〔註17〕納博科夫：《洛麗塔‧附錄》，江蘇文藝出版社1989年版。
〔註18〕本章對於新潮小說「敘事實驗」的分析參閱了陳曉明先生的《無邊的挑戰》一書，時代文藝出版社，1992年版，謹此感謝。

第四章　新潮小說與二十一世紀中國文學的未來

　　在中國當代文學史上，新潮小說所掀起的文學革命實在是意義深遠的。這場革命發生在本世紀的最後十幾年內無疑具有跨世紀的意味，它既是二十世紀末中國文學最輝煌的一次表演，同時又為二十一世紀中國文學的發展預示了前景。無論是它的成就還是它的侷限對於中國文學來說都是一筆巨大的精神財富，值得我們認真地加以總結和梳理。

　　我個人覺得，新潮小說在中國當代文學史上之所以具有無可比擬的成就和話語價值，其最根本的一點就在於它完成了本世紀幾代中國作家一直想完成而又一直未能如願以償的對於文學本體的審美還原。新潮小說才真正把文學從社會學、歷史學、政治學等等意識形態的束縛中解放了出來，從而實現了文學形態與社會政治形態、文學話語與意識形態話語的分離。具體地來考察，新潮小說的藝術成就又主要體現為下列幾個層面：

　　其一，新潮小說充分展示了漢語小說寫作的豐富可能性。在新潮小說之前中國文學的一個經久不衰的傳統是現實主義的寫作範式。但這個範式很快就被新潮作家極端化的文本實驗衝擊得七零八落。新潮作家把西方的現代主義、表現主義、心理主義、未來主義、新小說派、魔幻現實主義、後現代主義等各種各樣的文學思潮都統統納入他們文體實驗的視野之內，中國當代文學的面貌由此發生了翻天覆地的變化。一方面，小說的主題內涵已經根本上脫離了傳統現實主義文學的那種理性的、直觀的、對應式的反映論模式，而呈現出非理性的、模糊化的、難以解釋的不可知景觀。也就是說，現在新潮

-117-

小說再也不像從前的小說那樣好懂、好讀了。另一方面，新潮小說形式層面上也難以再見傳統小說那種具有因果邏輯性的情節和故事了，就是話語的講述方式也都具有相當的陌生性。沒有一定的智力和文學水平，一般讀者已很難從容進入新潮文本了。即使是一個簡單透頂的故事和情節在新潮作家別出心裁的敘述方式和結構方式的導演下也會變得生澀難懂了。特別是新潮作家把關於小說寫作的思路從「寫什麼」轉移到「怎樣寫」之後，「敘述」的地位在新潮小說中被強化到近乎神聖的地步。西方近一個世紀以來的各種各樣的文本操練方式都被新潮作家置入了他們的文本中，中國小說寫作的可能性和豐富性可以說是達到了空前絕後的程度。這一切既大大提高了中國當代文學的敘事水平，有效地促進了漢語小說在敘事和形式層面上與西方先進文學的接軌，從而改變了中國小說對於西方文學長期以來的隔膜狀況；同時，也極大地刺激了中國作家和中國讀者新的審美經驗和新的閱讀經驗的發生滋長。

其二，新潮小說對於西方先進敘述方法的大規模引進和出神入化的融會貫通極大地提高了漢語小說的敘事水平。新潮作家把「敘述」的地位抬到一種神聖的地步之後，在「怎樣寫」、如何敘述的問題上他們傾注了巨大的熱情。西方從「新小說」派、意識流到後現代主義、拉美魔幻現實主義等各路的形式實驗都無一例外地在他們的文本中得到了重現。更為可貴的是，新潮作家在「引進」這些先進的陌生於我們的文學傳統的敘述方法時表現出了相當的自信和主體創造性。對於他們來說，這些敘述方式雖然是「拿來」的，但卻是他們完全可以自由駕馭的。因此，敘述方式的革命在新潮小說文本中總是給人以得心應手的感覺，他們彷彿不是「模仿者」而是創始人在小說中進行著炫耀式的表演。而且，在新潮小說中「技術」與內容也不是處於「隔膜」狀態的，充分中國化的故事和充分西方化的講述總是水乳交融地統一在一起，這既顯示了這批新潮作家對於西方文學出色的感悟和把握能力，同時也表明了中國當代小說整體敘事水平的大幅度提高。事實上，對於新潮小說的整體評價上，雖然眾說紛紜很難統一，但對於他們在形式探索領域所取得的成就，文學界則是普遍認同的。就目前的中國當代文學來看，不僅新潮小說的文體形態有著鮮明的西方色彩，就是傳統的現實主義小說甚至通俗文學作品在敘述層面和言語方式上也都不同程度地吸納了新潮小說的文本「技術」，從而在「敘述」方面烙上了「新潮」的痕跡，這就充分證明了「新潮」敘述方式侵入中國當代文學的深廣度並寓示了中國當代文學整體敘事水平的大幅

度提高。某種意義上，中國當代小說藝術表現手段之豐富、小說敘述水平之高、文本形態之新穎都可以說達到了中國文學的前所未有的高度。因此，從小說技術這個層面上我們就可以看到新潮小說對於中國新時期當代文學的傑出貢獻。

　　其三，新潮小說關於文學觀念的大膽革命以及敢於探索、勇於創新、大膽反叛、廣採博納的藝術精神極大地解放了中國作家的文學想像力和主體創造性。新潮小說對於中國當代文學來說無疑具有巨大的開拓意義，其在小說觀念領域所發動的革命不僅顛覆了中國文學源遠流長的「載道」傳統，而且對於整個文學史的發展方向都具有無以替代的啟示價值。新潮作家對於前文我們曾分析過的「文學是語言學」和「文學是主觀想像的產物」這兩個命題的強調都是對於「文學是生活的反映」的傳統認識論模式的致命打擊。某種意義上，新潮文本的文體特徵正是由這兩個理論命題制導出來的，新潮作家對於語言的苦心經營，對於自身想像力的放大與誇張無疑都與他們嶄新的文學觀念和文學思維密不可分。事實上，正是在觀念和思維革命的推動下新潮作家的主體性才得到了極度的發揮和張揚。而如果沒有了新潮作家強烈的文學主體性，新潮小說那種多彩多姿的語言風格、出神入化不落俗套的藝術想像、新穎別致的文本結構、超越世俗超越經驗的生存景觀都是難以想像的。雖然，很大程度上新潮小說的文學革命還主要發生在小說形式領域，但在形式的背後是有著觀念和思維領域的本質上的革命支撐著的。中國文學的本體性、審美性、主體性從來也沒有像現在這樣得到如此強烈的尊重和強調，文學的獨立品格以及文學與社會其他意識形態的分離也從來沒有像現在這樣引人注目並得到全社會的普遍認同。可以說，新潮小說對於文學觀念和文學思維的反叛不僅為當代文學的實踐所證明，而且已開始作為一種理論成果逐步匯入了文學史的進程。另一方面，新潮作家在小說形式領域大膽反叛傳統和文學權威話語的革命精神，也是人類一切藝術不斷向新領地和新的高度進發的推動力量。新潮作家從誕生之日起可以說就是在一種意識形態的邊緣處艱難生存的，他們標新立異的創作既受到文學主流話語的排斥，同時又受到廣大讀者的冷落。然而，廣大新潮作家卻不為大的文化環境的壓迫所動，甘心在冷落、寂寞的境遇中堅持自己的藝術理想和藝術創作，終於從世俗的羅網中殺出了一條血路，為中國當代文學開闢了一條新路。在這批新潮作家身上蘊藏著西方從現代主義到後現代主義等一代代偉大作家所共有的那種反叛、

求索、創新的藝術精神,這種藝術精神對於中國當代文學來說實在是非常可貴而必需的。中國現、當代文學幾十年來的單一化的傳統和格局之所以能在短短的十來年內就被徹底打破,也正根源於新潮作家們對於文學的虔誠、堅持和熱愛,根源於他們那種以高揚的主體性為特徵的藝術精神的發揚光大。

當然,我們在對新潮小說的成就、經驗和貢獻給以充分的評價的同時,也應看到新潮小說也有著許多近乎先天性的侷限。這些侷限不僅極大地制約了新潮小說本身向更高境界的發展,而且對於整個當代文學的良性、健康發展都留下了難以抹去的陰影。因此,對於新潮小說的這些潛流和侷限進行全面的分析和總結就不僅是必要的而且是相當迫切的了。就我個人的閱讀體會而言,中國當代新潮小說在它誕生伊始就內含了許多其自身難以克服的悖論和矛盾,這些悖論和矛盾實際上也正是整個中國當代文學界在世紀轉型之際必須認真反思和研究的重要課題。

其一,新潮小說對於革命、反叛以及「自由」寫作境界的極端化追求,卻最終適得其反恰恰導致了寫作的不自由。新潮作家處理經驗的形式和技巧都是很極端化的。形式上,它要處理一些前所未有或至少中國還不曾有過的感知形式、語言表達形式、結構形式等;內容上,它要處理一些中國小說以前不曾或不忍或忌諱處理的經驗、感覺、想像、幻想、意象等。對於寫作者來說,極端化的處理無疑是一件難度和風險極大的事情,因而難免吃力不討好的尷尬。更可怕的是,在這種「極端」身邊,新潮作家心馳神往的「自由」卻悄悄溜走了。新潮作家總是要反叛什麼,總要革什麼的命,這個反叛、革命的對象對他們的制約就太大了,使他們不管寫什麼都要走到極端的路上去,而把許多有價值的東西輕易排斥掉了。從這個意義上說,新潮小說只是一種對象性的文學,是犧牲了的文學,是為了爭取自由而永遠與自由失之交臂的文學。

其二,新潮小說觀念層面上對於個性的堅執和張揚與他們實際創作中的模式化和非個性化構成了一對觸目的矛盾。新潮小說的歷史雖然不長,但卻已形成了一個根深蒂固的模式化傳統。不僅主題是千篇一律的災難、性愛、死亡、歷史、罪惡,而且敘述上也是千人一面的孤獨、回憶、夢遊、冥想。對於西方文學經典的模仿、翻譯以及對於中國傳統文學典籍的改寫已經成了這代新潮作家的一種最典型的寫作方式,這種方式無疑是對他們標榜創造性和獨特性的文學姿態的有力諷刺。有人說用十部西方現代文學的經典就可以

概括中國新潮文學的全部歷史，這話雖然苛刻，但也確實擊中了中國當代新潮作家們的要害。而在我看來，新潮小說也是最經不起比較閱讀的文本，我們可以讀單個作家的單個作品，但不能讀他的全集；可以讀一個作家的作品，而不能把他放在新潮作家群體中去閱讀。我覺得，中國的新潮小說其實仍然沒有找到真正屬於他們自己的「個人話語」，他們只是陷在對西方文學話語的集體言說之中不能自拔，離開了法國新小說和馬爾克斯圖騰，他們將注定了一無所有。

其三，新潮小說對於純審美藝術原則的宣揚不僅未能把他們的作品提升到一個純美的境界，相反卻讓他們的文本充斥了醜惡。這使得他們的理論宣言和創作實踐又再一次呈現為一種破裂、分離和矛盾的狀態。面對新潮作家筆下那鬼魅叢生、陰暗一片的醜惡世界，我們有理由懷疑他們那種所謂純美的真實性，我們也更有理由相信他們對於醜惡的熱情要遠遠大於對於美的熱情。他們的審美能力究竟何在？他們的作品美在何處？對於這樣的追問，新潮小說其實也是難以承擔的。

此外，新潮小說的巨大矛盾還表現在他們超越、清高、先鋒的文人姿態與他們世俗性的生存現實之間，表現在他們的孤芳自賞和媚俗舉止之中，表現在他們對功利主義的討伐和他們實際創作的功利傾向之中，對此我就不再申述了。而在這種種矛盾或悖論的背後，新潮小說的一些具體的侷限和不足也就自然地呈現在我們面前了。我個人覺得，新潮小說的不足主要有三個方面：

其一，文本自戀與語言的泛濫。

新潮小說在形式的實驗領域確實取得了引人注目的成就，但與此同時，新潮小說也滋生了濃烈的「唯形式主義」傾向。新潮作家在超越世俗、遠離現實的同時日益沉迷於純文本的語言製作中，文本自戀色彩和語言的極度泛濫也就成為新潮小說一個致命的弱點彰顯了出來。新潮作家往往沉醉於文本的遊戲之中，任意揮灑語言，語詞毫無節制地放任自流，彼此沒有意義的關聯和指涉，而純粹在能指的自我增殖作用下進行自律化的反應。讀新潮小說總是給人一種語言膨脹的感覺，新潮作家的語言暴力所導致的語言泛濫最終既淹沒了文本的意義、故事、人物，也淹沒了文本和小說自身。語言的泛濫最終只能導致對語言的消解和「失語」，正如新潮作家北村所認識到的那樣：「語言可以是一個陷阱、一片沼澤、一顆朝你飛來的子彈或是別的什麼，我

總是想避開它們。在語言的包圍中，我一度連掩體也沒有了，就感到幾乎靜止不動了，一動不動，就變成一個沒有影子的人，我才發現真正可怕的不是語言和表達，而是失語。」〔註1〕我們承認新潮作家對於小說「語言性」的重視對於文學的審美還原所具有的重要意義，但任何事情都應有個限度，新潮小說玩弄語言的遊戲化態度本質上已經走到了其文學革命的反面，而成了對這種革命的嘲弄與反動。伴隨他們文學革命的那種對於文學的忠誠和熱情也由此被蒙上了一層陰影，這是很令人痛心的。海德格爾指出：語言的狂歡是藝術自戕的最後儀式。黑格爾也曾批評說：「認為獨特性只產生稀奇古怪的東西，只是某一藝術家所特有而沒有任何人能瞭解的東西。如果是這樣，獨特性就只是一種很壞的個別特性。」

其二，人文關懷的失落。

我們曾對於新潮小說所表現出來的藝術精神給予了高度的評價，但是令人遺憾的是新潮小說藝術精神的獲得卻又導致了其人文精神的失落。藝術精神和人文精神的矛盾可以說也是新潮小說世界內一對很醒目的矛盾。新潮小說對於把當代文學從社會意識形態的束縛中解放出來可以說功不可沒，然而新潮作家又常常從一個極端走向另一個極端，他們在消解了文學的認識功能和服務功能的同時，又把文學的使命感、責任感和人文關懷等等也全部消解了，從而不知不覺之中就落入了「為藝術而藝術」的陷阱。新潮作家缺乏人文關懷的另一種表現就是新潮作家對於生存黑暗的誇張言說，在他們的文本中人性的罪惡、生命的脆弱、災難的不可抗拒等織成了一道強大的生存之網，而所謂崇高、神聖等等的精神話語都被他們無情地放逐了。他們把人無一例外地驅入沉淪和深淵之境卻絕不給他們指明救贖的希望。這種冷酷和殘忍建立在他們對於人和生存的悲觀主義態度上，因而他們也不願對人的精神前景給以關懷。從單個的作品來看，新潮小說可以說都是相當精緻藝術成就也相當高的，但無論就單篇還是從整體來看，新潮小說都沒有那種「偉大」意義上的作品。自然，我們就更不用期待中國的新潮作家們向我們提供「史詩性」的作品了。而實際上，從整個人類文明史和世界文學史來看，大凡那些史詩性的「偉大」作品都是與其強烈的歷史使命感、責任感和人文關懷密不可分的，無論是托爾斯泰的《戰爭與和平》、馬爾克斯的《百年孤獨》、還是海明威的《老人與海》都是如此。而中國新潮作家們則顯然更陶醉於技術主義的

〔註1〕北村：《失語和發聲》，《文學自由談》1991年第2期。

操作和遊戲，許多作家可以輕易地把寫作視為跟搓麻將、逛大街、下館子、玩遊戲機沒有多大區別的事情。寫作被稱之為「寫字」（王朔語）——它只不過是將桌上的麻將牌換成一疊紙、一枝筆而已。有的作家甚至將寫作與玩牌遊刃有餘地交叉進行。這種沒有生命感動也沒有生命體驗的「玩性」的寫作境況不僅帶來了他們作品的矯情與偽飾，而且也使作家的人格面貌變得曖昧不清，他們僅將一些外在化的生活事象呈現在讀者面前，卻放棄了對人物精神深處的掙扎與苦痛的關注。他們筆下到處飛濺著大師式的故事、大師式的結構和大師式的語言，卻唯獨缺乏大師式的那顆大質量的心靈。大師的筆是人類的筆，大師的小說我們可以把它稱之為終極的小說，它與人類的精神產生聯繫，在大師的作品中我們看到的是大師那顆與人類相通的憂傷或燃燒的心。大師有能力將他筆下的個體朝類性轉化和昇華，從而使全人類都熱愛他們的作品。在此，我們目睹了中國的新潮作家們與大師們的觸目差距。我覺得，如果中國的新潮作家們仍然一如既往地躺在他們的「形式」溫床上不思進取，一任文學的人文精神長期流失，那麼新潮文學的前景將會令人大為懷疑。此外，就新潮小說的整個歷史來說，那種極端化的個人主義和世紀末情緒都顯得過於濃烈了，羅素曾說：「每一個社會都受著兩種相對立的危險的威脅：一方面是由於過分講紀律與尊敬傳統而產生的僵化，另一方面是由於個人主義和個人獨立性的增長而使得合作成為不可能，因而造成解體……」「真理不再需要請權威來肯定了，真理只需要內心的思想來肯定。於是很快就發展起來了一種趨勢，在政治上趨向於無政府主義，在宗教方面趨向於神秘主義……結果無論在思想上還是在文學上，就都有一種不斷加深的主觀主義；起初這是作為一種精神奴役下要求全盤解放的活動，但它卻是朝著一種不利於社會健康的個人孤立傾向而穩步前進的。」〔註 2〕某種意義上，新潮小說對於人文關懷的失落也正是羅素所指出的這種病態傾向的一個極好的說明。

其三，當代性失語。

出於對傳統現實主義文學黏著現實的功利主義傾向的反動，新潮小說在小說觀念上採取一種反抗現實的態度，這最直接的後果就是「歷史」的迷霧籠罩了新潮小說的全部藝術世界。我們不否認「歷史」作為一種小說形式框架對於新潮作家反抗現實意識形態、專注文體實驗的特殊意義。事實上，新潮作家之能在很短的時間內就對西方近一百年來的敘事成果進行卓有成效的

〔註 2〕羅素：《西方哲學史》上卷，商務印書館，1963 年版，第 23、20 頁。

操練，很大程度上就是因為「歷史」作為一面保護傘巧妙地隔開了意識形態禁忌並為他們創造了一個自由的審美空間的緣故。然而問題也就出在這裡，新潮作家太喜歡「歷史」這個避風港了，他們樂此不疲地奔波於各種野史、稗史之間任想像力任意發揮，把當下的生存現實似乎徹底遺忘了。這裡，對於「歷史」的誇誇其談和對於現實以及當下生活的失語又構成了新潮小說的另一重矛盾。由於這種矛盾，新潮小說讀來彷彿就是一種歷史典籍和遺物，而全然沒有當代生活的氣息。一時間，有關地主、土匪、老爺和姨太太等人的陳年舊事從歷史的塵埃中走了出來，大搖大擺地佔領了新潮小說的主要領域。如果說蘇童、葉兆言等的「歷史」情懷還表現出了對歷史的詰問的話，那麼格非則完全遁入了歷史自身的愉悅當中了。他無意於去探查歷史的意義，歷史只是一個推遠了的生存背景。一旦歷史話語的權威性消解之後，格非那由中心向邊緣的話語運作便成了對人類意識的圍困，人置身其中，只剩下永遠找不到答案的疑問：「敵人」是誰？「青黃」是什麼？「傻瓜」何指？顯然，新潮小說的歷史主義夢想使他們的文本在消解歷史和現實的同時自然而然地就陷入了虛無的泥坑，成為一種本質上是無根的文學。誠如陳曉明分析新潮作家時所指出的：「對於『晚生代』來說，『文革』即是錯過的、無法進入的歷史，卻也因此成為永久的記憶障礙，它那『神奇的真實性』被抽象化為記憶的形式，它的那種造反、反叛、革命、暴力，乃是一次純粹的藝術創造。因為經過『文革』，知青群體成為『新時期』的神話主角；因為沒有經歷過『文革』，『晚生代』無法講述『新時期』反『文革』的神話，這是一次神奇而偉大的掠奪。雖然他們沒有成為『文革後』的歷史主角，然而他們卻完成了一次『後文革』的藝術革命。」〔註 3〕我們不要求文學與現實生活同步，也不要求文學做現實的代言人或傳聲筒，但文學應該具有它自己獨立的當代性審美品格則是無庸置疑的。在這個意義上，新潮小說對於當代生活的熟視無睹和啞口無言如果不是逃避生活的不良傾向的顯露的話，至少也是缺乏把握和表現當代生活能力的一種有力證明。而新潮作家的當代性失語從另一個方面來看，也是新潮作家藝術想像力豐富與單一這對矛盾的體現。毫無疑問，新潮小說的創造者們在自己的作品中充分展現了其想像力的活躍與豐富，種種他們並未曾親身經歷、體驗過的生活、場景、事件、人物活靈活現地溢於筆端。但是他們的想像力如上文所分析的卻不約而同地朝著自己的童年或「歷

〔註 3〕陳曉明：《無邊的挑戰》，第一章，時代文學出版社 1992 年版。

史」的方向伸展，而很少涉足現時態下的生活，即使偶有下筆也不及前者那樣出神入化，在這個意義上新潮作家的想像力又顯然過於單一了。我覺得，新潮小說只有將自己藝術想像的翅膀朝各個不同的方向縱橫弛騁才會更有前途。世紀末的鐘聲已經即將敲響，對於中國當代這批最具才華的作家，中國文學界無疑對他們寄予了厚望。我對新潮小說也並不悲觀，我相信下個世紀中國文學的輝煌與希望也正蘊育在眼下這些充滿矛盾的新潮小說文本中，新潮文學的繁榮和成熟都已不再是一個遙不可及的烏托邦夢想，讓我們共同期待吧！

中篇　作家論

第五章　蘇童：南方的文學精靈

上篇：蘇童小說的生命意識

　　蘇童可以說是新潮作家中有著特殊地位的一位作家，也是一位從不願固定自己的作家，從歷史追尋小說到現實追尋小說，從「楓楊樹」系列到「楓楊樹後」小說再到「紅粉」和「婦女系列」小說，他每次都以迥然不同的形象刺激讀者的閱讀習慣。他甚至不願意自己的小說具有特定的風格，認為風格是一種「陷阱」。那麼，蘇童是以怎樣的一種方式確立貫穿於這些小說中的主體形象的？蘇童又是以什麼樣的方式區別於其他新潮作家的呢？為什麼無論反差多麼大的小說我們只要一讀就能認定是蘇童的作品呢？很長時間以來，我都在琢磨這些令人困惑的問題。我一度以為是蘇童的語言塑造了他的個性，然而當我懷著自以為是的自信去比較其他新潮作家的小說時，我的信心很快就瓦解了。我意識到在蘇童輕靈的語言背後一定還有某種深層的東西被遮蔽、被忽略了。我只有一次又一次地把自己投入他的小說世界，並終於在這種投入中獲得了豁然開朗的感悟：蘇童獨特的生命態度和生命意識從語言身後彰顯出來，進而使他的小說世界得到了重新敞開。

一

　　文學的生命意識是源於自我意識的覺醒這一大的社會思潮和文學思潮。文學先是強烈地呼籲社會對創造的尊重，進而發展到對人的心理世界的關注，再發展到生命意識的生成。誠然，生命是文學的永恆母題，對生命的禮

讚也曾使文學紅光滿面，但事實上，現代人的生命卻面臨著無庸置疑的困境和尷尬。一方面，現代人蔑視權威、打破一切偶像後，現代社會並未呈現為一片「王道樂土」，相反它使人感受到的只是一片憂鬱、淒涼的精神荒原。另一方面，新世界的陌生而炫目的光芒又令人迷惘而一時無所適從。在無限的孤獨感、放逐感和陌生感中留給人的，除了對生命存在的深切體驗之外，再沒別的了。生命的失重，使現代人焦灼地尋找生命，並在潛意識中賦予這種生命以萬能的力量，既可救贖又可濟世。也許正由於這種目標過於崇高而不切實際，因而追尋的途程就更充滿艱辛、滿含血淚，並常伴有方向感的迷失。蘇童在這追求大軍中最年輕、也最敏銳，但他同樣也難以免俗。現世的最佳生命方式他一時難以找到，就轉向傳統，試圖發掘歷史和現實的隱秘內涵，讓歷史幫助他建立現實的價值體系。因此，他的小說就顯示出公然對立的兩極：對現實的思索和對歷史的執著。

從 1985 年《石碼頭》發表開始，隨著《祖母的季節》《青石與河流》《飛越我的楓楊樹故鄉》《1934 年的逃亡》《喪失的桂花樹之歌》《故鄉：外鄉人父子》《藍白染坊》《罌粟之家》等小說的相繼面世，蘇童小說就卓然自立了一個「楓楊樹系列」，這裡幾乎浸透了作者的全部靈性和追求，也呈現出了全部的矛盾和不安。這些小說既表現了對於楓楊樹故鄉的熱烈執著，也表達了作家追求失落後的迷惘。作家滿懷深情地想從祖先身上挖掘出可以激活後人靈性的生命程序，但他更多地感受到了野蠻與愚昧。他本意是想為祖先立傳，到後來卻辛酸地發現自己已完全站到對立面，對祖先口誅筆伐了。從神話原型批評的理論來看，蘇童的小說客觀上呈現出一種神話價值。蔡斯評價麥爾維爾神話時說：「神話也是一種象徵性的尋找父親的努力，這個父親不是宗教中的上帝，而是一種文化理想。這個神話有兩個中心主題：墮落與探索，所要探尋的恰恰是在墮落中失去的東西，墮落是麥爾維爾從象徵的命運和自己的命運中獲得的一種本能的意象。」〔註 1〕蘇童的探尋正是陷入了與麥爾維爾共同的困境。他追蹤歷史的蹤跡，追尋祖先的光榮，但追求的目標最終卻是子虛烏有，成了一種變態的光榮和實質上的醜。追求的行程和追求的目標就這樣突然脫節了。於是從前的追求越是執著就越是荒唐和滑稽。如果這是人生路程上的尋常現象，那麼這就是人生的一大悲哀、一大荒誕。

蘇童顯然不能釋懷於這種荒誕，於是他的「歷史追尋小說」開始了對於

〔註 1〕蔡斯：《神話原型批評》，第 21 頁，陝西師大出版社 1987 年版。

「楓楊樹鄉村」的逃離，從而進入了「後楓楊樹」階段，其代表作為《妻妾成群》《第十九間房》《園藝》以及長篇小說《米》和《我的帝王生涯》等。在這些小說中，作家已經開始從對生命的狂熱追求和極度失望情緒中走出來，冷靜、理性、形而上地審視生命的殘缺了。生命意識和文化意識的交融是這個時期蘇童小說的重要特色，他總是從生命悲劇背後發掘其深層的文化根源，從而使小說內涵越來越趨凝重。如果說《妻妾成群》旨在揭示封建畸形的婚姻文化對於女性生命的扼殺的話，那麼《米》則完整地揭露了都市淫靡文化摧毀一個鄉村生命的全過程，而《我的帝王生涯》則形象地展示了中國帝王文化窒息吞噬生命的本質。作家對於生命的悲劇感受已經超越了祖先親人，而延伸到了整個歷史、整個民族、整個文化，充分展現了個體生命與文化生命之間的辯證關係。總的來說，蘇童的「歷史追尋小說」在對生命形式及生命意識的追求與表現中呈現出幾個明顯的傾向：

　　其一，對祖宗的詛咒與發洩。在精神分析學中，「父親」是個不同尋常的概念，「父親」決不僅僅表現了一個男人在家族血緣中的位置，「父親」還意味著在社會文化中所擁有的一切特權：強壯、威嚴、榮譽、家庭的主宰、對於女性的佔有。這些都是兒子們對於父親力量的感受。兒子們對這些特權滿懷嫉妒，只是現存的文化秩序阻止了這些嫉妒的發作罷了。但「父親」作為一種權威，是一種深深的壓抑。而「審父」乃至「弒父」正是對權威的審查，這種審查帶有強烈的心理動機。在蘇童筆下，無論是只通狗性不諳世事的麼叔，還是嫖妓賭博、拋婦棄子的陳寶年；無論是陰險毒辣飲人精血的陳文治，還是如狼似虎、殘害弱者的石匠，這些人物作為祖先的神聖光環被無情地剝去了，這裡沒有了崇高與靜穆，也沒有靈性和平雅，有的只是醜惡和墮落。而寫於「後楓楊樹」時期的《妻妾成群》更是對「父親」陳佐千的罪惡作了淋漓盡致的揭露，他的生命存在是建立在對女性生命的摧殘之上的，即使他已步入生命的黃昏仍然不忘讓一個個年輕的女性作為陪葬，梅珊被殘忍地投進井中，頌蓮被逼瘋，而第五房太太卻又迎進了家門。我們發現無論是「楓楊樹系列」還是「後楓楊樹」系列，蘇童的「歷史追尋小說」中，「父親們」的生命模式都呈現出基本相似的走向，亦即生命力的逐步萎縮乃至近於零（死亡）。在《米》和《我的帝王生涯》中作者乾脆一開始就設計了「父親」的死亡，在歷史的反諷面前作家對生命的樂觀熱情幾乎消耗殆盡了。

　　其二，對生命原始魄力的挖掘。雖然，我們發現蘇童對於生命的追尋總

體上呈現出一種失意狀態，但並不是說他的路途就坎坷沉悶得嗅不到一絲花香，聞不到一聲鳥語。在當代小說中，表現生命和生命流動成為一種重要的主題，那種用以觀照生活的「顯意識」明顯消褪了，代之而來的是生存本身的強度和質感，是生活自身的「原色魄力」，是生活自身的粗野、質樸之美，作家只追求一樣東西，那就是生存的真實。蘇童正是借助於對生存真實的展示獲得了一種對失望的解脫和安慰。生命是受時間限制的，所以生命更應珍惜在有限的生命長度內的盡量豐滿和充實，以獲得精神意義上的無限。人類的命運是悲觀的，但人類的生命意識應是樂觀的。因為人類的生命自信可以對抗命運，生命對命運作不屈不撓的鬥爭，即使毀滅也在所不辭，生命的美麗與偉大，可能也正在於此。但不容逃避的是，痛苦是生命存在不可缺少的因素，痛苦與生俱來，並一直伴隨生命走到終點，存在一日，痛苦一日，沒有痛苦的生命就會顯得毫無生氣。因此，人的生命意識中也必然有著痛苦的內涵。在蘇童的小說中，生命的痛苦可以說得到了最大程度的揭示，主人公幾乎無一不充滿不幸的命運和極度的痛苦。但熱愛人生的人正是那些敢於將生活的苦酒一飲而盡的人。痛苦的份量越大，對生命的感受程度就越高。《祖母的季節》中祖母對祖父那堅韌持久的思念，《1934 年的逃亡》中蔣氏在一連串打擊下頑強的生存意志，《青石與河流》中歡女忍辱負重、旺盛而永久的生命力……作家對原始生命力的挖掘最集中體現在女性先輩身上。對比前文，我們發現蘇童小說中存在著一種有趣的「重女輕男」現象，這也許是蘇童日後轉向寫「紅粉」和「婦女生活」的最初契機。歡女經歷了那麼多的不幸和打擊，本已是悲傷的逃亡，偏偏又遇上了蠻橫粗野的石匠；本已是心血流淌，又不得不忍受失去心心相印的丈夫的辛酸。也許她特別需要金錢拯救自己，但她卻義無反顧地棄黃金於河底。一個石匠已經夠殘忍的了，她卻不得不做了「石匠們」的女人。她命運多蹇，生命充滿陰影，但卻鬥垮了「最強的男人」，「她臉上凝結著世上罕見的美麗的神情」，她沒有眼淚只有仇恨，唯有兒子的不能報仇，才使她由衷地傷感，這是一個多麼強悍而有血性的生命體！

其三，對男女兩性關係的探索。對生命的呼喚一旦落入潛意識層次，必然形成對性的執著——性是生命最直接的代表，是生命的原初動力。因此，性主題可以說是生命原型的另一種表現程序。但在蘇童的「楓楊樹」故鄉並沒有理想的「性形態」，男女之間的性關係基於一種情慾，而在這種情慾的發洩過程中又伴隨種種變態和畸形。因而，下一代的生命就呈現為同一種生命

力異化的萎縮狀態，出現了許多白癡似的子孫。這其實正暗示了作家的一種失望心態，也在更高的層次上把自己對祖先生命模式的追求途程作了回顧與反思。在其後的「後楓楊樹」系列和「婦女」系列小說中，作家更是把性作為切入生命意識的窗口，充分展示了文化對性的扭曲以及對生命的壓抑。如果說《我的帝王生涯》描繪的是「妃子」們的卑賤生命狀態和命如紙薄的命運的話，那麼《婦女生活》等反映妓女改造題材的小說更是直接從女性的性體驗和性心態出發，表現了生命力在文化壓抑下無可奈何的萎縮以及積重難返的病態慣性，從而透示出作家在歷史追尋小說中深層的生命悲劇意識。

二

生命意識是與死亡意識相連相融的，死亡關懷正是生命意識的重要內涵。海德格爾指出：「日常生活就是生和死之間的存在。」〔註 2〕在生命的任何時刻，我們都走向死亡，死亡其實就是生命的一種特殊形態。因此，生命與死亡只是一個統一存在的兩個方面，在其形而上的意義上，兩者是同一個哲學問題。一個作家張揚生命、追求理想的生命形態，必然會把視角轉向死亡這個神秘的領域。

蘇童的眼光也時常指向死亡，在他的「楓楊樹」和「後楓楊樹」系列小說中，作者對歷史人生的描述無不浸透了濃厚的死亡意識和悲劇意識。作家挖掘的每一個故事與傳說的毛孔裏都流淌著命運和死亡的黑水，流動著在這歷史之河裏的生靈們的愚昧與麻木，荒涼與落寞，渺小與僵化。歷史在不停地前行，而他們卻沒有獨立自主的人格，盲目服從命運的安排，服從某種統一的意志，顯得封閉而自足，後人替他們悲哀而他們自身卻是無動於衷：蔣氏受盡磨難最終仍是歸順陳文治（《1934年的逃亡》）；老五面對著自己女人的被掠奪卻只能辛酸地隨水漂走（《青石與河流》）；簡少貞變態壓抑地苦度一生，還束縛、限制妹妹對幸福的追求（《另一種婦女生活》）；二太太卓如不僅對自己玩物的命運毫無意識，甚至還參與了對梅珊和頌蓮等年輕生命的扼殺（《妻妾成群》）……既然，這些歷史生靈們沒有拯救自我的充分自覺，作家也就毫不猶豫地賦予了他們以死亡和失蹤。在蘇童的小說中，其死亡形態一般來說有下面幾個特點：第一，充滿血緣倫理色彩。劉老俠殺死父親娶其姨太太做老婆；陳茂死於自己的兒子沉草，演義又死於自己的哥哥之手；五龍

〔註 2〕海德格爾：《存在與時間》，第 281 頁，北京三聯書店，1987 年版。

殘忍地殺死了米店老闆又強姦了他的女兒……死亡如果由自己的親人製造，這種死亡的本體意義就更彰顯，更扣人心弦，而作家在其中蘊含的情感態度和價值判斷也就更突出，這既是對沒落人物毫不留情的埋葬，又在深層意蘊上宣告一段輝煌「歷史」的消失。第二，蘇童筆下的死亡總是具有偶然性和無常性的特點。在一種不可抗拒的悲劇命運面前，「我」的麼叔溺水而亡，狗崽叔傷寒而歿，劉素子和貓眼女人異命同「死」，陳寶年意外而終……我們發現，死亡幾乎密布在歷史的路途上，在每一個歷史的瞬間，它都會不期而至地與主人公相遇。第三，蘇童小說中死亡形態的又一個特徵就是與失蹤緊密相連。死亡和失蹤無疑是蘇童小說中最常見的意象：外鄉人父子奇怪地失蹤了，看桂花的父親也夜去不歸；狗崽深夜迷失於黑暗之中，環子搶了「我」父親後也無影無蹤；童震永遠地淪落異鄉，三個小男孩的小黃貓也神秘地隱而不現……死亡與失蹤在終極意義上可以說是相通的，死亡就是失蹤，而失蹤在某種程度上說也是死亡。死亡從宗教上講是進入了現世看不見的彼岸世界，而失蹤則有兩種可能：一是死亡，一是縱不死亡，在此岸也不為人所見，成為一種「視覺死亡」。但無論是死亡還是失蹤都給小說發展製造了一種情緒導向：追尋。無限期地追尋那逃亡的，那失去了的東西，但追尋的結果卻是悲哀的。無論朝哪個方向追尋，無論城市和鄉村以何種軌跡循環，蘇童都沒有能找到價值的輝煌，他追到的更多是饑荒和瘟疫，是死亡，是失蹤。於是他接近目標後又恐怖地逃離，追尋與逃離成了他這種小說的內在旋律。在尋找理想的生命模式失敗後，蘇童又急切地尋找一種可供補償的死亡模式，從否定性的意義上幻化出一種理想的生命程序。他的「逃離」再次宣告了這種企圖的破產。

從審美情感上說，蘇童筆下的死亡是恐怖而令人厭惡的。但從作家對醜惡的描寫中，我們卻可以看到一種潛在的努力：蘇童不只是為了寫出生活的存在形式，重要的還是為了寫出民族的某種性格的生命存在形式，即把各種層面的因素都擠壓到生命的形式中，寫生命的躁動，生命的扭曲，生命的萎縮的悲劇性存在過程，從而激起重塑民族靈魂的願望。民族靈魂的發現和重塑可以說是新時期文學的大動脈。然而，死亡又理應成為延續生命的手段，海德格爾就把死亡理解為「向著一種可能性的存在」，強調唯有把死亡意識帶入自身的人，才能具有真正有價值的生活，才能延長自己的生命。蘇童筆下的死亡雖然呈現出一種否定意向，但否定中又包含著肯定，作家否定一種死

亡形態就隱含了肯定另一種死亡形態的可能性，表現死亡就是反抗死亡。蘇童希望一種有意義的死亡形態，使人精神上能有所復生。他筆下死亡形態的醜惡，正是基於祖先們對死亡缺乏充分自覺的沉重，而這種沉重也預示了某種期望：精神永生。從這個意義上來理解死亡，蘇童對「死亡」的逃離，倒又不是一種絕望，而恰恰是一種超越，一種昇華了。

從表現形態上看，蘇童小說的「死亡」具有一種神秘、象徵色彩。他喜歡寫夢，山、水、草、木均具靈性，能預示人的未來，暗示主人公的命運。他常從夢的角度切入主人公的潛意識，他筆下那漂浮著棄兒的死人塘，那接納一對對死去情侶的竹林，那充滿靈性的石頭流水，那獨立塵世的藍白染坊，那有著魔力的罌粟香味，那迷幻誘人的井……這一切都顯得空靈神奇，具有濃鬱的象徵意味，也是對人物死亡場所的構設。蘇童筆下死亡與失蹤的神秘色彩一方面昭示著命運的某種不可知性，一方面也體現了作家對生命意識的抽象。人渴望生命恐懼死亡，但生命（出生）和死亡的體驗都是人所經驗不到的。人最神往的，也正是人的存在形式，但人卻把握不了它，這就是人類的困境，神秘也許正是對這種困境的一種解釋，一種說明。

三

上文著重探討的是蘇童歷史追尋小說中的生命形態和死亡形式。而蘇童小說的生命意識在現實追尋小說中同樣有著多方面的表現，作家對生命的關注是一以貫之的。人在實現現代化的目標時，在孤獨中向自身尋求力量以期從外界價值的依附中掙脫出來，表現自己的價值時，精神的危機也會接踵而至。中國大批年輕的作家似乎已經正視了這種現實，他們在感受在表現這種精神痛苦時總是站在現實的制高點上審視人生的價值，以求達到對這種精神痛苦的解脫與超越。他們一方面努力建築一套嶄新的價值體系，呼喚一種完美的生命形態，一方面又毫不猶豫地把追求途程的艱辛袒露在讀者面前，他們這種心靈的真實更能激起讀者的共鳴與思索。應該說，真正有價值的文學不應該提供什麼現成的說教給讀者，而應促使讀者去思考得到某種充實的途徑。正是在這個意義上，蘇童等青年作家的小說才彌足珍貴。

生命是如此神秘，現實的生命又是如此變幻莫測多姿多彩。在展示現世生命形態時，也許由於過於切近，真實得讓人難以忍受的個體經驗使作家的心態變浮躁了，充滿了焦灼感。蘇童說：「也許一個好作家天生具有超常的魅

力，他可以在筆端注入一個世界，這個世界空氣新鮮，或者風景獨特，這一切不是來自哲學和經驗，不是來自普遍的生活經歷和疲憊的思考，它取決於作家自身的心態特質，取決於一種獨特的癡迷，一種獨特的白日夢的方式。」〔註3〕他的小說創作可以說真實地袒露了這種心態。從探索現世生命的處女作《第八個是銅像》開始，他的《白洋淀紅月亮》《桑園留念》《傷心的舞蹈》《井中男孩》《怪客》《一無所獲》《離婚指南》《另一種婦女生活》等一大批作品可謂形成了一個獨立的現實生命世界。這些小說浸淫了濃重的生命體驗，並伴隨著時代心理的挖掘。泰納說過，如果一部作品內容豐富，並且人們知道如何去解釋它，那麼我們在這作品中所找到的是一種心理，時常也是一個時代的心理，有時更是一個種族的心理。蘇童「現實追尋」的目標也許正是這種「時代心理」和「種族心理」。

按照存在主義的說法，人生是荒誕不合理的，任何存在都是無意義的。現代人對生存環境有一種本能的厭惡，環境對生命的壓抑成為一種普遍性的生存感受。蘇童小說對這種生命的荒誕感有著生動的演示，具體表現在三個方面：1. 個體生命的渺小與失落感。人活在這個世界上生死無常，或許他會試圖追尋某種東西，讓自己的生命發光，但到頭來，卻只有失落。「我」執著地尋訪養蜂人，「我」十二歲就潛心鑽研舞蹈，「我」認真地保護金黃的桂花樹，「我」一往情深地尋找夢中的竹板莊……「我」有那麼多的追求與嚮往，但到頭來，風流雲散，還是「一無所獲」。一種悲哀和苦悶就充滿了「我」的心靈，「我」只能從一個地方到另一個地方，從一條街到另一條街地進行著永恆的尋找與流浪。這種無結果的尋找其實就是不尋找，人的追求與荒誕相比簡直不成比例，蘇童在這裡展示的是一種形而上意義上的深刻。2. 生命存在的偶然性感受。人的生命從某種意義上說只不過是一片飄忽的黃葉，一縷彎曲的煙雲，是偶然的造化。人其實在許多時候都無法把握自己，不僅在與自然的對立中免不了自卑感，而且「世界上好多對比也讓人鼻子發酸」。蘇童所要表現的就是起落懸殊、偶然性迭出的人生際遇。情意綿綿約會歸來的姐姐卻因為對金魚的誤殺而被親弟弟殺死；騎自行車的婦女須臾間就葬身車輪下；「我」苦心積累的三千元錢借給一位詩人而永遠地失去了；失卻多年的手槍和傘在不經意間竟又回到了「我」的手中……這就是《平靜如水》展示給我們的生命形態！人們在偶然性的法則下生存，他們追求、幻想卻終究難以

〔註3〕蘇童：《周梅森的現在進行時》，《中國作家》，1988年第1期。

抗拒迎面而來的幻滅。3. 生命的孤獨。雖然中國不像西方世界那樣經歷兩次世界大戰後成為「孤島」與「荒原」，但卻也經歷過改革的陣痛和長久的災難。人們面臨新價值選擇時的危機感與不知所措感，必然導致孤獨感的誕生。蘇童筆下就密布了許多人的「孤島」：「井中男孩」癡迷於井，養蜂人陶醉於自然，「我」對城市的尋訪與調查，貓頭對滑輪車的貪戀，都是孤獨感的表現。主人公被孤獨苦惱著，像一隻困獸左衝右突，「只要有辦法把那堆孤獨屎克螂從腳邊踢走，就是讓我去殺人放火，也在所不惜。」（《平靜如水》）在這方面表現最深刻的兩部小說是《另一種婦女生活》和《離婚指南》。前者通過對簡少貞姐妹以及醬油店的三個女人兩條線索，表現了人與人之間的隔膜、封閉和無法溝通；後者直接把筆伸向愛情婚姻內部，本來最具包容性和相遇性的愛情婚姻其實已變成了孤島，男女雙方不但不能心心相印，而且更不能相容。但荒誕的是楊泊拚盡全力也沒有能離婚，仍被綁在婚姻的大床上，繼續著日復一日隔如路人的生活。

如果說在「歷史追尋」小說中蘇童著力的是理想生命程序和死亡模態的追尋，那麼在「現實追尋」小說中蘇童著力傳達的則是生命的感受，生命意識從另一條渠道又流了出來。從審美情感上來體察蘇童的生命體驗，我們發現作家的心態是中立的，既沒有玩賞也沒有詛咒。作家的「情感中立」狀態更多是為了「呈現」一種心理真實，在喚起人們生命感受的同時，激起人們思考的欲望。他其實也不可能完全袖手旁觀，「中立」背後，隱現著「主觀」，隱現著他自己的一種探討，只是他沒有把這種探討強加於人的迫不及待的衝動。這主要表現在揭露人性惡和塑造新人性兩個方面。《乘滑輪車遠去》中道貌岸然的江書記與音樂教師。《平靜如水》中勾魂攝魄的悲傷女孩子，《井中男孩》中故作高深的詩人水揚，《怪客》中殘忍的怪客和蠻橫的三霸……這些人物的一個顯著特點就是虛偽和作假。發現和表現人性的缺陷，正是為了理解自身的缺陷，從而使人性更加完善。這既顯示了作家剖析人性的深度，也表現了對真誠的呼喚，「全世界都在裝假，我走來走去都碰到黑白臉譜，沒有人味，沒有色彩。女的裝天真，男的假深沉，都在裝假，誰也不敢暴露一點角落性的問題。」（《井中男孩》）應該說蘇童是敢於暴露一些「角落性」問題的。這體現了作家的膽識與魄力。但是蘇童在揭露人性惡時的從容與揮灑，到了他建構理想生命形態時就蕩然無存了。他不但失去了寫《第八個是銅像》時的樂觀自信，而且常常捉襟見肘，發出無可奈何的自嘲。在《離婚指南》《已

婚男人楊泊》《稻草人》等新近小說中，他甚至不得不把正面的人生和理想的
生命形態違心地「毀滅」了事。顯然，在無法找到恒定的價值標準和理想生
命之時，蘇童落入了一個「無為」的怪圈。這其實也是一種大幸。藝術家如
果一心放在善惡兩面的選擇之中而無暇他顧，就會或多或少地離異於人類前
進的必然途程，造成藝術作品的淺薄與虛假。蘇童的困惑之處，也許正是他
的深刻之處。

下篇：蘇童的文體實驗

當我們流連於蘇童「風景獨特」的小說世界時，一定會為他在歷史與現
實之間的求索、追尋而感喟、而唏噓。這種強烈的審美效應並不僅僅得自於
作品的深刻意蘊，而且也來自於小說所體現出的蘇童獨特、自覺的文體意識。
富於感染力的作家常常是大膽而獨特的文體家。所以，某種程度上說，我們
覺得蘇童的文體實驗和操作才更令人著迷。

一、多能敘述者：切入與逃離

對於敘事作品來說，敘述方式的特徵首先體現在敘述者的設置上。盡管
各種創作方法和創作思潮對敘述者的設置從來沒有一個固定的模式，但從整
體上看，現實主義的敘述方式大都樂意使敘述者超越作品的內在關係，成為
全知全能的操縱者，在那裡向讀者講述一切，不管讀者是願意聽還是不願意
聽。事實上這個敘述者就是作者本身，這種作者我們稱之為導演性作者。而
到了新時期中國文學中，這種傾向已發生了明顯的位移，導演性作者日益讓
位於角色性作者，敘述者與作者分離。一篇小說無論採取哪種人稱，大都傾
向於敘述者對於事件、關係、氛圍、情緒的介入，乃至於扮演一個角色。蘇
童的小說正體現了這種自覺的追求。他的小說通常都用第一人稱，給人一種
直接切入感。布托爾說：「作者在本文中引進一個他本人的代表，即用『我』
向我們講其本身故事的敘述者。顯然這對作者十分有利。」因為「『他』把我
們棄在外面，『我』卻把我們帶進內部。」〔註 4〕作者當然大於他所創造的敘
述者，但是敘述者在通常情況下會擺脫作者的控制，進入一種與作者對立的
自由狀態，從而獲得一種主體身份，並把作者置於客體的地位來進行觀察。
蘇童小說中的「我」就是一個與作家本我脫離了的敘述者，對作者的背叛使

〔註 4〕布托爾：《小說技巧研究》，《文藝理論研究》，1982 年第 4 期。

「我」獲得了一個縱橫馳騁的廣闊空間。在《1934 年的逃亡》中蘇童提醒讀者：「你們是我的好朋友。我告訴你們了，我是我父親的兒子，我不叫蘇童。」蘇童是作家，「我」只是父親的兒子。「我」不願做作家蘇童，敘述者在這裡正式對作者發出了「離異」的聲明。

儘管如此，我們仍然覺得蘇童小說敘述者的問題不是簡單劃一的，它有時還相當複雜。他的小說敘述者與作家的分離並沒有導致他小說的純客觀化，相反，敘述者後面的隱含作家倒常作猶抱琵琶半遮面的表演。韋恩・布斯在《小說修辭學》中把小說敘述者進行了分類：一種是自我意識的敘述者，能意識到自己是作家；一種是那些很少討論甚至不討論他們寫作核心的觀察者與敘述者；還有一種是那些似乎意識不到他正在講述、寫作、思考或反映一部文學作品的敘述者和觀察者。〔註 5〕蘇童的小說中這三種類型的敘述者似乎都能找到，但更多是第一、第二種類型，這正構成了他小說敘述者的獨特魅力和全部複雜性。他的敘述者大都具有二重組合的特點，即隱含作家與角色人物的秘密組合。而這種組合的緊密程度與顯露程度又使他的小說呈現出不同的風貌。

一種類型的小說，敘述者只是個見證人，引導著故事的進程，他更多地成為作家的一種手段和媒介；而作家顯然沒有賦之以角色意識，他與隱含作家實質是同一的，不過充當了作家的傳聲筒。《舒農或者南方的生活》中「我」只是由於香椿樹街出生，十五年前在這裡呆過，有許多印象和傳聞，「我說過這只是印象而已」；《算一算屋頂下幾個人》中「我」與角色分離更加明顯，「我」只是布下一個小說圈套，「現在我拉出一根線頭就可以把他們說到的那傢伙牽出來，我想看清那傢伙的神秘面目」。而隱含作家也控制不住地跳出來說：「我還必須把我從未去過的皖南小村任家畈作為小說環境來描寫，這一切因此蒙上虛構色彩」。《乘滑輪車遠去》中「我」似乎進入了情節，但與故事的隔膜還是很明顯，「我」是一個見證人，敘述了「九月一日整天的事情」，作者不時把這種提示性的語言分段獨立，來顯示「我」與故事的關係。這些小說敘述者有明顯的逃離故事的傾向，他在故事中的地位，我們稱之為「偽角色」。

另一種類型的小說，就是敘述者與作者的距離拉遠，而更切入故事。「我」與故事的演進變化息息相關，甚至有時「我」還成了主人公，這時的敘述者已由見證人向當事人蛻變，「偽角色」也變成了「真角色」。《你好，養蜂人》

〔註 5〕韋恩・布斯：《小說修辭學》第 163 頁，廣西人民出版社 1988 年版。

中「我」是一個無所事事、心懷奇想的大學肄業生,「我」對養蜂人徒勞的尋找構成了整個小說的意緒。《井中男孩》第一句就把敘述者的當事人身份交待清楚了,「事情說起來很簡單,在一個悶熱的夏日正午,我的女友靈虹突然不辭而別了,離開了我們的家」,以後「我」與故事纏繞在一起一直走到小說的結尾。《飛越我的楓楊樹故鄉》以及《1934 年的逃亡》交織著敘述者「我」對祖先對家族的追尋與回憶,或者說正是「我」的思緒流組成了小說本身。「我」的強烈主觀色彩、主觀投入情緒與作者有著顯然的區別:隱含作者是平靜而從容的。這種「切入型」小說主要是指蘇童的「現實追尋」小說,他的一部分「歷史追尋」小說能併入這一類,則是得力於「情緒切入」。

再一種類型的小說就是上面兩種類型的雜交。兩種類型的敘述者都在小說中出現,使小說中的敘述者呈現出對故事逃離與切入的和諧輝映的狀態。《青石與河流》可作代表。小說中有兩個敘述者:「兒子」和「孫子」。當兒子作為敘述者時,他就親身經歷了那「青石與河流」的洗禮,他是故事的一個構成因素。當「孫子」作為敘述者時,則表現出對故事的超越,他似乎僅僅進行了一次家史記載。小說視角來回轉換,形成一種搖曳多姿的故事格局。

蘇童對小說敘述者的重視與不斷翻新,使他的小說敘述靈活而俏皮,充滿張力。他的小說敘事充滿了隨意性和現實性,似乎毫無構思,信馬由韁,隨行隨止。「敘述者」的飄忽不定,敘事視角的不斷轉移,帶來了他小說時空切割的緊張變動狀態,歷史與現實,腳下之地與千里之外,任意揮灑。蘇童小說中敘述者的「多功能」正是他小說魅力的一個重要根源。

那麼蘇童又是如何在他的操作中確立他的敘述者的呢?他是怎麼找到這個多能兒的呢?這又是一個非常有趣的問題。我們發現蘇童通常在開篇就把敘述者引出,並暗示整部小說的敘述內容及敘述基調。《舒農或者南方的生活》:「關於香椿樹街的故事,已經被我老家的人傳奇化了。」這至少包含了三層意思:1. 小說敘述香椿樹街的故事;2.「我」的老家是香椿樹街;3.「我」也是像老家人一樣「傳說」這個故事,「我」是故事的敘述者,而不是當事人。《1934 年的逃亡》開頭:「我的父親是個啞巴胎,他的沉默寡言使我家籠罩著一層灰濛濛的霧障足有半個世紀。」這裡首先交代了敘述者「我」是父親的兒子;而父親的怪癖及陰影成了「我」敘述這個故事的動機和動力;「我」參與了故事的發展,發出了許多疑問:父親為什麼是啞巴胎?他何以似煙霧?這半個世紀有何災禍?……這些疑問其實正是「我」試圖解開的,這使小說

充滿了一種神秘氣氛。可以看出，蘇童幾乎所有小說開首一句都離不了「我的老家」「我的父親」這樣的偏正結構，這其實正是他定型敘述者的一種努力，既確定了敘述者，又交代了與故事的關係。《乘滑輪車遠去》裏的「我們街上」、《井中男孩》中的「我們那個城市」、《喪失的桂花樹之歌》裏的「我祖父的祖父」……蘇童不遺餘力而又辛辛苦苦地尋找著他小說的第一句話。他找到了第一句話，就找到了他小說的敘述視角，就找到了他的代言人，也就找到了他的小說。

　　蘇童小說的敘述者一經確立，其全部獨特性便立即顯露出來。我們以為蘇童小說的敘述者最迷人之處就是他對自己地位的不尊重，進進出出，隨隨便便，有一種嬉皮士的風範。他根本不安心當一個敘述者，他也想嘗嘗引導者的滋味，具有一種強烈的引導意識。他不是導演，不向你說教；但他提醒你去看小說，不要沉得太深，要保持距離。蘇童小說的敘述者往往在故事的行進中突然割裂故事兀立出來與讀者談話：「我是我父親的兒子，我不叫蘇童」（《1934年的逃亡》）；「兩年前我就想寫一篇關於屋頂和人的小說」（《算一算屋頂下有幾個人》）；「下面我還要談別人的事，請聽下去」（《乘滑輪車遠去》）……他擺出一副與讀者一道旁聽故事進程的架勢，提醒讀者不必捶胸頓足，痛哭流涕。此外，蘇童小說敘述者還有一個特點就是他喜歡用「歷史記錄法」，好用中性詞及或然性語言造成一種準客觀化的趨勢。例如，在《舒農或者南方的生活》中，他就屢用「比如」「譬如」來講述故事進程，語氣平靜，力圖顯示自己與讀者的親近及對故事的疏離。這其實使他的小說呈現出誘惑性的結構。因為一旦讀者發覺他小說中的敘述者並不是高高在上的先知，就會克服自卑，渴望走進小說對話。

二、破壞結構：反勻稱、反連續與空白意識

　　中國傳統小說一向講究結構的針腳嚴密，布局的勻稱和諧。而新時斯中國新潮作家則顯示了對傳統的「高超越姿態」，正如亨利‧詹姆斯所說：「一種充滿生機、正在茁壯成長的藝術，好奇心重，喜愛活動，則必然對刻板的禁令有一種無法消除的不信任感。」〔註6〕

　　在本章的「上篇」我曾試圖證明蘇童的小說追求一種具有普遍意義的價值觀念。而任何價值內容總得借助於一定的符號媒介、一定的傳達手段才能

〔註6〕轉引自韋恩‧布斯：《小說修辭學》第25頁，廣西人民出版社1988年版。

呈現出來。與蘇童小說的內涵價值的不確定性相對應，他的敘述也顯露出一種不定多變的混亂狀態。他的小說結構操作上表現出對「原始規範結構」的破壞，而破壞和建設往往是一對孿生兄弟。

第一，空間：勻稱性的打破

為了敘述的方便，我們這裡的空間有三層意思：第一空間是小說人物活動，故事展開的空間；第二空間是小說文字化在期刊上佔據的空間；第三空間是小說包容量和隱語能力，也叫「涵義空間」「情緒空間」。蘇童小說的物態形式（第二空間）與其內涵本身的不確定性和啟示性有某種對應性關係。比如《平靜如水》中作者用了許多分節，而節與節之間的字數有很大懸殊，就是標題也或長或短，所佔版面分配嚴重不均，這裡不但談不上勻稱之美，簡直就有混亂之嫌。不過，這混亂卻是對主人公浮躁、焦灼心態的「明晰」揭示。加繆說：「我在否定明晰的時候，提高了我的明晰，我在壓毀人類的事物之前，提升了人類。」〔註7〕我們看到蘇童製造混亂，其實是一種尋找更為「明晰」的生存價值的嘗試。第二空間的模糊雖抹殺了傳統和諧勻稱的規範，而第三空間的張力卻無限擴大了。

蘇童小說的第一空間則呈分裂狀態，既有歷史空間，又有現實空間；既有敘述者的講述空間，又有故事展開的空間。這些空間是不對等的。他的故事幾乎全是由敘述者的回敘來展開的。敘述者所處的空間狹小而且相對模糊，有時簡直就不知道，而敘述者所講述的空間則清晰而明朗，他的用筆顯然「比例失調」。這反映到結構上，就形成了他小說「吹氣球式」的結構操作方式，口很小，吹氣後卻逐漸膨脹，以很小的框架包容很深的內容，這就是蘇童小說結構的彈性所在。《舒農或者南方的生活》敘述者現在什麼地方根本就不知道，只知道「我」的老家是香椿樹街，故事也發生在那裡；《1934年的逃亡》「我家來到了都市」，這個城市怎樣？不知道；《青石與河流》兩個敘述者所處的時空顯然是不同的，「兒子」在馬刀峪度過兩個黃昏，而「孫子」居住的空間則很隱晦。但「兒子」是從什麼地方去馬刀峪這塊風水寶地的呢？「兒子」的出發點是不是「孫子」的現居地？這些問題都沒有清楚的答案。蘇童的敘述者站在現在，回溯過去，但從氣球口吹進的氣流遇到球衣會有部分「反彈」，過去就又不時對現在擠眉弄眼。這樣他的小說由現在的空間著筆，

〔註7〕加繆：《西緒弗斯神話》第25頁，樂黛云、葉朗、倪培耕主編《世界詩學大辭典》，春風文藝出版社1993年版。

大段展示過去的空間，而借助於「反彈」的作用，過去的空間中又常有現在的空間穿過。這種空間交織的操作特點，一方面由於作家用筆的偏愛程度不同而破壞了小說的勻稱，另一方面也明顯影響了小說的時間處置。

第二，時間：拒絕連續性

新時期小說早就衝去了傳統小說那種時間、地點的線性發展——開端→發展→高潮→結局順序推演的小說模式，許多新的小說時間結構程序創造出來了，意識流式的無頭無緒的時間回流與脫節，成為許多小說家的共同追求。蘇童小說的時間意識也正體現了這種傾向，形成了獨特的時間結構。敘述時間的操作處理作為一種手段和方法，使小說的「涵義空間」（第三空間）得到擴張，也即通常所說的通過對順序的處置尋求隱語的張力。敘述出來是為了安排語言符號的順序，同時它又生來為了追求盡可能多的意義傳播與空間張力。敘述是有順序的，我們讀書就是要發現下一步發生了什麼。但現代小說不以時間狀態的未完成狀來吸引讀者，而在於使讀者在仔細閱讀中發現除文本之外的其他事情。作者打破時間安排的常規，追求非連續狀態，正是為了把讀者引向一種和線性有區別的秘密橫向對話，引向一種原本以言語為媒介轉入以想像為媒介的對話，跳躍間隔，刺激想像。

蘇童小說時間處理上最大特色就是對連續性的拒絕。我們曾把他的小說分為「歷史追尋」小說和「現實追尋」小說兩種類型。前一種小說固然歷史和現在間的錯位斷裂比較明顯；就是後一種類型的小說也不是因果鏈式的連續前進，仍時有波折，時有中斷。破壞順序成為他小說時間處理上的一種手段。我們看到，蘇童完全沒有「先後」意識，蔑視承上啟下的關係，就像一個不懂音樂的頑童，將鋼琴拆了，把順序音階打亂再組裝起來。這體現在作品中有兩個特點：

第一，敘述時間與小說現實時間的分裂。通常這類小說的現實時間在當代，而敘述的則多是遠古的事。歷史時間固然破壞了現實時間，而小說現實時間的穿插又導致了歷史時間連續性的喪失。《飛越我的楓楊樹故鄉》敘述的是現代「我」對故鄉的追尋，而那段歷史的演示，又時常為現實中「我」的插入打斷；《青石與河流》交叉了三種時間：祖母的山中歷史，「兒子」的復仇歷史，以及「孫子」的現在講述，時間的線性發展鏈割斷了；《井中男孩》中的時間受控於敘述者，而敘述者（小說中的作家）又常因小說而中斷敘述，不同時間互相侵略，小說的明晰性受到挑戰。

其二，敘述時間不按故事發展順序而演進，而由敘述者主觀調度，跳躍性極強。即使同是敘述一個「大順時段」的故事，由於敘述者像一個夢遊病人，大都呈意識流或自言自語狀，他可以從早上講起，忽然講到昨天或者講到晚上，又突然會提示一句「我現在該講那天下午的事了」。時間的連貫性在操作中被敘述者的主觀意緒隨意切割了。蘇童的小說時間因而帶有了強烈的主觀色彩。比如《乘滑輪車遠去》故事似乎沒有原生形態，只是「我」把想起的九月一日的事情拼湊起來，告訴讀者而已。時間不是自然流程，是「我」安排的，是跳著前進的，「我」放下哪段時間不說，哪段時間就沒有故事。當然，蘇童小說的時間處理的特色還遠遠不止這兩個方面，但我們必須看到，蘇童小說的時間的不連續與他講究空間的不對稱是對應的，都暗合了他追求一種價值的不確定性的目標，也表明了他對小說隱語功能的實驗。應當承認，蘇童有一種強烈的征服時間的欲望，他對線性時間的反叛並不同於傳統小說的時間顛倒。傳統小說常有「上回說到」「從前」等轉換標誌，而蘇童則顯得揮灑自如。

第三，空白意識，接受系統彈性與文體完整性的破壞

蘇童小說講究空間的不對稱和時間的不連續，都與他強烈的空白意識有關。他的小說敘事省略和情節的中斷則是一種典型的空白藝術。空白的手段是省略，也即是一種簡化原則，但其目的是追求表現更多的效應。對小說來講，空白的基本意義應在於對敘事所作的操作處理上。故事是存在的，其表現手法則是空白；情節是可以想像的，但其表現手法則是虛化。小說根本上是一種敘述藝術，但小說的本身侷限導致了其本身不可能完整而無所不包地敘述，對象的取捨選擇是任何敘述的必由之路。敘事上的空白不僅是對讀者接受想像的尊重和鼓勵，而且也是對於敘述者侷限性的肯定。小說空白的增加無疑擴大了小說能指的隱語功能，使接受系統富有張力和彈性。

蘇童小說的空白意識首先就表現在時間連續性的打斷，這造成了許多空白：時間空白、情節空白、人物意識空白⋯⋯讓讀者去想像去填充這一個個充滿魅力的「黑箱」，這在上文論述時間操作時已有所涉及。其次就是空間處理上的空白，除了上文說到的空間勻稱性的破壞造成的空白之外，蘇童小說的敘述者作為結構因素進進出出，他進來時帶來空白，出去時又留下空白，《乘滑輪車遠去》中「我」在鐵匠弄像兔子似地拼命逃跑後，留下了一大堆空白，既是故事情節空白，又是思想空白：「我」跑哪兒去了？「我」跑時會發生什

麼？……但接著「我」「按照時間的順序下面就該講下午的事了」，「我」根本無意於填補那段空白，而是把它懸擱在那裡。

　　我們覺得講蘇童小說的空白意識還特別應注意到對小說物態化的文字（第三空間）的空白追求。他的小說敘述者與讀者的對話常常是用空白隔開故事。他有時在操作中還運用繪畫、樂譜、啟事、新聞等來與整齊連貫的方塊字對立顯出空白。《你好，養蜂人》中，養蜂人的家與城市的圖，《1934年的逃亡》中狗崽的人生曲線圖，一方面使小說呈現出一種召喚結構，讓讀者關心主人公的命運；另一方面又使前面緊鑼密鼓的文字排列得以舒展一下，如鑿出一個出氣孔，使人不致太悶。《井中男孩》一段離別樂譜與文字的隔膜形成了文字和意義的雙重空白，對於不識樂譜的讀者來說，唯有茫然注視或者抬頭他顧的份。

　　小說空白的增大，一方面固然強化了小說意義空間的張力，另一方面也構成了對小說完整性的破壞。讀者的隨便介入，與敘述者的任意走出，使小說呈一種被肢解的狀態。這顯示了蘇童成功的文體實驗，同時也多少對藝術作品的細膩性、完美性構成了威脅。

三、語言的纏繞：失卻規範之後

　　每個作家都面臨著一個藝術傳達的問題。波普爾將實在的物理對象叫做世界1，將人們的主觀經驗過程叫做世界2，將已被人類精神所確切把握的結果叫做世界3。〔註8〕作家只有把自己的思想感情、故事凝固為物態的語言文字才能從世界2進入世界3。因此語言問題日益受到作家的重視。八十年代的中國作家語言意識顯然強化了，他們對語言的價值有了更深層次的理解，於是各自在語言上狠下工夫，大膽探索，渴望語言將他們載入藝術的新王國。蘇童的語言實驗也無疑增添了他小說的風采。

　　首先，從他的小說詞彙選擇與組合來看。

　　文學符號的最小質量單位是詞彙。符號系統首先是靠一個個詞彙來組接的。詞彙一方面是泛理性的受思維的管轄，另一方面又是非理性的，它往往會穿過理智層深入到作家那幽深而恍惚的深層情懷去探問他是否合於主體的本意。就是說詞彙既是語義性的，又是體驗性的，只有在意義和意味方面都能契合主體心靈圖景的詞彙才有資格成為符號。因為「……形式與感情在

〔註8〕波普爾：《科學知識進化論——波普爾科學哲學選集》，紀樹立編譯，第410、353頁，三聯書店1988年版。

結構上是如此一致，以致在人們看來，符號與符號表現的意義似乎就是同一種東西，『猶如』音樂聽上去事實上就是情感本身。」〔註9〕這就是符號與圖景的同構。蘇童小說詞彙與其心緒就有很強的同構度。他選擇的詞彙凝聚了他強烈的主觀體驗。可以說他的詞彙也是一種煽情性詞彙，隨意性很大。當作者思緒朦朧時，詞彙就模糊；當作者思緒清晰時，詞彙就明朗，詞彙成為敘述者心境的晴雨表。具體地說來，蘇童的詞彙選擇有如下特點：1. 凝重的色彩。蘇童的小說詞彙帶有作者特定價值心態的烙印。蘇童追求一種新的價值體系，但他充滿了困惑，並沒有找到一種可以心安理得地躺在上面的終極價值，他的心情難免浮躁與沉重。正如第二次世界大戰後，血淋淋的現實在吞噬無數青年生命的同時也吞噬了西方盲目的樂觀意識，戰前的豪言壯語消逝在廢墟和灰燼之中。蘇童並沒有絕望，事實上他一直在追求，但輕鬆是不可能的，這就決定了他詞彙選擇的凝重色彩。《1934年的逃亡》中充塞了「霧障」「惶亂」「迷亡」「飄忽」「災星」「頹敗」等等含有悲劇性預示意義的詞彙。蘇童還特別注重詞彙的色彩選擇，他偏愛陰冷的色調。《舒農或者南方的生活》中幾乎所有的災難、隱私都有一道藍光相隨；《罌粟之家》中小女人死時貓眼也發出藍光；《1934年的逃亡》鳳子死時她的遺容則是醬紫色的。「藍」「黑」「紫」三色成為了蘇童小說中出現頻率最高的色調詞。詞彙的灰暗色調給讀者一種強烈的壓迫感，壓得人透不過氣來。作者似乎也同樣氣喘吁吁，無可奈何地感慨著人物的悲劇宿命。2. 模糊的語義。蘇童特別善於選擇那些客觀中性的、不確定的詞彙。在他的小說中常能讀到「我無法解釋」「我無法想見」「我似乎看見」「我不知道」……這樣的否定式的動賓結構，表明對世界的無能為力感，也加深了對故事意義理解的難度。既然作者也如白癡，讀者也只好在模糊中把故事看下去。這是作者在有意製造模糊，增加閱讀阻力。同時，他也選用「比如」「猜想」「譬如」等中性詞力圖在主觀性詞彙中開闢出客觀性的新大陸。把自己放在與讀者同等的地位上，這一方面與作者視角的侷限性一致，另一方面也表明作者對那沉重氣氛的逃離，試圖藉此證明自己與故事的分離而擺脫心情的沉重，使他的詞彙緊張度得以輕鬆一些。但沉重與輕鬆的轉換也帶來了語意的朦朧。說他沉重又不沉重，說他輕鬆又很沉重，而作者究竟要輕鬆還是沉重，文字上顯得矛盾而模糊。語言的模糊性同時強化了語言的暗示力，「一個系統複雜性增大時，它

〔註9〕蘇珊・朗格：《藝術問題》，第24、25頁，中國社會科學出版社1983年版。

的精確性必將減小」。〔註10〕蘇童小說詞彙選擇上的不一致性，模糊性還表現在對雅與俗的處理上，他追求凝重的悲劇色調，其詞語儘管陰暗但仍是優雅的；另一方面他又大量引用粗言俗語，甚至一些髒詞也被搬進了文學殿堂，雅與俗難解難分地糾纏起來。這其實也正暗合了八十年代文壇的一種審醜現象，莫言就在《紅蝗》中對大便津津樂道。3. 詞彙的超常操作組合。受蘇童小說的情緒化影響，他的詞彙組合也像情緒流一樣沒有規則，或長或短，或輕或重，或粗言俗語，或雅詞麗句……紛紜複雜，多彩多姿。詞彙結構上則超常配對，或者把抽象概念事物化，或者運用多重感覺複合，或者用動賓不調式，或者用矛盾形容法，或者用詞與表現對象的不等式，作者在語言的實驗上可以說是十八般武藝全使上了。像「災難的鐵銹味」「甜蜜的憂傷」「流浪的靈魂」「倒楣的季節」等詞彙組合無不生機盎然、活潑生動。

其次，我們來看蘇童小說的句式選擇。

詞彙作為符號只有組接成句才能傳達出某一內在圖景的完整意思。對不少作家來說，傳達情調主要是靠句式來凝結的。「每句話都是一個新的開端，每句話都像是給一個姿態或一種物品搶鏡頭拍照。而對於每一個新姿態或話語，又都相應地造一個句子。」〔註11〕蘇童的句式選擇也凝聚了他特有的情調和姿態，他的心態是不穩定的，他的句式也就是不統一的。

不過，一般說來，他選擇的操作方式以長句為主，而且也嘗試用省略標點的意識流手法來構成長句。長句適宜於表現連綿的思想、包容量大。蘇童急切地尋找著價值體系，不斷發問，又不斷地否定自己。有時自我纏繞心有千千結。他看中長句正是他這種複雜思緒的必然要求。《井中男孩》中「我流氓我惡棍我犯罪但我不是唯一的這是我幹每一件事時的安慰。」這種長句就適宜於表現作者獨特的語言構思。他追求一種反諷式的語言基調，他的語句常常前後語意糾纏循環造成一種語義的回流，傳達出他的追求的急切心態以及追求途程的曲折。《1934年的逃亡》中「你們是我的好朋友，我告訴你們了，我是我父親的兒子，我不叫蘇童」，就是一種典型的悖論式語句結構。「你們」是「我」的朋友，「我」因而告訴「你們」故事。而事實上是蘇童在講故事，那麼「我」就是蘇童；但「我」又不叫蘇童，「我」是「我」父親的兒子，因此，「我」也不是「你們」的朋友……語意的纏繞就這樣增加了蘇童小說的閱

〔註10〕樓世博等編：《模糊數學》，第8頁，科學出版社1985年版。
〔註11〕薩持：《加繆的〈局外人〉》，《文藝理論譯叢》，1984年第2輯。

讀阻力，好像二十二條軍規一樣，使人陷入怪圈。

蘇童從來就沒有固定的面孔，他選擇長句設置語言迷宮，顯出他駕馭語言的大度與氣魄；但他並不滿足於此，他也常使用短句，造成一種頻繁的跳行，行文顯得活潑，這當然與上文提到的空白意識也是相關的。

請看《你好，養蜂人》：

> 你是和平社尋找人嗎
> 我是尋找人
> 你想好了嗎
> 想好了我沒
> 你有傢伙嗎
> 什麼
> ……

這裡沒有標點符號，實錄了電話內容，句子長短不一，顯得參差不齊，很不規則。但這種頻繁跳行成了一種明快的節奏，消除了讀者在大塊大塊文字組成的黑塊前的沉悶感和閱讀過程中因長時間的不停頓所可能產生的煩躁情緒，而且能產生特寫效果，使讀者集中注意。這種短句與跳行在蘇童小說中也自有其生命力，它與長句的配合倒也形成了一種奇異的文體錯落之美。

總之，蘇童的小說由於那種蔑視規範的精神，語言的操作極有靈活性和自由度，無論語言的纏繞還是句式的瀟灑都使他的小說生動得溢彩流光。蘇童的實驗操作令人欣慰，他的飄忽不定的敘述者，隨機而有彈性的結構，纏繞而多彩的語言都構成了他文體獨特的風貌。老作家林斤瀾曾說：「蘇童小子一天比一天長高了」。〔註12〕我們也覺得蘇童的文體實驗確實進入了結晶期，對他的期待將不是沒有根據的。

〔註12〕林斤瀾、戴晴：《關於藝術描寫中「虛」與「實」的對話》，《鍾山》1987年第5期。

第六章　葉兆言：穿行於大雅與大俗之間

一

　　時至今日，我仍然覺得在新時期青年作家中葉兆言是一位比較難以談論的對象。至少，我們在用通常的批評語式對他進行概括、歸類時會感到某種彆扭、不自然甚或心虛。這不是因為葉兆言渾身長了「刺」，也不是因為他令人望而生畏的「高產」和時刻不停的「變化」，更與人們所謂的文化品位與家學淵源毫無關係。所有的一切其實都源於我們自身，源於我們批評的慣性或惰性。當我們自以為是地概括、總結、抽象出一系列共時的文學名詞、文學現象、文學特徵去指稱一個時期的作家作品時，卻不無尷尬地發現葉兆言這樣的作家其實是無法被概括和歸類的，他是一個無法被「類化」的異端。當我們因為《棗樹的故事》而把葉兆言當作典型的先鋒作家談論時，他卻已投入了《追月樓》這樣的文化風情小說的寫作之中；當我們正以他的《狀元鏡》為標本大談小說的文化品位時，他卻已轉身營構《去影》等「新寫實」小說去了；當我們還在樂此不疲地總結《紅房子酒店》等新寫實文本的特徵時，他製作的《關於廁所》這類「後現代」敘事已經粉墨登場了……葉兆言總是如此不留情面地嘲笑著我們製造出來的一個個文學「時尚」，「先鋒」「新寫實」「新歷史」「後現代」這些批評界引以自豪的「超級命名」似乎都無一例外地與葉兆言的小說實踐存在著某種錯位關係。這種「錯位」對批評者來說，無論如何都是一種恥辱。而要克服這種「錯位」，我們就應進行批評的歷險，我

們應以冒險的方式重新走入葉兆言的精神世界和文本世界，以我們真正個人化的發現和闡釋，重新贏回批評的自尊。在這個意義上，我願把本文所做的工作視為這個冒險旅程的開始。

其實，在新時期作家尤其是青年作家中，葉兆言並不是一個神秘莫測、陰損刻薄的作家。相反，他倒是一位非常難得地呈現出本色和樸素面貌的作家。他總是以「埋頭拉車」的方式默默經營著小說創作，我們幾乎聽不到他在任何文學潮頭上的主動發言。他總是以自己的「文本」而不是「嘴巴」去參與新時期文學的進程，他的每一個文本幾乎都在響應著文壇的潮汐並傳達著其藝術探索的信息。他從來也沒有發表過文學宣言，但是從傳統的現實主義寫作到先鋒寫作，從文化風俗小說到新歷史小說，從新寫實小說到現代主義或後現代主義小說，在新時期小說的每一個轉折點葉兆言卻幾乎都留下了自己探索的足印。他是一個豐富、博大、多變的藝術個體，但他不同於那些淺薄的文學追新族或趨潮人，他的豐富和多變是其不斷突破自我、尋求超越的內在藝術需要決定的。我們注意到，即使在他聲名大振、大紅大紫的時候，葉兆言也從來沒有對自己的小說有過絲毫的沾沾自喜，相反，他倒是時刻警惕著自己的藝術侷限並對漢語小說的現狀與前途充滿憂慮。正如在《棗樹的故事》「自序」中他所說的：「十九世紀的小說大師們早就陳舊不堪，新世紀的現代派鼻祖們也老態龍鍾，但是即使是這些陳舊不堪老態龍鍾，仍足以襯托出今天漢語小說的暗淡無色。文壇向來喜新厭舊，雖然小說演變本身就是一部創新之史。我們已陷入小說實驗室的囹圄，面對燦爛的世界文學之林，小說家慚愧而且手足無措。新的配方也許永遠誕生不了。文學的選擇實在艱難，大家在實驗室裏瞎忙一氣，不是抱殘守缺，便是靠販賣文學最新的國際流行色。挑戰來自四面八方，小說家尚未達到『六宮粉黛無顏色』的日子，黃鶴卻已一去不復返。……漢語小說究竟何去何從？小說的實驗室很可能就是小說最後的墳墓。障礙重重，左右為難，除了實驗的嘗試和嘗試的實驗，小說家很難造出自身以外的任何新鮮事來。另一方面，小說家只能創造出自己所沒有的東西。創新成了大而不當的掩飾，小說家們常常最不知恥，有意無意重複別人的發現，又自我感覺良好地申請專利。世界文學之林容納了並且只接受一切優秀之作，今天的小說實驗室是否還有希望真正難說。……小說再也不激動人心，最後的道德感在崩潰，最後的故事情節在消亡。一切似乎都到了最後關頭，如果我們不能堅守住小說自身最後的防線，小說的災難

就會演變成小說的末日。」〔註1〕也許，正是這份清醒構成了葉兆言小說寫作
的內在動力。

二

　　葉兆言曾被評論界不容置疑地定位為「先鋒派」。在中國，「先鋒」既是
一個光榮的詞彙，也是一個需要清洗的詞彙。「先鋒」當然代表了一種榮譽，
但這種榮譽在其被隨意播撒的過程中也可能會演變成為一種「意識形態」，一
種趨之若鶩的時尚，一種遮蔽或扼殺作家個性的「鴉片」。我們不能不承認，
在許多時候中國的「先鋒」已經成了一種廉價的標籤，成了形式主義或技術
主義的代名詞，它不但不是作家個性與創造性的表徵，反而成了一種集體性
的操作與投機行為。從這個意義上說，當我們想當然地為一個作家貼上「先
鋒」的標籤的時候，我們可能恰恰忽略和輕慢了這位作家最為本真的東西，
我們完成的可能正是對這位作家徹頭徹尾的誤讀。我這樣說，並不是要否定
「先鋒」對於中國文學的價值，事實上我一直對中國的「先鋒」文學心存幻
想，但我要否定的是中國作家與「先鋒」這個詞發生關係的方式。我覺得，
即使是「先鋒」這樣美妙的稱謂，如果在與你發生關係時你不能賦予它以新
的內涵和你個人化的闡釋，而僅僅維持一種語言上的快感那它對你就是毫無
意義的。〔註2〕令人高興的是，葉兆言並不是這樣一種「先鋒派」。在他所有
的作品中，具有中國式先鋒「名份」的代表作無疑是《棗樹的故事》。這部小
說以「多少年來，岫雲一直覺得當年她和爾漢一起返回鄉下，是一個最大的
錯誤。」這種典型的「馬爾克斯句式」的成功運用成了當時先鋒小說敘述藝
術的經典之作。應該說，比起同時代那些半生不熟的馬爾克斯的模仿者來說，
葉兆言敘述才能確實高人一籌，其在形式感及技術領域的老到、嫻熟與富有
現代感也真正無愧於評論界對它的高度讚揚。但對於葉兆言來說，這顯然不
是這部小說的全部。與中國廣大先鋒作家把小說從「寫什麼」轉移到「怎麼
寫」的革命狂熱不同，葉兆言在《棗樹的故事》中雖然也因「怎麼寫」而取
得了驕人業績，但作家更關注的仍然是「寫什麼」。葉兆言是一個主題意識非
常強烈的作家，即使在他最「形式主義」的文本中，我們也會輕而易舉地就
觸摸到其對於「深度主題」的熱愛。葉兆言長於不動聲色的人性勘探，對於

〔註1〕葉兆言：《棗樹的故事·自序》，江蘇文藝出版社 1994 年版。
〔註2〕關於「先鋒」的問題，我曾在拙作《無望的告別》中作過同樣的表述，載《當
　　　 代作家評論》2000 年 4 期。

特殊境遇中人的特殊的精神與心理狀態的剖析是其特長。《棗樹的故事》同樣如此。小說在它先鋒、新潮的形式背後其實表達的是對一個女性的憐憫和理解。岫雲是這部小說的真正核心。她的命運、情感、精神、心理的剖析構成了小說最激動人心的力量。葉兆言是一個典型的人本主義者，他並不認同其他先鋒作家在陶醉於「形式迷宮」時把人物「符號化」或變成可有可無的存在的做法，相反，在他的小說中，「人」永遠是第一位的，即使在他最形式化的小說中「人物中心」的理念也從來沒有動搖過。在《棗樹的故事》中，我們看到，在作家苦心經營的「形式」背後光彩奪目的仍然是豐滿、深刻的女主人公岫雲的形象。在他筆下，聲名狼籍的弱女子岫雲不僅在與強大的歷史對峙中獲得了個體存在的合理性，而且還某種程度上被賦予了生命的美麗與人性的光輝。作家對傳統所謂的壞女人沒有道德的說教與高調的批判，也沒有抽象的心理分析，而是在女性自身欲望和生命歷程的展開過程中自然而然地傳達出一種對人、人性、人的欲望的尊重、理解、同情和人道主義的溫情。小說寫人之深、寫情之切、剖析人性之用力都是葉兆言此前小說所沒有的。對於這樣的一部小說，當我們把它的價值僅僅侷限在「形式」或「技術」上時實際上恰恰可能是對作家作品的一種歪曲或誤讀。從這個意義上，葉兆言在對《棗樹的故事》的一片頌揚聲中很快就改弦易轍也不是沒有理由的。

綜觀葉兆言的小說創作，我覺得他其實是無愧於「先鋒派」這個稱號的。他是一個自足的，與中國作為「類」的先鋒派沒有關係的作家。他從來就沒有認定只有某種文本、某種「形式」才是「先鋒」的，相反，他認為「先鋒」是一個流動的不斷實現的「過程」，所有具有真正的個人思索和藝術探索的文本，不管它以什麼樣的形態出現都有可能是「先鋒」的。時尚的與傳統的、主流的與非主流的、雅的與俗的、現實主義的與現代主義或後現代主義的……彼此之間並不一定就是兩極對立、水火不容、劍拔弩張的，它們完全可以「條條大路通羅馬」以各自不同的方式完成對於「先鋒」的殊途同歸。這就是葉兆言的「先鋒觀」。而葉兆言之所以能在「夜泊秦淮」系列、「犯罪研究」系列、「愛情問題」系列等諸多反差極大的文本之間遊刃有餘，顯然也是與此分不開的。在葉兆言這裡，抽象的「先鋒」標籤已經被灌注了異常豐滿感性的內涵，它既可以是大雅的，也可以是大俗的。大雅與大俗，這對我們通常視作根本對立的範疇，在葉兆言這裡卻相親相愛成了價值等同的「先鋒」境界。我想，這可能正是葉兆言作為一個先鋒作家最不同凡響的地方，也是他遭人

誤讀最深的地方。我記得，當葉兆言的《走進夜晚》《花煞》《花影》等作品面世時，就曾和蘇童的《妻妾成群》等小說一道，作為先鋒派「墮落、蛻變」的標誌受到過猛烈抨擊。

三

　　葉兆言的「大雅」之作，除了我前面提到的以《棗樹的故事》為代表的所謂「先鋒文本」之外，最廣為人稱道的就是其「夜泊秦淮」系列。這個系列由五部中篇小說組成，它們是《狀元鏡》《追月樓》《半邊營》《十字鋪》《桃葉渡》。而稍稍擴展開去，我覺得長篇小說《花影》《1937年的愛情》《花煞》也都可以歸到這個系列裏面去。

　　在我看來，「夜泊秦淮」系列的藝術魅力或者說「大雅之處」主要表現在三個層面：一是其豐厚深遠的文化涵量。葉兆言對南京「秦淮文化」有非常深刻獨到的理解與把握。一方面，在《狀元鏡》等小說中作家表現出了對於秦淮風俗掌故、文化習性的稔熟與喜愛。那些具有文化「符碼」意味的茶館、酒樓、妓院、畫舫、庭園在他的小說中總是栩栩如生、神態畢現，彷彿一幅幅氣韻生動的文化風俗長卷。秦淮河畔的歷史、現實與人生都得以在一種「文化」的意蘊中被呈現著。對比於八十年代以來文化尋根小說或地域文化小說而言，葉兆言的秦淮文化風情的展示顯得更為地道、自然和具有藝術力量。另一方面，葉兆言「夜泊秦淮」系列小說文化涵量的更為重要的方面還體現在其對於秦淮人生命方式、生存心理和生活態度的闡釋上。《狀元鏡》中的三姐與張二胡、《追月樓》中的丁老先生都算得上是具有標本意味的「文化人」。他們的喜怒哀樂、悲歡離合背後無一例外地都有著其浸淫其中的「文化」的影子。他們是一群文化的守靈人，秦淮文化已融入了他們的生命血液變成了他們的人性，並根本上影響了他們的生存態度。在這個意義，你可能對三姐的人生或者張二胡的人生有種種不理解，但你卻不能不被他們身上所散發出的那種文化氛圍所感染。我覺得，葉兆言「夜泊秦淮」小說的文化和文學價值其實就主要體現在這裡，他不是為寫文化而寫文化，他沒有為「文化」二字所累，而是把文化真正人格化和生命化了。二是小說所營構的古典雅致的文人境界。許多人激賞葉兆言小說的「文氣」「書卷氣」也正是針對這一點而言的。丁帆先生對葉兆言「夜泊秦淮」小說的所謂「文氣」曾有精彩的論述，這裡我們不妨照章引用，他說：「我以為，這類小說是以『文氣』取悅讀者的。『文氣』乃『氣韻生動』也，這種

－153－

古典主義的風格情感與葉兆言強烈的現代意識結合在一起,形成了一種意蘊的分層結構:從作品的表層結構來看,在極其平淡的敘述框架下,這種『文氣』變成了一種可讀性很強的敘述結構,一般讀者可從行雲流水式的平白敘述中得到文化和故事的饜足;如果從深層結構來看,那種文人的志趣、精神、形容、飄逸、超脫、自然、典雅、復古、沖淡⋯⋯均在小說纖穠、含蓄的表述內面呈現出來了。」〔註3〕在葉兆言的這類小說中,《狀元鏡》可以說是最能體現文人境界與文人情趣的一部小說,正如丁帆所分析的:「這部小說的整個『文氣』與葉兆言這個創作主體的心境極其吻合,人物、情節的清奇、縝密,具有很強烈的故事小說的『懸念』意味;而當你讀出這清奇『懸念』背面的自然、飄逸、曠達之神韻來時,你就不禁會為作者那種超脫人生的心境而拍案叫絕。⋯⋯小說最後在三姐死後用一節專門來追戀人物,明眼的讀者似看得出有些落俗套,然而,作品卻以平實冷峻的敘述抒發了綿長的人生哲學之神韻:『張二胡常常坐在這,一杯清茶,滿腹閒情,悠悠地拉二胡。這二胡聲傳出很遠,一直傳到附近的秦淮河上,拉來拉去,說著不成故事的故事。從秦淮河到狀元鏡,從狀元鏡到秦淮河,多少過客匆匆來去。有的就這麼走了,悠悠的步伐,一聲不響。有的走走停停。回過頭來,去聽那二胡的旋律,去尋找那拉二胡的人。』這段結尾其實不落窠臼。從表層結構來看,它完成了小說的故事結局,敘述了張二胡的下場;從深層來看,這是用詩的抒情手段來描寫人物的心境,有一定的意境。然而,從更深刻的哲學內涵來考察,它敘述的是足朝紅塵、匆匆過客背景下的平常百姓的生存狀態和生命意識。這是一種不經文人誇張的原生狀態下的人生境界。可謂『文氣』中的『文眼』,正是在這裡,小說所達到的境界是一般作品難以企及的。」〔註4〕當然,從文人境界這個角度來說,孫犁、汪曾祺、林斤瀾、阿城等作家均有近似的藝術追求,葉兆言的獨特之處在於他的從容,雖然在《追月樓》中其對文人境界的表達因某種極端性的處理而呈現出一定的局促之感,但總的來說,他的小說是能做到圓潤飽滿自然成趣的。在這類小說中,葉兆言的文人情懷得到了自然的釋放,文本主體與創作主體也處於一種彼此和諧的「互文」狀態中,這使得那種文化上的雕琢、做作、外露痕跡最大程度地得到了克服。三是小說對漢語小說潛力與美感進行了卓有成效的挖掘與呈現。葉兆言出身書香門弟,「夜泊秦淮」系列小說可以說是最能體現他的文學

〔註3〕丁帆:《去影・跋》,長江文藝出版社1992年版。
〔註4〕丁帆:《去影・跋》,長江文藝出版社1992年版。

修養的一種文本。他在語言上的敏感、天才在這些小說中得到了最大程度的發揮。也許對別人來說，那種典雅的語言風格、那種韻味十足的語感節奏、那涵蘊豐厚的意境意象……都是需要刻意追求或苦心經營的，而在葉兆言這裡卻幾乎是與生俱來、水到渠成的。「二十年代江南的小城是故事中的小城。這樣的小城如今已不復存在，成為歷史陳跡的一部分。人們的想像像利箭一樣穿透了時間的薄紗，已經逝去的時代便再次復活，時光倒流，舊夢重溫，故事中的江南小城終於浮現在我們的面前。」（《豔歌》）「狀元鏡這地方髒得很。小小的一條街，鵝卵石鋪的路面，黏糊糊的，總是透著濕氣。天剛破亮，刷馬子的聲音此起彼伏。挑水的漢子擔著水桶，在細長的街上亂晃。極風流地走過，常有風騷的女人追在後面，罵、鬧，整桶的井水便潑在路上。各式各樣的污水隨時破門而出。是地方就有人沖牆根撒尿。小孩子在氣味最重的地方，畫了不少烏龜一般的符號。」（《狀元鏡》）「就在追月樓的舊址上，原先也有一幢樓。這樓是李純做江蘇督軍時蓋的，因為樓前有個小水池，明月之夜，從樓上看，天上一月，水中一月，故稱二月樓。二月樓蓋好的當年，丁老先生的獨子歸了天。又隔一年，平白無故一場大火，丁家大院偏偏是二月樓化為灰燼。風水先生的意思，丁老先生命屬土，樓者，木也，木剋土，所以非大吉大利。土又克水，門前一池水，不安寧便是應了正果。」（《追月樓》）這裡三段引文，風格雖各不相同，但從中所體現的葉兆言的語言才能卻是相通的。第一段話是一種傷感文雅的詩化敘述語式，它體現的正是現代性的敘述語言對於一個古老故事的佔領；第二段話則充分體現了漢語言切入日常人生情境的特殊潛能，一個「髒」字不僅具象生動，契合描寫對象的特徵，而且提契了後面的故事，有著多重隱喻、象徵含義。第三段話則是典型的古典敘述語言，作者文白相間，恰如其分地以語言的方式突入了小說的精神空間與文化空間。在葉兆言這裡，無論是口語俚語、日常方言，還是文言句式、書面用語均能在造形表意、營造意境以及推進小說敘述結構上充分發揮潛能。可以說，在語言領域，葉兆言已經成功地把「大雅」與「大俗」、古典與現代、口語與書面語「雜糅」、整合為一體，並據此創造出了一種充分個性化的能彰顯漢語言美感與力量的語言風格。

四

葉兆言的「大俗」之作主要是指他的那些「準偵探小說」，如《古老話題》《最後》《綠河》《紅房子酒店》《綠色陷阱》《走近夜晚》等。這些小說在葉

兆言的作品裏也許份量不是很重，但對他來說，這些作品並不是可有可無的，
既不是簡單的媚俗之作，也不是無聊的消遣應景之作，更不是如有人批評的
僅僅是「為稻糧謀」之作。相反，葉兆言自己倒非常看重這類作品，他認為
這類小說的寫作同樣也是對自己的一種考驗和挑戰。在他的小說集《綠色陷
阱》的「自序」中，葉兆言說：「這本書的副標題可以叫作『犯罪研究』。犯
罪實在是一個太古老的話題，在這本書裏，我有意無意寫了許多地道的犯罪。
我寫了殺人，強姦，綁架，包括一系列在下流小說中屢見不鮮的暴力事件。」
「犯罪幾乎是與生俱來的。生命誕生之日，犯罪的種子便發了芽。犯罪和生
命一樣古老，一樣壯大，一樣不屈不撓。小說永遠是現實生活的一面鏡子。
好的小說永遠試圖表現那些永恆的東西。」〔註5〕在本書的臺灣版「自序」中
他又說：「我不喜歡看偵探小說，尤其是那種被人津津樂道的嚴密推理，越看
頭越昏，越看越覺得自己智力低下，不可救藥。正宗的小說史裏，偵探小說
似乎一值得不到恰當的評價，雖然很多人愛看，有著很好的銷路。中國老派
寫偵探小說的，總給人一種遊戲的感覺，一眼就看出來是學外國人，而且學
得不好，偷工減料，沒任何創新，屬於偽劣產品。」「寫小說的人老喜歡和自
己過不去。犯罪是個最古老的話題，當小說一旦接近到這個話題的邊緣，便
情不自禁地沾上了偵探小說的光。我的確有心嘗試寫寫偵探小說，而且明白
無誤知道會寫不好。事實上，無論在生活中，還是在小說裏，我都不善於使
用邏輯推理。」〔註6〕從葉兆言的這段「自白」中，我們至少可以得出兩點結
論：其一，作家對於這類小說的創作有著強烈的主體自覺，他是把它作為一
種與「自己過不去」的自我挑戰納入自己的藝術實踐的。其二，他的「準偵
探小說」又是與傳統的偵探小說完全不同類型的創作，他根本無意於對那種
經典偵探小說的重寫，相反，他致力的是對它的顛覆與解構。從這個意義上
說，當我們用對付傳統偵探小說的眼光、視角或話語來閱讀和評價葉兆言的
偵探小說時，就極有可能會陷入一種巨大的誤區之中。

　　當然，這樣說，我的意思並不是就要否定葉兆言此類小說的「通俗性」
的一面。事實上，這一面是根本無法掩蓋的。比如暴力、犯罪、性、欲望、
偷情等傳統偵探小說必不可少的趣味語碼、情節符碼在葉兆言的小說中就同
樣是不可缺少的。比如長篇小說《走近夜晚》通過一具屍體的被發現其實也

〔註5〕葉兆言：《綠色陷阱‧自序》，北方文藝出版社，1993年版。
〔註6〕葉兆言：《綠色陷阱‧自序》，臺灣遠流出版公司，1992年。

就講了兩個故事：一個是何老闆的偷情被殺；一個是右派馬文的亂倫被殺。兩個故事借即將退休的警察老李的視點敘述出來，其傳奇性和刺激性應該說是足以滿足讀者的閱讀期待的。再比如，《古老話題》對通姦殺夫案件的敘述、《最後》對血淋淋的殺人場景的描寫、《綠色陷阱》對綁架兇殺事件的渲染……都有很濃烈的視覺效果和感官衝擊力。另一方面，小說在表層敘述結構上也自然而然地烙上了傳統偵探小說的烙印，案情展示─偵破過程─結局呈現，這樣的敘述套路和結構模式似乎在葉兆言的小說中也難以避免，而這在本質上又是很符合讀者對這類小說的閱讀慣性的。

如果從這樣的角度看問題，我們確實無法避諱葉兆言小說的「俗」，但是這樣的「俗」顯然又是與傳統的偵探小說無法同日而語的。葉兆言的獨特之處在於，他正是用這種鋪張的、濃豔的、毫不掩飾的「大俗」，實現著他對「大雅」的藝術追求。唯其「大俗」，我們才看到了「大雅」的不易，也唯其「大俗」，我們才更深地體會到了作家「俗中見雅」的卓越才能。大致說來，葉兆言把其「準偵探小說」雅化的方式主要表現在兩個方面：

其一，敘述的現代化與先鋒化。前面我們說過，葉兆言的準偵探小說本質上並不能完全脫離傳統小說的模式，但是在敘述方式上，葉兆言卻完成了對傳統故事式敘述的根本顛覆。與傳統偵探小說為「案情」所累不同，葉兆言的敘述已經完成了對於故事和案件的徹底游離。在他的小說中，案件不再成為主體，相反他成了小說的一個背景。而敘述成了主體，對案件的猜測、分析與解構成了小說的中心。《最後》中殺人事件成了一個幻想之物，它的真實性變得十分可疑。《古老話題》的中心故事也一直處於解構與顛覆之中，即使在張英被槍斃之後，案情也沒有真相大白，反而又新添了更多的疑團。葉兆言是「元虛構」敘事的高手，這一點，我們完全可以在他的準偵探小說中得到證實。

其二，深度主題的進一步挖掘。在葉兆言的準偵探小說中，案情與偵破過程已經變得相當不重要，相反，對人性的研究卻達到了一個前所未有的高度。葉兆言總是借助於特殊的案件，對人性、人的欲望、人的深層心理和精神結構進行著無情的解剖，而這恰恰賦予了他的那些表面簡單的偵破故事深刻的人文內涵與思想深度。我們看到，在葉兆言的這類小說中，他大張旗鼓地寫到了「罪惡」，但小說對於「罪惡」的渲染與鋪展一方面雖然具相當大的誘惑性與可視性，但另一方面，它可能正是開啟人性的一把特殊鑰匙。《走近

黑夜》對馬文變態的心理和精神結構的解剖可謂振聾發聵;《紅房子酒店》對
小學老師壓抑的性心理和變態的精神習性的揭示,也同樣觸人靈魂。這樣深
刻的主題和感性複雜的人性已經使得小說遠遠突破了通俗小說的疆域,而直
通先鋒之門了。

　　經由如上的藝術努力,我們看到葉兆言成功地完成了通俗的偵探小說與
「高雅」的先鋒敘述和先鋒主題的嫁接,「大俗」與「大雅」再一次暗度陳倉,
達到了水乳交融。

五

　　葉兆言能做到大俗大雅,從主題層面上考察,除了得力於如上所說的他
對人性、罪惡等貫穿話語的成功剖析之外,顯然也與其對「愛情」這個主題
詞的言說有很大關係。葉兆言是一個書寫愛情的高手,我個人覺得,在新時
期中國作家中描寫愛情能比葉兆言出色者還不多見。他筆下的「愛情」,無論
結局怎樣,都能做到如泣如訴,充滿了藝術的感染力。有時候,我甚至認為,
葉兆言書寫愛情的功力絲毫也不遜色於港臺的言情小說。這樣說,似乎又再
一次把葉兆言貶到了通俗作家的位置上,但我要說,「言情」作為一種基本的
文學能力,無論對於通俗作家還是先鋒作家來說都是必不可少的。

　　在葉兆言的小說家族中自始自終存在著一個「愛情譜系」。《1937 年的愛情》
《別人的愛情》《豔歌》《花影》《愛情規則》等是其代表。我發現,很多時候,
「愛情」不僅是葉兆言心儀的一種表現對象,而且成了他觀察世界、表現世界
的一個非常獨特的視角。正是借助於「愛情」這扇窗口,葉兆言窺見了人性的
善良與美麗、人生的無奈與無常以及世界的渾濁與不可知。也正因為此,葉兆
言筆下的愛情總是充滿了美感與魅力、無奈與感傷。大致說來,我們可以從下
述幾個層面來分析葉兆言小說「愛情」主題的獨特性。

　　首先,葉兆言以他的神奇之筆充分展示了「愛情」本身的特殊魅力。這
方面,《1937 年的愛情》與《花影》可謂提供了兩個經典性的範本。前者把丁
問漁的浪漫愛情書寫得一波三折,蕩氣迴腸;後者則以好小姐的愛情歷險寫
盡了情海裏的辛酸、痛楚與暗算。但是無論悲喜,在愛情的王國裏他們都是
那樣的純粹、真實,感人至深。那些偶然隨意的心動,那些不小心的傷害,
處心積慮的算計、猜疑與嫉妒,都既是一種痛,又是一種美。這大概也正是
愛情世界裏的辯證法。

　　其次，葉兆言在表現愛情本身的同時也努力挖掘著愛情背後的社會內涵、歷史內涵與人性內涵。在《狀元鏡》中三姐與張二胡的愛情背後，我們既體會到一種歷史的滄桑，又更能讀到一種文化的韻味；在《懸掛的綠蘋果》所言說的張英愛情不幸的背後我們體味到的則更多的是一種時代的悲哀；而在《豔歌》和《愛情規則》中我們目睹的則是現實生存對人的壓力以及對愛情的扭曲……尤其，當葉兆言通過愛情視角來進行人性和文化批判時，作品的力度和深度就更是力透紙背。《去影》所表現的遲欽亭與師傅張英的愛情，所包涵的其實是兩種不同的性心理與欲望追求，這裡既有成長期青年性心理焦慮的揭示，又有著對俄欽浦斯情結的思索。而《花影》則在對男權文化、封建性文化以及畸型性心理、亂倫禁忌等的批判中書寫了一曲古典的愛情悲歌。《別人的愛情》借助通姦、偷情、欺騙這些失敗的愛情景象完成的也是對於現實和人性的雙重批判。人性的陰暗、自私、佔有欲等在小說中被彰顯和放大到了極致。愛情本是世界上最美好的東西，但它喚起的可能恰恰是世界上最醜惡和醜陋的東西，這也許正是愛情的悖論所在吧。

　　再次，葉兆言對於愛情的書寫是與對於藝術可能性的探索緊緊結合在一起的，在他這裡，愛情成了通向藝術可能性的一條特殊通道。在《懸掛的綠蘋果》中張英在世俗的眼光中是決不可能與青海人有「愛情」的，但小說結尾我們卻看到張英恰恰就辭職跟青海人走了，而且走得情意綿綿，義無反顧；《棗樹的故事》中岫雲跟殺夫仇敵白臉本也應是水火不容的，但他們之間的私情卻終究還是按照可能性的邏輯不可思議地發生了。而最能體現這種可能性追求的小說無疑是長篇小說《1937年的愛情》。我個人覺得，這是葉兆言迄今為止創作的最好的一部小說，也是九十年代中國長篇小說的一篇傑作，一部近乎完美且能激動人心的作品。說實話，我不太明白，它為什麼沒有能引起足夠的反響。這裡，我不談其他，只說說「愛情」。丁問漁和雨媛的愛情，按照現實的或常規的邏輯是根本不可能發生的。這有輩份上的原因，丁問漁是雨媛的長輩，而且具有親戚關係，也有對象自身的原因，雨媛的丈夫英俊瀟灑，是當時被視為稀世珍寶的空軍飛行員，他與雨媛郎才女貌，丁問漁似乎根本就無機可乘。更重要的，雨緩本人對丁問漁也一直充滿了厭惡與鄙視。但是葉兆言卻真實而令人信服地向我們展示了這段愛情從不可能變成可能甚至必然的不可思議歷程。當那浪漫、純粹而永恆的愛情最後到來的時候，我們心中湧起的是無法遏止的感動。這是一個美侖美奐的藝術世界，作家營構

「可能性」的天才令人驚歎。可以說,完全是因為這部《1937年的愛情》,我開始把葉兆言命名為「可能性的大師」。

六

關於葉兆言的話題當然遠不止這些。我從「大俗」與「大雅」的角度對葉兆言的談論也完全有可能是一種不切實際的空談。但既然是一次冒險,我願意承擔自己的失敗。另外,還想說的是,本文對葉兆言大俗大雅的文本境界的論說,並不能掩蓋葉兆言小說那些天生的侷限。相反,我覺得,葉兆言的小說,無論經從大雅的角度,還是大俗的角度來看,都面臨著嚴峻而迫切的挑戰。從俗的角度看,葉兆言的《花煞》等小說下筆未免過狠、過毒了些,那對於人性惡的鋪陳、渲染讀來總覺太誇張、太張揚,也太粗糙了。《走近黑夜》作為一部長篇小說其結構的處理也太隨意和簡單了些。從雅的角度說,《愛情規則》裏莎莎最後的結局所寓含的道德批判視角也過於強烈,這多多少少損害了小說的美學力量。而《追月樓》對於情節和故事的設置又顯得過於戲劇化,那種溢於言表的文人語式與文人心態,也許會適得其返,恰恰帶給讀者一種「故弄風雅」的感覺。

當然,這一切也許過於苛刻了些,對於能在大雅與大俗之間自由弛騁的葉兆言來說,他所達到的境界已經足以令人羨慕了。我這裡對他的歪評,最多只能算是一種提醒,對與錯之間早已無法計較了。至於葉兆言究竟願意做老巴爾扎克,海明威,還是馬爾克斯,也終究不是我能說了算的。但我不大同意有人所說的,葉兆言走出老巴爾扎克或海明威而走向誰誰誰的說法,我覺得,這未免小看了葉兆言,因為對他來說,所有的都是他需要的,他的否定不是簡單的拋棄,而是一種綜合與兼容,要不然,我們怎麼會說葉兆言是一位「可能性的大師」呢?

第七章　陳染：生存之痛的體驗與書寫

我早已慣於在生活之外，傾聽
我總是聽到你，聽到你，
從我沉實靜寂的骨中閃過。
一個斜穿心臟的聲音消逝了，
在雙重的哭泣的門裏。
只有悒鬱的陽光獨步，於
平臺花園之上
和死者交談。

——陳染《與假想心愛者在禁中守望》

　　作為一位女性作家，陳染在九十年代的中國文壇上確實具有一種獨一無二的言說價值。這種價值不僅體現在她所呈現的與九十年代的總體文化語境大相徑庭的一部部小說文本之中，而且更直接地從她卓爾不群的小說寫作姿態上標示出來。陳染對於小說實驗性、先鋒性和新潮性的偏執與堅守，使她的寫作自然而然地帶上了某種極端的意味，並自然而然地成了各種文化潮頭所無法迴避的一種尖銳存在。而對我來說，陳染在九十年代的無限風光則無疑堅定了我對於中國當代新潮文學的一種純粹個人化的判斷。我不同意評論界不絕於耳的那種關於新潮小說在八十年代末就早已死亡和終結的斷語，而是認為新潮小說在九十年代以後正進入一個新的復興發展階段。這方面最突出的標誌就是新生代新潮小說作家的湧現，陳染、魯羊、韓東、朱文等就是其中的傑出代表。在我看來，九十年代的中國文學之所以在商業主義的全面

圍困中依然能夠取得超越八十年代的巨大成就，本質上講就正得力於這些新
生代作家的風格獨具的個人化創作。離開了新生代作家的寫作，九十年代的
文學文本不僅必然的會黯然失色，而且簡直就無法想像。從這個意義上說，
我們對世紀末中國文學的研究和評判注定了就不能迴避對九十年代新生代作
家群的審視和闡釋。而具體到作家個體來說，陳染在新生代一族中又似乎尤
為引人注目。她的自由寫作的文人姿態、純粹而又邊緣化的女性文本經驗以
及前衛性的話語方式都無疑構成了九十年代中國文學的一方奇異風景。正因
為如此，對於陳染文本世界的進入和言說就既是我們剖析她個人化的藝術範
式的一個有效途徑，同時又是我們整體性地闡釋新生代作家的一個邏輯層面
和學術視點。

　　與時下商業大潮中的各種欲望化的生存狂歡景觀不同，陳染的小說呈示
的卻是一幕幕帶有終極意味的人類悲劇性生存景象。她把自己孤立於歡樂的
人群之外，以一種思想者的姿態體驗和言說著掩蓋於生存表象背後的那種生
存之痛。我不知道，當代還有沒有哪位作家會如陳染這樣專注於對生存痛苦
的發掘和書寫，但我敢肯定，在「生存之痛」的表現上陳染無疑是把文本主
題融入生命體驗的最真誠最絕對的一個。陳染是透明的，她勇敢地暴露和敞
開了她所體驗和感受的全部生命之痛，用她自己的話說就是她努力做到的就
是「讓那些應該屬於我的一個三十歲女人的血血肉肉真實起來，把欲望、心
智、孤獨、恐懼、病態、陰暗等等一切的本來面目呈現出來。」陳染又是隱
晦的，她在我們當下的世俗文化譜系之外又重建了一套超世俗的具有形而上
色彩的精神文化譜系，她對存在的言說很大程度上又讓我們重溫了那種在我
們時代已久違了的對於「生存」問題的哲學和神性關懷。顯而易見，她的這
種聲音和話語方式與流行的大眾話語系統是格格不入、無法共鳴的。作為一
個獨語者和孤獨者，陳染對於自我的極端堅守總給人一種無以釋懷的沉痛，
而同時她以瘦弱的女性之軀去獨自面對和承擔那巨大的生存之痛的生命勇氣
又不能不讓人油然而生敬意。她的微弱的、私語性的聲音也許沒有洪鐘大呂
那般振聾發聵，但卻也絕不是可以充耳不聞、忽略不計的。我驚訝於年輕的
陳染對於「生存」這個過於沉重的大話題的執著，更欽佩作為女性的陳染書
寫「生存」時的那種真正哲學化的思維。正因為如此，我覺得陳染應是我們
當下的一把難得的精神標尺，她對於「生存之痛」的出示將為我們提供一種
從混濁、黑暗的生存之地突圍而出並進入敞開和澄明境界的嶄新可能。而一

旦進入陳染小說的文本世界，我們會發現所謂「生存之痛」在她這裡也不是純粹形而上和哲學化的，它有著立體的多重的豐富層面和表現形態，我們可從下述幾個層次進行具體的考察。

其一，孤獨之痛。

讀陳染的小說，我們首先遭遇的就是在她的文本世界裏綿延不絕的那個龐大的孤獨者家族。無論是耄耋老者，還是妙齡少女，無論是在偏僻的小鎮，還是在繁華的鬧市，「孤獨」都是主人公們在不同時空中的共同體驗。而對陳染來說，「孤獨」顯然正是作家用以探尋人類生存困境和精神家園的一個特殊的藝術視角。某種意義上，對於「孤獨」的反覆言說也正是她所有小說的一個貫穿主題。青年評論家汪政和曉華就曾準確地用「習慣孤獨」來概括陳染小說的精神線索，並把「孤獨」命名為陳染小說的第一「主題詞」。而從陳染的創作自敘中我們還發現，「孤獨」並不僅是指她小說的文本狀態而且也正是她當下的寫作和人生方式的直接體現。陳染是一個對孤獨十分敏感並常常耽於孤獨的特殊個體，她自稱：「按照常情來說，我已經是一個孤獨而閉塞的人了。」「我極少外出，深居而簡出。到別人家裏去作客，常常使我慌亂不堪，無所適從……平日我在自己家中，在自己的房間裏胡思亂想清理太多的這個世界上的人和事的時候，我也是習慣拴上自己的房門，任何一種哪怕是柔和溫情的闖入（闖入房間或闖入心靈），都會使我產生緊張感。」在這種情況下，陳染和她筆下的孤獨者就具有了特定的親和性、同構性與互文性。也就是說，現實世界中的陳染與文本世界中的那些陳染的創造物在「孤獨」的語境中就具有了互為闡釋的生命關係。正因為此，「孤獨」這個帶有鮮明的現代主義和存在主義印痕的哲學「話語」呈現在陳染的文學文本中就有了中國此前的各種「現代主義」文本所未曾有過的那種體驗性與生命意味。陳染對於「孤獨」的言說本質上遠離了那種「思想」和「哲學」意義上的講述方式，而是把它融入了生存主體的生命體驗和感覺態度，並在對特定的「孤獨者」個體的塑造中真正凸現了「孤獨」話語的文學價值。在此意義上，陳染可以說是中國當代一位傑出的「孤獨」守望者和講述者，卓爾不群的「孤獨」話語方式和超凡脫俗的「孤獨者」群像是她對於世紀末中國文學的特殊貢獻。而對於「孤獨」話語的傾聽以及對於「孤獨者」群像的注目也顯然正是陳染提示給我們的兩把打開她文本世界的鑰匙。

在陳染的小說中，「孤獨」首先是一種生存狀態，一種彌漫性的生存氛圍。

主人公們活動其中的文本世界可以說是一個完完全全的孤獨者的世界，隔絕的空氣阻礙著人們自由的呼吸。無論是在家庭中，還是在社會中，主人公們都時時刻刻處於一種孤獨的境遇中，不僅生存個體彼此之間無法溝通，無法交流，而且甚至還彼此提防、窺視、詛咒著。我覺得在陳染的全部小說中都一直存在著一個貫穿性的抒情主體。從她早期的《歸，來路》《小鎮的一段傳說》《塔巴老人》，到近年來的《空的窗》《時光與牢籠》《站在無人的窗口》《另一隻耳朵的敲擊聲》《潛性逸事》《無處告別》《與假想心愛者在禁中守望》等小說，主人公以自我傾訴的方式呈現也好，命名為「羅莉」「水水」「雨子」「寂旃」「黛二」也好，儘管他們可以是男人也可以是女人，可以是老人也可以是少女，有著不同的語符代碼，但「孤獨」無疑是他們共同的生存體驗和生命表徵。一方面，孤獨是現實的生存世界對個體生命施加壓迫的產物。個體與社會和他人的對抗乃至敵視某種程度上正是孤獨感的深刻源頭。主人公們的許多怪癖和生存恐懼事實上只有在一個適宜「孤獨」滋生和繁殖的特定氛圍中才會萌生。這方面，《無處告別》可以說是一個典型的文本。黛二與朋友、與現代文明、與母親、與世界的那種緊張關係既帶來了她生存的那種巨大的「壓力感」，同時又直接用一次次的背叛、失望、陰謀、受騙、墮落等等的生存挫折創造了黛二的「無處告別」的沉重孤獨。而《小鎮的傳說》則更是一個寓言性的文本，羅古河北岸的神秘傳說和小鎮人心照不宣的現實文化狀態天衣無縫地交織成了一張覆蓋主人公精神生命的灰暗大網，羅莉陷入其中左衝右突並在極度的孤獨中走向瘋狂成為小鎮歷史「傳說」的新的一頁可以說正是一種無法掙脫的宿命。在「小鎮」這樣一種封閉性的生存「版圖」中主人公走向遮蔽、走向自我封閉、走向孤獨實在是最自然不過的結局。陳染的小說中反覆出現的「尼姑庵」「破廟」「破損的家庭」「空洞之宅」「牢籠」等等意象其實也正如「小鎮」一樣只有作為一種壓迫性的孤獨氛圍來理解才是合理的。另一方面，主人公的「孤獨」又強化了生存世界的非本真性和黑暗性。無論是《小鎮的傳說》對於羅莉孤獨和死亡的描寫，還是《塔巴老人》《站在無人的風口》對尼姑庵中塔巴老人和老女人孤獨生命的極端表現，抑或《空的窗》對盲女和老人兩重孤獨世界的探尋，都為我們揭示了「世界」對於人的荒誕和可怖的一面，並進而使主人公們的孤獨體驗獲得了一種支撐性的廣闊世俗「背景」。這方面，《麥穗女和守寡人》就相當典型，守寡人在深夜出行時對於「釘子」「門」「陷阱」等恐怖性場景的幻覺化想像就把世界對於人

的壓迫、威脅和扭曲以及在這種壓迫中人的巨大精神恐懼進行了充分的渲染。置身於小說的情境中，我們就會在一種總體的悲劇性氛圍中獲得對於「存在」的新的理解。

其次，孤獨在陳染的小說中還是一種生存態度，一種主動的對於世界、對於他人的對峙態度。世俗世界的灰暗固然製造和繁衍著孤獨，但對於生存個體來說孤獨也並不就是一種「負生存」。孤獨是一種孤立，同時也是一種逃離，是遠離遮蔽走向澄明之所的心靈突圍。孤獨是一種關係的喪失，但也是一種自由的獲得。也許正因為如此，我們閱讀陳染的小說，主人公們對於孤獨的珍愛和偏嗜總會讓我們怦然心動。《歸，來路》中「我」喜歡孤獨，怕開會，想辭職，「關上門獨自一個脫得一絲不掛」並沉迷於幻想和回憶是「我」的獨特愛好；《小鎮的傳說》中羅莉正是借助於離群索居開「記憶收藏店」的孤獨一度變得生機勃勃、青春煥發；《空的窗》則通過退休老教師對於「孤獨」的恐懼絕望和盲女對於「孤獨」的昇華的對比讓讀者目睹了現代人兩種不同的「孤獨」心態。在作者眼中盲女的孤獨其實正是一種特殊的生命境界，她對於世界的遠離和無視給了她闡釋這個世界的充分而絕對的自由。我們看到，陳染一方面對於現代人的孤獨之痛進行了充分的挖掘和書寫並很大程度上把它與人的生存困境聯繫在了一起，但另一方面作家又不願現代人在這種生存痛苦中被輕易壓垮，因而她的主人公面對「孤獨」時往往在體味痛苦之際也同時獲得了生存的勇氣。此情此景中的「孤獨」也就不僅給人以悲劇感而且更充滿了一種生存的悲壯了。

其二，家園之痛。

如果說孤獨之痛在陳染小說中是一種彌漫性的存在的話，那麼家園之痛則又是和孤獨相隨相依的一種更本質的生存痛楚。當然，所謂「家園」在陳染的小說中也是有雙重所指的。一方面，它對應於主人公當下的現實家園，另一方面，它又更指向人類的精神家園。走進陳染的文本世界，我們會發現她所營構和表現的「現實之家」幾乎全都是殘缺和破損的，「家」的喪失某種程度上已經成了主人公們生存悲劇性的直接注解和顯在表徵。一群無「家」的個體在寂寞如沙漠的世界上徒勞掙扎著，孤獨、苦悶、徘徊、變態乃至仇恨和死亡交織成了一曲人生的悲劇旋律，陳染的小說也由此覆蓋上了一層灰暗、清冷的色調。而具體考察陳染的小說，我發現她對「家園」失落之痛的表現又是沿著兩個特定的層面來展開的。一是父母之家的喪失。陳染的大部

分小說都是表現父母離異或父母遠離人世的「孤兒」的生存感受。作為一些「無父」的個體,「家」對於他們的保護和溫暖隨著父親的遠離而成了一種不著邊際的夢想。他們面對社會和世界時再也沒有了依靠和退路,「家」和世界一樣成了一種共同的壓迫他們生存和心靈的灰暗之所。正因為如此,對「現實之家」的逃離、恐懼乃至仇恨就成了主人公們經年累月的一種最日常的情緒與心態。《另一隻耳朵的敲擊聲》和《無處告別》兩篇以黛二和母親的內心矛盾為線索的小說可為代表。一老一少兩代寡婦在一個以牆和門窗封閉起來的空間裏進行著一場窺視與反窺視、詛咒與反詛咒、進逼與反進逼的心理戰爭,在這種愛與恨、親與仇互為交織的戰爭中,「家」的本真已隨嫋嫋的硝煙而消逝殆盡並最終蛻變為一座扭曲人性的「牢籠」與「地獄」。對於黛二來說,逃離「家園」甚至成了她生存幻想的一個重要內容,她與母親的內心較量很大程度上也正集中在「逃」與「關」這兩種對「家」的不同態度上。正如她自己所稱:「我永遠都陷在『離開』這個帝王般統治我一生的字眼裏。」可惜的是黛二最終並未能實現對於「家」的逃亡,這也是她終日陷在巨大的生存焦慮與痛楚中無以自拔的主要原因。與這兩部小說相似,《小鎮的傳說》《禿頭女走不出來的九月》《巫女與她的夢中之門》《潛性逸事》《站在無人的風口》等小說也都把「父母之家」解體的破敗景象以及這種「家庭」碎片對於主人公現實生存的巨大壓力描繪得淋漓盡致。在《禿頭女走不出來的九月》這部小說中陳染甚至隱喻地昭示我們:主人公「禿頭女」被父親打出家門的不幸其實正是她的大幸,相比於父母之家而言「尼姑庵」其實才更具有「家園」性質。一扇家門的關閉,正是另一扇家門開啟的前提。沒有父親的將她逐出家門,也就沒有「尼姑庵」向她的敞開。二是「自我」之家的破碎。陳染的小說世界內總是行走著一對對同床異夢的愛人、情人和友人。她的主人公不是寡婦、離婚者(或即將離婚者),就是妓女、同性戀、變態者。他們或者本就無家可言,或者是家的破壞者,現實之家在他們的衝撞、擠兌和拆解之下幾乎無一能免分崩離析的可悲結局。在這裡陳染表現了她對於愛情、友誼、親情等的悲觀和懷疑態度,並根本上否定了在「自我」與「他者」之間建立溝通和理解的可能性。如果說在《時光與牢籠》中水水與丈夫的愛情之家雖已經搖搖欲墜但卻仍還維持著一種世俗的形態的話,那麼,在《潛性逸事》中我們則和主人公雨子一道在現實之家灰飛煙滅的縷縷塵埃中目睹了愛情和友誼的雙重覆滅。雨子對於丈夫的粗俗日益不能忍受因而萌生了離婚的想

法，並告訴了自己心靈的「知音」李眉。然而，實際上李眉卻是她「心靈相通的敵人」，正是超凡脫俗的李眉最終要嫁給雨子的丈夫。生存荒誕和生命的尷尬就是這樣轟毀了人類的愛情之家。同樣的家園破滅景象在《飢餓的口袋》中也清晰可見，劇作家麥弋女士因為離婚而把她的現實之家改造成了一座「空洞之宅」。女友的同住和男女的短暫回歸不但未能給她絲毫「家」的回憶，相反卻從他們的雙重背叛中再次體味了「家園」人去樓空後的凄涼與辛酸。

　　與「現實家園」的失落相對應，對「精神家園」流逝的悲悼也是陳染小說的一個重要主題層面。對於現代人來說，「無家可歸」的生存焦慮既根源於現實之家的破敗，同時又更來源於內心和精神上的無助與無奈。而從根本上說，現代人的生存困境和絕望心緒的突出表徵就是精神之家的無處著落和無從尋覓。陳染的小說某種意義上正是在對主人公們精神之家流逝後的幻滅、痛楚、絕望、焦灼等等心態的解剖、呈示中逼進了橫亙在人類面前的這道永恆的生存難題。活躍在陳染小說中的生命都是那些精神之家的棄兒和放逐者。他們以自己決絕甚至變態的方式對抗著世界對抗著他人也對抗著自我。《歸，來路》中的「我」一方面固然因現實之家的喪失而有著在姐姐家做寄寓者的現實痛苦，另一方面更有著對於精神家園的焦慮和困惑，她對於孤獨的偏愛、對於回憶及怪想的執迷、對於世俗生活的厭倦都是尋找精神家園之旅受阻後茫然失落心態的一種典型表徵。《空的窗》中失去老伴的退休教師和失去光明與戀人的「我」都處在一種對「精神之家」的尋找與祈求之中。老教師對於送死信的虔誠一方面是他抵抗孤獨和絕望的精神良藥，另一方面也是他試圖在現實之家的廢墟上重建精神之家的生存夢想的一種實現。而盲人少女「我」在失去光明遠離現世沉入徹底的黑暗之後卻反而獲得了生命的澄明與敞亮，在她沒有失明之前所無法找尋的「生命與光亮」在她成為盲人之後一下子就照徹了她的心靈，以致她每天清晨都能矗立窗前眺望「太陽的升起」；《塔巴老人》中的塔巴和黑丫雖然是兩代無家的孤獨者，但在「尼姑庵」內他們的交流與相通又何嘗沒有為她們構築起暫時的「精神之家」呢？在此意義上我們似乎能對陳染小說主人公的「尼姑庵情結」和嚮往「幽僻之所」的怪癖獲得一種精神理解。一方面，對於尼姑庵以及各種「幽僻之所」的崇拜和呵護是他們悲劇性地失去現實之家後一種無奈的生存選擇；另一方面，這種舉措又是他們試圖超越世俗生存重建精神家園的主動而決絕的生命姿態的一種生動寫照。而毫無疑問，陳染對這樣一種精神努力是充滿感動和敬意的。

其三，失語之痛。

然而，在我看來，不管是孤獨之痛還是家園之痛，其本質仍是一種語言之痛。對於世界、對於「他者」的無法言說和失語實際上才是現代人生存痛楚和生存困境的最本質的表現形態。而陳染的小說對於人類失語之痛的表現可以說正達到了一個前所未有的高度。她小說中的幾乎每一個人物都是一些獨語者和準獨語者，他們對於世界和他人無從進入也無法對話，無一例外的都只有面對內心和自我一途，僅憑夢想、幻覺般的自言自語在生存的泥淖中沉淪、掙扎。「無人傾訴」的失語之痛可以說是各種各樣的主人公們共同的生存狀態和人生命運。而某種意義上，我們上文所分析的孤獨之痛也正是這種失語之痛的一種特定表現形式。失語之痛孕育並催生孤獨之痛，孤獨之痛反過來又更強化和加劇了失語之痛，兩者共同把主人公們帶入了生存之夜的黑暗和混沌之中。需要指出的是，陳染小說對於失語之痛的表現同樣也具有不同的表現層次。一方面，失語首先表現為世俗層面「對話」的艱難。在陳染的小說世界中每個生命個體相對於「他者」來說無疑都是孤獨而封閉的，溝通和對話不僅是不現實的而且實際上也是不可能和被否定的。在陳染所營構的世界裏，不僅父母和兒女之間存在深深的敵意無從對話，而且夫妻、情人和密友之間也都無不是些在本質上並沒有共同語言的陌路人。陳染的小說主人公大都是些傾訴者，但他們傾訴的對象都只能是他們自己，除此之外並不存在一個能聽懂他們傾訴之聲的「他人」，這是陳染對於主人公生存悲劇性的一個基本闡釋。在《另一隻耳朵的敲擊聲》和《無處告別》中我們可以從黛二與母親彼此的敵視、憎恨中清晰地目睹母女之間無從對話的悲哀與絕望。黛二「像一個陌生的旁觀者一樣審視這女人」，在她眼中，母親是一個有「矛盾、怪癖和絕望」的出色寡婦和「出色偵探」，並視之為自己「永恆的負疚情結」；而母親眼中的黛二則同樣是一個「謎」，一個無法理喻的怪胎。母女倆各自不同的話語邏輯就這樣導演和製造了一出家庭悲劇。而在《時光與牢籠》《與假想心愛者在禁中守望》《禿頭女走不出來的九月》等小說中陳染又把夫妻、情人之間的「無語狀態」作了生動的解剖。尤其是《禿頭女走不出來的九月》，這部小說實際上就是一個闡釋人類失語之痛的生動寓言。莫根和「我」是一對似乎無法分離彼此相知相愛的情人。但莫根突然失蹤了，他的消逝宣告了「我們」之間所謂心靈相通相互理解的虛假性。「我」並不能真正聽懂莫根的語言，而莫根對「我」的話語同樣也無動於衷。最終「我」不得不在小

說中承認：「我永遠是一個被人類之聲所隔絕和遺棄的人，一個失去耳朵的禿頭女」，「我的內心一向孤寂，世界繁亂的嘈雜聲永遠無法真正進入我的身體。」不過，我個人覺得，在對於失語之痛的書寫上，陳染最出色和最深刻之處還在於其對人類「偽對話」狀態的發現和揭示。這方面的典型文本是幾部描寫朋友間的親密友情之虛幻的小說，如《飢餓的口袋》《麥穗女與守寡人》《無處告別》等，其中《潛性逸事》最具代表性。在這部小說中雨子是把「不喜歡說話，習慣說半句話」的充滿神秘的李眉作為自己的心靈知音的。她自認最能聽懂李眉的沉默和「半句話」，也只有李眉才理解她自己的心語。作為親密的朋友，兩人也似乎確實做到了無話不談、心心相印，雨子要跟丈夫離婚的想法也只告訴了李眉一人。然而，隨著小說的向前推進，我們卻和雨子一道辛酸地發現李眉是如此的陌生和無法理解。而當丈夫向雨子宣稱李眉要嫁給他時，兩位朋友過去的相互傾訴立即就變得那麼的虛幻和不真實起來，所謂的語言和心靈契約自然也就土崩瓦解了。同樣的景觀在《麥穗女與守寡人》中也有出色的描寫，守寡人「我」在與英子「傾訴」到深夜後一起回家，但在出租車上「我」因精神幻象而殺死了司機。法庭審判時因為找不到誘拐者而無法為「我」定罪，在「我」希望心靈的傾訴者英子為「我」作證時，她卻指證「我」為誘拐者。現實就是如此的荒誕和不可思議，它再一次提醒主人公，人與人之間真正的「對話」只是一種自欺欺人的烏托邦想像。另一方面，「失語」又表現為哲學層面上神性和精神話語的缺失，這種缺失作用於陳染小說文本就是對於「現實」的懸擱與放逐以及對於「過去」和「回憶」的迷戀。閱讀陳染的小說我們不難發現，她對「現實話語」的捨棄是一貫而絕對的，她全部小說的話語指向幾乎全都是針對「過去」的，「向過去傾訴」我覺得正是她小說的一種最基本的話語狀態。這種狀態一方面固然使「失語之痛」和「時間之痛」結合在一起深化了作家對於存在之痛的表現，同時也賦予了她文本一種抽象的形而上意味，進而較好地凸現了陳染對於「存在」問題的現代主義態度。而實際上，在我看來這才是陳染對於「失語」問題思考的核心所在。在《歸，來路》中陳染最先表達了拒絕現實話語的焦灼和尋求超現實精神話語的渴望。「我」大學畢業留校任教本是人人羨慕的事，但「我」卻充滿了壓抑和孤獨感。無論是對於學校裏的各式人等還是姐姐和姐夫，「我」都沒有共同語言，即使與 H 女的同性戀行為也絲毫不能喚起「我」的丁點話語欲望，而只想把自己封閉在往事、回憶和怪想裏虛構精神上的對話者。一

夜不歸之後，「我」與二千五百歲老者的交談和對話無疑是精神幻象發揮到極致後的產物。雖說二千五百歲老者也很難說就是一個真正意義上的神性話語的發出者，他對於「自我」「人」等等的言說事實上也並未超越現代主義的話語範疇，但對「我」來說，一個傾聽和對話對象的獲得，至少，在某些精神層面上使「我」的生存焦慮得到了一定程度的緩解。其後《小鎮的一段傳說》《塔巴老人》《空的窗》《站在無人的風口》等小說也都把主人公追求神性話語的心態歷程真實地坦露了出來。在這些小說中，主人公對於神性的祈禱首先就表現在對於「時間」的敏感上。小說敘述都向著「過去」飛奔，「現實」是一種缺席的存在，「回憶」是一種基本的人生方式和小說方式。《小鎮的傳說》中羅莉就是憑藉對於「記憶收藏店」內神秘往事的發現與沉迷而獲得擺脫現實生存困境的精神力量的。遺憾的是她在過去歲月中的風塵僕僕和喁喁私語並未使她真正接近救贖現代人的神性之光，相反卻被厚重的與「現實」同謀的「過去」吞沒、毀滅了。《巫女與她的夢中之門》中的「我」更是對於時間有著一種特殊的崇拜和恐懼，正如小說中所說：「九月是我一生中一個奇奇怪怪的看不見的門」。「我」在九月裏被父親打出了家門，又在九月裏走向「尼姑庵」這新的寄寓之地，還在九月裏遭遇到了父親一樣光脊背的男人，讓他破了貞操。「九月」的命運就這樣決定了「我」對於現實的絕望和失語，「我只與內心的九月互為傾訴者，分不清我們誰是誰」。而《塔巴老人》中的老人和《空的窗》中的盲女也都是在對於「往事」和時間的執著中接近心靈和精神之中的神明的，老人話語中的神是過去的一段愛情，盲女話語中的神則是現實中永不存在的光明。儘管與虛幻的過往之愛的對話只是把老人孤獨地送入了墳墓，對心中光明的眺望也並未把盲女從生存的黑夜中拯救出來，但是在那微弱的神性之聲裏，我們是能感受到主人公精神的巨大震顫的。同樣的生存景象在《站在無人的風口》這篇小說中也有很好的表現，老尼姑謎一般的一生其實正是浸泡在一段無法訴說的辛酸往事裏，作為「一個靠回憶活著的人」，她與兩套玫瑰外衣的竊竊私語正是她悲劇人生的形象寫照。本質上，她並未能進行一次走向「神」的真正對話，而是在她的「漫無邊際的心靈黑夜」裏演繹了「世界的悲劇性結構」並「在永久的沙漠裏終於被乾旱與酷熱變得枯萎」了。其次，陳染小說對於神性精神話語的祈求還表現在主人公總是堅守沉默並以寫作和文字對存在與虛無本身發問。陳染筆下的人物通常都是作家、詩人或文字工作者，他們往往能在無人對話的境遇中以文字的

方式與自己對話、與存在對話、與虛無對話。陳染熱衷於對冥想、夢境、幻象等等的書寫，而這正是虛構神性對話者的一種特殊的想像方式。《潛性逸事》中雨子就自認「熱愛文字是她的性情與思維使然」，並在夢境和預言般的心靈氛圍中把自我的生存之痛演繹得盡態極妍。《另一隻耳朵的敲擊聲》中黛二一方面「記錄她所看到的行為怪異者與精神混亂者的言行」，一方面也在這種夢遊般的寫作中與文字本身建立了一種對話關係。《飢餓的口袋》中的劇作家麥弋女士更是把現實的生存和電腦文字對應、混淆為一體，在她與電腦的對話裏真實與虛構已經泯滅，生命的荒誕和生存的沉重都只是在幻象裏浮沉。而《與假想心愛者在禁中守望》則更通過主人公與照片上的情人的幻覺對話，以及現實中與鋼琴師的無從對話，把現代人尋求神性對話者的幻滅之痛渲染、刻畫得入木三分。陳染昭示我們：現代人既然失去了現實的對話者，那麼他也就不可能找到精神上的真正對話者，無法言說的「失語狀態」將是現代人的一種宿命。而一旦人的生存與語言脫離了，那麼重返語言之途就更是充滿了悲劇性。在此意義上，上文所說的陳染小說主人公嚮往「幽僻之所」的「尼姑庵情結」也同樣是與他們的失語之痛互為因果、互為闡釋的。

　　在對陳染小說中的生存之痛做了如上分析之後，我覺得對陳染小說進行一種總體概括似乎是迫在眉睫的。因為，作為當代中國文壇一個風格獨特的寫作者，陳染的小說形態無疑具有多種形態和多種言說可能性。在陳染的藝術世界裏，對於「存在」的追問是她小說的總主題，對存在的遮蔽狀態的表現與書寫是她的基本藝術視角，對於女性孤獨者變態的生存心理和人格形象的塑造是她對當代文學的特殊貢獻。本章對其小說「生存之痛」的分析與闡釋只不過涉及了陳染全部藝術世界的一個極微小的層面，它還遠遠不能構成對陳染的完整闡釋，但我希望這是一個良好的開端。

第八章　畢飛宇：感性的形而上主義者

一

　　在迄今為止的小說創作中，畢飛宇雖然進行過多種多樣的藝術嘗試和探索，但他的作品所呈現出的總體風格卻基本上是統一的，那就是感性與理性、抽象與具象、形而上與形而下、真實與夢幻的高度諧和與交融。他的小說有著豐滿感性的經驗敘事的特徵，但同時他對於抽象的形而上敘述又有著更為濃厚的興趣。表面上，他的小說創作也呈現為三個階段，即歷史的階段、哲學的階段和世俗的階段。但畢飛宇不認為這三個階段只是一種題材的區分，他認為這三個階段其實代表的是他對於小說和世界的不同態度、不同視角與不同理解。在致筆者的信中，他宣稱這三個階段只有就小說的語義承載而言才是有意義的，他說：「我的想法是使作品呈現出『歷史的』語義、語氣、語態，『哲學的』語義、語氣、語態，『世俗的』語義、語氣、語態。」〔註 1〕可以說，正是在這種不同的「語義、語氣、語態」裏畢飛宇凸現了他的非凡想像力以及他對於現實與歷史的深刻體驗與特殊敏感，並從而實現了他「抽象的敘事」的審美理想，在他看來，「抽象所帶來的平靜、宏大、形而上，實在是一種大美」。〔註 2〕許多人都承認畢飛宇的小說有某種難得的「大氣」，我想，這種「大氣」離不開他的「抽象」，也離不開他的想像與經驗，更離不開現實與歷史、想像與經驗在「形而上」旗幟下的特殊遇合。事實上，畢飛宇對於許多基本的藝術問題的理解都是形而上化的，這直接決定了他小說的藝

〔註 1〕畢飛宇 1998 年 3 月 27 日致筆者信。
〔註 2〕畢飛宇 1998 年 3 月 27 日致筆者信。

術風格和寫作姿態。比如，他所理解的「語言」「是一種語詞的滲透、互文，它們『液化』成句子，使句子（敘述、白描等）上升為一種語言，一種參與世界的方式，一種美。」而「現實主義」在他眼中也與我們的經典理解迥然不同：「現實主義應當從哲學意義和語言學意義上分別對待之。現實主義其實是語言對『在』的一種走勢與趨使，是語言對『生存』的一種親近企圖，離開了這個，先談『人物』『細節』，又能說出什麼呢？現成的例子是，《水滸》也許比《西遊》更浪漫，《紅樓》也許比《百年孤獨》更魔幻。語言親近此岸的，無論花樣如何，都是現實主義的，語言親近彼岸的，無論形態多麼質樸，都是非現實主義的。」〔註3〕而就我個人的閱讀體會而言，畢飛宇小說的此種風格在他的藝術世界內又集中體現為作家對「錯位情境」的出色塑造。在他的小說中，「錯位情境」是多維立體的，也是寓含豐富複雜的。它是世俗的，又是哲學的、形而上的；它可以指涉個體的生存狀態、心理狀態、人性狀態與命運狀態，又可以整體性地指涉某種對於歷史或現實的寓言化理解；它可以是一種真切、具體的「實在」，也可以是一種隱喻、抽象的象徵，或一種虛幻的精神氛圍；它可以是背景，是手段，又可以是目的，是主體，是對象……我覺得，「錯位情境」既是畢飛宇呈現他審美理想的藝術載體，又是他能夠把感性經驗溶入抽象敘事的藝術橋樑，對它的有效闡釋，將是我們理解畢飛宇及其小說的前提。

二

首先，「歷史」的錯位。畢飛宇是一個對「歷史」有特殊興趣的作家，這可能與他在寫小說之前那段「學者夢」有某種程度的關係。他的許多小說中，敘述者都是史學研究者或歷史學家，《敘事》中的「我」是史學碩士，而《駕紙飛機飛行》中的「我」則是史學博士。在他看來，「歷史」是人類生存不可逃避的淵蔽，它制約和決定著人類的現實與未來。但「歷史」又永遠是可疑的，它充滿主觀性、意識形態性和欺騙意味，所謂客觀、公正、真實的「本真歷史」只是一個虛幻的神話。也正因為如此，我們所熟知的「歷史」與那種隱藏在「歷史」帷幕背後的「本真歷史」常常是「錯位」的。而恰恰是這種「錯位」構成了「歷史」存在的本源與真相，構成了人類生存的最大悲劇與荒誕。畢飛宇在他的小說中所致力的就是對這種「本源」與「真相」的叩

〔註3〕畢飛宇 1998 年 3 月 27 日致筆者信。

問和揭露，他無意於單純的「解構」或「建構」某種「具體的歷史」，而試圖在對「歷史」的抽象化追問中實現對於世界和「歷史」的雙重闡釋。我把中篇小說《孤島》看作是畢飛宇創作歷程的真正開端，實際上這的確是一個不錯的開端。在這篇小說中，畢飛宇既顯示了他感性地營構「歷史」語境的獨特才能，又淋漓盡致地展現了他以寓言化的方式追問和觀照「歷史」的形而上情懷。「揚子島」是一座遠離人類文明和時間秩序的孤島，它本是一個自足自為具有神秘、雄渾、野性氣息的生態群落和「歷史」存在。但一場龍捲風帶來了文廷生、熊向魁、旺貓兒三個「天外來客」，這裡的「歷史」和原先的穩定秩序就被徹底改變和打亂了。從此，雷公嘴、文廷生、熊向魁之間勾心鬥角的權力爭鬥就成了孤島「歷史」的主要內涵。在「權力」欲望的驅使下，一次次的陰謀、一次次的罪惡構成了「歷史」的主體與動力，而一個個的生命則成了「歷史」的犧牲品，「歷史」在此露出了它猙獰而血腥的本相。主人公熊向魁對「歷史」的認識就是如此，「他預知自己的生命離輝煌的頂點不再遙遠。這個頂點，是權力，是統治別人，駕馭別人的肉體和靈魂的統治力。人活著除了能支配別人外，還有什麼趣兒！至於光陰倒轉、歷史回流，人頭落地，那又有什麼相干？只要你有了權，你就可以宣布『歷史在前進』。誰敢說真話你就可以讓他閉嘴，永遠地閉上！在揚子島，什麼是歷史？歷史就是統治！歷史必須成為我的影子，跟在我的屁股後頭轉悠，它往哪兒發展，這都無所謂。否則，我寧可把它踩在腳底下，踩得它兩頭冒屎。」在作家筆下，近乎封閉的揚子島，雖然有著承載「歷史」闡釋的獨立功能，但實際上它又更是寓言性的，揚子島的「歷史」可以說是整個中華民族的歷史甚至整個人類文明史的一個縮影、象徵和寓言。在這個寓言裏，作家既展示了人性與歷史進程的特殊關係，又揭示了歷史的種種偶然性與神秘性。正如小說中所說的：「歷史這玩意兒偶發因素實在是太多，只要哪兒出了點問題可能就完全走樣兒了。歷史無所謂必然，所謂必然必須在事情發生之後。在事情沒有發生以前，你無法知道歷史『必然』要往哪裏行走」「你要是處於某一歷史中，你就不能正確地看待這段歷史，你會把歷史看得異常神秘，只有回過頭去，你才知道歷史正如你吃飯拉屎一樣簡單。這種錯位正是歷史的侷限……。」

如果說，《孤島》借助於「歷史」的混沌與錯位表達的是作家對於「歷史」的一種整體性懷疑的話，那麼到了《楚水》和《敘事》中「歷史」的「錯位情境」中則融入了更多的文化、家族、種姓和個人命運的內涵。《楚水》的敘

事建立在「天災」（水災）、「人禍」（日本侵華戰爭）這兩個歷史背景上，對於「楚水」來說這是一個強制性的、錯位的「歷史」。它不僅使生活在楚水的人們脫離了他們原來的生活秩序，而且使楚水的文化、現實與「歷史」進程被迫中斷、扭曲、變形。這種新的「歷史境遇」使得楚水人的生存遭到了極大的威脅。與《孤島》整體性地呈現「歷史」的「錯位」過程不同，《楚水》重點探討的是主人公們對這種充滿頹敗氣息的「錯位境遇」的反應態度，以及他們生存方式、生存心理和深層人性的變化。馮節中是這段歷史的主角，這個在「北平讀過大學」且對屈原的詩「依前聖以節中兮，喟憑心而歷茲」情有獨衷的「詩人」，在一場大水破壞了他回鄉發財的美夢之後，很快就憑他的無恥與「聰明」發現了另一條發財大道。他用「一天三頓米飯，一個月兩塊大洋」的餌把那些被大水困得精疲力竭、餓得兩眼發綠的姑娘們、媳婦們騙到了他的船上，一轉眼間就在城裏開起了一家供日本人玩樂的妓院——青玉館。小說在對馮節中的卑鄙無恥人性進行揭露的同時，也對普遍人性的苟安與墮落給予了沉重的批判。對這些妓女來說，她們無疑是受害者，是受虐者，但不幸的是她們之中除了桃子憤而自殺之外，其餘人則麻木愚昧，對受虐無動於衷，其中「滿江紅」「雨霖鈴」甚至還表現出了某種做「婊子」的天才，為了爭得頭牌妓女的地位，兩個人極盡其能地勾心鬥角著。在這裡，作家把「歷史」的荒誕與人性的荒誕相融合揭示了歷史頹敗的沉重意味。不僅如此，作家還把他對歷史和人性的批判視角延伸到了「文化」層面上，從而把「歷史的錯位」抽象成了「文化的錯位」。馮節中把二十個妓女的名字編排成「念奴嬌」「沁園春」「摸魚兒」「滿江紅」「雨霖鈴」這些充滿詩意的詞牌，但這些妓女只不過是供日本人蹂躪的玩物，作家以反諷的筆調傳達的無疑是對中國傳統文化破敗命運的思索。而馮節中更是沒落中國文化的象徵，是一個病態、畸型的文化象徵體，在他身上美與醜、善與惡、卑鄙與崇高、骯髒與乾淨全被以一種扭曲、變形的方式結合在一起，他已經腐敗墮落到了不知何為墮落的地步。他的房裏掛滿了名貴字畫，他甚至還在圍棋的黑白世界裏贏了侵略者鹽澤，但這一切都無法更改他出賣自我、必然滅亡的命運。他的無恥甚至連侵略者鹽澤也不以為然，鹽澤說：「我們做什麼了？我的兵向來守紀律，他們不胡來，他們只不過是付錢嫖妓，叫姑娘當妓女的不是我們，是你。」而同樣從「文化」的視角闡釋「歷史」，《敘事》則在《楚水》的基礎上進一步把對「歷史錯位」情境的探討延伸到了現實領地，把對「文化」的

懷疑演變成了對於「自我」的懷疑，作家試圖揭示「歷史錯位」對於現實生存的巨大精神壓力與心理焦慮。在小說中聯結「歷史錯位」境遇和「現實生存」困境的樞紐則是「種族的認同」問題。小說以「歷史」和「現實」相交織的視角展示了三重婚姻關係，即「我」與「林康」的「當值婚姻」「我的父親」和「我的母親」的婚姻以及日本軍官板本六郎和婉怡（「我奶奶」）的婚姻，把這三種婚姻關系聯繫起來的則是「我的家族史研究」。在「我」的研究中，「人體是歷史的唯一線索，人體是歷史唯一的敘事語言」，林康因與她的老闆私通，因而其身孕有極大的可疑性質；而「我」自身的血統也同樣可疑，「我身上流著四分之一的日本人的血」，因為在那個錯位的「歷史」情境裏面，日本人板本六郎對婉怡實施了「性佔領」，「這樣的大屈辱產生了父親，產生了我，產生了我們家族的種性延續」。這樣，「歷史」與「現實」在「種性」問題上就以一種荒誕的方式完成了宿命性的循環，在這種循環中「自我」迷失了、家族也迷失了，「我」對種性的探討最終淪入了一種絕望而尷尬的境地。儘管作家試圖通過文化的追思來實現「語言的自我確證」，以逃避血緣鎖鏈中「我是日本人」的困窘，但「語言」和「文化」價值的肯定（比如板本六郎的對中國書法的崇拜）並不能掩蓋「種姓歸屬」的迷惘，相反它可能更加劇了主人公現實生存的悲劇性。

不過，在畢飛宇的「歷史」寓言類小說中最精彩的還是《是誰在深夜說話》這部中篇小說。在作品中，作家把現實的寓言和歷史的語言相交織，把對「歷史」的「建構」與「解構」置於一種和個體的現實感受、歷史情懷息息相關的荒誕語境中，十分具象而抒情地展現了「歷史」大廈崩潰的「哲學情景」。文本以「城牆」作為結構的中心，它是一個客觀的「實體」，又是一個象徵性的「意象」，其作為一個承載著歷史和現實雙重內涵的特定語符，聯結著小說的兩條基本情節線索。一條線索是居住城牆根的「我」在現實狀態下的「歷史夢遊」。「我」常在深夜在城牆下散步，不時在想像中遭遇「明代」、走進「明代」。而美人小雲在「我」的「明代情結」中則有著明代秦淮名妓的風韻。但是，當「我」有朝一日終於和小云「苟且」之後，卻在小雲的「俗態」裏發現重溫歷史的夢想實在太過荒唐；一條線索是來自興化的建築隊對於破敗的明代城牆的修復。建築隊曾許諾把城牆修復得如明代一樣，甚至還要比明代「完整」。可等城牆修完了，「我」卻發現舊城牆磚仍然堆在那裡，並未動用。「城牆復好如初，磚頭們排列得合榫合縫，邏輯嚴密，甚至比明代

還要完整，磚頭怎麼反而多出來了？」「歷史恢復了原樣，怎麼會出現盈餘呢？」歷史顯然承擔不起這種苛刻的追問，它昭示：任何對於歷史的修復都是虛妄的，任何對於歷史的主觀闡釋都是遠離歷史真相的，「歷史」裏面永遠都有著無法破解的「神秘餘數」。這也就是作家所要揭示的「歷史」哲學。在這部作品中，作家讓他的「寓言」、讓他對「歷史」的形而上「抽象」凝結在感性可觀的「城牆」意象上，讓「哲學思索」和歷史感受從小說的情節和故事肌離中自然地「生長」了出來，其成功的藝術經驗值得稱道。

三

其次，人性的錯位與心理的錯位。這一類小說對應於畢飛宇自稱的「世俗語態」，它以現實的破碎狀態為表現對象，以現代人生存困境的剖示為基本藝術目標，尤其在對現代人生存心理和人性異化狀態的刻畫上畢飛宇表現出了他不俗的才能。而在這個意義上，「錯位」實際上就是「異化」的同義詞。這方面，我們首先應該提到的小說是《雨天的棉花糖》。這是一部敘述感覺與形而上內涵結合得相當完美的小說，我一直把它視為畢飛宇的代表作。在這部小說中作家以它沉重而又樸實的筆墨敘述了一個個體生命與現實、文化、習俗、家庭、社會等等方面的「錯位」，並在這重重錯位情境中揭示了主人公人性變異、生命扭曲的悲劇命運的深層內涵。進入小說世界，我們發現，紅豆生命的第一重悲劇是他的「性情角色錯位」。他身為男兒卻很女性化，從小就是一個「愛臉紅、愛忸怩的假丫頭片子」，「紅豆曾為此苦悶。紅豆的苦悶絕對不是男孩的驕傲受到了傷害的那種。恰恰相反，紅豆非常喜歡或者說非常希望做一個乾淨的女孩，安安穩穩嬌嬌羞羞地長成姑娘。他拒絕了他的父親為他特製的木質手槍、彈弓，以及一切具有原始意味的進攻性武器。」這種「錯位」當然會帶給紅豆一些生存的尷尬與困窘，比如在青春期他就常受到大龍們的嘲笑，但不管怎樣，在作家筆下，紅豆都不是一個變態者，無論從心理或生理意義上看他都仍是一個健康、正常的生命個體，只不過他有一種迥異於一般男性的獨特稟性而已。紅豆生命的第二重悲劇是他的「社會角色的錯位」。本來，女性氣質的紅豆適合的也應是一種特殊的社會角色，比如像敘述者「我」一樣上大學、當官或成為一個作家、藝術家之類都是不錯的選擇，但命運偏偏讓他走進軍營，去忍受哪怕最男性的人都難以承受的生命境遇。在這樣的「錯位情境」裏，紅豆的失敗悲劇注定了是難以逃避的。而

紅豆生命的第三重悲劇則是他的「自我意識」與「公眾文化心理」的錯位。應該說，這才是殺害紅豆的劊子手，是紅豆悲劇的真正核心。紅豆犧牲的消息使紅豆成了一個英雄，可以說，他的「死」帶給紅豆家人和社會的與其說是一種悲痛，不如說是一種欣慰。但不幸的是紅豆「死而復生」，他作為一個「俘虜」被放回來了。這一結果使人們普遍對紅豆感到失望。他的「英雄」父親對他的厭惡是自不用說了，甚至他的母親也說：「豆子，媽看你活著，心像是用刀穿了，比聽你去了時還疼……。」紅豆只能在痛苦的戰爭記憶和世俗的精神壓力的雙重夾擊下淪入一種由恐懼、自憎、自疑、焦慮、絕望等灰暗情緒編織而成的深淵之網中，他徹底迷失了「自我」，只能在二十八歲的年齡精神分裂絕望地離開了這個世界。這是一篇相當有思想深度和現實批判力度的小說，作家用筆的冷峻、犀利某種意義上使我們看到了魯迅的風格，而紅豆的悲劇也有著祥林嫂悲劇的影子，他個人的生命、靈魂、人性、命運「異化」的背後隱藏的是巨大的「社會集體無意識」黑手，它才是造成主人公悲劇的真正根源。

與《雨天的棉花糖》從社會文化心理意識的批判入手探討人性「異化」問題的藝術視角相一致，《枸杞子》《受傷的貓頭鷹》《充滿瓷器的時代》《祖宗》等小說對於生活的錯位情境和人性的錯位情境之間對應關係的揭示也同樣具有引人入勝的藝術效果。《枸杞子》中的生存「錯位」源於斟探隊的來到和父親的「手電筒」，而「北京」的與人私通以及被謀殺則是這齣「近乎無事的悲劇」的「死水微瀾」，它對應的是人性的麻木與萎縮；《受傷的貓頭鷹》則通過對於一隻「受傷的貓頭鷹」的殘酷虐殺批判了人類日常人性中潛藏的殘忍的攻擊性本能；《充滿瓷器的時代》在對歷史與現實中的兩次「錯位」的「偷情」事件的敘述中彰顯的是人性慾望的某種毀滅性氣息；而《祖宗》更是在一幕精彩的家庭戲劇的白描中，通過後代們對於「太祖母」的謀殺，揭露了人類謀殺歷史的罪惡企圖和潛意識深層的性惡本能。

與上述小說於生活的「錯位」中挖掘、表現「人性惡」的追求不同，畢飛宇「世俗語態」的小說更多的還是著眼於對於「錯位」狀態的生存心理和情感意識的細膩剖析。這方面，《五月九日或十日》《生活邊緣》《哺乳期的女人》《九層電梯》《那個男孩是我》《武松打虎》等小說可為代表。《五月九日或十日》這篇小說沒有緊張的故事情節和矛盾衝突，只藏頭露尾地敘述了一個事件：妻子的前夫在五月八日晚上突然來訪了。應該說，這位「不速之客」

是在一個錯誤的時間、以一種錯誤的方式來到了一個錯誤的地方，他製造了
生活中一次突然而然的「錯位情境」。此時，預感、猜疑、忌妒、仇恨、憂鬱
等可能的心理情緒密布在文本的每一寸空間裏，會發生什麼事呢？小說充滿
了內在的緊張與期待。可實際上卻什麼事也沒有發生，前夫睡了兩天覺後不
聲不響地走了。作家沒有戲劇性地去表現這對夫妻的穩定生活狀態被打亂的
過程，而是「以靜制動」，十分沉著、到位地展示主人公們一如既往的平靜、
單調甚至重複的日常生活，把他們複雜洶湧的心理活動全部控制在文本的潛
在空間裏。畢飛宇在「人物心理戲劇化」方面舉重若輕的才能令人稱道。而
這種「心理戲劇化」的特徵在《武松打虎》中則表現為主人公阿三對老婆與
村長偷情事件的矛盾心態上。小說通過孩子們的一場「戰鬥」把「你媽媽和
隊長睡覺」這一人所共知的事實推到了阿三面前。阿三再也無法佯裝不知，
只得喝了酒去找隊長。可隊長是「老虎」，他卻不是「武松」，只是在隊長門
前「憑什麼，憑什麼」喊了幾聲，就被隊長訓斥回去了。小說的高潮是在晚
上等候聽說書的打穀場上，阿三的老婆和四嬸以及隊長的老婆爆發了一場「打
鬥」，這把阿三的悲劇進一步公開化了。可不幸的是，講「武松打虎」故事的
說書先生掉到河裏淹死了，「武松打虎」的情境再也不會重現了。這是一個具
有隱喻意味的象徵性情節，它表明在隊長的「權力語境」裏面，阿三這類小
人物的「打虎」夢想永遠也不會實現。我們看到，作家雖然沒有直接去分析
和展示阿三的生存心態和心理痛苦，但通過幾個白描性的場景描寫，阿三豐
富、複雜、多維的心理世界和情緒世界可以說已經感性而立體地呈現在文本
中了。而《生活邊緣》則向我們展示了生活中兩種類型的錯位情境：一是夏
末和小蘇的「邊緣狀態」。小蘇大學畢業後不願回山溝教書，放棄工作和畫家
夏末「未婚同居」，但小蘇又懷孕了。生活的、精神的、心理的、情感的巨大
壓力使他們陷入了一種尷尬無奈、焦灼憤激的生存困境之中，他們的掙扎既
無望，又可憐。二是房東阿娟、耿師傅家的「兒子」悲劇。耿師傅夫婦因為
生了個兒子而歡欣鼓舞，可他們沒有注意到啞女小鈴鐺卻因為小弟弟的來到
而感到了巨大的情感失落。而小鈴鐺情感焦慮與心理仇恨的直接後果就是她
用剪刀剪去小弟弟的「小雞」這悲劇性的一幕。小說把兩種「錯位情境」在
小說中交替呈現，淋漓盡致地揭示了日常生活中小人物們的生存心態與精神
情緒，尤其對小鈴鐺病態心理的精神分析入木三分、十分到位。而與這篇小
說相似，《哺乳期的女人》對於兒童特定生存心理的精神分析也十分精彩。旺

旺生活中的「錯位」表現在他從小沒有吃過母親的奶，他是喝奶粉長大的。
而父母整天在外做生意，也使旺旺實際上處於一種母愛的「缺乏」狀態。這
使得鄰居惠嫂飽脹的乳房構成了對於他的巨大誘惑。終於，在某一天，旺旺
一口咬住了惠嫂的乳房。實際上，旺旺對奶的渴望正是對於母愛的一種渴求，
這是非常健康而正常的童性心理的體現。小說的深刻在於從旺旺的行為伸發
開去，通過人們過於激動的「反應」，對於普遍人性心理的陰暗、卑瑣進行了
無情的批判。從「這小東西，好不了」的竊竊私語中，我們聽到的不是旺旺
的病態，而是斷橋鎮整個文化氛圍和大眾群體的精神畸型，正是它們完成了
對於一個年幼兒童的心理迫害。

四

　　需要指出的是，對於畢飛宇來說，「歷史」的錯位情境和「世俗」人生
錯位情境的挖掘並不是其小說的根本目的，對於世界與人的哲學把握、對於
歷史與現實「錯位情境」背後的「哲學語態」和「意義錯位」狀態的發現才
是其小說最基本的主題線索。不過，畢飛宇的「哲學語態」與前面我們分析
的「世俗語態」和「歷史語態」並不具有分類學的意義，也不具有時間的先
後意義，而是處於一種共時性的結構狀態中。「哲學語態」是對於「歷史語
態」和「世俗語態」的一種抽象與昇華，是畢飛宇小說的藝術目標與理想歸
宿，實際上三者是密不可分地膠合在一起的。因此，在他小說的「歷史語態」
和「世俗語態」背後實際上都隱含著「哲學語態」的「深度模式」。這種特
徵從最表層意義上來看，直接體現在畢飛宇小說的敘述人設置和敘述語式
上。他的小說的「敘述人」大都是一些喜歡沉思冥想、追根問底的「學者」
型知識分子，他們總是會在小說中不時跳出「故事」之外直接表達自己對於
世界、人生、歷史、時間等等的「哲學化思想」。比如，在他的文本中我們
會時常讀到這樣的文字：「拯救揚子島人的命運與揚子島人自身的命運之關
係，頗似於歷史之於時間的關係。不論歷史往哪個方向延伸，時間總是不慌
不忙地按照自身的速度往前走。時間蘊含著歷史，而歷史時常錯誤地以為自
己操縱著時間的走向。說到底，時間的人化才成了歷史，換言之，歷史只不
過是時間的一種人格化的體現。宇宙中，真正的、合理的生命其不可逆的唯
一形式只有一個：時間。時間，作為空間的互逆表現，是一種絕對的存在與
絕對的真——而歷史，只不過是時間的一節大便，歷史所提供的空間，則被

時間邏輯界定為這種大便的廁所」(《孤島》)、「知音相遇作為一種尷尬成了歷史的必然結局。賣琴人站在這個歷史埃口，看見了風起雲湧。歷史全是石頭，歷史最常見的表情是石頭與石頭之間的互補性裂痕。它們被胡琴的聲音弄得彼此支離，又彼此綿延，以頑固的冰涼與沉默對待每一位來訪者。許多後來者習慣於在廢墟中找到兩塊斷石，耐心地接好，手一松石頭又被那條縫隙推開了。歷史可不在乎後人遺憾什麼，它要斷就斷」(《賣胡琴的鄉下人》)、「歷史的敘述方法一直是這樣，先提供一種方向，而後補充。矛盾百出造就了歷史的瑰麗，更給定了補充的無限可能。最直接的現象就是風景這邊獨好。從這個意義上說，補敘歷史是上帝賜予人類的特別饋贈」(《充滿瓷器的時代》)、「信仰淪喪者一旦找不到墮落的最後條件與藉口，命運會按排他成為信仰的最後衛士」(《因與果在風中》)、「『厭倦』在初始的時候只是一種心情，時間久了，『厭倦』就會變成一種生理狀態，一種疾病，整個人體就成了一塊發酵後的麵團，每時每刻都有一種向下的趨勢，軟綿綿地坍塌下來」「遊戲實在就是現世人生，它設置了那麼多的『偶然』，遊戲的最迷人之處就在於它更像生活，永遠沒有什麼必然」(《那個夏天那個秋季》)。我們當然承認這些具有「思想火花」性質的敘述文字對於深化作品思想意蘊和精神主旨的特殊價值，但同時這種「哲學語態」實際上也為畢飛宇的小說在藝術上設置了兩個難題：一是觀念化問題；一是感性與理性、經驗與哲學的游離問題。應該說，在畢飛宇一部分小說中這兩個問題是明顯存在的，敘述者抒情、議論的衝動多少影響了小說的整體美感。但對這個問題又不能一概而論，同樣是在小說中直接闡述形而上思想，他的「第一人稱」視角和「第三人稱」視角小說的效果就不一樣。「第一人稱」小說由於有著自我體驗性的成分，主人公和敘述者基本上是重合的，其所抒發的哲學就有了感性特徵，雖然仍然難免觀念化，但這種觀念化由於與人物的性格、身份、經歷等結合在一起就具有了可信性。而「第三人稱」小說當作家完全從寓言化的視角來表達形而上思索時，其觀念化侷限也許會得到有效的克服，但當作家直接如「第一人稱」小說那樣傾訴「思想」時，經驗與哲學、故事與哲學游離的矛盾就會被彰顯出來。《賣胡琴的鄉下人》等「第三人稱」小說的不足大概就源於此。《孤島》在整體寓言效果的營構上相當成功，具有客觀性的第三人稱敘事語態的貫徹是其成功的主要原因。儘管如此，仍有一些主觀性的敘事成分破壞了小說的藝術諧和，比如，對於小河豚的敘述：「她不懂做作也不會做作。

在她身上，一切都是自然的懵懂的，道德、規矩、社會、倫理……這些與她無關，從生下來那一天就與她無關。她不需要明白這些，她只是一個女孩。完全的、徹底的、同時也是完整的女孩。」我能理解作家對於女主人公的喜愛，但是這種迫不及待的「定性化」的敘述實在是與整部小說寓言氛圍不諧和的敗筆。相反，上面我們分析過的《是誰在深夜說話》以及長篇新作《那個夏天那個秋季》則是畢飛宇以「第一人稱」進行「形而上」敘述最成功的小說。在《那個夏天那個秋季》中作家敘述主人公耿東亮在現代社會的自我迷失和人性異化，第一人稱的自述中個體的體驗、困惑、疑慮與他獨特的經歷和故事緊緊疊合在一起，「形而上」的思想已溶入了主人公的夜遊、哭泣、呼喊，甚至身體的每一次疼痛體驗中。耿東亮不是一個「哲學家」，但是他用他的語言、他的世俗舉止、他的身體在具體演繹著西方現代主義和存在主義的哲學主題。作家在這部小說中對於「形而上」思想的世俗化和本土化闡釋自然而不突兀，應該說是他多年探索的一個成功結晶。儘管這部小說的單薄容量與單薄結構似乎還不足以支撐一部長篇小說，但至少從形而上主題表現的角度來看畢飛宇完成了他的一次艱難超越。

可貴的是，畢飛宇本人對他這種寫作姿態的負面效應也有著充分的藝術自覺。畢飛宇有著兩副不同的筆墨，一副筆墨致力於呈現感性的小說形態；一副筆墨營構的是文本的哲學形態。他成功的藝術經驗在於把自己對於「抽象美的追求」外化在「意象階段」，以「意象」為媒介把兩種筆墨藝術地整合在一起，以作家的想像與經驗的形而上遇合來完成對於感性和理性相和諧藝術境界的抵達。在給筆者的信中，他說：「說實話，我的不少作品不得不停留在意象階段，因為它精緻，靈動，符合最一般的審美理想。我只想保留一種總體的大氣，一種內質的豐富與恢宏，至於小說的外在『包裝』，我至少用餘光注視著公眾。」〔註 4〕他這裡所講的「意象」又體現為兩個小說層面：一是對於「形而上」思想的感觀「造型」，亦即讓「思想」成為在文本這棵大樹上自然生長而出的「青枝綠葉」，而不是作家貼在樹干上的花花綠綠的「標語招牌」；一是對於「形而上」思想講述的口語化、中國化，亦即把「思想」用中國人的思維和中國人的話語改造得通俗易懂，把「思想」變成主人公性格的一部分，而不是把西方的晦澀「哲學本文」剪貼在小說中。而與他「意象化」的追求相一致，我們發現，畢飛宇總是賦予他的文本一種非常感性、直觀的

〔註 4〕畢飛宇 1998 年 3 月 27 日致筆者信。

「外殼」——生動的故事、新奇的想像、生活化的經驗、豐滿的細節、變幻的景物、戲劇性的場面……在他的小說中可謂層出不窮，這可以說最大程度上滿足了讀者對於小說文本淺層次的感官需求。從這個意義上說，畢飛宇小說首先呈現給我們的還是那些充滿感性喧鬧的混沌「歷史」與「世俗」交響，它們即使脫離文本表層形態背後的形而上思想也已經具備了自足自為的獨立藝術價值。此時，你接受不接受、認同不認同小說的形而上追求都已無足輕重，因為它關涉的只是讀者對於小說境界的不同理解問題，而不是小說本身藝術價值的高低問題。正因為如此，我們說，畢飛宇是一個形而上主義者，但同時又更是一個感性的形而上主義者。

五

　　作為一個具有自覺的「形而上」追求的作家，畢飛宇小說的「深度感」幾乎是不言自明的，這一方面源於上文我們所說的他對世界、人生、歷史的「哲學」理解，另一方面又源於他對人性的深入解剖。畢飛宇的小說用筆往往不露痕跡，但其切入人性、人心、人情之深、之狠絕非一般作家可比。然而對我們來說，畢飛宇小說的藝術力量卻並不僅僅根源於他的「深度」。相反，畢飛宇小說最打動我們的還是其「哲學」背後的那些令人怦然心動的美與情感。畢飛宇的小說無論表現怎樣的主題，都能營構一種特殊的美感。這種美有時讓人心痛，有時讓人沉醉，有時又讓人恍惚。像《懷念妹妹小青》《青衣》這樣精彩絕倫的小說，其傳達的那種悲劇美感幾乎到了使人靈魂出竅、精神窒息的地步。與這種美感相呼應，畢飛宇小說的情感張力也同樣扣人心弦。畢飛宇的小說並不表現重大的主題，往往切口很小，都是取材於人生的某種特別敏感的、最關乎人心的事件、階段或狀態。作家通常不會在小說中正面抒情，但他的「冷面」情感洶湧在平靜的文字下面，總能使讀者在不自覺中被捲入或傷感或憂鬱的情感磁場，並難以自拔。《哺乳期的女人》《懷念妹妹小青》等小說的藝術魅力很大程度上就與小說那種古典主義式的感傷氣息密切相關。從這個意義上，我們可以說，畢飛宇不僅是一個感性的形而上主義者，而且是一個古典的唯美主義者和主情主義者。

　　在我眼中，畢飛宇是一個與眾不同的新生代作家。他的「新」是與他的「舊」緊緊聯繫在一起。他不是一個「誇張」「激進」的作家，我們可以看到，在他的文本中既沒有新生代作家所謂「欲望化」敘事的特徵，也沒有前期新

潮作家「玩弄技術」的傾向。即使他的「形而上」，如上文我們所分析的，也都是以一種通俗直白的語言呈現出來的，不但沒有西化哲學的晦澀難懂，而且還具有著與世俗人生息息相關的感性特質。他給人一種樸實、穩重而又踏實的印象。一方面，他是一個態度非常認真的寫作者，他從來不願隨便把一個作品出手，他總是要讓每一部作品放在身邊「磨」上很久，其對文本各個「枝節」的重視和認真有時近乎「苛刻」，這也是他的作品數量很低的一個原因。另一方面，他又非常講究文本形態的日常性，他不喜歡寫作的極端化，他的小說總是有著完整連貫的故事、流暢通俗的敘事、不溫不躁的語言、清晰勻稱的結構。這使得畢飛宇對於「形而上的追求」至少在文體方面與普通讀者之間沒有了「障礙」和距離，這也可以說是作家「用餘光注視著公眾」的寫作策略的成功。

　　當然，我們指出畢飛宇寫作姿態的樸素與傳統，目的並不是為了否定他藝術上的探索性，相反，他的「守舊」更強化了他卓爾不群的獨特藝術個性。從這個意義上說，畢飛宇是一個藝術悟性和藝術感覺非常好的作家，他的樸實正是他健康的文學心態和良好的藝術自信心的體現，而誇張、凌厲、偏激、聲嘶力竭背後倒可能正是對於藝術能力欠缺的一種掩飾。畢飛宇是一個才華出眾的短篇小說高手，在營構短篇小說時其顯示出的那種從容與大氣令人羨慕。他以其冷靜、從容不迫的敘事、準確而到位的描寫、對語言節奏、語感、語式、意象等的苦心經營，積蓄著其文體點到即止、含而不露的氣勢與力量。他的小說沒有雕琢做作之痕，總給人一種水到渠成、自然而為的感覺，這與他優雅的敘述感覺和大智若愚的「敏慧」是密不可分的。不敢說畢飛宇將來的文學成就會有多大，但至少目前，他顯示出了某種令人高興的勢頭，我們有理由對他寄予厚望。

第九章　斯妤：遙望廢墟中的家園

　　在當代文壇上，女作家斯妤的名字是和她在散文領域裏的探索緊緊聯繫在一起的。作為九十年代「新散文」潮流的主力，她的那些以對生存以及永恆等帶有終極意味的形而上問題的哲學追問為主要內容的系列散文不僅徹底改寫和顛覆了「散文」在讀者審美經驗中僅僅言說「抒情寫意」等話語的「輕文體」形象，極大地提升了當代散文的品位，而且也根本改變了散文在新時期文學格局中一直游離於文學探索邊緣的尷尬局面，直接在主題和話語層面上接續和呼應了發生於小說領域的文學革命。而這也許正是斯妤這兩年來能迅速以自己「噴發」式的「新小說」創作轟動文壇的一個文學背景。當《故事》《梗概》《紅粉》《風景》《夢非夢》《線》《一天》《出售哈欠的女人》等小說在兩年的時間裏紛紛走進我們的閱讀視野時，任何意義上的對於「小說家」斯妤的忽略都變得不可饒恕。不管斯妤是不是在有意改變自己作為一個散文家的形象，但至少「小說家」斯妤可以脫離「散文家」斯妤而照樣光彩奪目。自然，她小說文本的話語價值也無須在「散文」文本的參照中被發現，事實上，斯妤和她的小說已經作為一種嶄新的話語可能構成了九十年代中國當代文學的一道獨特風景。

　　許多評論者都承認斯妤的小說貢獻了當前文學一種「新素質」，但要準確闡述這種「新素質」的內涵又似乎充滿了困難。這不止因為對於斯妤來說，其對小說的探索正處於一種「現在進行時」的未完成狀態中，她的「新素質」是流動、發展的而不是凝固、靜止的，而且還因為對批評者來說，一種新的

文學現象從被發現到被認同再到準確地被命名和言說，其本身就需要一個過程。在此意義上，我們批評界對於斯妤突然在小說領域裏的衝鋒陷陣一度啞口無言、目瞪口呆也就是可以理解的了。而在我的理解中，斯妤的「新素質」首先就在於她那種「遙望廢墟中的家園」的傷感而抒情的寫作姿態，對這種姿態的有效體認和闡釋將是我們真正走入斯妤小說世界的必然路徑。

一

迄今為止，斯妤的所有小說似乎都植根於一種根深蒂固的「廢墟」情結，對於現實生存的拆碎、瓦解和抵抗構成了貫穿於她全部小說的一個基本主題。在斯妤的小說向我們展現的現實碎片中，「生存的荒誕」也可以說是唯一可以捕捉的意象。對於「荒誕」的感受、體驗和書寫構成了斯妤當下寫作的一個特殊視角。通過對於「荒誕」的體認與想像，斯妤有效地拆除了人類的現實生存基地，從而賦予了她的小說文本一種獨特的涵蘊指向和價值形態。某種意義上，她筆下紛繁的人生畫面、錯綜的故事線索以及哲學化的生存思索都只有統一在「荒誕」這個主導話語之下才會獲得各自的闡釋可能。

考察斯妤的文本世界，我們會發現，斯妤筆下的荒誕首先是與呈現在她小說中的破碎的世界圖式緊緊勾連在一起的。《蜿蜒》中的下鄉女知青司徒為了既逃避吞下成為「搖搖夫人」的苦果，又不擔當對抗「扎根」號召的罪名，而不得不選擇死人作為自己丈夫的困窘和尷尬，與「我」最終選擇和「四腳蛇」結婚的大義凜然式的果斷互為對應共同地書寫和凸現了一個特定時代和一種特定歷史境遇裏生存世界的整體荒誕性。主人公個體生命的殘缺和破碎無疑只是那種彌漫性的世界坍塌圖像的荒誕投影。《尋訪喬里亞》中喬里亞的不幸命運以及《斑駁》中安寶、蔡高、玫珍、錦雲姐妹等的破敗生命軌跡也都是「文革」這個荒誕的歷史背景裏的一個個小小水花。生命個體無法選擇世界，但世界卻武斷地主宰著生命個體，這也許就是這些人物生存現實中所遭遇的最大荒誕。同樣，在《走向無人之境》和《出售哈欠的女人》中主人公荒誕的人生選擇和荒誕的生存境遇自然也正是植根在商業社會和都市文明畸型聯姻後秩序崩毀、價值失落這樣一種荒誕的世界圖式之上的。

其次，在斯妤這裡荒誕還更多表現為一種心理感受。斯妤擅長於在女性的生存體驗和心靈幻想中描繪那種困擾現代人的荒誕意識，這使她的小說對於「荒誕」的造型具有獨特的形而上色彩和心理深度。顯然，斯妤認同薩特

在他的《噁心》、加繆在他的《鼠疫》等小說中對於作為一種人類生存狀態的「荒誕」的表現與闡釋。在她的小說裏她特別挖掘的就是「荒誕」帶給現代人的那種無法逃避的「噁心感」和「吞噬感」。而通過「荒誕」的心理化呈現，斯妤對於生存和荒誕的追問最終就落實到這樣一個共識之上，即荒誕的可怕不在於它作為一種強迫性的命運對於個體現實生存的摧毀，而在於它作為一種壓迫性力量對於人的精神、心理、態度、意識等的扭曲與摧殘。《走向無人之境》中主人公辛亞偏執、荒唐近乎變態的人生態度以及對於編輯部、對於社會、對於家庭的荒誕體驗無疑有著她的「黑色童年」情結的影響。《夢非夢》中磊心對於「辦公室壓抑」的恐懼、焦慮與變態抗拒也有著更為現實的心理內涵。她的惡夢、她的借氣功意念殺人以及她最後的走向瘋狂都典型地凸現了現代人生存的荒誕性。此外，《一天》中黎明女士與其情人之間因偶然錯位而產生的荒誕境遇以及《風景》中「我」變成一個熱水袋的荒誕夢境也都是現實生存壓迫、窒息主人公精神和心靈的感覺化呈現。可以說，荒誕的精神化、感覺化和心理化色彩正是斯妤小說表現現代人生存困境時的一種基本範式和特定視角。

我們發現，斯妤小說中的主人公通常總是與現實環境具有一種疏離甚至對抗的關係，這種關係正是荒誕感得以滋生的溫床。無論是《尋訪喬里亞》中的喬里亞、《故事》中的安力，還是《走向無人之境》中的辛亞、《紅粉》中的陸雨凝，抑或《梗概》中的「我」、《夢非夢》中的磊心、《出售哈欠的女人》中的「美友」……主人公幾乎都是處在與「現實」的緊張關係之中，自我與現實的衝突以及自我對於現實的恐懼、憎惡、逃避構成了她們基本的生存感受和心理矛盾。借助這種關係，斯妤一方面表達了對於「現實壓抑人」這一現代主義命題的深刻思考，另一方面又更對於生存個體本身的心理病態和人性畸變進行了深入的挖掘。斯妤在她的題為《裂變與再生》的創作談中曾說：「我發現自己更願意放過表面的生存，而致力於捕捉其內在的、帶有某種規律性的東西；我也發現自己對於人的情感方式不再那麼興趣盎然了，而更樂意發掘人性的紛繁複雜，詭譎莫測。」〔註1〕而在我的印象中，這種對於「人性」內涵的反覆挖掘也正是斯妤小說主題深刻性的一個潛在根源。在《出售哈欠的女人》中上演的那個荒誕劇背後我們固然可以看到人性被權勢、欲望、金錢等扭曲變形的恐怖畫面，而在《尋訪喬里亞》《走向無人之境》《故

〔註1〕斯妤：《裂變與再生》，《作家報》1995 年 12 月 16 日。

事》等小說中作家對於人性的審視和批判也同樣使人感到觸目驚心。《故事》通過安力和女兒星光度假時的奇特經歷把兩代人的生存焦慮和一個歷史的疑案勾連在一起，以一種神秘的方式展現了人性的可怕一面以及世界破碎後的心理景象。短篇小說《線》則以鮑一鳴的陰毒、兇狠的面貌與她兩面三刀的醜陋心理和變態人性的統一展示了生存的荒誕與黑暗。某種意義上，她本身不但已經溶化於生存荒誕性之中成為了荒誕生存的有機體，而且她也事實上構成了對於主人公「我」、對於世界的一種可怕的壓迫力量。我們閱讀這部小說時所產生的那種揮之不去的「噁心」感事實上也正導源於對她的心理和人性的恐懼與厭惡。

顯然，在斯妤這裡，「荒誕」對於生存和對於世界的毀滅性是雙重的：它既摧毀了人類的現實世界，又更毀滅了人類的精神世界；它既打碎了人類的現實家園，又更轟毀了人類的精神家園。這也使得「潰敗的家園」成了她小說的一個最重要的主題意象，它構成了斯妤小說精神追問的一個藝術起點。

然而，斯妤對於荒誕的體驗和書寫、對於潰敗家園的凝視卻並不是為了表達對於生存的絕望和逃避，相反她所熱衷表達的卻正是人類在家園「廢墟」上對於精神家園的堅定遙望。荒誕只是起點而不是終點，它最終喚起的只是人對於荒誕、對於現實、對於廢墟的拒絕、否定和擊穿。事實上，這種強大的否定之聲也正是斯妤小說的一個貫穿的精神線索，它引導我們以另一種方式走進她的文本世界並獲得一種嶄新的理解。而具體考察斯妤的小說，我們又會發現在她的文本世界內，人對於現實的「抵抗」又呈現為兩種基本方式和形態：

其一，現實的反抗。在斯妤的小說中我們時時能感受到主人公反抗世俗壓迫的苦悶、焦慮和急切，她們在現世的生存之網中左衝右突，茫然地尋找著維護自我並突入精神家園的路徑。只可惜他們在黑暗中對於光明的尋找卻常常是以沉入更深的黑暗而告終，這使得斯妤的小說總是不自覺地會帶有某種悲劇感。《斑駁》中余牧師為在「文革」中保住「家園」以女兒嫁支書，卻更加速地招致了「家」的毀滅，並把兩個女兒錦雲姐妹的生活道路徹底顛覆了。《尋訪喬里亞》中的喬里亞由於經受了友情和親情的背叛、性侵犯等現實的打擊而走上了變態的復仇之路，她的以惡抗惡和以毒攻毒不但沒有能真正拯救自己的靈魂，相反卻以自己的雙手泯滅了自己的人性，毀滅了自己的生命。她對於現世的超越卻以對於「地獄」的沉入而結束，這樣的悲劇實在不

能不讓人為之黯然神傷。《走向無人之境》中的辛亞對於世界的反抗雖然表面上看是卓有成效的，她不但很快在出版社有了靠山，而且很快在詩歌界也嶄露頭角了。而在情場爭鬥和辦公室角力中她也似乎佔了上風。但她這種對於現實世界「無人之境」的獲得卻是以出賣自己的女性身體為前提、以自我人性的喪失和內在心靈的扭曲為代價的。從這個意義上說，她對於現實的變態抗拒仍然是失敗的，「無人之境」非但未能賦予她心靈的光明，反而使她心理的黑暗越來越沉重了。而《夢非夢》中的聶心對於現實壓迫的反抗也同樣沒有能減輕她的心理憂慮，她的借氣功意念殺人之舉傷害的不是她的「敵人」而恰恰是她自己，在小說的最後我們看到她已變成了一個名副其實的瘋子。

其二，幻想的反抗。現實是如此的恐怖，也是如此的強大，它總是把主人公們反抗它的努力輕易地就打得粉碎。斯妤顯然不願意她的主人公就這樣束手無策地為現實所吞噬，於是「幻想」的蒞臨就幾乎是必然的了。對於斯妤的當下小說寫作而言，以「幻想」的方式抗擊世俗無疑是她的一種基本藝術策略。這不僅決定了她的小說具有那種與生俱來的「幻想」結構形態，而且「幻想」還成了她賦予主人公們的一種特殊的生存方式和精神方式。某種意義上，對於「幻想」的熱情和偏愛也已經成了斯妤本人的一種引人注目的生命方式和小說方式。在一篇文學訪談中斯妤就曾明確說過：「文學家有時是為人提供夢幻──一種關照現實的東西。」〔註2〕如果說在言說「荒誕」時斯妤向我們展示的更多是一種家園和世界被毀的黑暗景象的話，那麼當我們面對斯妤小說中的「幻想」景象時一個美麗的精神家園又似乎在小說深處矗立起來了。《故事》中星光對於夢遊的癡迷和對於玩具女娃娃的傾訴與傾聽無疑是「幻想」化的，但這種幻想卻有效地消解了星光由對於媽媽的暴怒脾氣的害怕而產生的生存恐懼。這裡，星光的夢遊可以說已初步傳達出了與人類現實生存世界相對峙的彼岸精神家園的遙遠而模糊的信息。《紅粉》中主人公陸雨凝化名「紅粉」後以其綽約的風姿、非凡的才華對於男人世界和文學世界進行了雙重的嘲弄。她的飄忽的行蹤、怪戾的行為方式都構成了對於現實的對峙，而她最後的神秘失蹤和銷聲匿跡則更是把自我對於現實的鄙棄和拒絕態度隱喻化地凸現在小說中。雖然，作家在小說結尾處告訴讀者「我」、陸雨凝、「紅粉」其實是一人，小說中的故事也許只不過是一個夢境，而也正是在這種夢幻狀態中主人公對於自我的堅守、對於自由生命方式的嚮往、對於精

〔註2〕斯妤：《從心中流出的一首歌》，《香港作家報》1996年3月1日。

神家園的渴望最終粉碎了「世界之夜」的黑暗和現實生存的泥濘。斯妤也藉此形象地向我們展示了「幻想」對於自我的精神拯救功能和對於現實的超越與穿透功能。而《梗概》和《出售哈欠的女人》中的「幻想」則又以一種荒誕的形式呈現出來，這種「以荒誕的方式對抗荒誕」的奇特構思某種意義上也正是斯妤小說的特殊魅力之所在。前者通過一個「幽默大師」的日常現身，作家把「幻想」對於現實的拯救功能具體化了。「幽默大師」不僅幫「我」表妹巧妙地離了婚，而且還治好了「我」大哥的懦弱性格，幫女兒懲罰了班上的調皮學生。「幽默大師」完全超越現實之上，他對於現實的透視和把握能力可以說正是主人公「以精神超越世界」的生存理想的一個生動落實，難怪小說中的「我」要把重建家園的理想寄託在他身上。後者中的「出售哈欠的女人」同樣是一個超越世俗的形象，在城市的污泥濁水中她既感到茫然又感到不屑一顧。她甘心情願地被「鬼男人」利用不是說明了她的愚昧而是說明了她的不屑。她設計賣了「鬼男人」和自己進入官場和商場的舉動就以她的「能力」和「智謀」給了狂妄的現代人一個深刻的嘲弄和教訓。只不過，拒絕城市、拒絕世俗甚至拒絕與人的交往是她的本性使然，她最終取回自己的「哈欠」義無反顧地遠離城市的行為正是對於她的自我和自由的一種捍衛。她是一束火炬，既照亮了她自身，也洞穿了現實的醜惡和黑暗。她的「哈欠」狀態不僅是她無視世俗的一種象徵，而且還正代表了一種生命的本真狀態、一種精神的自由化狀態和一種生存的澄明與敞開狀態。

當然，「幻想」雖然對於現實具有某種拯救性，但終究只能是通向精神家園的一種可能性路徑。在幻想中呈現的精神家園雖然隱約可見，卻依然改變不了它的虛幻色彩。《梗概》中神奇的「幽默大師」最終還是不得不承認了自己的侷限：「我的力量只作用於好人，對惡人，我無能為力」。既然連神明也有侷限，那麼主人公「我」的無法從塵世羅網的捆綁中掙脫而出也可算是一種必然的宿命了。而《夢非夢》中的聶心沒能靠「幻想」抵抗她的瘋狂，《故事》中星光幻想的「家園」卻通向了一個歷史的醜劇，《出售哈欠的女人》中的「哈欠」甚至還成了人類互相詆毀、攻訐的手段和工具……。這裡，「幻想」在經過一段美麗的飛翔之後不得不再次落向現實大地與「荒誕」重逢。斯妤把「家園」的毀滅和「家園」的重建統一到了人類的宿命之中，使人類在「廢墟」邊緣遙望「家園」的形象顯得悲壯無比。也許斯妤關注的本就不是人類超越現實的最終結果，她也無意於提供一種建構精神家園的現成方式和終結

答案，她關注的只是人類的那種特定的充滿悲劇感的超越或遙望的「姿態」與過程。在對這種姿態或過程的凝視中，斯妤充分發揮了她的想像力，也把超越生存的精神追問伸越進了一個更廣闊的時空領域。

二

在當下的新生代小說家中，斯妤無疑是一位有著很好的文體自覺的作家。與她小說所表現的那種詩意追尋主題相一致，斯妤對於小說形式的探索也有著一種對於完美的追求。正如她自己所說的：「無論小說還是散文，我恪守一條原則，即內容與形式同構的原則。什麼樣的內容要求什麼樣的形式，只有找到與所要表達的素材同構的那一種形式時，作品才會成功，才有可能趨於完美。」〔註3〕而這種對文體「內容與形式同構」的自覺意識與她多年散文寫作的藝術經驗相融合就賦予了斯妤小說一種獨特的形式蘊涵和審美品格。

闡析斯妤小說的形式感，我們首先必須重視的就是她的既變幻不定又樸素清晰的敘述方式。斯妤總是追求文本敘述與小說詩意內涵的完美契合，並自然形成了兩種個性化的敘述範式：一是幻想式的敘述。這可以說是斯妤小說最為典型的一種敘述方式。斯妤習慣於在作品中設置一個第一人稱的女性敘述者，這個敘述者時刻處於現實的壓迫之中，她的焦慮、恐懼、幻想構成了敘述的中心和文本的中心。而在這個敘述者的制導之下，整部小說也就具有了一種獨白或傾訴式的情緒基調：一方面，作家可以盡情地對於人物的生存心理進行全方位的立體透視，從而把小說的心理深度提升到了一個新的高度；另一方面，小說追隨著敘述者的情緒、意識、幻覺等的變化向前推進，對於「幻想」的表達和講述就以「幻想」的方式呈現出來，這就極大地深化了斯妤小說的美學魅力。《風景》中「我」對於自己變成熱水袋夢境的敘述，《夢非夢》中「我」——聶心對於由生存恐懼而來的心理幻象的囈語般的敘述等都典型地傳達出了這樣的藝術信息。二是反諷式的敘述。在斯妤的幾乎所有小說中，我們似乎都可以或明或暗地聽到一種反諷或者幽默的聲音，這在《梗概》和《出售哈欠的女人》等小說中則最為明顯。某種意義上，反諷無疑是與斯妤小說對於生存荒誕性的表現相統一的，反諷式的敘述正體現了敘述者或主人公對現實「荒誕」的批判、對峙態度。同時，反諷和幽默一樣

〔註3〕斯妤：《從心中流出的一首歌》，《香港作家報》1996年3月1日。

它也根源於一種生存的智慧，它本質上是建立在對於現實的洞透基礎上的。反諷是一種遠觀、一種審視，因而它與小說人物「遙望」家園的精神指向也是呼應的。如果說前一種幻想式的敘述方式作為內視角，作家著力的是對於個體生存心理的挖掘的話，那麼後一種反諷式的敘述方式則是一種超越性的視角，作家著力書寫的正是人類超越現實、渴望精神家園的夢想。斯妤曾要求作家「既要有不息的激情，又要有悲天憫人的情懷，寬厚仁慈的心態。」〔註4〕這裡，兩種敘述方式不僅契合了斯妤對於「激情」和「悲憫」兩種文學心態的追求，而且還恰好對應了斯妤小說主題的兩個層面，這也可以說是斯妤「內容與形式同構」的藝術追求的一個具體落實。

　　與斯妤小說的敘述方式相聯繫，斯妤對於文本結構和文本語言的經營也卓有成就。在我看來，斯妤小說的一種基本結構就是「幻想」結構。而對於人的精神存在與物質存在的分離的追問正是這種結構的核心紐結。曾作為主題話語被我們談論的「幻想」在斯妤的小說中還更是一種形式話語並具有著舉足輕重的結構功能。「幻想」既是她小說人物的精神和行為指向，同時又更是一種文本結構的紐帶。它聯結著小說中的「廢墟」和「家園」兩個中心意象，有效地推動著小說的演進節奏和速度。《故事》是一個典型代表。這篇小說其實隱含著一個雙重本文結構，安力和星光的「故事」背後還有著一個五十年前的「故事」。不但表層的故事由安力對於生活的「幻想」——擺脫離婚後的心情煩惱——所推動，而且從前的「故事」也是在星光的「幻想」——夢遊中呈現出來的。沒有了幻想，就沒有了故事，也沒有了小說。斯妤並不熱衷於講故事——儘管《尋訪喬里亞》這樣的小說證明了她有著出色的講故事能力，她熱衷的是對精神與存在對立之中人的心理承受能力的探索。這使她不自覺地就把對人物精神和心靈世界的解剖設定在她文本的中心位置。她小說的「幻想」結構也可以說正是服務於這個中心的必然的產物。而斯妤在小說結構上對於「幻想」的重視甚至也直接反映在她小說的語言形態上。斯妤的語言總是具有一種心理化的色彩和夢態抒情的氣息。這無疑為斯妤小說那種整體「幻想」氛圍的營造提供了便利。然而斯妤的不同凡響之處在於，即使在一種純粹「幻想」形態的小說中她的語言都不是艱深、晦澀，令人無法把握的。斯妤追求一種簡練和明晰，她試圖摒棄新潮小說樂此不疲的故弄玄虛的話語方式而以一種樸素的方式進入「幻想」、言說「幻想」、切入和追

〔註4〕斯妤：《從心中流出的一首歌》，《香港作家報》1996年3月1日。

問存在。這充分顯示了她對於自己語言能力的高度自信，也賦予了她的小說文本一種清新冷峻的風格。這自然也是與她的小說主題旨向相一致的：當她試圖描繪人類的精神家園時，她的小說語言相應地會流溢出一種詩意的清新風格，如《故事》《紅粉》；而當她去著力揭示和逼問人性的黑暗與生存的廢墟時，她小說的語言就又有了一種冷峻深沉的風格，如《夢非夢》《出售哈欠的女人》。

評論界都承認斯妤的小說具有一種現實主義的深度和力量。但斯妤的現實主義又顯然不同於我們經典理解中的現實主義，在斯妤這裡我們不僅能感受現實主義對於現實世界的把握與穿透力度，而且還能遭遇現代主義對於「存在」的沉重追問以及具有浪漫主義色彩的各種幻想。也許這也正是斯妤的「新素質」之所在，她把沉重與幽默、悲劇與荒誕、現實與幻想等奇妙地統一在她的文本中形成了一種充滿「可能性」的小說風格和形態。有人曾稱斯妤的小說為「幻想現實主義」，我想上述這些「新素質」可以說正是對此的一個絕好闡釋。

第十章　徐坤：沉浮在語言之河中的真實

　　無論從什麼意義上說，徐坤能在兩年時間內走紅文壇都是一件令人驚訝的事情。這不僅因為文學在當今這個商業時代已經實實在在地退居社會「邊緣」，再也難以企盼那種由某一部作品而來的「洛陽紙貴」萬眾爭閱的盛世景象了；而且還因為就文學自身來說，近十年來中國文壇追「新」逐「後」「各領風騷三五天」的浮躁與喧嘩也已使中國的廣大讀者變得麻木、冷淡和處變不驚，再也不願去為那些「新」「奇」「怪」的文學鼓譟歡呼了。然而，徐坤的巨大成功似乎告訴我們例外仍然存在。彷彿是一夜之間冒出來的一樣，徐坤以她的《白話》《囈語》《梵歌》《斯人》《熱狗》《先鋒》等集束式的作品和那種特有的小說方式吸引了文學界的注意，並把我們時代的許多被稱為「文學」的文字比照得黯然失色。我不否認，徐坤對於世紀末中國高級知識分子生存狀態的叩問具有某種「題材效應」，因為對於最廣大的中國人來說「博士」「教授」這些高級知識分子的生活確實具有一定的神秘性，徐坤撩開他們的面紗把他們的人生和心態解剖呈現出來正可以說是對讀者好奇心的一種滿足。但從根本上來說，過去那種因「傷痕」「改革」等種種熱點「題材」而產生轟動效應的文學時代已是一去不復返了。徐坤的作品之所以能使文壇為之側目更重要的還是得力於她小說的內在力量以及她卓爾不群的小說方式。正因為如此，對徐坤的闡釋和理解唯有對她文本的「內在力量」和「特殊方式」進行有效的總結和梳理才是令人信服的。而我們今天的文學和文化如果想從徐坤這裡獲得某種有益的啟示，似乎也只有從此出發才不至於誤入歧途。

一、還原與消解：知識分子敘事的破裂

徐坤當然屬於九十年代崛起的新生代新潮作家，但與其他新潮作家比如魯羊等的哲學化形態的「貴族性」文本相比，徐坤的小說顯然更具有平民性和現實性。儘管徐坤也許並不認同於現實主義的藝術原則（在我們這個時代現實主義已是一個被新派作家遺棄了的落伍的話題了），但她對於當下生存現實的出色把握和深刻表現可以說絲毫也不下於那些經典的現實主義作品。讀她的小說，給人最深的印象就是真實：生存的真實和靈魂的真實。無論是作者敘述話語的有意調侃、戲謔，還是故事情節的喜劇色彩都無法沖淡這種真實感。而就我個人的閱讀體會而言，其小說真實感的最直接的根源就在於作家對世紀末中國知識分子生存狀態的藝術還原。在二十世紀中國現代文學的長河中最能挖掘和表現知識分子自身矛盾性和悲劇性的作家當首推錢鍾書，他的《圍城》對於現代知識分子病態生存的追問、嘲諷和調侃可以說至今還令讀者忍俊不禁。而在八十年代中國文壇上又出現了另一個以拿知識分子「開涮」為能事的文化英雄，他就是王朔。他自稱最瞧不起知識分子，因而在他的一系列小說中都把知識分子當成笑料而諷刺挖苦著。在某種意義上，徐坤對知識分子的表現可以說正是介於錢鍾書和王朔之間。前者在知識分子和時代的錯位的表現中體現的是一種對於存在的哲學化的思考和對於人生的悲憫的關懷，後者則是以一種近乎痞子式的謾罵努力把知識分子塑造成一種人皆可笑之的「非人」。徐坤所完成的則是一種還原，對於作為一個普通人的知識分子的人格、人性的「還原」。同樣致力於打破一個知識分子「神話」，徐坤顯然比王朔更平靜和寬容，因而也更為真實。讀徐坤的小說，我們會發現她筆下的知識分子已經完完全全地從精神貴族淪為了世俗社會裏的凡夫走卒。他們和千千萬萬的普通人一樣汲汲於名利、沉浮於私欲，在世俗的羅網中他們的人性和人格的另一面被凸現了出來。不過，需要指出的是，徐坤對於當代知識分子的還原是與對當下處於轉型期的社會現實的剖析緊緊聯繫在一起的。她準確地把握了文化潰敗的商業時代對於中國人尤其是知識分子的巨大衝擊，令人信服地把知識分子的世俗化還原書寫成了特定文化語境的產物。在這樣的語境中，「愛」成了首先被異化的對象和犧牲品。一方面，對於婚外豔遇的隱秘欲求已日益膨脹而急切。如果說《白話》中博士與李曉玲和紅嘴唇的深夜談詩和「我」對小林出國的反常態度，《梵歌》中佛學博士阿梵鈴對於師妹小梅與臺灣學者惠明關係的「醋意」還都是潛意識中渴求豔遇的那種

「思凡」之心的不自覺流露的話，那麼在《熱狗》中陳維高則把這種「思凡」之心通過對女演員的「捧角」而令人羨慕地落到了實處。另一方面，愛情和性本身在當今社會也正淪為一種欲望的手段和工具。《囈語》中阿炳和他老婆的愛情其實就維繫在「老婆的二姨夫在美國」這個虛妄的世俗信仰上，一旦騙局被戳穿，愛情也就泡湯了。有意思的是他們兩人都同樣在使用著「愛情」這一工具，阿炳企圖通過老婆實現出國的夢想，而老婆則希望借助阿炳達到調進北京的目的。雙方都是害人者，也都是被害者。在他們的較量中，唯有「愛情」的碎片依稀可見。《斯人》中老薑不惜以迫害詩人的手段威逼詩人接受她的性引誘，《先鋒》中東方美婦人不但委身富商作情婦而且還公然以出賣自己「性」隱私來打官司以求再次出名。這都無不深刻地揭示了愛情的工具性。其次，在我們今天的文化語境中，金錢和名利已經越來越成功地統治了人們的心靈，而弄虛作假崇洋媚外也成了一種時尚。《斯人》中詩人崇敬的綠為了評職稱竟可以寫阿諛之信去奉承曾被她聲討過的古久先生；《梵歌》中空空和不空兩位學界前輩為了名利之爭甚至不惜在阿梵鈴的答辯會上互相攻訐；《先鋒》中寺廟裏的和尚們如今也學會了弄虛作假，而「先鋒派」們內部也因為女人和權利之爭而四分五裂；《囈語》和《斯人》中作家更是向我們描繪了出國熱潮在中國大地上升騰的病態風景……這樣的世俗景觀在世紀末的中國本是一種常態的生存狀態，但當我們一想到我們目睹的是那些曾被視為「文化精英」的知識分子們在表演時，他們在世俗之河中游刃有餘的投入又怎能不令我們心寒呢？

當然，當知識分子的世俗還原在徐坤的小說中成為一種現實時，我們除了能感受到那種震動靈魂的真實感外，還能體味一種生存的荒誕感。這種荒誕感一方面寄寓於知識分子精神存在和世俗存在的矛盾，另一方面，也是世紀末中國病態生存景象的投射。對於知識分子的還原，我們在徐坤小說中既看到了他們人格和人性中負面因素在一個特殊的文化環境中的潛滋暗長，同時又更看到了商業時代的生存準則是怎樣的在逼迫知識分子們撕去他們清高的面紗。說穿了，個人的荒誕只不過是現實荒誕的一個副本和產品。從這個意義上說，知識分子們放棄精神上的堅守而向世俗的物質的各種欲望投降似乎已不僅是一種生存的策略而是一種生存的必須。這也使得徐坤文本中的知識分子還原失去了某種悲劇性，而具有特定的喜劇色彩。《白話》講述一場九十年代的上山下鄉運動，知識者們不僅無法在這場「鍛鍊」中得到考驗和改

造，相反「多餘人」一般的無所事事卻使他們不得不努力發掘自身的世俗性來贏得世俗存在的認同。由此，在他們為與工農結合而把京腔轉化為「白話」的成功壯舉中，荒誕的汁液可以說在四處流淌著。而《梵歌》中阿梵鈴所目睹的歷史劇中關於武則天和玄奘調情、韓退之與薛懷義爭風的場景以及《熱狗》《斯人》等小說中所展現的形態各異的「國際會議」則都淋漓盡致地揭示了世紀末文化全面潰退的生動畫面以及這種畫面中五顏六色的荒誕。也許最能讓我們體味我們時代的文化荒誕和矛盾的小說還是《先鋒》，這部小說把中國新時期以來的文學和文化史作了誇張而形象化的描述。所謂新潮、所謂先鋒、所謂文化精英的原形都被以漫畫的手法呈現在我們的面前。從「廢墟」先鋒到尋根歸隱之風、從前衛到後衛、從現代主義到後現代主義，主人公撒旦、雞皮們只要把他們的作品貼上不同標籤就可以時時得風氣之先了。然而，恰恰就是這樣的作品居然成了我們時代的文化「經典」，這難道不是一種巨大的荒誕嗎？而小說中「先鋒」和尚辦「函授」舉辦觀摩教學以及老太太們推銷避孕套作進城「痰袋」的情節也都把現實和文化的荒誕性演示得盡態極形。

事實上，經由徐坤的還原之手，我們一方面會為所身居其中的現實、文化的荒誕真實所震撼，另一方面我們也更為知識分子的被徹底消解和知識分子神話的破滅而扼腕神傷。神聖的知識分子只不過成了一種傷感的記憶、一個遠去了的神話，那些關於知識分子的所有偉大的敘事在這裡都出現了巨大的裂縫。然而，我們似乎也沒有必要只是傷感，知識分子被還原、被消解了，但不是被消滅了。我甚至也還可以說他們是「新生」了，他們被淹沒在世俗的人流中之後，普通人的欲望、人性、追求都可以毫不羞澀地去尋找去宣洩而不必壓抑在潛意識裏了。換句話說，他們不「知識分子」了，但他們更「人」了。這是不是值得慶幸呢？

二、調侃與反諷：小說文本的喜劇性

如果說徐坤對知識分子的還原以她特有的叩問當代生存的方式使我們接近了世紀末中國人生存狀態和精神狀態的真實的話，那麼她特有的話語和文本方式則可以說是她小說藝術魅力的直接來源。我覺得徐坤的小說能在當今文壇引起巨大的轟動，主題和題材的深刻性和真實性固然是一個重要因素，但說到底再深刻的主題都必須借助於小說形式本體的建構才會變成現實。更何況，我們發現徐坤對於知識分子的還原的一個最重要的層面就是對於他們

話語方式的還原呢？如果說《白話》裏作家是形象地向我們展示了知識分子拋棄自身的語言方式而向世俗話語「白話」學習「還原」的過程的話，那麼《熱狗》《斯人》等小說中知識分子們則無疑在現實名利和欲望的浮沉中「完美」地實現了他們向世俗話語的認同和回歸。可以說，離開了如上這些小說在語言上的經營和努力，離開了知識分子話語還原與小說文本話語的內在契合，徐坤還原和消解知識分子的真實性和可行性是很令人懷疑的。某種意義上說，徐坤小說的真實就是沉浮在語言之河中的真實。

　　而具體考察徐坤的小說的話語方式我們會發現其小說的最鮮明的風格和魅力就是與小說主題所展示的荒誕真實相統一的那種喜劇性。可以說，調侃式的喜劇氣氛也正是對我們時代文化本質的一種準確闡釋，在商業文化導演的各種各樣的文化輕喜劇中悲劇已經失去了其地位和價值。換句話說，現時代的人（包括知識分子）已無力去承擔那種對於生存悲劇和精神悲劇的沉重思考了。徐坤以她的小說所完成的正是對芸芸眾生特別是知識分子生存困境的真實素描。一方面，她小說的表層形態總是以客觀敘事和寫實情境為主體，她喜歡採取非價值化的冷觀視角讓各種人物進行著充分的誇張化的自我表演，在這種表演中人物行為、話語的荒誕性、矛盾性都被以反諷的方式燭照出來了。《熱狗》中圍繞「分房」風波而展開的知識分子間一波又一波的「智鬥」，《斯人》中萬眾一心聆聽考托福氣功佈道的「狂熱」與「虔誠」，《梵歌》中王曉明和導演等拍電影編排武則天風流故事時的「真誠」和「一本正經」，《先鋒》中先鋒藝術家們的「內訌」等都無不具有一種漫畫式的諷刺效果。另一方面，徐坤更善於以敘述和人物語言的調侃、誇張、反諷來直接製造喜劇性的效果。現實中的一切都經作家調侃之手的塗抹而醜態畢露。他調侃九十年代的「上山下鄉」（《白話》），調侃梵、佛學、電影、歷史和藝術（《梵歌》），調侃學問和權威（《熱狗》），調侃愛情和性（《囈語》）……正如一位著名編輯在其編發徐坤小說《先鋒》的手記裏所說：「《先鋒》是歡樂的；如果說以艱澀的陌生化表現世界並考驗讀者曾是一種小說時尚，《先鋒》對世界對讀者都擺出了親昵無間的姿態。它強烈的敘述趣味源於和讀者一起開懷笑鬧的自由自在；它花樣百出的戲謔使對方不能板起面孔——在這狂歡節的夜晚，即使素不相識，何妨給他畫個花臉，然後相對大笑？」「《先鋒》是嘈雜的；它拒絕文體和語言的統一性、同質性，戲劇、百科全書、新聞、評論鑲嵌拼貼在一起；抒情的、沉思的、形而上的、形而下的、市井饒舌、廟堂議論，七嘴

八舌、眾音合鳴。這是話語的假面舞會，每一種話語方式都被詼諧地模仿，每一種話語套路都從日常語境中解放出來，盡情展示著它的另一面的本性。」〔註1〕確實，正是通過語言的揮灑，徐坤小說主題上的那種荒誕意味得以在調侃和反諷化的喜劇文體中以另一種方式呈現出來。

三、結語：呼喚精神的另一種方式

雖然，我們說徐坤的小說通過對於知識分子的還原達到了對當下現實中知識分子、文化乃至精神的全面消解，但我們卻不能由此誤解徐坤就是反文化、反精神、反知識分子的。相反，我覺得徐坤正是以她偏激的「造反」來實現自己對於文化、對於精神的理想呼喚的。對此，正如她自己所解釋的：「假如無法以理性去與媚俗相對峙，那麼何妨換個方式，拋幾句佞語在它腳下，快意地將其根基消解。」（《先鋒》後記）我們時代當然需要張煒、張承志式的憤世疾俗張揚精神和信仰的正面吶喊方式，但我們似乎也無力否定徐坤這種把生存荒誕放大到極致以從背面凸現精神和文化價值的特殊方式的意義和價值。某種意義上，我甚至覺得在當今這個文化崩潰的時代中徐坤的方式才更切實可行更具有警示性。

應該說，在徐坤小說的嬉笑怒罵裏面，我們是能時時觸摸到作家的憂憤、良知和信仰的。對於精神的關懷和呼喚其實正是她所有小說的一個共同的潛在主題。在其小說集《先鋒》的「後記」中徐坤曾說：「儘管時下里人們談起『終極關懷』時與談『臨終關懷』一樣惶惶不安，似乎現代化的到來，便意味著人文精神的壽終正寢，但我始終相信，只要有人的地方，就會有精神在生長著，並且還會生生不息，生生不息地綿延過我的血液和肢體，一脈相承地向前遷延、流淌下去。」閱讀徐坤的小說你不能不承認這種「精神」的信仰是確確實實地貫徹於她全部創作的始終的。即使在《熱狗》《斯人》這樣的對知識分子的消解之作中我們感受最深的仍是精神的「流淌」。《熱狗》中陳維高的「捧角」雖說可作為知識分子人格墮落的一種佐證，但他在「分房」過程中的愚拙和好說話以及最終在醫院裏的那把老淚還是讓我們看到了一絲精神火花。《斯人》中的詩人當然也是一個被諷刺的對象，但他與現實的格格不入，對於老薑的嘲諷和拒絕，對於綠媚俗之舉的失望和不解，都在詩人的生存方式和世俗的生存方式的矛盾中凸現了詩性精神的價值。

〔註1〕李敬澤：《關於〈先鋒〉》，《人民文學》1994 年第 6 期。

　　我相信，對於徐坤來說，打碎是為了重建，歡笑溢滿了苦澀。儘管她曾對於知識分子的精神狀態給予了毫不留情的諷刺，但她仍是一個精神的堅守者和護衛者，一個清醒的現實主義者和理想主義者。她批判和反對的不是知識分子本身，而是知識分子身上所潛藏的那些導致知識分子精神喪失和淪落的東西。還是如李敬澤先生在評《先鋒》時所說的：「《先鋒》熱烈地、興趣盎然地關注著現實，這種關注包含著知識分子清醒的文化承擔：文化就在我們身邊令人振奮令人困惑令人歡喜令人憂的現實生活中生長，對現實的關注也就意味著對文化的過去、現在和未來的審視、批評和守護」。也許，徐坤之於我們這個時代的價值和意義正彰顯於此，我期待她有更輝煌的未來。

第十一章　魯羊：超越世俗

我並非是為了少數精選的讀者而寫作的，這種人對我毫無意義，我也並非是為了那個諂媚的柏拉圖式的整體，它被稱為「群眾」。我並不相信這兩種抽象的東西，它們只被煽動家們所喜歡。我寫作是為了我自己和我的朋友們；我寫作，是為了讓光陰的流逝使我安心。

——博爾赫斯

儘管在口頭語言和書面文字中魯羊不止一次地表達了對阿根廷人博爾赫斯這段文學獨白的偏愛和熱情，但我仍然不願把魯羊的出現以及魯羊式的寫作當作一件純粹個人化的事件。在我的意識裏，魯羊及其關於自由寫作的文人夢想從根本上說並不能脫離當代寫作史的大背景而自我呈現。縱然魯羊可以憑藉某種獨特性差異自稱不是這個背景的「產品」，但他注定了無法割斷這個背景「強制性」地輻射於他身上的因果關聯。魯羊傾其心力所表現的，與當代聲名顯赫的大寫家們在寫作姿勢和態度上的對峙，顯然只有在整體人文背景的襯托下才具有其相應的革命性和話語意義。這樣的結果也許與魯羊的初衷大相徑庭，但卻也是他無法迴避的宿命。正因為如此，我們對魯羊的論述也注定了無法繞開對一種背景的描述，這同樣也不是我的初衷，然而我無可奈何。

一

魯羊迄今為止所發表的小說大概還不足二十部，然而他帶給中國文壇的震動卻遠非這個數字所能說明。作為一個陌生的闖入者，魯羊視小說為「寫

作者融入了夢想和智力的某種精神綜合體」。他的小說觀念，文本結構乃至主題涵蘊都以一種嶄新的面貌構成了對經典和現實意義上的小說世俗形態的背叛。同時，魯羊遠離世俗的寫作姿態也造成了世俗閱讀和世俗批評的窘境與尷尬，這使他的文本呈現出一種無法命名的狀態。

魯羊的小說似乎很難概括出傳統意義上的主題，然而，這並不是說他的小說就沒有主題，我覺得某種貫徹於他所有小說的共同精神指向仍然是存在並可以被感受、把握和闡釋的。這個精神性主題就是對世俗生存的棄絕以及對詩性生存的嚮往。他的小說一般都具有雙重文本的特色。借助於對「歷史」和「現實」雙重本文的編織，作者表達出一種超越世俗生存的理想。當然，無論是在魯羊的現實文本還是歷史文本中，我們都能讀到世俗生存的場景，比如《絃歌》中「我」與玲似愛非愛的狀態，《岩中花樹》中鹿指和薇的性愛圖景，《仲家傳說》中仲家和李家的家族仇殺，《佳人相見一千年》中姑姑和已娘兩極的生命狀態等等，然而由於作者總是把這些內容作為一種生存悲劇加以闡釋和觀照，因此在文本深層總是流淌著一種詩性的理想同時也就在這聲音中升騰為一種「夢的文本」。在「夢的文本」裏，主人公都以自己的特殊方式逃離了世俗生存，從而獲得了一種生命的澄明與敞亮。如果說《楚八六生涯》中的楚八六、《岩中花樹》《絃歌》中的「祉卿」是以對音樂的迷醉超越了世俗的性愛、恩怨和是是非非的話，那麼《薤露》中的方鄰，《仲家傳說》中的「他」，乃至《絃歌》等小說中的「我」則是以「寫作」完成了對當下生存的逃離。我們發現，無論是現實文本還是歷史文本中的主人公都有一種逃離和流浪的情結，這種出逃情結正體現了一種反抗世俗的生存嚮往，是對本身生存意義的一種尋找。然而，對於魯羊來說，這超越於世俗之外的「夢的文本」，其實現也有特殊的方式。這種方式就是冥想。冥想使主體與存在保持一種距離，使存在成為自我審視的對象。由於冥想使冥想者從當下生存中抽身而出，因此，冥想其實正是另一種形式的逃離，並從心理上完成了對世俗的拋棄。在魯羊的小說中不僅敘述者（隱含作家）是一位終極冥想者，他把冥想作為一種基本的人生存在方式，其全部的人生經驗和心理歷程都濃縮成了回憶、夢幻、獨白、傾訴等特定的冥想形式；而且，小說的主人公們從某種程度上說也都被烙上了冥想者的印痕。姑且不論《絃歌》《岩中花樹》中的「我」與「祉卿」的冥想性格，即使在具有偵探小說意味的《白砒》中瘦公、孚兒和探長也都有冥想的嗜好。一個精緻的謀殺故事中，我們看不到清晰的

邏輯框架，而只有飄忽的冥想思緒和心理感覺，這種閱讀感受對我們來說既是一種誘惑又是一種刺激。綜觀魯羊的小說，我們可以看到一個冥想者系列。主人公在「現實」和「歷史」兩重文本中作無窮無盡的夢幻冥想，這種冥想不僅泯滅了歷史和現實的距離，實現了對於世俗的棄絕和拋棄，而且還以對存在恒常性的體認構築了存在和小說本身。

因此，我們說，冥想在魯羊這裡就具有了多重功能。它是一種生存方式，也是一種小說方式；它是一種心理圖景，也是一種世界圖式；它是一種介入存在的勇氣，也是一種自我人格的維護；它重建了存在，也超越了存在；它迴避了存在，也走進了存在；它是「詩意居住」的前提，也是通向美麗的「存在家園」的橋樑。

首先，魯羊賦予冥想一種審美消解的功能。魯羊的小說主題也涉及到了災難、罪惡等生存負面圖景，但這些在前期新潮小說中被極端化、情緒化處理的主題在魯羊小說中已被淡化。魯羊的目的不在展示醜惡、苦難，而是從存在論的高度沉思、昇華這一切。他往往將罪惡、災難的過程一筆帶過，而著重揭示罪惡、災難對於生存個體的心理意義。也就是說魯羊完全視「災難」「罪惡」等為審美對象，他抗拒現實中倫理、道德、文化規範的價值評判，而純粹從審美的視角去理性地言說這種特殊的「存在」。《白砒》中那謀殺父親的罪惡在不同「在者」的冥想中呈現出完全不同的內涵；《夏末的局面》中對水災、謀殺和險惡人心的表現也都是通過信圓法師和寶光和尚的禪悟來實現的；更典型的是《憶故人》中的馬余，他被黑頭欺騙之後非但沒有情感和道德上的憤怒和焦慮，反而迅速沉入冥想的人生境界，轉而思考「死訊」「苦難」「手稿」等三種事物。顯然，在這裡冥想不僅消解、淡化了生存的恐懼和荒誕，而且還使主人公獲得了超越生存的能力。他可以把自我作為一種「他者」加以審視，這正是詩性生存的直接源頭。

其次，魯羊賦予冥想一種閱讀功能。冥想者也是閱讀者，冥想正是對存在的閱讀。魯羊的小說中有各式各樣的手稿和文本，《楚八六生涯》中的《生涯自述》《薤露》中的《落城史》《蠶紙》中小裙的敘事、《絃歌》中的「祉卿傳說」等都具有「手稿」性質，而《憶故人》中主人翁馬余甚至還計劃要建一個「手稿博物館」。顯然，「手稿」正是對存在的一種象徵。《形狀》中「我」對各種「積木」手稿的閱讀也正是對各種存在可能性的閱讀與闡釋。同時，我們還要指出，小說主人公之間的關係也是一種閱讀關係，現實文本對歷史

文本的閱讀可以說是小說主人公冥想的來源，而歷史文本對現實文本的潛閱讀，又把主人公陷入一種對比中，從而更沒入冥想。有趣的是，《絃歌》《岩中花樹》中的祉卿、《薤露》中的方鄰、《楚八六生涯》中的楚八六等等都構成了現實文本中主人公的生存理想。這種生存理想的逆向性可以說正是魯羊小說的一個顯著精神特徵，它潛在地折射出了魯羊的文化判斷和審美皈依。這些逆向性的「他者」都有兩個共同特點：其一，具有人格美。他們漂泊無定，自由自在，獨立於人生和社會存在之外，具有執著的追求和淡泊的情懷，如祉卿；其二，他們都是藝術家，在音樂、文學等方面有精深的造詣，他們把人生藝術化，同時也把藝術人生化了，他們的人生境界是一種典型的文人境界和詩的境界。正因為如此，他們就具有了無限的可閱讀性。無論是他們的人格、人生還是藝術都有無窮的魅力和難解的神秘，這推動主人公作無限的冥想作永遠的閱讀，就如聆聽楚八六彈奏的天籟之聲和翻閱馬余的積木手稿一樣。

再次，魯羊又賦予冥想一種言說和對話的功能。本質上，言說和對話表現了人類互相溝通的理想和願望，這種理想的實現也正是一種生存詩性的實現。《佳人相見一千年》是已娘存在和姑姑存在的對話；《絃歌》《岩中花樹》是「我」與祉卿的對話；《形狀》是「我」與馬余的對話……魯羊的小說基本上都採用對稱的人物結構，這種結構其實也正是一種對話的需要。甚至有時主人公獨自冥想也正是一種言說和對話，他是向存在和虛無對話。這種對話一方面具有巨大的自由性，另一方面又具有強烈的話語性。也許正因為魯羊的小說以冥想溝通存在，因而跨進了生存、永恆等終極問題的門檻，魯羊小說的宗教感也就隨之而來。我這裡講的宗教感主要不是指魯羊闡揚了某種宗教教義，也不是指小說中出現了許多和尚、道士這樣的主人公，而是指冥想正是一種最典型的宗教思維方式。魯羊其實是從最本質處切入了宗教感的精髓。一般來說，宗教主要是一種具有自我心靈指涉功能的心理經驗，這具體地說就是指「體驗」與「幻想」這兩類經驗。文人信仰者與世俗信仰者之能真正分道揚鑣，根本上就因為具有了這種宗教經驗。按照威廉·詹姆士的說法，宗教只不過是各個人在他孤單的時候與任何他認為神聖的對象保持關係所發生的感情、行為與經驗，對於信仰者來說，哲學或神學常常是次要的東西，而情感與經驗——才是宗教的靈魂。一種信仰與其說是理智的選擇，不如說是理性的皈依；一種宗教與其說是思考的結果，不如說是經驗的感受。

要人尋找終極歸宿與心靈快樂的深層需求，無須邏輯論證便會附著於某種對象，這對象時有時無，是神是人，這並不重要，因為在皈依的感性力量驅動下，經過皈依的沉思、想像、體驗、模擬等心理過程，信仰者正好得到了信仰應給予的一切承諾。從某種意義上說，魯羊小說中的冥想者也都是信仰者，現實文本中的「我」對古代文人（藝人）生活方式的體驗與幻想、言說與對話，正是一種宗教性崇拜的體現。而主人公「我朝著事件發生的方向側耳細聽從時光彼處隱約傳來了馬、唐二人當年的語聲」（《薤露》），這樣的「傾聽」姿態也就是一種崇拜姿態。正如海德格爾所說，傾聽乃是以心去聽，乃是以生命去體味、感覺和領悟，它要求人們收迴向外的視線，將之投注於自己的內心，使心如明月，與神明相會。這樣，由於宗教經驗的滲透，不僅現在與歷史文本中的人生可以互相言說、傾聽、對話，而且小說本身也脫胎換骨具有了覺悟與安慰心靈的意義。

二

　　魯羊小說的獨特性最主要的還體現在他的小說文體方面，他自稱要把小說「當作一種涵容更廣泛的大文章」來寫，並提出了「新散文主義」和「新寓言主義」兩大口號。雖然，魯羊本人對此口號的內涵並無明確具體的闡發與界定，然而，它帶給魯羊小說文體語言和結構上的巨大變化卻依然是令人欣喜的。

　　魯羊的小說對常見小說模式的衝擊是有目共睹的。除了《楚八六生涯》和《仲家傳說》等等少數小說有較明顯的故事模式外，魯羊其他小說的面貌已被他搞得面目全非。他自己曾說過：「小說可能是寫作者融入夢想和智力的某種精神綜合體，是否要借助外部形狀和故事情節的描述，只不過是此刻的考慮。」從《薤露・蠶紙・白砒》《形狀》《佳人相見一千年》等小說來看，魯羊的小說話語已逐漸容納了對話、議論、說明、敘述、描繪、心態等各種小說因素，成為一種擺脫了單一的敘述、描述等故事型模式的綜合性小說形態。這種綜合性在《佳人相見一千年》等小說中表現為比比皆是的語境碎片，它不僅是語言上捉摸不定的意味感的來源，同時也是文化撲朔迷離和結構變幻感的根源。照我的理解，這也正是「新散文主義」在文本結構上的一種體現。魯羊總是在他的小說中掙脫故事的束縛，以一種「散文化」的方式呈現出文體的綜合性。正如維特根斯坦把他的《哲學研究》視為「相簿」，認為書

中所描述的各種語言遊戲如同相簿裏的一張張照片，各張照片之間沒有必然的聯繫，也沒有任何共同的本質，它們僅僅是向我們展現了我們過去的活動，引起我們對往事的回憶一樣，魯羊的小說也正有這種遊戲色彩。其最典型的文本是《形狀》，各種積木也正是「照片」一樣按照一種遊戲規則組合在一起。讀魯羊的小說一定會有這樣的感覺和印象，它們玄奧、空靈，對時間、歷史有一種獨特的體認。這些小說大都是虛構性的回憶。採取回憶的結果，是使作品獲得了虛空、綿長、古久或傷感的氣氛，這樣的氛圍很適於營造帶有古典色彩的文人境界。但是魯羊的小說又不是直接進入回憶或追述，而是從現在的生活場景起步或者乾脆設置兩條線索採取「寫作中的寫作」。在一段時期中，這幾乎成了魯羊結構上的嗜好。這種「雙重本文」的寫作也正體現為一種複調結構，《絃歌》中「我」與玲和娜的人生關係的敘述和「我」所尋找的祉卿的故事構成一種複調；《佳人相見一千年》中姑姑和已娘的故事也是一種複調；而《岩中花樹》則呈現更為複雜的形態，不僅小說有意暴露了敘述行為，而且「我」「你」「他」三種人稱同時在小說中出現，紀實、冥想、夢幻互相糾纏，形成了祉卿的故事、「我」的故事、鹿和龍薇的故事三重複調。這是一部充分展示了小說文體可能性的小說，也是最能代表魯羊文本實驗成就的一部小說。顯然，魯羊對於小說結構的放縱，也正體現了一種自由主義的散文精神。而對於小說的寓言結構，魯羊又有他獨特的理解。他說：「我認為一切門類的藝術都試圖以其有限的方式去認知和體驗世界中人類生存的真相，但那個真相如同哲學家所崇奉的真理一樣，是不可言說的。甚至是一種無限空洞，無限而深邃。所有的藝術創造活動，寫作和繪畫，舞蹈和音樂，究其終極只不過是各自奔跑的徒勞的寓言。」他把寓言結構視作一種情境，一般語言很難抵達的一種境地。也可以說魯羊的寓言結構正是一種接近和表達無限的努力。這種寓言化結構的實現，在魯羊的小說中主要表現為兩個方面：其一，小說空間性的強調。魯羊的小說往往有意淡化、甚至彷彿遺忘歷史的時間性，轉而追求空間化：故事似乎是在沒有具體年代、時間標誌的地方發生。《夏末的局面》《形狀》《憶故人》等小說都直接用「那一年」一類虛指的時間，而《佳人相見一千年》《絃歌》《岩中花樹》等小說中的時間符碼也都缺乏實在的意義。我們可以發現在魯羊的每部小說中都幾乎存在一種空間性的焦慮，他們大都沒有屬於自己的居處，只是實際上的「寄居者」。《絃歌》中「我」冒險爬十五層樓的水管的經歷，從反面驗證了棲身居所獲得之

艱難。《岩中花樹》中「我」寄居小閣樓的困窘正是「我」悲劇性生存的一種寫照。《夏末的局面》中大水衝垮了廟宇，「船」也是作為一種空間性的理想而出現的，但它最終被別人搶走了。而《風和水》中父親生前居室的狹小與他死後骨灰存放空間的難得又何嘗不是一種辛酸的對比？……總之，魯羊在小說中努力把人物置於一種空間性的觀照之中，共時性展示人生和存在的本性與詩性，其「空間」正是一種生存家園的象徵。顯然，現代人如何找到一個空間作為自己「精神的家園」，這正是一個永恆的生存難題。空間的缺失，也許比時間的流逝更具有災難性，這是魯羊著力表現的思考。其二，魯羊小說重在通過象徵來接近無限和永恆。《銀色老虎》就是一篇充滿整體象徵性的小說。在閱讀之中，你肯定會注意到這幅畫面的幾個關鍵性組成部分：銀色老虎、深不可測而又清澈的井潭、水底的小烏龜以及幼小的「我」。你還會注意到使這幅畫面生動起來的兩次遭遇：「我」的滑落井潭看見銀色老虎以及「我」在手術時掙扎著逃離銀色老虎的捕捉，我們可以從這兩次激動人心的事件中體驗到「我」對存在既迷戀又恐懼的情結。而《佳人相見一千年》《絃歌》《楚八六生涯》等小說中對樂器的描寫也都是一種象徵，它們都對應對比於主人公的生存命運，同時又是一種生存境界的體現。

魯羊是一個文體意識很強的作家，他承認：「文體應該是小說最基本的質地，是寫作者的入學考試。」正因為如此，他就特別重視小說的語言建構。從語言角度來看，魯羊的小說鮮明地表現了對新潮小說語言暴力的放棄。小說語言的審美化還原既是魯羊小說的特點也是他對新潮小說變革的貢獻。這具體體現為兩個方面：其一，語言的審美化。有論者曾指出魯羊的小說有一種古典的美感，它既摒棄了前期新潮小說的西方語言範式，又不似賈平凹等人採用文言語式，而是充分發揮漢語語言的自身魅力和美感，典雅、沖靈，在語感、語調、聲韻等方面都達到了一種和諧的境界。

其二，語言的哲學化。從某種程度上說，魯羊的小說都是一首首關於存在的詩。他的語言既有理性的因素又有詩性的因素，甚至它本身就成了存在的一種狀態和方式。正如海德格爾在《存在與時間》中所指出的那樣：「人是由歷史與時間構成的，同樣也是由語言構成的。語言是人類生活的範圍，是首先使世界得以存在的東西。語言有自身的存在，而人類則參與了這一存在，並且只有在參與進去之後才得以成為人類。語言總是作為他或她有所施展的領域存在於個別的主體之前。」也許正由於魯羊同意海德格爾的觀點，對語

言有這種哲學化的體認，他的小說就充滿了言說的衝動和話語的欲望。另一方面，魯羊的語言又充滿了智慧和禪機，需要閱讀者的悟性參與。在這個意義上，魯羊的文體近似於孫甘露。這大概由於兩人都是由寫詩而寫小說，都把詩歌思維融進了小說思維，進而以詩化的語言感覺來描述生存的體驗。試看：

> 紙箱裏冒出一朵朵白雲，一隻隻尿桶，蟋蟀的鳴唱，一股股泉水，一排排藥鋪，一位位公主及其隨從，一匹匹情緒陰沉的啞馬，一種又一種古老的農具，一株又一株奇怪的草木，一條又一條肥黑的水蛭。一朵朵白雲，一朵白雲朵，白雲一朵朵。

——魯羊《絃歌》

> 它是一種心智的迷宮，一處充滿危險而又美不勝收的福地，一個布滿標記而又無路可尋的迷惘的果園，一個曲折的情感洩洪道，一個規則繁複的語言跳棋棋盤……一個紙張、油墨、文字構成的生命的墓園。

——孫甘露《呼吸》

如果不看作者，我們會以為這兩段文字出自同一人之手：充滿詩意的激情，也充滿語言遊戲的色彩。然而，按照維特根斯坦的觀點，語言遊戲是一種最根本的哲學活動，是一種本體論意義上的哲學。魯羊和孫甘露顯然正是借助於語言遊戲平衡了語言的詩性和智性，從而達到了一種富有語言魅力的文體境界。

三

中國當代新潮（先鋒）小說可以說構成了中國當代文學最具有話語價值的文本。而對於魯羊來說，這個文本就是矗立在他身後的一個巨大背景。魯羊的創作也許要實現的正是對這個「權威」文本的拒絕和超越，然而，他的拒絕和超越最終卻只能是這個文本的一個延續環節。魯羊肯定為這而感到痛苦，而我卻恰恰相反有點幸災樂禍的興奮。

中國新潮小說在中國當代文學整體格局中從來就沒有占過大的比重，然而它可能是中國文學中最具活力和革命性的。真正意義上的當代文學和文學的現代化，可以說是從新潮小說面世才開始的。大致說來，中國新潮小說的

發展經歷了三個階段：一是以馬原、洪峰等為代表的前期新潮派。他們對傳統現實主義敘事原則和文本規范進行了全面顛覆和破壞，同時對讀者的閱讀趣味和審美習慣也構成了巨大的衝擊；一是以余華、蘇童、格非等為代表的後期新潮派。這些作家在繼承馬原等人新潮傳統的同時更注重於新潮小說自身美學規範的建構，他們的創作業績都頗為驕人。在小說形式和技術的追求之外，他們更多地挖掘了「歷史」，以「歷史」作為他們技術操作的審美框架。這一方面拓展了新潮小說的藝術功能，另一方面又限制了新潮小說表現生活的廣度，並進而蘊育了新潮小說的危機。更重要的是，這一階段新潮小說家已經從邊緣化的寫作狀態轉而成為社會話語的中心。新潮作家已經由被拒絕變成了被追逐，這固然與新潮小說藝術水平的提高有關（新潮長篇小說的崛起就是一個標誌），另一方面也源於新潮作家以策略性寫作向讀者的投誠。可以說新潮小說先鋒性的萎縮和通俗性的滋長正是一個不容忽視的文學事實。很顯然，新潮小說在這個時期既走到了它的巔峰，也已迫近了深淵的邊緣。生存還是毀滅？正是懸在新潮小說頭頂的一柄達摩克利斯劍。也就在這種情況下，新潮小說的第三個階段降臨了。它的標誌就是魯羊、韓東、陳染、葉曙明等新生代作家的悄然登場，有感於新潮作家由「革命」的寫作淪為「媚俗」的寫作之教訓，這一代作家一登場就高舉「非功利主義」和「自由寫作」的大旗。他們認為，雖然第一、第二階段的新潮作家在小說中表現出先鋒性，他們對小說本體的技術革命也是小說審美本性實現的前提，但從整體上說，這兩代新潮作家都沒有獲得一種自由的寫作心態。對第一代作家來說，革命的熱情、現實的挫折、讀者的冷漠都構成了一種巨大的心理壓力。對第二代作家來說，成名的快感、商業的策略、大眾的誘惑也都加劇了他們心態的浮躁。而在第三代作家這裡，雖然沒有拯救新潮小說的雄心，然而他們對小說審美本性的強調，對自由和非功利主義的追求，都賦予他們一種新的可能性。他們不算太多的作品無疑給衰落中的新潮小說注入了新的活力。先鋒精神和新潮品格流淌在他們小說的血液裏，先鋒的火炬正在他們手中傳遞。這火炬不但照亮了他們自身，照亮了新潮小說的前途，也照亮了那些曾扔掉過這火炬的作家的心靈。

魯羊的意義也許正在這裡呈現。離開了這個背景，我們對他的闡釋將浮萍無依。

第十二章　韓東：與詩同行

　　韓東作為一名詩人，他的風光早已在十年前就確定無疑了。而作為一名小說家，韓東的被人發現與被人評論似乎還是晚近的事。不過，韓東自從辭去公職，賭命似地在他南京的一間小房子裏專門經營小說以來，他的小說家的光芒可以說正把他詩人的皇冠給遮蓋住了。詩人的韓東畢竟只是一段值得追憶的光榮歷史，而新小說家的韓東才真正是栩栩如生觸手可及。有人斷言，1995 年的中國文壇將是「韓東年」，這當然也是針對他的小說而立論的。只要你看看 1995 年度全國各大期刊的小說版，你就不得不承認這樣的預言還是有其可信性的。當然，我這樣說韓東，並不意味著他的小說就埋葬了他的詩。不，我恰恰認為小說正是韓東的另一種詩，是更大的一首詩。或者說，小說正是韓東的另一種寫詩的方式，是詩對於小說的主動進入，也是小說對於詩的主動迎納。實際上，在韓東的藝術世界裏小說和詩是合二為一的。從韓東的小說裏讀到韓東的詩，或從小說家韓東身上尋找詩人韓東，都顯然不會令人失望。正因為如此，我覺得「與詩同行」正是小說家韓東當下的基本寫作姿態和寫作方式。他放棄了詩的表層操作方式，卻賦予了小說一種詩的內核和本質。在我看來這種對於小說和詩本身的雙重革命與顛覆無疑是意味深長而具有特殊的啟示性的。

一

　　要進入韓東的藝術世界並對之作出合理的闡釋，我們首先就必須對韓東的詩人化的小說態度有充分的認識。韓東有自己獨特的小說家理想，他認為：「一個自覺的小說家必須對小說有某種與其說是新的不如說是更個人化的理

－215－

解。必須有某種遠景、觀念（或想法），注意力集中，必須有他的固執己見和堅定不移，以癖好或信條的方式鮮明地存在著。」而在《有別於三種小說》一文中他更是清晰地闡述了自己對於小說的理解，他把自己的小說稱作「虛構小說」，以區別於他所認為的鏡面小說家、傳奇小說家和預言小說家。他覺得小說是一個虛構的世界，虛構作為一種小說方式幾乎是不言自明的。虛構小說面對的是「生活的可能性」，它對生活的現實性不感興趣（和鏡面小說家相比）、對脫離現實的程度不感興趣（和傳奇小說家相比）、對現實的必然結果——向另一種現實的轉化不感興趣（和預言小說家相比），它反對唯一，沒有根據和必須。這就使韓東的寫作呈現出一種與傳統的游離狀態：一方面，他反對傳統的對於小說與生活關係的機械理解；另一方面，他又堅信小說與生活的不可分割的關係。作為晚生代新潮作家，韓東的文本自然也在與經典的現實主義文本相區別的同時，和他的大哥一族的新潮作家保持了距離。他對那些現代主義抽象化的、形而上的、哲學化的對生活與存在關係的理念化的理解不以為然，而這確實又是前一代新潮作家孜孜以求並引以為榮的。韓東曾是口語詩的首倡者之一，而他的小說也帶有這種口語之風。他的小說平平淡淡，呈現一種與現實的似夢似真的朦朧關係，給人一種言猶未盡，或者恍然大悟的感覺。他的小說總是把生活中我們習以為常的那種「被湮滅和潛在可能性」不動聲色地展現出來，從而不經意間給我們靈魂以震顫。從這個意義上說，他的小說是「虛構」，但卻更近乎「寫實」，只不過「寫實」和「虛構」在他的這種對生活無限可能性的展示中已經泯滅了界限，而成為一種一而二、二而一的存在了。

　　與新潮作家推崇想像和語言的傾向相反：韓東似乎更推崇詩性和智性。他重視的是對生活的潛隱的邏輯關係的智性把握，而非想像化的描述。因此他的小說也常給人一種智力構架，在一種近乎智力遊戲般的現實中，小說逼進了現實。這自然與作家對小說和生活關係的理解有關。在《小說家與生活》一文中，韓東表示：「我贊成小說家的寫作有賴於他的生活。但我認為更重要的還在於他對生活的理解，甚至就是對『生活』這一詞語的理解。由於對『生活』的不同理解產生了對小說家的不同要求，他們的作品因此在面貌上也迥然有別。」為此，他賦予「生活」四種新的闡釋：生活是恒常的、本質的，而非轉瞬即逝的，如人們的衣食住行生老病死；生活處於人類的知識體系以外，或主要不是那些給了人們方便的知識；真正的生活在此處，它不是你主

動追求的那種，恰恰是你不得不接受的那種。正因為你不得不接受（它的不可選擇）才顯示了它的嚴重性。從根本上說：生活就是一種命運；每個人都有他自己的命運，小說家也不例外，都得渡過時間之河。顯然，韓東對小說的理解是一種純粹詩人化的理解。我們只有從他的這種特殊的「理解」出發才會對他的文本世界作出符合實際的闡釋。

二

迄今為止，韓東創作了近三十部中短篇小說。這些小說如果從題材上來看主要有三大類：一是對知青或下放生活的表現，如《西天上》《田園》《描紅練習》《下放地》《母狗》《樹杈間的月亮》《掘地三尺》等；一是對校園或詩人生活的描繪，如《反標》《同窗共讀》《三人行》《請李元畫像》《假頭》《去年夏天》《新版黃山遊》《文學青年的月亮》等；一是對普通人生存狀態的書寫，如《於八十歲自殺》《房間與風景》《吃點心，就白酒》《要飯的和做客的》等。但題材的劃分對於韓東來說幾乎是毫無意義的，因為無論哪一種「題材」在韓東的小說裏都只是上文所說的一種「虛構」，它們只服從和服務於一個唯一的主題：那就是對於生活可能性和豐富性的最大程度的挖掘與表現。韓東曾多次說過：「我相信以人為主體的生活它的『本質』、它的重要性及其意義並不在於其零星實現的有限部分，而在於它那多種的抑或無限的可能性。」只不過，「可能性」的內涵和呈現方式在不同的題材中又具有各不相同的形態而已。

如果說從五、六十年代「上山下鄉」到「文革」結束這段特殊的中國當代史在此前的中國文學中主要呈現的是一種歷史悲劇性和控訴性的話，那麼在韓東的此類題材的小說中則更多地體現為歷史的日常性、具體性和細節性。對比於中國文學所慣常的那種歷史的整體和本質化的觀照方式，韓東的作品無疑開闢了一種言說歷史的嶄新可能性。韓東在他的作品中幾乎徹底消泯了那些先驗的價值判斷，而把「歷史」作為一種常態的個體生命狀態來加以體認和描寫，生活的荒誕與生活的詩意並存、人性的崇高與人性的卑瑣相伴，這就使「歷史」作為一種存在具有了前所未有的鮮活的生命性和立體性。另一方面，為了讓「歷史」在他的文本中具有豐富可能性，韓東還特別重視對於荒誕主題的挖掘。某種意義上說，對於生活荒誕性的發現與表現正是詩人最拿手的一種特長。而我覺得韓東之所以對荒誕情有獨鍾，除了得力於他

作為一個卓有成就的詩人的思維慣性外，更主要的還是與他在小說領域對於生活無限豐富性和可能性進行最大限度地挖掘的藝術追求有關。因為荒誕的狀態正是生活脫離了其常態和秩序後的無序狀態。正如加繆所說，演員與舞臺和他的角色分離，演員與觀眾分離的狀態就是一種荒誕的狀態。在韓東的小說中這樣的荒誕情境可以說是比比皆是。韓東常把他小說的主人公置於一個荒誕的大的歷史氛圍和背景之內，因此，大荒誕派生小荒誕，小荒誕又豐富大荒誕，個體與個體之間、個體與群體之間、個體與現實之間、歷史與現實之間都有著無窮的荒誕性存在著。《西天上》以女知青顧凡和男知青之間的愛情為表現對象，荒誕的是兩者之間其實並不存在所謂的「愛情」，但主人公卻不得不在小村人面前「表演」愛情，而且成了小村的一大風景。當他們不再「表演」，回歸現實時卻受到了小村人的聲討，以致男主人公不得不逃跑回城。在這裡，生活的荒誕性與特定時代的文化心理、生存心態的可能性和豐富性水乳交融地統一在一體，具有一種特殊的藝術魅力。《母狗》則以女知青小范在農村生活知識方面的盲區所導致的尷尬處境為故事線索，把三餘人從老到少對小范所表現出的濃厚興趣和集體「關心」中所透露出的生活的荒誕的一面進行了淋漓盡致的描繪。而三餘人對小范被余先生姦污場面的想像和解釋也生動地展示了當地人病態生存心態的複雜性和變動性。平平凡凡的生活場景中，我們看到的是各不相同的生命行程以及生活紛繁而多維的發展可能性。而《描紅練習》則通過「我」的視點對「文革」中家庭成員的不同命運進行了特殊的表現，生活的悲劇中有時也會呈現出詩意的一面，比如爺爺對於標語黏貼的認真態度以及要「我」作描紅練習的舉措，都把普通人面對災難和荒誕時的達觀天真的一面進行了挖掘，而這一切配合童性對於下放、對於反動話等的個性化理解就使人不得不從小說的具體的人生畫面和「過程」中去體味一種全新的「歷史」和生活的「可能性」了。很難說韓東的小說就如時下流行的小說那樣在從事著對於「歷史」的消解，但我們發現韓東確實以他對於「歷史」細節化、寫實化、片斷化的特殊把握方式顛覆了當代文學對於「歷史」的那種本質化的敘事風格。這也許並不是韓東的自覺追求，但他的藝術努力天然地賦予了其文本以這樣一種「可能」境界，無論如何這都是令人欣喜和值得肯定的。對於韓東來說，儘管其作品對世態人心的表現與刻畫入木三分而又不動聲色，對個體生存狀態和歷史與現實畫面的生動化、具體化、細節化的描摹也冷峻而深刻，但他關注的只是對生活和「歷史」的

理解而不是簡單的復現。正因為此，他的小說雖具有樸素的現實主義形態，卻又無法用現實主義的話語原則對它進行言說和解析。這一點在他的「現實」題材的作品中表現得就更為充分。

應該說，韓東是一個非常強調個體生命和生存體驗的作家，他的小說總是散發著極其濃烈的私人性和經驗性。那些表現詩人生活和校園生活的小說尤其如此。從特定意義上說，私人性和經驗性的挖掘也正是「生活」的可能性得以凸現的前提，因為生活的可能性既包容了個體的可能性，又只有在個體的可能性身上才能體現出來。在這類小說中，韓東擅長於在生活的現行邏輯秩序內開拓出新的「反邏輯」的可能性。《新版黃山遊》的文本表層可以說是相當樸素，作家以兩對情侶遊黃山的行蹤的近乎流水帳式的記敘為主體，讀者所期待的黃山詩意與美全被登山過程的乏味、枯燥與艱難所消泯了。但你不能不承認作家筆下這種「黃山遊」的真實性，甚至你還不得不承認這是最日常、最接近生活本來面目的一種可能性。《去年夏天》也是如此，小說以郁紅和常義的兩種視角敘述了「去年夏天」常義到南京造訪「我」的幾天的生活，鬆弛的敘事中只有在吵架和空難這兩個場景中才微見波瀾。但就是這平凡的生活在「我們」不同的視線中卻是全然不同的兩種形態、兩種可能，而常義的生死問題則更是把小說的可能性延伸到了小說之外。同樣的情形在韓東新近的中篇小說《三人行》中可以說有了進一步的發展。三個詩人春節聚會南京，他們的生活將會是怎樣的呢？不僅讀者心中充滿好奇，就是主人公自己也無不充滿憧憬。然而他們似乎也並沒有衝出年年相似的生活經歷，玩手槍、放鞭炮、吹牛乃至最後砸錯別人的門成為大學校衛隊獵物，詩人的生活與普通人的生活實在也並無多大的區別。然而卻正是這種種相似中，作為詩人的平凡性和日常性的一面可能就凸現了出來。這也許正是韓東高明的地方所在。

考察韓東的全部小說我們不難發現，無論是對歷史還是對現實的表現，無論是對詩人、學生還是普通人的描寫，我們耳熟能詳的那些傳統題材經作家藝術之筆的塗抹都能在不知不覺自自然然之間提供給我們一種嶄新的閱讀經驗，讓我們面對一種特殊的可能性。當然韓東這種由各種各樣的「可能性」所構建起來的藝術世界也是與「韓東式」的開掘「可能性」的獨特方式緊密相連的。我個人認為，韓東深挖「可能性」的具體操作方式不外有下列幾個方面：

其一，童年視角。韓東的小說基本上都是採用第一人稱敘事和童年視角，這既為他的小說所描寫的生活帶來了相當濃的日常性、私人性和親歷性，也為他迅速把現實世界轉化為「可能性世界」提供了藝術上的便捷。因為利用童年視角作家可以把成人眼中的現實、歷史乃至生活本身都進行顛覆，使得「生活」從單一視角的觀照下解放出來，顯示了新的言說可能性。《描紅練習》對於家庭的下放和「文革」中的「鬥爭」，「我」的理解就遠不如父母那麼沉重；《田園》中小波在母親被抓走後也對生活沒有憂慮，相反他更擔心的是小狗小白；《掘地三尺》中「我們」對於「文革」提供給我們的「遊戲」機會更是充滿感激；《反標》對一個「反標」的尋找和演示也無疑給了小說主人公們許多參與其中的實踐機會。而小說所表達的圍繞「反標」製造者的尋找而派生的種種可能如果離開了童年視角無疑就會大打折扣；《於八十歲自殺》中陸平安活到八十歲卻要用自殺的方式自我了結，這樣的可能性也只有從「我」童年的視角去加以闡釋才更真實可信。

其二，對於人物關係的透視與剝離。毫無疑問，韓東在對於人物之間的各種不同關係的表現與剖析上有濃厚的興趣。他的幾乎所有小說都以對主人公之間「關係」的探討為中心內容，而從不同焦距、不同視點對各種不同「關係」的透視也正構成了生活可能性的源泉。正如朱偉在評價韓東小說時所說：「韓東是在確定了一個目標以後，以達到這個目標的過程來體現他的可能性。這使小說回到生活真實中活的網絡關係狀態，每一具體人物與他對應的關係，都在一個無限交叉的網絡關係之中；每個人物的每一行動，都可能導致網絡狀態發生豐富多變的關係變化，而這種關係變化就又會影響著人物每一具體行為，使它也發生變化。這樣小說就不再是經簡單的意圖歸結後的空洞而僵死的虛構，不再是標籤式的必然和歸類化邏輯的平庸組合，豐富了對複雜生活的複雜表達」。《下放地》中衛民與故鄉的「關係」是小說的中心內容，在敘述者眼中、在衛民自己心中、在衛民女朋友小萌的想像中，這種「關係」可以說是各不相同。而隨著衛民故鄉之行的完成，那種想像性的「可能」被現實一個個的粉碎了。而一個衛民不願看到的「可能」卻又突現在主人公的面前，這個「可能」就是：他不但得不到他故鄉的認同，而且連讓女朋友看銀河的願望也被滿天的陰雲打破了。韓東以《同窗共讀》為題完成了一個短篇和一個中篇，兩篇小說雖然故事線索和內涵不同，但對於人與人之間「關係」的透視卻仍是共同的主題。短篇以三個女同學末末、林紅、宋曉月為主

人公，以他們三人之間「關係」的層層剝離為基本線索。末末和林紅本是形影不離的朋友，但她們內心卻又在深深地較著勁，以至終於在戀愛問題上分道揚鑣。其後，末末又在宋曉月偷竊被她撞上後讓她偷了林紅的毛衣並從而成了朋友。但宋曉月之於末末只不過是一種表達對林紅仇恨的工具，事實上她也更近乎是末末的使喚丫頭。小說通過她們表層「關係」的演變，把主人公心理的病態性呈現出來並最終以林紅和末末的和好如初，向讀者揭示了林紅和末末的同性戀這一成為事實了的「可能性」。中篇在題材上雖然與短篇有相似之處，但小說在展示「女性」之間的「關係」的同時，增加了對於「男女」間「關係」的透視。尤其以「我」（孔研）和蘇青、蔡冬冬等幾個女性之間的複雜「關係」的風雲變幻及「我」、小霞為許德民而明爭暗鬥的心理「關係」的呈現最引人注目。在種種的「關係」的變化中主人公內心的痛苦與歡樂，矛盾與思索，平常人性中的高尚與卑下、自私與自戀等等靈魂景觀交相輝映，把生活的「可能」動態而立體地凸現在小說時空中。我覺得這應該是韓東最好的小說之一。他的另一個中篇《房間與風景》也同樣是一部在對生活中「關係」的把握上有突出成就的小說。小說把主人公莉莉的生存心理具象地表現在其房間和建築工地之間的高度「關係」上，一場窺視與反窺視的較量就在樓房高度的變化中生動地上演著，最後以窺視者的摔死和莉莉生下一個失聰的孩子結束了這一場戰鬥。作家巧妙地在一個平常的生活現象中發現了隱藏的可能性，並以一種對比的畫面形式進行了立體的表現，從而深刻地把握了當下人生存中的那種無奈、無聊而又尷尬的狀態。

其三，韓東的小說推進方式無疑也增加了他文本的可能性和豐富性。如果說魯羊的小說方式是「傾聽」的話，那麼韓東的小說方式則是「看」。冷靜的觀照可以說是韓東小說的基本風格。這一方面使小說呈現出某種自然性和原生性，減少了作家人為控制小說的主觀痕跡，生活的可能性自然而然地增加了；另一方面，「看」也賦予了小說一種戲劇性效果，使小說的空間性和畫面性都極大程度地強化了，小說的詩意也由此衍生。《西天上》以趙啟明和顧凡的剪影把生活的各種可能展示給讀者，敘事簡潔而幹練。《房間與風景》更是通過看與被看的轉換與錯位把人與人之間的各種可能性盡情呈現出來。而由於作者把生活的可能性包括荒誕的可能性都通過「看」的方式而不是「說」的方式透示出來，小說敘述就具有某種消泯了價值評判的客觀性和反諷效果。與這種「看」的小說方式相適應，韓東的小說也幾乎從不對人物的心理

進行「心理分析式」直接描寫，而是以一種戲劇化的白描把人物的心理具象地呈現出來。《於八十歲自殺》中陸平安晚年的心態是通過他滿腿皮屑和在椅背上挺直腰的形象凸現的；《田園》中陸洪英被審查的痛苦也只是以她紅腫的雙眼和一夜讀報的奇特方式來宣泄；《同窗共讀》本來完全可以寫成一篇有特色的心理小說，因為某種意義上我們已經可以認定末末是一個心理變態者了。但韓東卻對此不感興趣，他側重的是在這種心理支配下的人物關係的生動變化和各種各樣的生活現象和生活細節。讀韓東的小說總是會有一種強烈的繪畫效果，這不能不說是得力於他這種「看」的小說方式和心理戲劇化的獨特愛好。

三

韓東的小說對於生活可能性的藝術挖掘與表現也在他小說的敘述和結構層面上體現出來。

從敘述上看，雖然韓東的小說在整體上以樸素的敘述形態見長，難見一般新潮作家所慣常的那種玩弄敘述遊戲的技術主義傾向，但作家對於「元敘述」的手法還是情有獨鍾並極其擅長的，他的小說總是在文本的間際突現敘述人或作家的身份並不時地在小說中插入議論、說明和總結之類，以凸現小說的虛構性和超現實色彩，而這本身就是使小說的文本可能和意指可能雙重增殖的有效藝術手法。在《於八十歲自殺》的最後，小說以這樣的敘述作結：

在這篇小說就要結束的時候陸小波想做以下的總結（雖然作為一個作家他知道更多的禁忌）：

於八十歲自殺是一件比想像悲哀的事。因為你已經活到八十歲了，在你的一生中可能有過多次危機，但是你都挺過來了，沒有死，並且活到了八十歲了，你以為到了八十歲再也不用自己動手了，剩下的部分交到了上帝裏。但是你錯了。

陸小波繼續思索——

這個悲劇的性質在於：對於生命的錯誤估計。

這段敘述文字裏我們看到了作家韓東與作為主人公的作家陸小波的角色重疊，這種重迭賦予小說一種新的文本力量，在通篇的平靜敘事之後突然來一轉折和延宕，小說的主題、情緒、節奏等等都隨之向一種新的可能境界敞開了。而在《去年夏天》這篇小說中作家更是在第七小節直接讓讀者出場：

也許讀者朋友會對我說：「喂，老兄，你不能就這麼把這篇小說結束了！我們花了錢（買雜誌）和時間（閱讀）。」在此我得對佔用了他們的寶貴時間表示抱歉。對他們的認真閱讀的精神我也充滿了敬意。他們大度地說：「我們做了什麼倒也無所謂。但你至少得告訴我們常義的生死呀？那可是人命關天的大事，馬虎不得的。」我深知他們對我的信任，賦予了我判定人物生死的權力。同時我還瞭解他們善良的願望，那就是不希望任何有名有姓的人在那場空難中死去。既然如此我就讓常義那小子活著。死裏逃生？不。那樣做的機會的確太小了。他根本就沒有登機。他把當天的飛機票退掉了。顯然不是由於他有著超常的預感能力，他把機票退掉以後直接去了郁紅的那位女同事家。常義曾受到過明確的邀請，而她單身一人，因此，二人的投合也不是什麼冒昧反常的事。由於對生活的熱愛我們的朋友避免了一場滅頂之災。

在此，不僅小說故事和人物的命運增加了新發展方向和可能性，而且真實和虛構、故事人物與現實人物、作家與主人公全部混為一體失去了界限：文本的空間也就隨著這種「敘述」而極大地拓展了。同樣的情形，在韓東的《西天上》《母狗》《假頭》等小說中也得到充分的體現。

而從結構來看，韓東小說的敘述人對於小說節奏和結構的調度又非常隨意和放鬆，文本基本上是以自然的生活畫面和人生片斷鬆散地連結起來的，像《去年夏天》這樣的文本作家甚至承認：「這篇小說正是我 1992 年夏天的幾篇日記湊合而成的，掩人耳目的說法即是：以小說的方式對日記的解析。」作家通常採用自由的板塊式的畫面結構，利用特定空間在文本中的穿插帶來小說的結構彈性。這種結構的魅力主要體現在小說內含的智力構架的設定和拆除上。韓東極喜歡在他的文本中確立標示其故事和主題邏輯的智力構架，並以此為敘述者、主人公和讀者都提供一個演示和參與小說可能性的機會。他的許多小說往往一開始就賦予主人公一種目的和願望，而小說也就沿著這種願望向前滑行，但即使小說的行進過程中沒有枝蔓叢生其最終結果也總是事與願違。我們當然不能否認這帶給韓東小說的智力遊戲色彩，然而韓東自有他高明的地方：他總是能以最樸素的方式給他小說的「遊戲」以邏輯的秩序和規則。《反標》可以說是一個典型性的文本。教室裏出現了反標，必須追查，追查的通常方式是「排隊」是對筆跡，如此種種都是「正常」的寫法，

韓東的出奇之處在於他在寫這一反標所引起的驚恐的同時還關注了它所引發的另一種好奇的神秘的情緒。一個偶然的情況使正常的寫法改變了方向，反標出現的夜晚，曾有兩個孩子為拿一個排球潛入過教室，但他們沒有看見反標。為什麼沒有看到？是本來沒有，還是沒有注意或距離的原因？孩子們竟然在當時的情境下荒唐地決定去試驗一下，他們寫下了兩句話，但這革命的兩句話卻被另一個孩子通過改動標點的方式成了反標。為什麼要改動？因為懷疑他們。當她發現不是反標時，她很失望，她必須改變現狀使之符合自己的判斷。如此，偶然改變了正常的邏輯，最具嚴厲的結果竟然是通過遊戲的方式組合起來的，這就使作品出現了超常的怪誕。此外，談到韓東小說結構的智力構架問題我們還特別應注意他小說的結尾。韓東特別善於運用一種反轉式的結尾來結束小說，這種方式在小說行將結束之際把小說所演進的可能性推翻，並再出示一種新可能性。這不僅使作家挖掘生活可能性的主題得到了進一步的深化，為小說帶來了出奇不意的閱讀效果，而且也使韓東的小說文本具有了結構上的開放性。《西天上》為小松打開眼界讓他知道還有一個比中國好的美國存在的英語啟蒙老師趙啟明在小說結束之際卻還在讀電大外語大專班；《樹杈間的月亮》中「我」關於大頭害死桂蘭的判斷在小說的過程中本是越來越令人信服的，但小說最後父親的話卻徹底推翻了這一可能：「怎麼可能呢？桂蘭死時九月子才九歲，和你小松現在一樣大。」《文學青年的月亮》中青年詩人大出本是對小尹的女朋友玉米不屑一顧的，但在小說結尾我們卻發現情況正好相反，玉米早就和大出密切往來，倒是小尹自己成了局外人。《三人行》通篇都以三個詩人的遊戲人生為主要內容，可他們的尋歡作樂發展到最後卻不得不以充當一回別人的獵物作結，這真可以說是有奇峰突起的意味了。《同窗共讀》通篇故事可以說都是圍繞女主人公們對許德民的詩意情感和爭風吃醋而展開的，但到小說的最後我們卻發現女主人公們的所作所為實在是太不值得：許德民不過是一個喜歡騙取女性歡心的凡夫俗子。據此，小說不僅以新的可能性對故事進行了反諷式的消解，而且還使整部小說的結構具有了逆向性。

　　語言上，韓東的小說特別值得肯定的是他的幹練和簡潔。與前期新潮小說對於語言的鋪張和宣洩傾向相比，韓東在語言上的節制和樸素相當難能可貴。韓東雖然不動聲色，但他的小說語言對於描寫對象來說卻具有令人驚歎的穿透力和表現力。他的小說追求詩意，但他的詩意都是在對生活可能性的

發現中自然呈示出來的。而孫甘露的詩意則往往是一種語言自身表演的詩意，是一種為語言而語言的詩意。我不是說孫甘露的詩意就不美就沒有魅力，但相對說來我更欣賞韓東這種讓生活的詩意自然流淌出來的小說方式。且讓我們看看下面幾段文字：

> 這裡是平原，最明顯的標誌莫過於天地間平滑分明的地平線，黃昏時分更是如此：土地逐漸沉入下面的黑暗，上面的天空卻明亮異常。如果雲層分布得當，會有長時間的晚霞，作為對貧苦村莊的饋贈……這裡的高處不外是河堤、橋頭。沒有峰巒或樓頂平臺，趙啟明就把河堤、橋頭當峰巒平臺用，其感覺效果是一樣的。他最喜歡那條新挖的大寨河。河堤是又高又直，還未及時植上樹，不會有多餘的枝葉來破壞他們的剪影。選擇大寨河上的三拱橋身和他倆絲紋不動的黑影——似乎化作了橋體一樣的石頭。那石頭眼望橋下黑乎乎的流水，位於短暫和永恆之間。殊不知這正是愛情的位置。(《西天上》)

> 大約過了零點，街上一片沈寂，只有鐵柵後面的商店裏還亮著燈。他們的腦袋剛冒出大堤頂端的平面，頭髮就被湖風吹得直立起來。接著，他們的整個身體也沐浴在這陣冷濕但充滿快意的風中了。湖堤右拐就到了昔日的船閘，今夜也還是船閘。他們俯身在鐵管欄杆上，撅著屁股，欣賞起共水湖上漁火點點的夜景來。(《下放地》)

從這樣的文字中，我們當然能觸摸和感受到那種撲面而來的詩意，但我們更欣賞的還是韓東的乾淨利落的文風和他那具有白描色彩的語言所特具的內蘊悠長、點鐵成金的魅力。